U0582153

海上英雄·海上英雄续

民国武侠小说典藏文库·顾明道卷

顾明道◎著

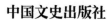

中国文史出版社

顾明道和他的小说（代序）

张赣生

在本世纪（指二十世纪）二十年代末，能与"南向北赵"并称的武侠小说作家只有顾明道。

顾明道（1897—1944），原名景程，江苏苏州人。他八岁丧父，自幼体弱，上学时膝部患骨结核（中医所谓骨痨）致残，行动依赖拄拐。他毕业于教会所办的振声中学，因学习成绩优秀，即留在该校任教，并受洗为基督教徒。1922年，范烟桥移居苏州，范氏在辛亥革命的时候就曾与友人组织"同南社"，诗酒唱和；这时又于七夕会同赵眠云、郑逸梅、顾明道等九人组织"星社"，以文会友。顾氏由此结识了一批文友，他一生的文学活动大体未超出这个小团体的范围。顾明道因一直希望医好腿疾，所以结婚较迟，抗战爆发后，他和母亲、妻子全家移居上海，苏州的家产毁于战火，从此落入贫病交加的处境中。他一生以教书为业，战前一直在苏州振声中学执教，迁居上海后一面写作，一面仍自办补习学校，招生授课，直至肺结核把他折磨得卧床不起才停办。病重时生活无着落，全靠朋友周济，终年只有四十八岁，身后凄凉。

了解了顾明道一生的经历，有助于我们客观地认识和评价他的小说。

从顾明道一生经历来看，腿残、留校执教、参加星社，这三件事深刻影响着他一生的文学事业。民国初年的上海，盛行哀情小说，即文学史上称之为"淫啼浪哭"的时期。1912年，徐枕亚的《玉梨

1

魂》和吴双热的《孽冤镜》在《民权报》同时连载，随即又连载李定夷的《霣玉怨》，流风所被，一片哀音。顾明道就在这种风气的影响下，开始试写小说，那时他只有十七岁，尚未成年。他的处女作是短篇言情小说，发表在高剑华主编的《眉语》月刊上，这是一份以知识妇女为读者对象的刊物，脂粉气很重，在该刊的创刊号上发表了一篇阐明办刊宗旨的《宣言》，其中说："花前扑蝶宜于春；槛畔招凉宜于夏；倚帷望月宜于秋；围炉品茗宜于冬。璇闺姐妹以职业之暇，聚钗光鬓影能及时行乐者，亦解人也。然而踏青纳凉赏月话雪，寂寂相对，是亦不可以无伴。本社乃集多数才媛，辑此杂志，而以许啸天君夫人高剑华女士主笔政。锦心绣口，句香意雅，虽曰游戏文章、荒唐演述，然谲谏微讽，潜移转化于消闲之余，亦未始无感化之功也。每当月子弯时，是本杂志诞生之期，爰名之曰《眉语》，亦雅人韵士花前月下之良伴也。"看了这篇《宣言》，读者当能了解此刊物的性质。顾明道在1914年左右开始写小说时，选中这样一个刊物投稿，也就表明顾氏本人的性格难免有些多愁善感的脂粉气。

我指出顾氏性格中的脂粉气，因为这决定着他文学作品的基调，丝毫也没有嘲讽顾氏之意，每个人都在一定的环境下养成他的性格，这没有什么可嘲讽的，我们要研究的只是事实。郑逸梅在《悼顾明道兄》一文中提到两件事，其一为："明道最初的作品，刊登在许啸天所辑的《眉语》杂志上，该杂志多载女作家的文字，他就化名梅倩女史，撰着短篇小说。有一位读者，是登徒子之流，写信追求他，缱绻缠绵，大有甘伺眼波之意。明道接到了信，大笑之下，用梅倩具名答复他。那个登徒子欣喜欲狂，寄给他一帧照片，请他交换'芳影'，并约他会晤某园。明道到这时，才用真姓名自行揭破。这一段趣史，明道时常讲给人听的。"其二为："《江上流莺》稿成，我曾为他写一小序，有云：'江山摇落，风雨鸡鸣，我侪丁斯乱世，应变无方，干禄乏术，臣朔饥欲死，乃不得不乞灵于不律，红茧缫愁，绿蕉写恨，借以博稿资而活妻孥。社友顾子明道固与予相怜同病者也。'明道读了，亦为之感喟百端，不能自己。"当时正值日寇侵华，人民生活困苦，对此局面"感喟百端"也是情理中的事，我们不必咬文嚼字，过分挑剔；但达到"不能自己"的程度，就难免少些丈夫气了。以上两件事都可证明顾氏确有些多愁善感的脂粉气。

顾明道养成这样一种性格，固然与前述民初上海文坛的时尚有关，在当时一些人的心目中，唯其如此才配称为"才子"，少了贾宝玉味道就被视为粗俗；但是就顾氏本身的内因而言，腿残对他心理上的影响，恐也不容忽视。肢体的残疾不仅影响着顾明道的性格，也限制着他的行动。郑逸梅《悼顾明道兄》一文说："这时他在吴门振声中学担任教务，因不良于行，往返不便，所以他住在校中。"顾氏是一位多半生未离他那中学小天地的人，缺少广泛的社会生活经历，在这方面，他既不能与同时的"南向北赵"相比，更不能与后来的"北派四大家"同日而语。对于这样一位学生出身，生活面狭窄，又多愁善感的作家来说，写言情小说自然是最方便的，他可以坐在家里凭自己的情感体验来打动读者，只要情感诚挚，哪怕写的只是他个人的小天地，也总会有其可取之处。但自向恺然《江湖奇侠传》引起轰动之后，报刊编者和出版商均热心于武侠一途，顾明道为适应这一潮流，便也改弦易辙，于1923年至1924年在《侦探世界》杂志发表武侠小说。1929年，他由杭返苏，途经上海，与当时主编《新闻报》副刊《快活林》的星社文友严独鹤相会，恰逢《快活林》需要连载长篇武侠小说，严约顾撰写，这就促成了他一生的代表作《荒江女侠》的问世。

《荒江女侠》刊出后竟大受欢迎，同年冬，上海三星图书局向新闻报馆购买版权出版单行本，至1930年8月已翻印四版，1934年11月更达到十四版，这在当时是很可观的销行数。可见其轰动的程度。由于此书畅销，顾氏也就续写下去，共出版了六集，并被友联公司改编为十三集连续影片，上海大舞台、更新舞台也改编为京剧连台本戏，风靡一时，大有凌驾《江湖奇侠传》之上的势头。这部小说之所以能取得如此出人意料的效果，今天的读者或许很难理解。当时最著名的武侠小说，是"南向北赵"的作品，向恺然连缀民间传说，自有其吸引人的一面，但却少了点爱情纠葛、哀感顽艳；赵焕亭的《奇侠精忠传》据说原有不少狎媟的描写，因而触犯禁例，出版时经过删削。顾明道于此际把武侠、恋爱、探险等成分捏在一起，就给读者一种新鲜感，满足了十里洋场那特定读者群追求新奇、热闹的要求，正如严独鹤在《荒江女侠序》中所说："以武侠为经，以儿女情事为纬，铁马金戈之中，时有脂香粉腻之致，能使读者时时转换眼光，而不假非僻之途，不赘芜秽之词。是以爱读者驰函交誉。"

顾明道用以吸引读者的另一个办法是写"冒险"，他在谈及自己的作品时说："余喜作武侠而兼冒险体，以壮国人之气。曾在《侦探世界》中作《秘密之国》《海盗之王》《海岛鏖兵记》诸篇，皆写我国同胞冒险海洋之事，与外人坚拒，为祖国争光者。余又著有《金龙山下》一篇，可万余言，则完全为理想之武侠小说也，刊入《联益之友》旬刊中。又曾写《黄袍国王》长篇说部，记叙郑昭王暹罗之事，曾刊《大上海报》，后该报停版，余亦中止，他日拟出单行本以飨读者矣。又新著《龙山争王记》，则方刊于《湖心》周刊中，该刊为西湖小说研究社出版者也。曩年余为《新闻报·快活林》撰《荒江女侠》初续集，尚得读者欢迎，今由三星书局出单行本，三集亦在付梓中矣；又为《小日报》撰《海上英雄》初续集，则以郑成功起义海上之事为经，以海岛英雄为纬，以上两种皆由友联公司摄制影片。又尝作《草莽奇人传》，则以台湾之割让，与庚子之乱为背景也。"（转引自郑逸梅《悼顾明道兄》）所谓"冒险体"或"理想小说"，显然是接受了西方的小说观念，是指类似斯蒂文生《宝岛》或斯威夫特《格列佛游记》的体裁，譬如他所著的《怪侠》，写一个身负绝技的革命者，失败后率党徒逃亡海外，去非洲探险，与当地土著争斗，称雄异域，即是一例。

就顾氏的为人来说，他是一个正直、爱国的书生。"一·二八"日寇进犯上海，顾氏写了《国难家仇》《为谁牺牲》等小说，表示了他作为中国人的同仇敌忾之心。顾氏一生写过五十多部小说，以武侠和言情为主，也有社会、历史、侦探等作，他临终前，春明书店出版了他的最后一部作品《江南花雨》，这本小说具有自述的性质。

目　录

海上英雄

海上英雄续

海上英雄

第一回

莽强寇喜擒紫衣孃
美少年怒斫碧云石

　　莽莽尘世，芸芸众生，其间充满着的便是"不平"二字。物不得其平则鸣，所以本来和美静善的社会，也就变成了黑暗的恐怖，种种罪恶因之而生。上无遵揆，斯下无法守，于是草野游侠之徒乘时崛起，越俎代庖，做种种锄强扶弱的事。其间自然也有桀骜之辈，野心难驯，不顾到国家的法律，有越轨的行动。所谓"儒以文乱法，而侠以武犯禁"，既不见容于官吏，其趋势遂致啸聚山林，干那月黑风高，杀人放火的勾当，而为害于良民了。但是古今来虬髯黄衫之徒，鸣剑弄丸，行侠仗义，所谓"其言必信，其诺必果"，何尝不有忠肝义胆的好男儿，或隐遁山林，或浪迹湖海，眼见着许多不平的事，勃然投袂而起，一泄冤抑忧愤之气呢？而况亡国遗民，更深故宫禾黍之悲，渡江击楫，誓复中原。如齐田横有士五百人，赴义不顾，视死如归，使后人读之，也不禁肃然起敬了。

　　在下谬厕小说家之列，一支秃笔，东涂西抹，觉得我国尚武之风，亟宜提倡，才不失强国强种的嚆矢，使我国民有强固精武之体魄，一洗东亚病夫之恶名。然而又忧于国内近来匪风日炽，焚烧劫掠，闾里为墟，一班老百姓苦得有家难住，有乡难安，所以不敢描写那些侠客其名、寇盗为实的人物，以致迹近海盗，而加添吾的罪过；却愿写出一二忠贯日月、义薄云天的海上英雄，把他们可歌可

3

泣可惊可喜的奇事逸闻，贡献于书者。不但为读者茶余酒后之谈助，也知天生异人，灵光侠气，自然与众不同了。

宗旨既明，书归正传……

在那浙江鄞县之东，有一个小小村落，前濒大海，背倚高山。村中共有百十多家居民，大都捕鱼为生。因为村中有一碧云石，所以这村也唤作碧云村。那碧云石屹立在海滨，有两丈多高，其广可容两人。是一块陨石，大概是千百年前之物。据故老相传，说在三国吴大帝时，某日某夜，天上降下一团烈火，海边便矗立着那块大石。那时村中居民只有三四家，也不成其为村呢。因那陨石颜色稍呈暗碧，上面又有如云身的皱纹，遂名为碧云石。村民对着那碧云石视为神异，都有敬拜的心思，以为有神明依附。在元世祖时，有一番僧走过，见了碧云石，很是惊异。他曾和村中一个父老说过四句偈语道："美哉碧云，天地之英。碧云中断，奇人来临。"所以那碧云石之名声传遍遐迩。

至于碧云村很是富饶，自从以前曾被倭寇一度劫掠后，一向平安无赖，好似世外桃源一般。不料近来海盗猖獗异常，不但在海面上常闻劫掠船舶的消息，便是有几处沿海的村落，也被海盗纠众前来焚劫。风声传到碧云村，村民心里都很惊惶，一齐商议预防之策。

村中有一个姓段的壮士，名唤人龙，有三十多岁。以前曾从军在外，因得罪归乡。两臂很有膂力，精通武艺，能使双刀作旋风舞，十数人近身不得。平日在村里携着一班少年子弟，捕鱼之暇，常常教他们学习拳脚。众少年都拜他为师。为碧云村中的佼佼者。此时众人都要求他出来捍卫乡里，抵御盗匪。

段人龙自负其能，对众人狂笑道："我看海盗如狗鼠罢了，有我在这里，不要害怕。他们若来侵犯，杀他一个落花流水，才快我心。"

4

于是他便聚集门下少年以及村中丁壮，编练成两小队，日夜轮流防备，器械也很充足。果然两月以来，寇氛不近，碧云村众乡民心里渐渐安宁。

段人龙得意扬扬地笑道："我本来知道那些海盗乌合成群，也没有多大能耐的。他们绝不敢来，我们不妨高枕安睡。"因此戒备稍懈。

不料有一天夜里，天上阴云叆叇，星月无光。狂风如虎吼一般，掀动海中巨浪拍到海岸上，波涛汹涌，好似要把这个碧云村卷去一般。众村人一齐睡熟了，以为海盗虽然厉害，也怕风浪，不会出来的。将近三更时分，忽然海滨到了十多艘帆船，齐齐泊住。巨浪一上一下，震撼得那些帆船中醉汉般东摆西摇，可是每只船上钻出许多健儿来，亮起火把，手中都握着明晃晃的兵器，鱼贯登岸。呐喊一声，分头在地里抢劫起来。村人们都从睡梦中惊醒，猝不及防，一时号哭之声四起，火光大作。

段人龙在晚上刚喝了一些酒，拥衾而卧。此时瞿然惊起，连忙取过双刀，匆遽间聚集了一小队丁壮，出去和海盗对垒。海盗们见村中有人出战，也吹起觱篥，以为警备。早有一个身材魁梧、相貌雄俊的海盗，一掀头上笠儿，舞动一柄泼风刀，上前冲杀。段人龙摆开双刀，和那海盗迎住。但见三柄刀上下翻飞，其光霍霍。两人如虓虎般狠命厮扑，其余的海盗枪刀并举，也和村中丁壮们杀在一起。

段人龙一面战斗，一面目睹村中早有几处火起，还有一群海盗正在进行他们焚掠的工作呢。心中不觉十分焦躁，暗想：今晚碧云村难以保全了。我往日夸言将成笑柄，从此我的威名也将付之流水。遂将手中双刀一紧，向那海盗进逼。

斗到分际，被他觑一个间隙，把左手刀拦开对面的泼风刀，右手照准那海盗腰里扫来。喝一声"着"，那海盗急忙躲避时，腿上已中了一刀，喊得一声"啊呀"，望后退去。

段人龙大喜，扬起双刀，指挥村人快快追杀。才赶得十几步路，忽听海盗们欢呼之声，喊着道："岛主来了！"便见前面一带火炬如蛟龙般蜿蜒而来，跟着有七八个人黑布裹首的健儿，手里高举着标枪，向两边分开站立，又听叱咤一声，宛如青天里起个霹雳，便有一个彪形大汉，旋风也似的跳至身前。前上戴着黄色绣花的巾，耳边插着一朵碗大的黄花。身穿黄色绣花蟒袍，虬髯绕颊，目有紫棱，闪闪如电。手里挺着一杆九龙錾金枪，十分威风。向段人龙喝道："哪里来的无名小子，胆敢伤我部下！也识得闹海神蟒余腾蛟的厉害么？"

段人龙一闻闹海神蟒余腾蛟的名字，陡地一震，因在闽浙沿海的海盗，要算此人大大有名，是个十分了不得的人物。曾在漳州连劫了三十二个乡村，击败官军于舟山群岛，不愧海盗之王，想不到这遭他光临到碧云村了。

段人龙到了这个时候，不得不硬着头皮，挥动双刀，和他一决雌雄。余腾蛟把手中九龙錾金枪向前一抖，枪花竟如车轮般大，对着段人龙胸前一枪戳来。段人龙把双刀向下一阖，想压过他的长枪。哪知余腾蛟之枪势凶猛，倏地已到段人龙腰边。段人龙向左一闪，枪尖上哧的一声，早把段人龙的衣服挑去一条。段人龙跳在一旁，定一定心，正想还攻，余腾蛟的长枪又到了头上。段人龙咬紧牙齿，将双刀架开，而余腾蛟长枪如怪蟒翻身，呼呼呼一连三枪，段人龙只有招架，不能回手。枪势又是沉重非凡，两膀酸麻，额汗直流。知道不是对手，只得虚晃一刀，向后退下。余腾蛟率众紧紧追上。众壮丁见段人龙战败，海盗骁勇非常，也一齐溃败，各逃性命。早有几个被海盗杀伤在地。

段人龙逃了许多路，因他是村中人，熟识途径，所以两三个转弯，已被他兔脱了。喘息方定，听得后面急急喊杀之声，不觉仰天长叹。忽又心中蓦地想起了一件事，欻地拔步便奔，飞也一般跑到了三间小屋的旁边。

那小屋前临塘水，墙旁有株柳树，风景很是清幽。此时在夜色昏暗中，丝丝垂柳飘拂，变成千百条黑影，映着远处的火光，好似披发少女在那里凄然欲泣。段人龙耸身跃上短垣，见里面一个很宽敞雅洁的庭院，左首一间房里有灯光射出，从外面的纸窗里很明晰地可以瞧见里面有苗条的人影，憧憧然地晃摇着。段人龙一见心喜，随即跳下墙来，向这屋子直奔。

原来屋中沿窗桌子上，点着一盏明灯，灯下立着一个十八九岁的女子，穿着一身紫衣，明眸皓齿，清艳非常。可是玉容惨淡，娇躯瑟缩着，慌得手足无措。一刻儿立着，一刻儿走着，自言自语道："他们果然来抢劫了。唉，这真是我们碧云村的不幸。愿天可怜我们一班良善的百姓，使海盗速退，不要多使人民遭殃。"又道："怎么我的父亲出去探听消息，这时还不归来？莫不是被那海盗杀伤了么？哎哟！教我怎么办呢？王郎，王郎，你若在这里，我有你的保护，自然不用惊慌。现在像我这样伶仃弱质，怎能自卫？"伊一边说着，一边把手帕去揩伊的珠泪。

段人龙已跑到房门前，把刀向门上一点，房门两边分开。倏地跳进房中，把那紫衣女子吓了一跳，不由将玉手指着他道："你不是段……"惊得话都说不出来了。

段人龙把双刀向左边胁下一夹，走近一步道："我就是段人龙。姑娘想也认得我的。外边海盗正在大肆焚劫，姑娘性命危险，快快跟随我去，免得他们来蹂躏。"

女子听了他的说话，略一镇定心神，对他说道："段爷，你为什么不去抵挡一阵呢？多谢你来照顾我，但我已拿定主意，强寇不来也罢，强寇来时，我是宁为玉碎，毋为瓦全，愿一死以保我清白的身体。段爷，你平日自命为一村的保障者，快些出去杀贼吧。"

段人龙被伊这么一说，面上不由通红，说道："姑娘，你不要辜负人家的好意。今晚来的海盗是闹海神蟒余腾蛟一干人，他们十分厉害，我已经和他们杀过一阵，败退到这里。因不忍姑娘被强寇欺辱，所以前来保护你同走。"

女子道："我不走。那么请你走吧。我是拼得一死了。"

段人龙不由大失所望，对着伊冷笑一声道："你不走么？我偏要你同走。老实和你说了吧，我既战败，碧云村势将糜烂。此后我也不能再住在这里，你是我心上的人，必须带你同走。平日你迷恋着倚恃着那个乳臭小儿，今夜他到哪里去了呢？恐怕再也不能腹生双翅，飞回来保护你了。快跟我走，休得不受人家抬举！"说罢，走到女子身边，伸手来拖伊的玉臂。

那女子将手臂猛地用力向后一摔，挣脱了，退后几步，颤声说道："怎的……你……你竟这样逼迫我么？"

段人龙从胁下抽过刀来，对伊一扬道："从我者生，逆我者死。不要耽搁时候，海盗快来了。"

那女子蜷伏在一隅，正在想方设法的当儿，外面跑进一个老渔翁，气急败坏地喊道："珠儿……珠儿在哪里！快快躲避，海盗杀来了。"一脚踏进房，忽然瞧见段人龙这般模样，不觉惊呼道："咦！段爷怎的在我屋里？"

段人龙急了，不耐和他多说，一个箭步跳过去，手起一刀，向老渔翁劈去。老渔翁急侧身避时，右肩已被砍中，跌倒在地。女子见了，不禁掩着面哭将起来。段人龙回身又把刀一扬，喝道："不许哭！快随我走！"

这时门外呓喝一声，又有一人冲进屋来，手中长枪如神龙般飞舞，正是闹海神蟒余腾蛟。见了段人龙喝道："你这厮却躲在这里做什么？一定不能饶你！"

段人龙没处闪避，遂把手中双刀使开，跳出房来，二人便在院子里鏖战。各出死力相拼，金铁之声相击，使人听了不寒而栗。余腾蛟战到分际，把手中枪一紧，分开双刀，一枪向段人龙咽喉挑去。段人龙招架不及，大叫一声，仰后而倒。

余腾蛟抽出枪头，向地下一插，回身奔到房里。那女子正俯身在老渔翁身边，看伊父亲的伤处。老渔翁卧在血泊里，呻吟不绝，刚想挣扎起来。余腾蛟见那女子倾城之貌，世间无双，惊叹一声"妙啊"，便不顾女子抗拒，将巨灵手掌轻轻把伊提起，挟在腰间，走出房门，拔起长枪，飞也似的去了。只剩那老渔翁大哭大喊，哪里有人来管他家的事呢？

海盗们在碧云村中洗劫了一夜，直到东方发白时，整队下船，一齐扬帆而去。

村人惊魂初定，收拾余炉，共计焚去十余家，杀伤二十余人。村中被劫者四分之二，损失甚大，一时难以估计。大家要查问段人龙，他在平常日子不自夸能够保护乡里的么？全村的治安都托付在他的手里，现在怎的杳如黄鹤，不见影踪呢？

有昨夜跟从他作战的子弟说，段人龙曾出来抵挡一阵的，后来被一个盗魁击走，不知去向。此刻不见出来，莫不是被海盗掳去了？也有人说段人龙吃了败仗，无颜出见，必是躲在哪里。然而他家中也不见他回来。四面出外搜寻多时，却有人发现那不幸的事情，前来报告。说东村姓钱的老渔翁被海盗刺伤右臂，他的女儿紫衣孃也被海盗抢去，不知生死。还有段人龙的尸骸却横倒在他家的庭院里。

大家一听这个消息，很是惊奇，蜂拥也似的奔到钱家来。瞧见老渔翁睡在床上，臂上伤处已有邻人代他包扎好。又见段人龙的尸身直僵僵地躺着，咽喉上有一个很大窟窿，血流满地，两把双刀抛弃在旁边。

大众都很奇怪，段人龙如何死在此地？究竟被何人杀死？遂去问那老渔翁道："老钱，你昨晚受惊了。你家紫衣孃可是被海盗掳去么？段爷又怎样死在你家中？你总该知道的。"

老钱叹气答道："我们实在不幸之至。可怜我女儿竟被一个虬髯黄冠的海盗生擒去了，这一去十分之九是死的了。哎哟，我的天啊！"说着话哭将起来，又指着房外道："你们要问段人龙这贼子么？可恨他不去抵御海盗，反而乘此机会来逼迫我家珠儿。昨晚我听得警耗，出外探听。见海盗一路抢劫过来，忙回家教珠儿避藏，哪知段贼正在房里用刀威吓我女。见我进来，不问情由，便把我一刀砍倒。后来门外又奔进那个虬髯黄冠的海盗来，和他决斗。那海盗本领高强，一枪把段贼刺死。他便过来把我家珠儿掳去了。唉，都是王大官人他处去了，若是他在这里，海盗虽强，也奈何不得。我家珠儿也不会被掳了。"

大家见他情形很是可怜，一面用话安慰老钱，一面通知段家家人，把段人龙尸骸异回去，备棺盛殓。大家很鄙夷段人龙的为人，但是他已死了，也只好罢休。不过村中一个人也没有到段家去吊孝。大家又很可惜紫衣孃的被掳，因为紫衣孃是村娃中的翘楚。伊的艳丽和海滨的碧云石同为村人所赞美。现在伊被海盗掳去，一定凶多吉少了。

这时村中被海盗洗劫后，村民不遑宁居，景象萧条。老钱的伤处虽然不久即愈，而他心里悲愤不能自解，时时独立在海边碧云石下，盼望他的女儿可能翩然来归，人家未尝不怜他的痴心呢。

一天清晨，老钱又独自一个人立在海滨碧云石畔，痴望他的女儿归来。忽见有一叶扁舟，破浪而来。到得近岸，见舟头立着一个美少年，身披绿袍，腰悬宝剑，丰神俊拔，顾盼炜如。双手合抱着，吩咐舟子将船靠岸。飞身一跃而上。

老钱一见这少年，慌忙上前相见，说道："王大官人来了！唉，大官人，你为什么不早些来呢？"

那少年听了他话，不由一愣道："钱翁，这是什么道理？你在此地望什么？珠妹可安好？伊在家中做什么？"

老钱把足一顿，道："你问起珠儿，使我肝肠崩裂。可怜伊在前夜被海盗掳去了！"

少年闻言不觉面色大变，手臂颤动，急问道："钱翁，真的有这回事么？"

老钱便把那夜海盗洗劫碧云村，段人龙乘机觊觎和海盗刺死段贼，掳去珠儿的经过详情告诉一遍。少年勃然大怒道："段人龙死不足惜，但是何物海盗，胆敢将我珠妹掳去？有我在这里，断不容他们如此猖獗。我王英民是个顶天立地的好男子，珠妹为我心爱之人，钱翁且又当面允许过婚姻，谁敢操作珠妹一发一肤，我决以性命相搏。海盗纵有三头六臂的本领，我也不惧。不把珠妹夺还，此生不再偷活人间了。"

说罢，怒气填胸，目眦欲裂。拔出宝剑，但见一道白光，向前砍去，只听天崩地裂般一声响，那块屹立千古伟大美丽的碧云石已中分两半，火星四溅。老钱惊得面无人色，倒退不迭。少年兀自横着宝剑，侧身望着那波涛汹涌的大海，大有气吞湖海之概，凛若天人。舟子看见这种情状，也惊得呆了。

这时村人闻信咸集，瞧着中分的碧云石，惊异莫名。有几个老者想起以前番僧说的四句偈言，现在果然应验。此人一定是奇人了，对他更生崇拜之心。于是一齐要求他代碧云村复仇，且找寻紫衣孃，使伊珠还。

少年又问盗魁是谁，在哪一地方，可能知道下落。村人答道："海盗便是著名的闹海神蟒余腾蛟，在闽浙海面上的海盗王。本领高强，羽党众多。但知道他常出没在台湾琉球附近的地方，却不能知道详细的下落。唯有在天台山白云庵里住持无碍和尚，以前曾在闽浙沿海做贩盐的勾当，熟悉地理，恐怕他或能知道一二。"

少年听了，便道："很好，我就到天台山去拜访无碍和尚，然后

11

再去找那闹海神蟒余腾蛟。必将珠妹好好夺还，且为沿海人民除却一个巨憝。"

又对老钱说道："钱翁，事不宜迟，恕我不再勾留，再会吧。我若救不转珠妹，也许葬身碧波，没有见面的日子了。愿翁珍重。"

说罢，飞身一跃，回到船上，将手对舟子一挥，速向南方驶去。众人和老钱立在海岸上，目送少年立在小舟上，渐渐驶向洪涛中，一刻儿忽已不见了。大家唯有咨嗟叹息，瞧着那两半分裂的碧云石，默默无言。但听浪声澎湃，激荡到海岸上，不知淘尽古今多少英雄。

欲知少年何人，还珠有望与否，请看下回。

第二回

寻宿仇头陀施毒手
访知友老叟救神童

一个粗眉大眼、膀阔腰大的头陀，身穿直裰，毵毵的乱发飘拂在两肩之上。背上背着一个韦驮神像，左手提着一具硕大无朋的铁钟，右手执着又粗又长的钟鞭，在街中走着。走了三步，提起钟来鞭一下，咣的一声，十分响亮，远近都可听得。随即把钟放在街上，口念阿弥陀佛，向众人捐募。那钟完全是铁铸的，上有龙虎风云之形，有四尺多高，三寸多厚，周围有七尺圆径，足足有三百多斤重量。若没有拔山扛鼎的勇力，绝不能轻易提起。但那头陀轻轻提来，似乎毫不费事。前后环绕着看的人，都惊得呆了。

不多时，头陀走到一家大门墙的面前，那门墙向有气概，两边有两株高大的槐树，三层石阶。头陀走上石阶，把钟鞭了一下，放在门里，自己当门而立，合掌说道："阿弥陀佛，王家是广信有名的大户人家，可以布施一下了。"

众人都立在街上观看，齐说哪里来的怪头陀，十分可怕。这时门里早走出两个家人，一见头陀这种情形，便指着他说道："你这头陀，既然要来募化，理该好好地向里通报，怎么可以把这大钟放在门口，阻塞交通呢？快些让开一边。"

头陀道："烦你入内通报你家老主人，说我六指头陀特地不远千里而来，要向你家老主人劝募十万两纹银，一个也不能缺少，否则我这大钟非但不能让开，而且你家一个人也不容出来了。"

大家听那头陀口索十万纹银，真是狮子大开口，一齐咋舌不止。两个家人见他出言不逊，好像有意寻衅来的，料他必定有很大的本领，一看那铁钟便知道了。遂又向他说道："你要向我家老主人劝募么？我家老主人性子很慷慨，乐善好施，当然肯捐出一些与你。但是十万两纹银也不是轻易的事，况他老人家现正出外，须待明后天归家哩。"

那头陀听了两个家人的说话，便道："当真么？我再等一两天来吧。"遂一手提起铁钟，才想走去，不料门里跑出一个十一二岁的童子来，生得五官清秀，体魄强壮，穿着湖色短衣，脚踏薄底快靴，喝问头陀到此何干。头陀听得声音，回转身子来，见了这个童子，笑嘻嘻地把铁钟放下，说道："这是你家小官人么？很好，我是宁夏天安寺的六指头陀，特来向你家老主人劝募十万两纹银。一个也不能缺少。凑巧他已外出，本想缓日再来看他。现在你小主人来了，也可代表他的。快请见赐，不要犹豫。"

童子双目一瞪道："头陀，你要募捐，也不能如此无礼的。多少由人乐助，断不能任意需索。我没有见过你这种劝募的方外人，快快退去，不要恼怒了我，使你当场出丑。"

头陀哈哈大笑道："谅你乳臭未干，公然口出狂言，令人可笑。我六指头陀不是好欺的。有心到此，岂能空手而还？你要使我当场出丑？很好，我倒要领教领教你的大能耐。"说罢，立着不动。

童子走上前几步，伸出手掌，照准铁钟一掌劈下，但听訇然一声巨响，那钟已劈为两半，倒在地上。头陀脸上也很露出惊异样子，说道："果然好本领。"俯身将钟合起，又合掌向童子深深一拜道："领教了，三天过后，再来拜访你家老主人。"说罢，遂挟着破裂的铁钟，回身走下石阶，向南而去，头也不回。

14

家人在旁边很清楚地瞧着，一齐赞美道："小官人把那头陀驱走，劈破铁钟，也为我们广信人争得光荣。那头陀匆匆退去，明明是心中胆怯，滑脚跑了。说什么三天后再来，这是一种好听的说话罢了。究竟王天放老英雄生得这位神童，真是跨灶了。"

原来王天放是江西广信地方的著名人物，他老人家行侠仗义，锄恶扶良，远近的人有口皆碑，非常崇拜这位老英雄。因之门下食客甚多。凡有人家患难向他来求助，或是借钱，他总肯接济的。本来很有家财，为着他喜欢散施，便没有钱多了。早岁曾从戎北方，曾在宁夏地方做过一任总兵，很能为地方兴利除害，贼盗闻风远避。后来得罪了巡抚，遂罢职家居。老妻早已亡过，所生只有一子，取名英民，幼时诵读之暇，常常教他练武。英民天资聪颖，不但文字能够悟解，而于武艺也是心领神会，很喜学习。自幼两臂很有膂力，王天放擅长的是硬功，把自己所有的本领一一传授与他儿子，因此英民外家功夫很好，能掔斗牛，举石鼓，踢大树使倒。城中曾有一次举行大规模的赛会，十分热闹，万人空巷。当赛会经过一座石牌坊的下面，牌坊上正立着许多人，居高临下而观。不知怎样的，牌坊忽然摇摇欲坠，众人骇极而呼，恰适英民正在寒舍中，乔扮武松，戴着英雄帽，颤巍巍一朵大红绒珠，浑身黑衣，立在一个汉子的肩上，果然威风凛凛。方才来到牌坊面前，一见这个情状，立即一耸身跳将上去，双手把牌坊擎住，喊众人快些下去。直等众人一个个都走完了，他又把牌坊端正在原位，不致坠下。此时旁边的人都代他捏把汗，他站下来时，泰然无事一般。众人惊奇不置，若没有英民前来，稳要出一大乱子了。以后地方上人遂雇石匠去修葺好，而英民的神勇可见一斑，在童年时已崭然露其头角了。

这天恰巧王老英雄到仙霞岭去拜访一个方外之交，所以只剩英民在家里，忽然遇见那个六指头陀前来恶化缘。英民少年气盛，虎生三日，气吞全牛，哪里把头陀放在心上，施展他的神力，先把铁钟击破，略显技能。不料头陀并不挺身和他较量身手，反向他合掌一拜，敛容退去。不但家人讥笑头陀无能，便是英民心里也以为自己先声夺人，致将头陀吓退呢。

两个家人见头陀被小主人逐走，也很得意扬扬，向他人夸赞他家小主人的厉害。英民回到里面去看书，觉这么一来没有交手，很不爽快，懊悔自己适才不曾追上去，把那头陀痛打一顿，舒展一些拳脚。但是头陀知难而退，走得很爽快，自己如何能够追上去打人呢？

将近天晚时候，忽见下人报说阎爷来了。英民说声请，忙出外迎接。走到厅上，见厅中站着两人，一个躯干丰硕，双眉卓竖，目细而长曲，面赤有须的，乃是他父亲的金兰之交阎爷应元。应元是北通州人，武生出身，曾为江阴典史，很有贤名的。一个是七十多岁的老叟，衣冠不整，足上穿着一双破棉靴，脚跟都露出来了。领下一部花白胡须，又是短又是不齐，左颊上一个很大的疤痕，左耳也没得了。上下唇只是不停地掀动着，使人看了发笑。右手持着一根旱烟筒管，背上系着一个长而粗的毛竹筒，不知是什么东西。英民以为是阎爷带来的老头儿，这样龙钟老迈的人，哪里在他的心上，便向阎爷行礼招呼，却不和老叟款接。

阎应元却请老翁一同坐了，问道："你爹爹不在家么？我和他数年没有见面，因为思念他，左右没事做，遂来拜访他，和他畅叙积愫。他竟到哪里去了呢？"

英民答道："多谢叔父垂念，家严在前天到仙霞岭去看松虚上人，明后天便要归家的，请叔父在此稍待。但是叔父不是在江阴荣任典史么？怎么有空到此？"

阎应元道："罢职了。朝廷调我到英德去，但我有鉴于一班豺狼当道，十分灰心，情愿抱瓮灌园，以老此生了。不过眼见中原鼎沸，明社有沉沦之虞，心里也是难过得很。"说罢，微微叹一口气。

英民方要说话，却见老叟双目炯炯地向自己注视不瞬，一会儿凑到阎应元的耳畔说了几句话，阎应元把头点点，又问英民道："贤侄近来跟从你老人家习武，谅必大有进步。可曾和人家交手过？"

英民很直爽地答道："小侄也是功夫很浅，不敢妄动。只在今天曾有一个头陀，自称什么六指头陀，到我家门上来劝募。把一座三四百斤重的大铁钟放在我家门前，硬索十万两纹银。我见那贼秃太是可恶，遂运用功夫，先把他的铁钟劈破，预备和他较量一场。哪知他就此胆怯，不敢上前而走了……"

英民说到这里，那老叟正在吸着旱烟静听，忽然把烟筒一吐，哧的一声，笑将出来道："小官人，你自以为本领高大，便把那头陀吓走么？却不知那头陀不屑和你较量，要等你老人家来呢。否则他岂有不动手之理？似小官人这般本领，我虽没有赏识过，然而要和外边人较量，终是远哩！"说罢，哈的一口浓痰，直吐到英民脚上。

英民本来瞧见这老叟觉得很是厌憎，现在又听老叟说出这种不入耳的话来，得罪自己，又是被他一口浓痰吐在脚上，自己是天性好洁的人，又是心高气傲的人，究竟年纪幼稚，一些儿没得涵养功夫。不顾阎应元在座，便欻地跳起身来，取过抹布，拭去靴上的浓痰，满面怒容，指着老叟骂道："你这老头儿，好没道理，我又不告诉你听，偏偏你要横插出来，说这种不识时务的话，惹你家小爷生气。你说那头陀不屑和我较量，怎生见得？有何理由？那头陀被我驱走，却是事实，众人亲身目睹的。你不是有意来怄人么？"

老叟嘴唇一上一下地颤动着，回头对阎应元说道："阎爷，我是好意给他一个教训，谁知反触动了他的怒气，孺子不可教也。"

阎应元只微笑不语，老叟又对英民说道："小官人，不要这样暴跳如雷。老叟说你没有本领是不错的，你不信时，就和我较量一下，可好么？老朽虽然衰老无能，然而像你这种小孩子，也不在我心上咧！"

英民听了，不觉哇呀呀地喊起来道："你这老头儿，莫非癫了？小爷送人钱拳，管教你立刻去见阎王。"

他本来不曾和头陀决斗一下，觉得不畅快，此刻已被老叟激怒，遂一拂衣袖，跳至庭中，使一个旗鼓，说道："来来来，你这老头儿，太欺人了。"

老叟向他只是微笑，把旱烟筒放在一边，一步一步地走到庭中，说道："小官人，你喜欢怎样打法？悉随尊意。"

英民怒气勃勃地说道："比拳便了。老头儿，你可预备好，我要打过来了。"

老叟笑道："我没有什么预备的，请你打来便是。你有若干气力，一齐用出来吧。"

英民急使一个五岳朝天式，用尽平生气力，一拳向老叟头上打下。自以为不要说老叟当不住这一拳之力，便是被拳风也要带倒了。老叟忽然很灵活地只一闪，身已跳至他的背后，说道："我在这里，小官人请啊！"

英民更是发怒，回身一脚飞来，老叟又退后几步，说道："小官人，你当真发怒，要打死老朽么？老朽这条老命也不要了，和你在宽大的场上去斗一回，拼个你死我活。是好汉的随我来。"说罢，回身奔出门去。

英民岂肯干休，也紧紧追在老叟背后，从大门到街上，转弯抹角地跑了二里多路。英民见老叟总在他的面前，相隔只有十数步路，你跑得快，他也跑得快，你跑得慢，他也跑得慢。直到出了城关，任你怎样用力追赶，休想追得上一步。心里渐渐觉得有些奇怪，但是好胜心重，哪里舍得放下，依旧紧追上去。

看看已跑了三四十里路，到了荒僻的野里。英民跑得满头是汗，大呼："老头儿，你说要到空旷之处较量一下，这里不是很好的地方么？你只管逃命算什么呢？"

老叟回过头来，嘴唇一上一下地掀动着，笑嘻嘻地说道："我要跑得不高兴了，然后再和你动手。你若跑不动时，只要向我磕三个响头，我就可怜你，不再跑了。"

英民愈怒道："呔，老头儿，你不要仗着跑的本领来调侃人家，今天小爷一定要追着你。凭你上天，我也要追到天上，凭你下地，我也要追到地下。"说罢，用力追上去。

老叟依然在前面飞跑着，约莫又走了十里多路，老叟方才回身立定，把破靴一蹭道："来吧！"

英民追得怒气填胸，好容易见那老叟站住了，便使个饿虎扑羊式，一拳向老叟胸前打来。老叟却矫捷如猿猴一般，将身子望下一矬，英民一拳打个空，身子收不住，直扑上去，老叟只用一掌，向英民背上一拍，英民当不住，向前直跌出去，一个狗吃屎，掼了一丈多远，哇的一声，吐出一口紫黑的血来，顿时昏迷不省人事。

老叟点头说道："好了。"遂向地上盘膝坐下，把英民搁在膝上，用手在他周身上下一阵推摩。

英民悠悠醒转，觉得身子很是疲惫，想起适才情景，十分奇怪。老叟放他立起，对他微笑说道："这样我救了你的性命，你知道么？还要骂我老头儿么？那六指头陀已下毒手，要将你置之死地。好小官人，你还以为他被你吓走呢？老朽不要好笑么？"

英民听老叟说话，想起当那头陀向他合掌下拜时，微觉有一阵凉风，直透胸前。大约他暗下毒手了。又明白这老叟必然是个奇人，瞧出我受伤的所在，故意用言语来激怒我。我年少气盛，瞧不起他，以为他衰老无用，却不知他诱我奔跑数十里路，然后用手术把我的伤血呕出，有心救我一命。何等仁心侠肠，我反把他痛骂，岂不愧死？遂对老叟双膝下跪，深深一拜道："多蒙老丈相救，小子感恩不尽。适才小子将好作歹，幸恕其年幼无知，并请不吝指教。"

老叟莞尔一笑，伸手把他扶起，说道："不知者不作罪，这是我

19

有意用话来激怒你的，也不是你的过处。现在喜已无恙，我们归去吧。恐阎爷要盼望的。"

两人遂缓步回来，家中下人们见小主人追一老叟而去，很是奇讶。阎应元早得那老叟知照，明知就里，所以很安心地守候。天色已黑，下人请阎爷到书房里坐，掌上灯来，又等了一刻钟，才见英民和老叟走进。而英民已换了一种恭敬谦卑的态度，把老叟十分重视了。

阎应元笑扶着英民的肩道："我的朋友居然救了你的性命，贤侄可以无恙了。那头陀说化缘，要捐募银子，我看实在是来寻仇的。不然他为什么要中伤你呢？且待你老人家归来时，不难明白真相。"

英民道："他说本来寻找家严的，三天后他再要来哩。此仇不报，非为人也。"

阎应元道："很好，我也要看看那个秃贼究竟怎样厉害呢？贤侄，你府上有酒么？我的朋友非常喜欢喝酒，请你取出来给他喝个畅快吧。"

英民点头道："有有，我家有十几年的陈酒，小侄本来要代叔父和这位老丈洗尘哩。"遂跑到里面，吩咐厨下，端整筵席，开了一坛陈酒，便在书房里陪伴二人饮酒。

那老叟一见了酒，喜形于色，斟着便饮，也等不及英民来敬他了。此时英民见老叟一言一动，愈觉不是寻常人物，不过他嘴唇一直上下掀动着不停，未免滑稽可笑，很想向阎应元一叩老叟来历，只是不好意思启齿。

那老叟喝了十多斤，方有一些醉意，阎应元已是酩酊大醉了。英民不过喝了三四杯，遂起身把二人招接到一间精美的客室里，让他们各据了一榻而睡，自己入内安寝。

到得明天，二人一早就起来了。英民出来奉陪着他们，到城里著名的寄畅园去遨游半天而归。便在这天下午，老英雄王天放回家

20

了。他因年老喜欢研究佛经，所以特地到仙霞岭仙霞寺中，去拜访他的方外知交松虚上人。听讲佛法，一同参禅。一住数天，颇觉心头光明，渣滓俱无。只为家中还有一些事情，就别了松虚上人归家。一见义弟阎应元前来，很是快慰。

阎应元遂介绍老叟和王天放相见，说道："这是我新结识的一位朋友，姓胡，名一山。大家称呼老胡的。他也久慕老哥的声名，同来晋谒。"

王天放一面对老叟上下打量，一面带笑答道："不敢当，胡翁大概也是我道中人吧。"

老胡笑笑，王天放回过头去，向他儿子英民问道："我出门后，家中可有甚事情？因我入城时，见有几个人见了我面，忽然叽叽喳喳地讲起来，什么头陀募化十万两纹银，大铁钟一击而碎……究竟怎么一回事？你可闹什么乱子？老实告诉我。"

英民遂把昨天和头陀相遇的事，细细告诉一遍。王天放听了，顿时面上变色，把足一顿道："原来是六指头陀来了，哎哟，你已着了他的毒手，命在旦夕，不救将无及了。"

阎应元哈哈笑道："老哥不用惊异，令郎可以无恙。因为已有人来救好他了。"遂又将老胡如何激怒英民奔跑四十多里，呕出伤血等情形缕述毕。

王天放便向老胡一揖到地道："胡翁大德，终生不忘。"

老胡嘴唇一上一下地掀动着，只是微笑不语。王天放连忙吩咐下人设一丰盛筵席，父子俩陪着阎应元、老胡畅饮。因闻老胡喜欢吃酒，所以接连地斟上酒来。酒过数巡，王天放又问道："幸恕冒昧，我更请问老弟怎样结识这位胡翁？我料胡翁定是尘海中的大英雄，其中经历谅有一番奇事逸闻，老弟可能告诉一二么？"

阎应元托着酒杯，哈哈笑道："我和胡翁萍水相逢，也是结识得不长久呢。既蒙老哥垂询，待我先把我们二人结识的经过讲了，然后再请胡翁叙述他的生平吧。"

王天放道："也好。"

英民在旁，见他们将要讲出老胡的来历，不觉眉飞色舞，十分有兴，预备洗耳恭听。老胡却依旧狂喝着酒，若无事一般。

欲知老胡是何人物，阎应元又怎样和他认识，请看下回。

第三回

只手挽危舟奇能惊客
单身探虎穴剑气如虹

阎应元又喝了一杯酒，方才说道："我到广信来晤老哥，本是一人走的。从浙江省到此，因慕浙西山水之胜，要推桐庐富春一带，所以打从这地方走。由七里泷到富阳，山青水碧，风景清丽得无以复加了。过严子陵钓台，双峰如云，悬吊其下，觉得魂魄似随古人同去，滴沥空濛，浑忘尘俗。叹吾人逐鹿功名场中，满身都沾着俗气，得绿水一涤胸襟，清醒得多了。到了富阳，我因要拜访一个同寅，在那里逗留了四五天，仍旧雇着一船南行。半途忽遇见这位朋友，在岸边喊往我船，要想搭舟。我见他是个老年人，当然没有不允之理。遂命舟子靠岸。哪知这地方水势峻急，岸旁浅滩甚广，舟子不容易将船靠岸。而且勉强拢去，相隔还有两丈多远，教他如何上得船来？那时他见舟子十分用力，累得满头是汗，而船终靠近不来。他便大声呼道：'不用靠岸，我来了！'飞身一跃，已到船上，如风吹落叶一般轻飘，一些儿也不觉船动。使我和舟子都不觉惊异了。"

阎应元说到这里，王氏父子一齐紧瞧着老胡。老胡却撕着熟鸡大嚼，微笑道："阎爷故甚其词了。"

阎应元继续讲下去道："我们坐定后，彼此叩问姓名，才知他姓胡，名一山。是山西雁门人氏，南游到此。我也把我的出身告诉了他，且说要到广信来拜访老哥。他遂一同至此。但是途中还有一件

23

事情，救了我的性命，也值得一讲的。当我们舟行的时候，某日之夜，月明如水，我同胡翁坐在船头赏月。看着两边沉睡的春山，蒙着月色，似盖了一层银色的锦被。忽然舟子驾舟不慎入了漩涡之中，那舟便失势，随着急湍向一个危滩上撞去，疾如奔马，挽救无及。舟子在后艄惊喊起来，我见了这种情势，知道不妙，行将与此舟同尽了。胡翁却不慌不忙，霍地立起身来，从舱中钻到船艄，一手把舟子提开，自己便去握住舵。说也奇怪，等到胡翁一把舵，那舟便不往滩上冲去了。其势大缓，渐渐向左转动。不一会儿，已出了急湍，回到安流。舟子看得惊异莫名，说道：'这位爷莫不是神明来救免我们的危险？不然怎会这般神力？挽出这船于漩涡中呢？'胡翁回到船头，仍和我对坐。我益发相信他是个有绝大技能的异人了。遂向胡翁询问来历，胡翁总是不肯吐露，却说且慢。不知今天他能告诉我们么？"

阎应元说罢，王天放舞掌狂欢道："胡翁有这般惊人技能，使我等不胜倾倒。我们自信还不是伧俗之俦，胡翁何妨直言相告，也令我等格外快慰？"

老胡霎霎眼睛，掀掀嘴唇，拈着苍白胡须说道："你们既然诚意要知道我的来历，我若再不讲时，非但有负雅意，反要使你们益滋疑窦了。

"我在少年时，曾从几个名教师学习武艺，马上步下，件件都精。也曾随熊廷弼经略镇守辽东，屡立军功。以后熊廷弼经略被谗论死，我也灰心国事，解甲归田。在北方开设一个镖局，保护行李往来，很著声名。那时我仗着艺高胆大，听得太行山有剧盗盘踞，不论任何镖客，一概要拦劫而不放通告的。我自恃其能，起了好胜之心，遂独自往探。在半夜时深入山中，寻到盗窟。其时盗寇大半已入睡梦，我悄悄走到一个去处，见一间很轩敞的室中，灯光明亮，一个老者和一少年在那里对弈。庭中有一株高大的梧桐树，我随即飞身跃到树上，以便窥探动静。我自信飞行术已臻上乘，真可以说得杳无声息，只有桐叶微微摇了一摇。

"忽听老者口里说道：'东北上一子出了毛病哩。'

"少年道：'不妨，若在他背后一子，他就逃不出来了。'

"老者道：'先下手为强，快动手吧。'

"我还以为他们在讲棋子呢，却不防唰的一声，少年已跳到外边，手里握着一根铜棍，喝道：'哪里来的奸细！胆敢私入山寨，管教你来时有门，去时无路。'

"我方知已被他们瞧见了，心中一惊。继思我本是冒险来的，不入虎穴，焉得虎子。怯什么？遂拔出宝剑，从树上跳下。但见一道黄光已到我的头上，我便把宝剑拦开少年的铜棍，和他在庭中决斗起来。那少年棍法纯熟，使开铜棍，变成一道黄光，呼呼有风雨之声。我自然也不敢怠慢，舞开宝剑，紧紧御住。正斗得胜负难分的时候，忽见那弈棋的老翁嗖地跃到庭心，便有一道白光如闪电般射到我的头上。我一见大惊，知道那老翁擅有剑术，今夜遇到能人，真许像那少年所说，来时有门去时无路了。只得把剑架住白光，紧护我身。此时那少年已退在一旁，只有那白光忽上忽下地向我刺击。我哪里招架得住，自思三十六着，走为上着。少停若被那剑光包围住，要逃也不能够了。遂乘个间隙，飞身一跃上屋，仗着我的飞行本领，没命地向外奔逃，却见那剑光在我身后紧紧追来。

"一口气跑下山岭，见前面一座森林，想到林子里去躲避一下吧，实在没有地方逃避了。蹿进林中，见丰草高与人齐，正想伏在草里，不防那白光也穿进林子来，一时簌簌之声，树叶如雨而下。白光已盘旋在我的顶上，倏地下落。我觉得颊上一痛，明知性命休矣。

"忽听豁剌剌一声响，又有一道白光穿林而入。两道白光遂在空中往来飞舞，如两条游龙。我吓得屏息不敢稍动，隔了一刻工夫，两道白光忽地散开，其中一道白光迅速地望北而逝，顿时白光尽敛。却见一个道人立在我的面前，我知道这是剑仙了，连忙向他下拜。

"道人道：'你的颊上已被剑光划伤了。'

"我一摸颊上痛处，早有鲜红的血流下。道人从腰里解下一个葫芦，倒出一些药来，给我敷上，立刻止痛。道人遂牵着我手，走出林子，在一块大石上坐定。对我说道：'太行山里的盗党，很有几个能人，你不谙剑术，如何冒险深入？幸亏遇见了我，无意中经过山下，见了剑光，遂来相助，否则你已死在剑光之下了。'

"我遂把我出身奉告道人听，道人点头说道：'那么你也是个俊杰之士，如若跟随贫道二三年，贫道可把剑术教授于你。'

"我听了，此后我遂跟从那道人云游川陕诸省，始知那道人法名崆峒子，是华山五福观里的方丈。到处采药，为人治病。不取医资，很有仙风，而道貌盎然。为人很是谦卑，一些儿也看不出他挟有绝大的技能的。

"有一年，在湘省红桃山上，因为采药的缘故，耽搁在一个水仙里，暇时把剑术教授我。我悉心学习。一天，忽有一个歪头道人，到庙里找崆峒子。和我师悄悄说了许多话，我师只是蹙额皱眉地露出不安的形色，那歪头道人又似乎有重要的事，请求我师出去的样子。最后我师微叹道：'我久不开杀戒了，前次遇太行山剧盗，也放他过门，不管闲事，此番却不得不一走哩。'

"遂立起身来，叮嘱我道：'我因为同道中有要事，不能不顾问。要往远处走一遭。你也不必跟我，徒劳跋涉。不妨住在这个庙里，静静地修养。待我归来再说。'

"我答道：'谨遵我师之命，但愿我师早去早来。'遂送出庙门，目睹我师崆峒子和那个歪道人向山下走去。其行如飞，倏忽不见。我估料其中必有一幕流血的事，可惜我师不教我随往，不能一睹究竟。独自在庙里习练剑术，有时往瀑布下沐浴，有时向林间散步。

"这样过了十多天，我师崆峒子飘然归来。只见他面上有不悦之色，我又不敢动问。便在这夜，我师把我唤到他室中，对我说道：'你从我学习剑术，且喜你非常用心，事半功倍，已有一些根基了。以后只要你勤修不息，自会精进。我今赠一宝剑与你，作为纪念。也不枉你随我数载的辛勤。'

"我听了他的话，似乎我师将要遣我他去了，不明白他的意旨。

见他从箧中取出一剑，约有三尺长，剑鞘已敝。倏地抽将出来，但见神光兔脱，宝气龙腾。一室之中，顿觉光明。细细一看，上有龟文龙鳞之形，是千年以上之物。

"我师托着宝剑说道：'在春秋时，越王允常聘欧冶子做名剑五口，一曰纯钩，二曰湛卢，三曰豪曹，四曰鱼肠，五曰巨阙。其时有个善识剑的，姓薛名烛。越王先将豪曹给薛烛看，薛烛说道："宝剑五色，现在这豪曹黯然无华，殒其光芒，已失去神了。"又把巨阙给他看，薛烛道："这一口也不能称为宝剑，必要金锡和同，气如云烟，方有价值。"又将鱼肠给他看，薛烛道："金精从理，至本不逆，现在在鱼肠倒本众末，是逆理了的剑。"遂又将纯钩给他察看，薛烛谛视之下，矍然而起道："恍恍乎如屈阳之华，沉沉如芙蓉始生于湖，观其文如列星之行，观其光如水之溢塘，观其色焕焕如冰将释，见日之光，这是纯钩宝剑，不愧利器。"于是越王非常宝贵。越国亡后，那五口剑不知散失在何方，湮没已久。此剑即纯钩宝剑，被我得来很不容易的。现在我是以你道德和技能都好，宅心刚直，很有侠气，所以愿将此纯钩剑赠送与你。他日你仗着这宝剑，可以做一番事，不负我的期望。不过从明天起，我将和你分别。因我此次出外，为同道所黩，不得已又开了一重杀戒，实是出于违心之举。现在仇人窥伺我的必然不少，我不欲重演流血的惨剧，此后入山必深，入林必密，再也不溷扰在这个尘俗里头了。'

"我听了我师告诫的话，又喜又悲。喜的是纯钩剑为不世之珍，我师竟能赠授于我，我得了此剑，不难取胜敌人。悲的是跟从我师数年，得益既多，感情亦厚，一旦永别，何以为情？忙向我师拜倒，接过这口纯钩宝剑，抚摩一下，依旧归到剑鞘里。

"我师又对我说道：'世间聚散无常，我与你萍踪巧合，相随数年，此中自有因缘。今兹分离，不必效世俗的悲伤，宜抱旷远的思想。但愿你前途珍重，好自为之。多行仁义，少施杀戮。将来自能得益无穷了。'我唯唯称是，然而心里总觉得非常难过。

"到得明天早晨，我去谒见我师，我师已不见影踪。原来他恐怕和我分别时，又要使我恋恋不舍，所以不着痕迹地走了。于是我也只得离开红桃山，回转家乡。有时思念我师，白云缥缈，绿水悠远，不知我师究在山中呢，还是在湖上？觉得我师真是一个天壤间的奇人，可惜他的一生，却只能得其片鳞半爪，不能详细明白下落呢！"

老胡说到这里，叹了一口气，早听英民高声嚷起来道："可惜！可惜！那崆峒子究是一个何许人物，使我听得非常难过。怎么不继续讲下去呢？"

王天放叱道："前辈在这里讲话，不容你无端插嘴。"

英民不觉面上一红，低着头不响。老胡笑道："我所知道的只此而已，教我怎样讲下去呢？唉，我得了这口纯钩宝剑，也有二三十年了，浪迹天涯，自愧没有做什么事业。现在幡然老矣，有负我师，有负此剑！因想物色一英才，把这宝剑转赠与他，方不使此剑湮废无用。但是年来奔走各处，却还找不到可传之人，的确是件憾事。"

说至此，眼光瞧到英民身上。英民也不期而然地抬起头来，老胡便对王天放说道："我现在却找到一个人了。令郎英俊可爱，且小小年纪已有超人的本领，确是一个可造之材，前途进步无量。我愿把这纯钩剑转赠与他，且将剑术指导他明白，使他有更上一层的技术，将来可以建立一番功业。不知老英雄意下如何？"

王天放听老胡愿将剑术教授他的儿子，且把纯钩宝剑奉赠，十分欣喜，忙说道："多蒙胡翁不弃，愿意把小儿收入门下，这是何等庆幸的事？只恐小儿才质庸陋，有负美意罢了。"立刻命英民过来拜师。英民果然情情愿愿地走过去，向老胡磕了三个头。

阎应元在旁拍掌称快，对王天放说道："英民贤侄本是虎儿，已有很好的本领，再得胡翁指导，真是锦上添花，更胜一筹了。"

老胡又道："少年人当有峥嵘气象，方今那些少年，都文弱萎靡，不能任重而致远。我看英民虽在童年，而已有一种磊磊落落的英气，于无意中流露出来，好似珍宝奇物，自有陆离光怪的色泽，不可揜没的。"

王天放听了，更觉快活，接连地斟酒敬与老胡。老胡绝不客气，一杯一杯地尽喝。又喝了八九杯，立起身来，将背上负着的毛竹筒解下，拔去了盖，抽出一柄宝剑。绿鲨鱼皮鞘，很旧了，然而愈显出宝剑古代的精神。老胡把竹筒放下，拔出剑来，寒光森森，不可逼视。剑柄上刻着欧冶子造四个篆体小字，剑背上果有龟纹龙鳞之形，剑光湛湛如秋水照眼。王天放与阎应元从来都没有见过这种宝剑，忙赞美道："好剑！好剑！"

老胡笑笑，仍把剑插入鞘中，双手奉予英民。英民接过，又向老胡下拜。老胡道："我带此剑，常贮在竹筒之中，用时方取出，所以人家不防我的。但是你却不必用这竹筒了。这宝剑每遇着危险临头，或是发生战争的当儿，便要跃出剑鞘，有龙吟虎啸之声。希望你能善用此剑便了。"

当时众人重复入座，英民却捧着宝剑，喜得嘴都合不拢来了。阎应元道："现在胡翁已把他的来历吐露，使人听了，很是快慰。也知胡翁是个风尘中的大侠，但是那个六指头陀怎样和大哥结下仇隙？以致这次找到门上来，其中缘由，还请大哥也讲个明白。"

王天放道："不错，待我来告诉你们吧。当我在宁夏做总兵的时候，地方上常常报告巨窃的案情。又有人家妇女在夜间被人采花，用一种迷药来迷倒的。有一次，姓霍的人家，有一个小姐，也被贼人来采花，先用迷药迷倒，后来不知怎样的醒了，而贼人还没有去。那小姐哭喊起来，家人闻听前去救视，却见那小姐已被杀死在床上，贼人却不知去向了。府吏严行缉拿，但是终没有破案。我听这个风声，也很愤怒。

"一天，府吏忽来拜访，说本地的窃案，如采花案一天多一天，若不破案，把贼人捉到，何以为民父母，使闾阎安宁？我说道：'贼人如此猖狂，必非一人所为，总有伙伴同在此间。宁夏地方不大，只要城厢内外挨户严搜，不难发见踪迹。'

"府吏道：'案情很是棘手，贼人的足迹，固然明白，但是那些捕头衙役不是他们的对手。因此我过来要求总兵派兵前往捕剿。'

"我喜道：'既然府吏已访得真情，要我相助一臂之力，自当效

29

命。也为地方除去祸害。请府吏快快把实情告诉我听。'

"府吏道：'东门外不是有个天宁寺么？那是很大的丛林，里面僧人很多，住持是崇一和尚，和本地缙绅先生们很有结交的。现经捕头丁大报告，说是本地的巨窃案和采花案都是天宁寺里的住持和他徒弟所做的。因丁大和寺里一个火工道人有亲戚的关系，从那人口里探听一些风声出来。丁大还未敢深信，恰巧在那天宁寺后门的对面，有一个破败荒凉的钟楼，为狐鼠的窟宅，人们足迹所不到的。丁大遂在傍晚时，悄悄掩至那个所在，登楼守候动静。一钩凉月，渐渐从白云中攒出，照得四面很是光明。秋风飒飒，露下如雨，四周静悄悄的，只闻草间凉蛩哀鸣，如泣如诉。瞧着天宁寺的后墙，依然沉寂，心中不免有些狐疑。山鼠如猫大，在楼上下奔跑，声音很响，看了人也不畏避。守至三更时分，忽见有两条黑影，自天宁寺后墙飞出，疾如飞燕，向南方而去。丁大见了，方才深信以前许多案件都是天宁寺里僧人做下的。依然坐在钟楼上守候。直至四更过后，先见一条黑影蹿入寺去，后来又见有一条黑影，好似背着巨大的包裹，也从墙外飞跃进去了。丁大虽也会些武艺，便见贼人本领高胜，自料不是对手，所以没有露脸。明天城里果然有两处大户人家被窃，他遂报告我知道。我不利己，前来请总兵协助。'

"我听了，遂一口允诺，立即在那天晚上，派遣一营马步兵，由自己率领着，会同衙门里的全班捕役，悄悄地扑奔天宁寺。到得寺门前，把那寺门团团围住，一齐入内捕捉，住侍崇一和尚正拥着一个妇女酣睡，仓促间不及防备，被我生擒。其余僧人虽多，有持械拒捕，却被部下杀的杀，捉的捉，大破天宁寺。把寺中藏的三四个妇女问明底细，一齐释放。然后抄出许多赃物，证据确凿，便把寺门封闭，押解众僧人，关入监中，收兵回营。府吏便提出崇一和尚和众僧人，逐一问明口供，大家直言招出，情甘服罪。次日便把崇一和尚和几个为首的斩首示众，其余分别监禁。发还失主的失物，宁夏人无不额手称幸。那巍大的天宁寺，就此渐渐荒废了。不过当时尚有几个僧人，在外漏网，未曾伏法。

"数月后，忽有一个头陀到我处来投柬，手下人把柬帖送给我看，只见上面写着一行小字道：'我师惨遭杀害，大仇不可不报。十年之后，将与我公见面，了此一重公案也。'下署六指头陀四字。我急命手下找寻那头陀，时已不见了。我也付之一笑，不放在心上。迄今已过了十年，完全忘却。想不到他果然前来找我，旧事重提。大约那六指头陀已习得高深的本领，所以敢来。凑巧我不在家中，他便把英民暗害。其心狠毒极了。他说三天后再来寻我，很好，我岂惧他？当和他一决胜负。"

　　老胡喝着酒，说道："我料那头陀有恃而来，断乎不可轻视。老英雄还要谨慎。好在我在这里，缓急时可以帮忙。"

　　王天放道："有胡翁相助，更不足虑了。"遂又举杯痛饮，直喝到三鼓时，肴核既尽，杯盘狼藉。王天放和阎应元再也不能喝了，方才散席。老胡还喝着余沥，津津有味哩。于是大家告辞，各去安睡。唯英民抱着纯钩宝剑，跳跳纵纵地回到内室去，可以说是他的生平第一乐事呢。

　　到得明天午后，王天放正陪着老胡、阎应元在书房中闲谈，英民也侍立在旁。忽然下人入内报道："那个化缘的头陀又在门前，要找老主人说话。"

　　王天放立起身来说道："很好，他果然来了。我去见见，看他究有多大能力。"说罢，便往外走。

　　欲知王天放和六指头陀见面后如何情形，请看下回。

第四回

月影剑光头陀授首
脂香粉腻少女卖淫

王天放等一行人走到大门口，见那头陀当门而立，面目狰狞，一望而知不怀好意的。那头陀一眼也瞧见了英民，不觉陡地一呆，面上露出骇异之色。又见王天放等都是显出一种从容不迫的态度，更觉得有些虚怯了。

王天放走到头陀近身，大声说道："你就是六指头陀？特地找我而来么？"

头陀答道："不敢，我来拜求大施主布施十万两纹银。"说罢，向着王天放合掌顶礼。便觉有一阵冷风，直扑王天放的胸膛。

王天放早用心预防，便把气运足了，当住这一掌，急忙也把左手向外一摆，说道："不必多礼。"

头陀却从阶上倒退三步，冷笑道："王老英雄不要逞能，欺侮出家人。谅你也记得天宁寺的一回事的。常言道：冤有头，债有主。今天小僧幸得当面相逢，倒要领教一下了。"说罢，托地跳将过来，一拳照准王天放头上打下。

王天放向右边转身避过，忙忙地疾飞一足，横扫过去。这一下唤作云里飞，是王天放出奇制胜的绝手，至少有数百斤的力量，满以为可把六指头陀扫出一丈以外。谁知那头陀身轻眼快，趁势一跃，从王天放左足上跳过，正跳到王天放背后，疾伸二指，对准王天放脑后第三粒算盘子上点去，其快无比。王天放一时回不过身来，万难招架。阎应元和英民在旁看着，忙喊不好。正在这紧要的当儿，忽见老胡已一跃而至头陀身前，轻轻将右臂一抬，说道："且慢！"

那头陀二指方才点到王天放后背，相去不过毫末之间，却被老胡一抬，不觉自己的手臂好似碰到什么石柱上一般，向外直荡出去。震撼得险些儿向后跌倒。急忙站定身躯，向老胡看了一下，便道："你们竟倚仗人多取胜么？很好。"遂背转身很快地走去。

王天放见头陀已走，便对老胡说道："这一足没有扫到，倒反险些着了他的道儿。幸有胡翁在旁相助。"

老胡道："我觉得老英雄危险了，所以赶上援助，否则也不该动手。"

英民道："那头陀忒煞可恶，老师何不痛惩他一下，也使他知道我们的厉害？"

老胡道："我们人多，胜了他也是不武。你不要心急，你看他临去时那种恶狠狠的样子，一定不肯放松我们的。今夜他稳来光顾，说不定还有助手一同前来，要预备一场厮杀呢。"

英民听得有厮杀，不觉摩拳擦掌，大喜道："那秃驴若要敢来，无异送死。我们岂会怕他？"王天放和阎应元都笑了，遂回到里面，依旧若无事一般。

到了晚上，老胡仍要喝酒，于是王天放和阎应元端整了酒肴，陪他畅饮。将近二更时候，老胡亦有喝五六斤酒，酒气扑鼻，掀着嘴唇笑道："好了，留着明天再喝。此刻要预备对付敌人哩。"

王天放便命撤去酒席，英民等候已久，抱着柄纯钩宝剑，准备厮杀。这时庭中月色甚明，纤影毕现。王天放结束停当，握着一把雁翎刀，取过一把宝剑，授给阎应元。又问老胡道："胡翁的宝剑已赠予小儿，现在可要仍用那宝剑，还是别的器械？"

老胡正吸着旱烟，便把旱烟管一扬道："我就用这个便了。"

王天放也不敢多问，遂道："好的。"于是王氏父子伏在东厢，老胡和阎应元却伏在西厢，十分秘密，不使家人知道。所以家中上下人等，都已睡得寂静。

33

但听远处更锣声响，已报三下。英民等得很焦躁，以为头陀不来了。忽听一阵微风过处，西厢上立着一个黑影，正向下探望。一霎时旁边又蹿来一条黑影，疾如飞燕，轻轻击掌一下，乃是他们自己呼应的暗号。接着那先前的黑影嗖地跳下屋来，月光下瞧去，很是清楚，正是那个六指头陀。英民再也忍不住了，拔出纯钩宝剑，一个箭步跳到外面，喝道："头陀可认得小爷么？"

六指头陀见了英民，便道："小娃娃，便宜了你，却再敢送到我手里，一定不能饶你了。"说罢，将戒刀使开，宛如两条银蛇，直取英民。

英民舞剑迎住，剑锋碰在刀背，呛啷啷火星直冒。头陀吓了一跳，收回戒刀一看，幸喜还没损伤，便放心再战。英民也将剑使开，和头陀一来一往，庭中酣斗。究竟英民剑术不精，被头陀双刀把他紧紧围住，左一刀右一刀，上一刀下一刀，呼呼有风雨之声。幸亏英民仗有纯钩宝剑，光芒逼人，头陀识得英民手中使的是宝剑，恐防损了自己的戒刀，所以不敢孟浪。

王天放老英雄见他儿子和六指头陀苦斗，恐他儿子有失，遂一摆手中雁翎刀，也跳出东厢。同时屋上的黑影一跃而下，也是个头陀，手里舞着一根降魔杵，和王天放战住。这时忽听屋上又是叱咤一声，一道白光飞舞而下，乃是一个赤面头陀，目光凶恶，横着一柄宝剑，使开是剑光四射，锐不可当，径取王天放。

王天放不防敌人众多，来了三个头陀，都是很好的本领。却不知何以老胡在西厢不见动静。难道他喝了酒，睡着么？但是阎爷总醒着的啊！他正在踌躇，西厢里一声咳嗽，早见老胡持着旱烟管，缓步走出，对着那赤面头陀哈哈笑道："你们玩得真有趣。来来来，我与你玩一下。"说时嘴唇一上一下地掀动。

赤面头陀见了他这种神气，十分奇怪。六指头陀却喊道："就是这个老头儿，可恨他出来多管闲事。今夜千万不要放他过去。"

老胡道："很好，也不知谁不能过去呢！"

赤面头陀听说，舞动宝剑，向老胡刺来。老胡只把旱烟管轻轻架住，赤面头陀知道他很有能耐的，不敢怠慢，将剑使开，如玉龙飞舞般把老胡围住。老胡也将旱烟管上下左右地跟着剑光而舞，变成一道白影。

阎应元也挺剑奔出，帮着英民双战六指头陀。月影剑光，一片金铁之声。有几个家人闻声惊起，只因老主人已吩咐过，今夜教他们早早睡眠，不论听到什么声音，一概不许出来。所以有几个家人掩在窗隅，向外偷窥。见这七个人在庭中猛斗，如狼如虎，一齐吓得心惊胆战。有一个书童早吓得屁滚尿流，掩面而逃，躲到被窝里去，连呼妈妈。

老胡渐渐地把那一根旱烟管使得出神入化，赤面头陀的剑光反被老胡旱烟管逼住，不能施展。老胡觑个间隙，将旱烟管向赤面头陀腰窝里点去，喝声"着"，赤面头陀说声不好，急让时大腿上已着了一下，连忙退后一步，飞身跃上屋檐。六指头陀见了，一个心慌，也想逃走，向英民虚晃一刀，恰巧英民的剑锋正近个着，当啷一声，竟把那戒刀削断，只剩左手的戒刀了。回身欲逃，英民跟手一剑刺去，六指头陀不及招架，正中后背。大叫一声，跌倒在地。

那个使降魔杵的头陀见势不好，跟着赤面头陀上屋而逃。王氏父子见赤面头陀到了屋上，还立着不动，岂肯放松，正想上屋追赶。老胡说声"且慢"，急急跳至他们身前。忽见赤面头陀把手一扬，有许多细小的东西，连珠般向他们打来。老胡早把旱烟管使开了，只听一阵滴沥之声，四散落地。再看时，赤面头陀和他的同伴早已不见影踪。

老胡回头对王氏父子和阎应元说道："敌人未可轻侮，放他们去吧。好在他已受了我一旱烟管，伤势发作时，至少有三个月不能行走了。"又指着地下一粒粒的东西说道："你们要追赶，险些中了他的念珠。所以我急忙喊住你们，把这念珠挡去呢。"

英民遂从地下拾起几粒念珠来，都是镔铁制的，上有尖的小刺，若被那东西击中，一定要嵌入肉里。至于打在眼中更是厉害了。

老胡道："我和那个赤面头陀交手时，见他胸前悬着一串念珠，

35

上面都有小刺，知道这是一个暗器，所以防他一下。这念珠一共有一百零八粒，是他们练熟的绝技，能够用来接连击敌，使敌人无可躲避的。"

王天放道："原来如此，今夜亏得胡翁相助，否则愚父子也难抵挡了。"说罢，回首看着地下合趴僵卧着的六指头陀，背上尽是淌出血来。

英民又拾起一把戒刀，说道："这刀也是很好的，留着做个纪念物。"

其时天色将明，大家回到屋中，老胡道："大事过去，我却要睡了。"遂先回到客室里去睡眠。英民也抱着纯钩宝剑，走进内室去。只剩王天放和阎应元坐在书房里，闲谈到晓。

到得天明，众人起身入内。王天放诡言昨夜盗劫，不得已拔刀自卫。幸将盗党战退，并且杀死一个头陀。教家人抬去埋葬在山边，也不去报官了相验了。这因为王天放在广信很有名望，官中也都敬畏三分的。家人细瞧死尸，正是那化缘的六指头陀。想不到他就是强盗，便遵命抬去埋葬。

原来六指头陀是天宁寺崇一和尚的得意门徒，前次王天放大破天宁寺的时候，六指头陀适奉师命出外，得免于难。等到他回来，始知天宁寺已封闭，崇一和尚已悬首薰街。他心里十分怨恨王天放，誓复师仇。但自知武艺不及人家的高强，所以留下一束，通个信儿，自己便出去寻找名师。恰巧被他在福建武夷山中白虎庵里，遇见了那个赤面头陀，遂从他学艺。

赤面头陀本姓邝，名大元，广东肇庆人。曾遇异人传授得剑术，因为犯了巨案，逃奔到这山来来做头陀。他修了行，每年仍要出去做一两趟买卖。那个使降魔宝杵的头陀，便是他的伙伴，法名海通，也有高深的本领。他们又和闽浙海面上的海盗互通声气的。自从收了六指头陀，又多了一个助手。

六指头陀专心习艺，此番特地请求赤面头陀一同到此，寻找王天放，报昔日之仇。他很想凭自己的力量，若能取胜，这是再好也没有的事，万一不能达到目的，只得请赤面头陀出场了。他们宿在旅舍中，六指头陀借着化缘为名，先到王家来探听消息。遇见英民要把他驱逐，遂暗施一下毒手。又知王天放须在后天回家，所以三天后再来。不想英民没死，被老胡救好了。自己和王天放交手，又被老胡出手相助，知道自己寡不敌众，不得不回去请赤面头陀和海通二人出来，想在夜间前来把王天放一家老幼杀死，哪里知道自己的性命送在人家手里呢？真是作恶自毙，天道昭彰了。

王天放自从六指头陀授首后，心中十分快活。阎应元在他家里一住兼旬，倦鸟思归，又告辞了王天放，回转江阴。老胡因要教授英民剑术，所以没有同走，留在王家。王天放对他十二分的优待，每天晚上请他喝酒。英民得老胡尽心指教，自己又是天资聪慧，勤奋不懈的，三年过后，剑术大进。老胡喜道："天生英才，吾道传矣。"自己因为年老了，急想觅个深山佳处，韬光养晦，以待天年。遂把这个意思告知王氏父子，要想别去。王氏父子苦苦挽留不得，遂设席饯行，感谢他的一番美意。

老胡临行时，又谆谆告诫英民一遍，都是教他修养上的要训，又给英民一瓶红色的药粉和一小瓶白色的丸药，说道："这两种药是我从我师崆峒子那里得来的，凡人不论受什么伤，只要把红色的药粉敷患处，再服一粒白色药丸，便会医愈，很是灵验的。自己在十年前遇见巨盗华金豹，中了他的追魂夺命的毒药镖，也赖有这两种药，救了性命。他日你有什么意外，可以应用。"英民受了，向老胡拜谢，又亲送老胡出广信三十里外，依依不舍而别。

老胡去后，英民依然习练剑术，不稍懈怠。年华也渐渐长大，已是翩翩佳公子了。广信人一因仰慕他家的名，二因英民长得俊美，所以都愿把女儿许给他。来王家做蹇修的人络绎不绝。王天放因英民正在学艺时候不愿成婚，所以一一缓言辞却。不料这年王天放得着伤寒重症，撒手尘寰。易箦时把家中内事，一齐托给他的远房侄媳照管。

那侄媳名杜氏，在前几年和她丈夫投奔到王家来吃口闲饭，凑

37

巧王家内务没人料理，杜氏年纪不过近三十岁，为人很是能干，所以王天放早将家事命她料理。不到一年，杜氏的丈夫一病去世，都是王天放拿出钱来结果他的后事。杜氏做了寡妇，更无到处托庇，自然仍在王家帮忙。凡事能博王天放的欢心，因此王天放生时很信任伊。少数的银钱也由伊经手。

但是杜氏很是风流妖冶，对着春花秋月，不免深自嗟悼。只因伊畏惮王天放的威武，处处敛迹，不敢把伊的本性暴露出来。现在王天放逝世，一切丧中的大小事务，都由伊办理，大权独掌，英民全不去过问的。于是杜氏的妖媚渐渐放出。伊见英民少年英俊，很有意逗引他，待得英民十分温存体贴。但是英民哪里有这种心思，以为他的嫂子感恩图报，有心伺候他呢。杜氏见鱼儿不上钩，于是不得不别想法儿，引诱他走到这条路上去。

英民自父亲故世后，很觉凄凉，又见天下盗匪四起，骚然思乱，正是大丈夫立功报国的时候，所以更把各种武艺朝夕勤习。一天，他从外边回家，走到里面，见杜氏正同一个妙年女郎在那里谈笑，一见英民，连忙舍笑招呼道："英弟，这是夏家的小姑娘，闺名银枝，做得一手好针线。是我请伊来此盘桓的，因为家中实在人少，英弟又没娶弟媳，一个人闷得慌了。"又对那女郎说道："这就是我的弟弟英民。"

女郎轻启樱唇，唤一声英民哥哥。英民细瞧那女郎轻红拂脸，凝翠晕眉，端的娇艳可人，遂一同坐下谈话。杜氏口口声声赞美银枝，又带着笑，好似开玩笑地对英民说道："你看这位银枝姑娘好么？伊还是待字闺中的少女，不如让我来做个媒人，代你们两口儿撮合成一头美满姻缘，早些喝杯喜酒，大家欢喜。英弟以为如何？"

此时羞得银枝抬不起头来，拈弄着衣角，更显得妩媚。英民也不觉面上一红，勉强答道："嫂嫂不要说笑话，父亲丧服之中，何用谈这些废话？况且匈奴未灭，何以家为？"说罢，立起身来便往外走。

只听杜氏说道："英弟弟老是这样不近人情，搬出书句来欺人的。将来你这假面具总有揭穿的一日啊。"

但是以后银枝常到王家来游玩，伊住在双马街，距离亦远，有时也请杜氏到伊家里去吃饭，两下很是热闹。英民到底年少，见银枝来和他亲近，不好意思毅然地拒人于千里之外，不免也稍假颜色。却被银枝甜言蜜语、绿情红意，把他一颗洁净坚定的心摇动起来，觉得银枝确乎艳丽而温柔，将来若依杜氏的话，娶伊为妻，也无不可。但是现在他却以礼自持，依然一些不肯轻浮，还不失丈夫英气呢。却不料人家已设下香饵，备好网罟，专待你投入其中了。

双星渡河日的那天，正是英民的生日，晚上杜氏备下许多佳肴，请英民饮酒。银枝也被请来陪坐。席间杜氏和银枝向英民殷勤劝酒，英民喝得大醉，不省人事。由杜氏和银枝二人扶到房中去，代他脱衣安睡。这一睡直睡到半夜方才有些醒意，自思我和嫂子、银枝姑娘喝酒，怎么竟然醉倒了呢？他本来朝里睡的，至是翻过身来，忽然鼻子嗅着一种芬芳馥郁之气，同时有一只软绵绵的手摸到他的脸上。急忙定睛一看，灯光明亮，正是银枝姑娘，穿着一件粉红小衣，伏在他的身上，抚摩着他的面孔，问道："英民哥哥醒醒么？"

英民突然一呆，急忙翻身坐将起来，说道："怎的银枝姑娘在这里啊？"

银枝柔声道："我本来要回去的，因为天公忽然下雨，你又醉倒了。杜氏嫂嫂教我守在此间伺候。你酒醉我也很不放心，所以情愿在此。英民哥哥，你觉得怎样？可口渴么？炉上正燉着水，可以冲一杯茶给你喝。"

英民见伊星眼微饧，桃涡晕红，觉得脂香粉腻，真是销魂荡魄，心旌摇摇，不克自持起来。遂点点头道："很好。"

银枝笑了一笑，走下床来，去炉上取了开水，冲上一杯香茗，双手托着，送给英民。又向他嫣然一笑。英民接过茶杯，又在银枝的手背上一触，遂一手托着茶杯，一手握着伊的纤手，问道："你果然真心来伺候我么？我实在不敢当的。"

银枝道："英民哥哥是当今少年英雄，我是一个弱女子。能得奉侍英雄，真是荣幸之事。只不知英民哥哥可要我这个人么？"

英民听了笑笑，很是得意。听窗外风斜雨细，一阵阵的雨点洒上纸窗，一盏灯受着窗棂里透进来的微风，兀自晃摇不定。英民喝了一杯茶，渐渐清醒。自思现在是什么时候，什么地方，我王英民是个烈烈轰轰的丈夫，光明磊落的男儿，岂可见色即乱？我师传授我的要训是什么？今夜正是人兽关头的一瞥，在此一瞥之中，我铁心要以礼自守。银枝虽然令人怪可爱的，将来或能娶伊过来，这时我岂能先自陷于淫乱呢？想到这里，一直握住银枝柔荑的手，渐渐松将下来。

银枝不知英民头脑业已清醒，遂接过空茶杯，又问英民道："可要再喝？"

英民摇摇头，银枝把水杯放在桌上，回到床边，试将身子一横，倚在英民肩上，香颊在英民面上厮磨着，低声问道："睡么？"

英民有些不耐，把伊轻轻向后一推，说道："怎好睡呢？你也疲倦么？我起来了，让你睡一下吧。"立即披衣起身。

银枝弄得莫名其妙，坐在床头，只把两道秋波斜盼着英民，露出一种可怜的情景。英民过去一摇房门，见已反锁上了，冷笑一声，回身走到银枝身前。见银枝低着头，眼眶子里珠泪欲滴，说道："我也上了杜氏嫂嫂的当呢。原来你也不当我是个人。"

英民拍着伊的香肩道："银枝你快不要说这种话，因为我当你是个人，所以今夜不欲和你同睡，保全你清白的身体。这一层你该明白。你若真心诚意归我的，待我服阕之后，才可明媒正娶，到那里，闺房燕好，岂非乐事？"

银枝听了不响，英民遂催伊安睡，说道："你伺候了我半夜，谅来很是疲倦，你快快睡眠，我独自坐到天明的。"

银枝叹了一口气，没奈何只得独自拥衾而睡。英民坐在桌前，把灯挑亮了，取过一本《孙子兵法》来，展卷细览。窗外雨声益急，只听银枝在床上，好似翻来覆去睡不着样子，低低说声"痴儿"，英民也不去理会，依然看书。不多时，听银枝鼻息微微，也已入梦。

英民定心细览兵法，直到天明。熄了灯，毫无倦意。

忽听门上锁响，杜氏在外面带笑说道："昨夜不知他们怎样乐呢？便宜这个小丫头。英民弟弟此番可说不了嘴了。待我去取笑他们一下。"说罢，推门而入。

一见英民正襟而坐，凛然如天神一般，不觉面色陡变，勉强含笑问道："怎么英弟坐着不睡呢？昨天喝醉了酒，几时醒的？我请银枝姑娘来伺候，现在伊又怎样呢？"

英民指着床上道："嫂子，伊好好儿独自睡在我的床上，多谢嫂子请伊来伺候我，但是我一向用不着人伺候的。"

杜氏脸上一红，也不答话，轻移莲步，走至床前，把帐子钩起，见银枝正酣睡着，遂将手指在伊脸上一弹道："小妮子，睡得这样沉沉的，还不想起来么？"

银枝嘤咛一声，张开眼来，见了杜氏便道："好呀，我有话要问你呢？"便披衣下床，对英民说道："英民哥哥，对不起你，让我独睡了大半夜。"

英民道："这有何妨，你可睡够么？"说时，见银枝云鬟半偏，睡眼惺忪，真是令人可爱。

杜氏却说道："好意当作歹意，都是我的不好了。到我房中梳洗去吧。"拉着银枝走出室去。英民见雨已止了，依旧到后园去习练他的武术。

到得晚上，英民因为昨夜没有多睡，所以先坐着练了一刻气，然后到床上去睡。只觉得枕畔一阵阵的甜香，暗想：难道是昨夜银枝留下的香气么？伸手向枕下摸索，竟被他摸出一块很小的紫色绣花的手帕，香气便在这手帕上发出来的。明显昨夜银枝暗藏在枕下的，好不撩人情怀。他叹了一口气，把手帕叠好，放在枕边，心里默默地思量。想圣贤说过，知好色则慕少艾，男女居室，人之大伦，本是正当的事情，但是关雎乐而不淫，其中也有一个范围，若然越出范围，那就是狡童荡妇，蔓草零露的行为了。银枝姑娘虽是可爱，但我绝不能逸出于范围之外。昨夜的情状，好不危险，我纵爱银枝，又岂是这样爱伊的？我嫂子的做人，很是奇怪。伊故意把我们两人锁闭在一室之中，有何用心呢？不是明明要使我堕入色的魔障么？

想至此，恍然大悟，杜氏嫂子以前不是时常若有意若无意地来挑逗我么？此番不过换上一个人罢了。可是银枝也不该听伊的说话啊？若是银枝果有贞洁的性情，断乎不肯如此的。昨宵的情景，看伊又何等妖媚，有意来迁就我，未免被我轻视了。我倒要探听明白伊的家世呢。我虽然很是爱伊，但若将来娶了一个轻佻妖冶的女子，也不是件稳妥的事情。他想了长久，才闭目睡去。

从此英民很留意观察银枝的行为，觉得银枝处处露出轻佻的样子来，并且因为英民峻拒的缘故，故足迹稍稀，杜氏却常常到银枝家里去盘桓。默察她们俩行径，很是秘密。有一次，二人正密谈，见英民进来，却不讲了。英民更觉疑心，于是便悄悄蹈向双马街，探听银枝的家世。俗语说得好，若欲人不知，除非己莫为。果被他探出消息来了。

原来银枝家道贫苦，自幼便没有父亲，母亲赵氏带了伊另去嫁给一个商人姓石的。不到两年，又做了寡妇。因为无钱过活，遂暗里奸识了一个本地的和尚。等到银枝渐渐长大，搔首弄姿，很是风骚，正当情窦初开的时候，眼见自己母亲奸了和尚，遂也情不自禁，偷偷摸摸起来。自有一班儇薄少年，前来问津。赵氏见有利可图，索性将女儿卖淫，倚为钱树子，得些缠头之资。因此银枝早已不是处女了。

英民的嫂子因为英民不肯上钩，要想利用别人来诱惑他。凑巧伊有一天出去，途经双马街，见一个妙龄女郎立在门前闲眺，姿态娟娟，眼角眉梢还带有一些荡意，不觉心里一动。回来时便向人家探问，始知底细。隔了几天，杜氏特地亲身走到夏家去见赵氏母女，始言自己寂寞无伴，要和银枝认为姐妹，且要银枝常常到伊家去走动。当场又送了一些礼物。赵氏是个贪财附势的人，见钱眼开，又知杜氏是王家内里掌权的人，自然也极意联络。应许常教银枝到王家去。可是认为姐妹一层，却谦谢不敢。

从此银枝时时到王家盘桓，和英民见面。暗中在杜氏手里很得着一些好处。杜氏遂指导伊如何去诱惑英民。等到把柄落在杜氏手里，杜氏便不畏忌英民，而好笼络英民和自己相好了。谁知英民很有坚强的意志，见色不乱，奈何他不得，很觉灰心。杜氏遂时时到银枝家去，一同姘上了本地的一个纨绔子，姓王名守和，打得火一般热。遂致引起英民的疑惑。

英民既探得银枝是个卖淫人家的女儿，可笑自己还要保全伊什么清白身体，莫怪伊嘲笑我是痴儿了。又知他嫂子也干在一起做那禽兽的勾当，有玷家声，不觉十分愤怒。要想窥探一个究竟。凑巧有一天杜氏到银枝家中去，晚上还不归来，反差人来说，今夜在夏家吃寿酒，不返家了。英民暗想：吃什么寿酒，不是明明骗人么？于是他挨到黄昏人静之时，假作关门安睡，却悄悄地开了后窗，跃上屋檐，越出大门，扑奔双马街去。

到得夏家门前，墙垣甚低，一耸身踰垣而入，杳无声息。见东边一间屋里灯光明亮，有笑话之声，正是银枝的声音，便掩到窗下，将纸窗戳了一个小孔望进去，不看犹可，一看之下，使他怒火上烧，勃然而起，再也忍不住了。

欲知房中到底是怎么一回事，请看下回。

第五回

易弁而钗县衙戏污吏
闻鸡起舞旅店识英雄

　　杜氏本来逗引英民不上，心中十分难过，恰好银枝和王守和恋爱上，缠绵恩爱。伊在旁边瞧着，如何不眼热？于是也就时时到夏家去，在守和面前卖弄风骚，以冀分我杯羹。那王守和是个色鬼，况且杜氏徐娘风韵，很够人怜爱的。自然很容易地勾搭上了。守和家中很有资财，都是他老子生前愿为儿孙做牛马而遗传下来的。守和自幼便不务正业，读书不成，喜欢寻花问柳，干那淫邪的勾当。家中又没有人去管他，虽然娶了妻子，可是江山好改，本性难移。依旧要出外觅野食。遂不时到银枝家里来寻欢作乐。银枝既不得志于英民，极力向守和献媚，因此守和对于银枝的缠头费也着实花去不少。至于杜氏是送上口的馒头，一些也不要他花费，自然落得吃了。银枝也很坦然，并无嫉妒之意。两人各守界限，相安无事。

　　这天晚上，杜氏托故不回，与银枝伴着守和房中饮酒欢笑。守和正中坐着，杜氏和银枝分坐左右，陪伴守和喝了几杯酒，意兴益高。银枝又取过琵琶，奏上一支曲子，自己曼声而歌，珠喉婉转，听得守和神魂颠倒，不能自持。银枝歌罢，放开琵琶，姗姗地走至守和面前，代他满满地斟上一杯酒，守和笑逐颜开，举起酒杯，一饮而尽。瞧着银枝的娇靥为灯光所映，红得如玫瑰一般，愈觉可爱。遂将伊一把拖住，拥之膝上，在伊的颊上吻了几下。银枝倒在他的怀里，尽他轻薄。杜氏却掩着樱唇微笑，也走来代守和斟酒。

不防这时英民恰巧在外面瞧得清清楚楚，怒不可遏，将窗轻轻一拽，早倒在一边，托地跳进房中，大喝道："你们这一班狗男女，胆敢在此鬼混！廉耻何在？"

三个人一齐大惊，守和认得英民是王天放的儿子，早有侠名，连忙把银枝推开，吓得望后倒躲。杜氏和银枝见了英民，又惊又羞，万料不到他会突如其来，破人秘密的。杜氏更觉惭愧惶恐，无地自容。英民指着伊骂道："嫂嫂，我父亲待你有何亏短？我也待你有何菲薄？却不知道你这般不识羞的，干那禽兽的行为。怪不得你近来态度大大改变了？现在被我撞见，看你有何分辩？从今以后，我家中万难容你失节之妇，家事我自有处置。你若要回来，莫怪我两个拳头不认得你的。"

又指着银枝叱骂道："小贱人，我以前当你是个好好的闺女，几乎受你的诱惑。原来你却是个卖淫的女子，今后也不许你踏上我的门来。"

骂得两人掩着面，不敢出声。英民又走到守和身边，说道："你这厮倒如此快活，本来你是广信地方的一个蠹虫，靠着你老子遗下的一些家财，勾结官吏，擅作威福，胆敢奸污良家妇女。趁我之心立刻把你杀掉。现在姑且饶你一遭，看你可能够悔改！但是若不给你一个惩戒，太便宜你了。"遂拉住守和肩膀只一扭，骱骨已脱。守和杀猪也似的叫起痛来。英民便向窗外轻轻一跃，已不见影踪了。

守和挨受了这一下，连忙回去，请教伤科医生去拍骱。杜氏也不敢转因家门，只得暂在银枝家中住下。银枝经不起吓，明天便发了一个寒热。英民回家后，胸中稍觉爽快一点儿，家事便托给一个老妈子照管，仍自看书习武，过他的日子，好似把这事忘了一般。

守和医愈了骱骨，色心不死，仍旧到银枝家里来走动。讲起英民，把他恨得牙痒痒的，誓必设法报复。杜氏也极力怂恿，守和遂留心寻找机会。他知道英民本领高强，难以力胜，非用阴谋不可。

过了几天，他同一个心腹朋友商量。那人姓栾，名起亭，别号赛吴用。饶有心计，是县衙里的幕僚，帮助着那个姓朱的县令，剥削民财，草菅人命，很有些恶名的。于是二人密谈之下，果然商量出一条恶计来了。凑巧前几天，城外寿华村里有盗匪行劫杀人，有二盗被捕，拘禁狱中。赛吴用亲自至狱中把一个盗匪唤至秘密处，和他讲定，教他扳陷王英民是坐地分赃的盗魁，和此案有关系的。以后审问时，务须一口咬定，不能放松。事成后当由赛吴用允许代他开豁，免去死罪，乘机释放。那个盗匪知道赛吴用的为人，自己依了他，定可免罪。良心一横，也就顾不得诬害别人了，满口允诺。

赛吴用又到朱县令面前，把他的意思说明，要请朱县令罗织王英民的罪名，且许以贿赂。朱县令是个贪婪昏暴的地方官，听得有钱到手，岂有不允之理？况且守和平日也和朱县令有些交情的。赛吴用的话又是言听计从。不过先要守和孝敬五百两银子，事后又要五百两。赛吴用笑道："可以，可以，人家只要报仇，银子是整千头肯用的。"

当下谈妥后，赛吴用便去守和那里复命，说大事已经讲妥，现在县令先要一千两银子，事后再送一千两。守和一心要害英民，用钱小事，当然喏喏连声。赛吴用又道："事成之后，兄弟的酬劳倒不计较的。"

守和道："我也奉送老哥五百两如何？"

赛吴用假作谦辞道："太多太多。"其实像他这样的奸恶，当然贪财。好在县令身上已可赚下一千两银子，以饱他的私囊了。

守和遂先把一千两银子交与赛吴用，说道："拜托拜托。"

赛吴用一面接过一封封的银子，一面带笑说道："你静候好音吧，英民那厮逃不到哪里去了。"说罢，揣着银子，告辞而去。

次日，朱县令五百两银子业已到手，便坐堂复审盗案。问到行劫寿华村的盗匪，那盗匪果然咬出王英民来，说他是坐地分赃的盗魁，指使他们行劫的。朱县令听说，便把惊堂木一拍道："无端不得扳害他人，你的话可是真的么？"

那盗匪答道："真情实话，若有妄言，自愿罪加一等。"

朱县令点头道："很好。"遂立刻出签，命捕役二人前去拘捕王英民到案。

这天英民方练罢武术,坐在书房中小憩。忽然下人进来报称江阴阎爷使者前来持函求见,英民不知何事,吩咐传入。即见一个长大的汉子,风尘满面,匆匆跑入,呈上一封书信。英民拆开读后,不觉剑眉一竖,说道:"此间消息阻滞,还未知南都失陷,胡骑渡江等事。那些鞑子真是可恶,乘我国有内乱,假名入关,把北方占据了去。心犹未足,要想把我明室覆亡,驱我汉族为奴隶,是可忍孰不可忍。恨无十万横磨剑,和那些鞑子决一雌雄,把他们杀害,才雪我恨。但是那引狼入室的吴三桂,狗彘不食,其罪通开了。"

于是便对汉子说道:"你先归去复命,我即日便来。"又给了他五两银子而去。

原来其时清兵已破了南京,长驱渡江,江南各地的志士仁人都抱着宗社沦亡之痛,有的大起义师,有的婴城固守,不愿归降鞑子,做异族的奴隶。江阴首当其冲,城内外的居民都齐心协力,要和鞑子反抗。有几位缙绅知道前典史阎应元很有才能,深得人心,遂请他出来担任巨艰。阎应元是一个爱国的大丈夫,当然义不容辞。即日受人民寄托,整顿兵马,为防守之计。很想得一二英雄豪杰,为其臂助。于是想起王英民来,立刻差人星夜前往广信,邀请他出来相助。英民接到阎爷的信,自然愿意前往。

当时他正独坐着,默想把家事托付谁管,明天好一早马上动身,几时可到江阴,只恨路途遥远,不能腹生又翼,飞了前去。忽又见下人慌慌张张地入内报道:"县衙里有捕役到此,要拘捕主人。"

英民不觉跳起来说道:"我所犯何罪,竟劳他们驾临?奇哉怪哉!"

说时,两捕役已走到里面,见了英民,撮着笑脸说道:"对不起王大官人,有屈你随我们县里去走一遭。因有公事在此,请勿见怪。"

这捕役素来知道王氏父子是有功夫的人,不敢放肆。英民怒气勃勃地说道:"很好,我就跟你们去吧。也不知道身犯何罪呢!"遂很爽快地随着两名捕役便走。

到得县衙里面，隶役吆喝一声，捕役便代英民戴上铁索，押送堂下。此时赛吴用也在旁看审。只见英民威凛凛地立着，朱县令把惊堂木一拍道："下面罪人，见了本县，还不跪下么？"

英民冷笑答道："小民在家安分守己，没有触犯刑律。拘捕到此，所为何来？难道身为民父母而能擅作威禄么？"

朱县令道："哼，王英民，你做了盗匪，为害地方，一旦案发，还敢咆哮公堂？国法森严，不容你倔强的啊！"

英民闻方主，便一皱眉头说道："说我为盗，有何证据？"

县令指着旁边跪着的盗匪说道："你去问他吧。"又喝令盗匪再行实说一遍。

那盗匪果然捏造是非，一口咬定英民坐地分赃。英民不由跳起来道："我与你往日无冤，近日无仇，怎么可以诬陷好人呢？到底是什么道理？"

那盗匪被英民厉声喝问，不免气馁，面上露出犹豫之色。却又一眼瞧见赛吴用正在那里对他使眼色，他要求自己的活命，再也不顾英民的责问，便道："你也不必图赖，堂上自有明鉴。"

朱县令又把惊堂木一拍道："王英民，你的同党业已实供，你竟仍要不承认么？左右快取刑具上来。"

左右答应一声，抬上一具虎头夹棍。这是衙中最厉害的刑具了。英民骂道："狗官，你要用刑，我不妨由你怎生摆布。本来这几天腿上有些不适，借此发泄一下也好。"说罢，便四平八稳地伏卧在地。

值刑的几个隶役早过来抖开刑具，在英民腿上安置停当。吆喝一声，左右将绳拉紧拢来。忽听咔嚓一声，两个拉绳的隶役跌向两旁，那夹棍一折四段。有一段跃起数尺高，落下来时正戳在朱县令的嘴上，其势凶猛，直戳得朱县令按着嘴哎哟哎哟地乱喊，一霎时早已肿起。知道英民果然不好轻视，只得吩咐左右，暂且把英民钉镣，收入牢监，明天再审。两个隶役从地上爬起，呆立不动。又有几个隶役便过来，押着英民和那个盗匪入监去。

48

朱县令按着嘴，就此退堂。走到屏后，赛吴用早凑过来说道："王英民这小子仗着有功夫，胆敢毁坏刑具，胡闹公堂，待晚生今夜细细想个妙法，明天管教他叫苦不迭，不敢不招了。"

朱县令低低说道："得了五百两银子，嘴也打痛哩。你既能想法儿，明日早些告诉，也好使我出口气。"说罢，走入内室休息去了。

这事传说出去，广信人民都代英民不平。不信像英民这样好男子，会坐地分赃做强盗的。齐说县令糊涂，强盗诬陷好人，大约和英民有仇恨的了。

当时英民被隶役们押入监牢，恰巧和那个盗匪同拘一处，忍着气一尝铁窗滋味。到得晚上，他听四下静悄悄的，更鼓已起，便向那盗匪问道："你虽是个强盗，总是个汉子。我与你并无冤仇，怎么扳陷我是坐地分赃的盗魁呢？其中定有内幕。受何人的唆使，不妨直言相告。不要使我死得不明不白。"

那盗匪叹一口气，低头不语，良心上好似受着责备一般。英民又逼着道："我已拼着这性命不要了，只要你说出来，死个明白，来生也可结识个朋友。我也不怪你的。"

那盗匪究竟是个粗汉，被英民这么一说，便老老实实地把赛吴用教他如何诬陷英民，说明为守和报仇的事，一齐告诉英民。英民听了，方才恍然大悟。那盗匪又道："我只因要活自己性命，大大对你不起了。"

英民冷笑一声道："不要紧。"闭目而坐，默默无言，心中暗暗盘算一番。那盗匪见他不响，也就无语。

不多时，英民听得旁边鼾声大作，睁眼一看，那两个盗匪早已睡得和死人一般。好英民将嘴一合，全身运上气来，又粗又重的铁镣已进作数段，纷纷落下。英民立起身，透一口气，再侧耳静听外边杳无人声，便向上一蹿，如蝙蝠一般飞到梁上。拍去两根椽子，轻轻地跳上屋顶，一些儿也没有声息，仍把屋面盖好，遂施展飞行功夫，一霎时出了县衙，便望自己家中走来。从后墙跃入，家人们都已睡眠。暗想：他们的主人已被官里捉将去，他们却仍若无事地安睡，哪里有个忠心的仆人呢？走到自己房中，先去床头摘下那柄纯钩宝剑来，负在背上，然后开箱，取了几封银子，揣在怀里。回身走出，仰视天上星斗甚密，东北上忽有很大的一颗星，下垂长尾，光芒四射。他见了不觉叹道："这就是彗星了，俗语所谓扫帚星。此星出现，主兵之象。现今胡骑渡江南来，挟其方兴之锐气，要想把我汉人征服，其间一定有大大的杀伐。哀吾小民，何堪遭此劫难？但气数如此，无可挽回。我既有这一身本领，岂可埋没蓬蒿，伈伈形飞，为他人奴？难得阎应元有函前来招我，我自当即去努力杀敌。皮之不存，毛将焉附？我立誓以身许国，这个家庭也就此牺牲了吧。但今日设计害我的那些狗男女，也不能饶恕他们的。"

遂又飞身走至双马街银枝家里，依旧悄悄掩到那个所在。灯光明亮，从窗槛里瞧见守和正和银枝、杜氏在房中做叶子戏。银枝忽然问道："王英民若然招了，可有命活么？"

守和道："至少一个二十年长期监禁之刑，再也不怕他有出头的日子。可知他还没有知道吃了我的苦头呢。谁教他那天前来撒野呢？看今夜他可能再来伤我毫末么？"说罢哈哈大笑。

杜氏道："或者他永远不肯招认，也奈何他不得。"

守和道："这倒不怕他的。赛吴用今夜要想出一个酷毒的刑具，即刻制造成就。凭他怎样厉害，也不能施展了。"

英民听到这儿，怒推开窗户，蹿到室中，大喝一声，宛如虎吼一般。三人见了英民，惊得瘫了，瞪着目，休想移得动半步。英民过去将守和一把揪起，说道："你这厮忒煞可恶，前次我略加小惩，你非但怙恶不悛，而且反串通你朋友和那贪官污吏，把盗匪的罪名诬陷我。你的心不十分毒辣么？现在我要来看看你的心咧！"

说罢，从背上拔出纯钩宝剑，欻地刺入守和胸窝，鲜血淋漓，倒在地上死了。英民扬着宝剑，回身对杜氏说道："淫妇，你该怎么办？"

杜氏跪在地下哀求道："请叔叔饶我一命，来生当为犬马，报答叔叔的恩德。"

英民冷笑道："谁是你的叔叔？叫得这般响。你也不配做我的嫂子。待我送你和那贼子一起去吧。"白光一挥，杜氏早已身首两分。

回头再看银枝时，已吓得晕倒在地。英民叹道："姑且饶你一下吧。"遂把宝剑插入鞘中，仍从窗间跳出，耸身上屋，飞奔县衙而来。

到得衙内，漏鼓已是三下。翻过几重屋脊，苦不知那县令住在哪里。瞧见朝南一排三开间，油漆方新，珠帘绣窗，里面有灯光射出。遂跃到那外边屋檐上，使个蜘蛛垂帘式，倒挂下来，从窗隙中一眼张进去，只见里面是个很富丽的寝室，朝外一张牙床，锦衾绣被，在灯光下照眼生光。床上却端坐着一个三十多岁的妇人，一脸的雀斑，却擦着不少脂粉，极意要装点出人工的美来。穿着一身蓝缎绣花的女袄，面上露出娇嗔的样子，指着下面跪的一个男子说道："你生得这样的嘴脸，娶了我心犹未定，现在却野心勃勃，朝也想娶姨太太，晚也想添如夫人，全不思当初潦倒家乡，我们局促在三间破屋里头，吃豆腐薄粥的日子么？还仍是靠着我母家的关系，方得登入仕途，有今天做官的荣耀。你却嫌我年纪老么？背地里要去和婢女们私通奸情，真是越不成人了。闻你经赛吴用的贿赂，要把一个姓王的诬陷为盗，你这个人真没良心的。银子何在？快些献给老娘，今夜放你平安过去，否则，哼哼，你要人吃刑罚，我也要给你吃刑罚了。"说罢，把手指向男子额上一点。

那男子战兢兢地说道："夫人，你不要冤屈我啊。我与夫人是结发夫妻，恩爱到老。我哪里敢存别种心肠呢？夫人休得生疑，我若没良心时，天爷爷罚我做个大乌龟。"

那妇人听了笑着说道："呸，你若做了乌龟，教我……唉，别的话不要说了，快些取银子给我。"

英民在外边听着，也不觉好笑。认得那跪着的男子便是朱县令，而那妇人大约是他的妻子了。想不到朱县令还是个季常第二，有惧内癖呢。此时英民目睹丑态，再也忍耐不住，轻轻将窗一摇，一扇和合大窗早已落下。一翻身，跳进里面，亮同纯钩宝剑。那妇人第一个瞧见，吓得滚向床上，高呼有盗。英民一脚先将朱县令跌翻在地，一面将宝剑向妇人面前一晃，喝道："不许声张！再要喊时，取你的狗命！"

那妇人果然不敢喊了，双手掩着脸，只是发抖。英民方才回转身，把朱县令当胸一脚踏住，说道："你这厮，认得我么？"

朱县令颤声说道："你是王英民，贤公子，广信地方的英雄，认得，认得。千万请你不要动手，饶我一条狗命。"

英民笑道："狗官，你日间堂上的威风到哪里去了？你既知道我是贤公子，是英雄，却如何要来捕我？诬陷我是强盗呢？唔，我是江洋大盗，我是杀人放火的土匪。你此刻称我贤公子，我却真的愧不敢当了。"

朱县令哭丧着脸说道："好汉，这却不关我事的。都是赛吴用为王守和说项，送我五百两银子。我一时贪了钱财，糊涂了头脑，以致得罪好汉。求好汉饶了我吧。我明天便可释放好汉出狱，宣告无罪。以后我也不再受人家贿赂，还有五百两银子，我也不要了。"

英民本无意把他杀却，听了他话，不觉笑道："狗官，我此刻已出狱，何用你来释放？你要银子，恐怕也只好到鬼门关上去索取了。像你这样不要脸的形景，真不知人间有羞耻事的，我也姑且饶你一条狗命。但是若不给你一些惩戒，未免太便宜你了。"

说罢，又对那床上的妇人看了一看，微笑道："有了。"遂喝令妇人快快走来，把身上女衣脱下。又把朱县令从地下拖起，吩咐他快把身上衣服脱掉，把这女衣穿上。朱县令无奈，只好遵从，穿上他夫人的袄子。英民教妇人代朱县令面上敷粉，又点上胭脂。那妇人要求活命，不敢不依。朱县令也垂着头，如寒蝉无声，一任他夫人将他妆饰。

英民见朱县令业已打扮得如妇人一般，便取过一条绳索，过去把妇人四马倒攒蹄地缚住，口中塞了一块撕下的衣角，抛在床上，把一床锦被将伊盖住。然后也把朱县令双手反缚，双足也一起缚住，口里也塞了一块布，将他一把轻轻提走，从窗中跃出，飞身来到大堂，把朱县令高高吊在梁上。又取过纸笔，写上四句道："贪官污吏，其罪可诛。易弁而钗，聊以惩警。"系在朱县令的襟上，带笑说道："这样已是够了。看他还有什么面目做官？"遂耸身跃登屋顶，要想就此出奔。

忽然又想起了赛吴用那厮助纣为虐，夙著恶名，今番不可便宜他的。但苦不知道他睡在衙中哪一处。正在转念，忽听更锣声响，有一个更夫渐渐走近，心中暗想：有了。遂等他行到屋下，欻地飞身跳到他的背后，毫无声息，一手把纯钩宝剑在他的脖子上轻轻一磨，一手将他的左臂拖住。那更夫陡觉脑后一冷，回头一看，却见自己给一人抓住，明亮亮的宝剑正挨着他的后颈。慌得将手中的更锣和灯笼都落在地上，跌熄了。急忙哀告道："大王饶恕小人的性命。可怜我家中尚有老母和妻子呢！"

英民道："只要你把赛吴用睡的所在告诉我，我便饶你一命。快快实说！我手中的宝剑是不肯等待的。"

那更夫道："可是宋师爷么？他住在东院落第二进内第三间房里，沿花厅背后走廊行去，转三个弯便到了。"

英民笑道："我哪里记得？你且引领我去。"遂把他的手臂挟住，喝道："快走！"

更夫哪敢怠慢，便领导着英民一路走至赛吴用的室前。见室中灯光还点亮着，低声指着道："是了。"英民便把更夫一脚跌翻，手足一齐缚住，口中塞了一大块衣襟，抛在僻隅。自己悄悄走到赛吴用卧室的窗前，从窗缝中一眼张进去，恰见赛吴用正在沿窗桌子前，伏案绘着一幅图画。纵横各式都有，似乎是绘的一种器械。知道便是王守和说的特制刑具，要害自己的东西了。正要入内动手，却见赛吴用立起身，开门走将出来。英民伏在暗中，见他走到对面墙角边去，方要小解，忽然瞧见了那个被缚的更夫，心中一惊，正想呼喊，英民早已一个箭步跳至他的身旁，白光一起，赛吴用的头颅已骨碌碌滚到地上。那更夫口里虽不能响，心中却是明白，眼见赛吴用被杀情状，吓得尿屁直流。又见英民一耸，身已不见了。他还疑心是江湖大盗呢。

明天早上，县和里有人起来，发现了赛吴用的死尸和被缚的更夫，大堂上又发现了高悬的朱县令，经家人将他设法解下，朱县令早已惊得半死了。这消息传出去，大家称快。同时夏家也发现了两个死尸，狱中失去了英民，方才知道是英民做的了。于是把王家查封，缉访凶犯，而朱县令闹了这件事情，也被撤职了。

当夜英民出了县衙，觉得自己做得很是爽快，心头怨气全消。于是他星夜离了广信，取道北了。

走了几天，将到九华山，天色已晚，便在离九华山三十里的一个村庄上小逆旅中歇下，打了两斤酒，唤上几碟可口的菜肴，独自在房里饮酒遣闷。忽听对面厢房里有人在那里击缶狂歌，声震屋梁。歌词道：

> 玄薰反复兮，鱼在釜烹。
>
> 国破家亡兮，奈此苍生。
>
> 匈奴未灭兮，何处请缨？
>
> 空慕卫霍兮，默默无名。
>
> 安得捍我钢鞭兮，渡大江而北征！

英民听着歌声，心里不由一动，玩索歌词，知道那狂歌的人一定也是尚不得志的英雄豪杰。蒿目河山，感怀家国，大有新亭之痛哩。歌罢数阕，接着噼噼啪啪的击桌声，大呼"酒来"。便见酒保托着酒壶急匆匆地走人，口里叽咕着道："哪里来了一个疯狂酒徒，喝不完的酒，唱不休的歌，真是讨厌。累得别的房间里客人不能安眠了。"

英民走到房门口，向对面厢房里要想窥探一下，却只见纸窗内的灯光人影，瞧不清楚什么，只得自己喝罢酒，吃过晚饭，解衣而睡。等到睡醒时，天色将曙，茅后鸡鸣，四处喔喔喔地呼应起来。忽听外面庭中有足声行动，且有人在那里长叹。英民很觉奇突。本来他也想趁早赶路，不欲多眠了。遂披衣起身，走到窗边，从窗隙中瞧到外面，见晓星犹朗，晨光熹微，一个魁梧奇伟的男子，在庭中东面走到西面，好似不耐烦的样子，左颊上有一个很大的红痣，手里拿着一件东西，乃是竹节钢鞭，足有三尺长，十分沉重。

那男子叹着气道："国破家亡，誓复中原，我这一腔热血，洒向何处去啊？"又举起钢鞭说道："鞭啊，鞭啊！想你也必抱着莫大的痛恨，亟待出去施展一番。我好歹必用着你，去和那胡虏大战一场呢！"

英民听着这种说话，正和自己心事相同，不觉暗暗点头。又见那人一蹲身，将那支竹节钢鞭舞将起来，渐舞渐紧，但见浑身上下，如蛟龙飞舞，但见鞭影在庭中滚来滚去，飕飕的有风雨之声。英民瞧着，忍不住喊了一声："妙啊！"

那人正舞得有劲的时候，忽然听见人声，连忙缩住，向四边一望，却不见有人影，遂喝问道："谁在那里叫好？"

英民此刻躲避不得，只好开了房门走出来，向那人拱拱手，说道："适才叫好的是我，幸恕孟浪。实在足下的钢鞭舞得好极了，而忍不住喊了一声好。昨晚又听足下歌声，料想足下一定是位英雄，尚乞不吝见教。"

欲知后事如何，请看下回。

第六回

薛家墓孺子得鞭
九华山群英结义

那人抱了钢鞭，向英民上下打量一番，然后说道："在下一时无聊，假此钢鞭，胡乱狂舞一回，不合法眼的。承蒙过誉，惭汗无地。大概足下是个能人吧？还请先示大名。"

英民很爽快地说道："我姓王，草字英民，是广信人氏。"

那人听了便道："广信地方有个老英雄王天放，是足下什么人？"

英民道："那就是先严，不幸早已弃养了。"

那人惊道："原来足下便是王老英雄的哲嗣，久闻大名，钦仰得很。"

英民道："足下何以识得先严？"

那人答道："我姓仇，名九皋，福建仙游人。曾随仙霞岭仙霞寺松虚上人为弟子。王老英雄以前在世时，常常到寺里来访上人，因此识得。闻我师谈起王老英雄的公郎得异人传授，有很好的本领，颇思一见，只苦无缘，不想今日有此邂逅，快慰之至。"

英民听了，便道："足下是松虚上人的弟子么？无怪有此惊人的武术了。此行将到哪里去？"

九皋叹道："神州陆沉，国破家亡，闹得一片腥风膻气，又有什么地方去呢？自别我师，本想往从史公可法，提起御江淮，为国家稍稍出力。不想途中一病弥月，警耗传来，史公已为国殉身，南都都失陷，胡兵南下了。我想只得投奔左良玉将军处去，未知足下何

56

往，敢请告知。”

英民道："父执江阴典史阎应元，现应地方人民之请，秣马厉兵，守土勿去。他遣急足前来，招我去协助义师。我想我等都是大明子民，当此存亡危急之秋，理当为国努力。所以离家北上。足下若有意，何不同到那里再说？左右总是为国家牺牲。"

九皋听了大喜道："许随鞭镫，不胜荣幸。只要那边有厮杀，让我杀一个畅快便好了。"

于是二人立谈之下，顿成知交，约定一起动身。那时天已大明，店中人都起来了。二人吃餐毕，付了房饭，方要出门，只见一个肥头胖耳的店主走过来，撮着笑脸问道："二位客官可是往九华山去的？"

二人被他一问，很觉突兀。英民便道："是的，我们此去路过九华山下。"

那店主忙对他们摇手道："去不得，二位客官若要性命，去不得。"

九皋急了，便喝道："怎么去不得？"

那店主又道："二位有所不知，那九华山周围数百里，山势险峻，路途难行。新近又有大伙盗匪盘踞，时常打劫往来客商。所以行人咸有戒心，不是绕道他走，便要请得地方官兵保护前往。大约再隔一二天，有一处官兵来了，所以此间官人都守着不走，静候官兵护送。我劝二位也耐心在此等候一二天吧。"

英民扑哧一声笑出来道："原来如此，多谢店主关心爱护。但我们都是顶天立地的好男子，区区盗匪视若无物，有何足畏？恐怕官兵反而靠不住吧。此间客人若然深信我们的，还是跟我们走的好。我们虽不是保镖的人，却实在有恃无恐的，谅他们也不敢来太岁头上动土。店主请勿多虑。"

九皋也大嚷道："若遇见那些鼠盗时，只要请出我手中家伙，管教他们一个一个去见阎王老子。"说罢，把手中竹节钢鞭对店主扬扬。

英民也按着宝剑说道："我们走吧。"遂向店主点点头，大踏步出了店门，望北而去。

店主口里却咕噜着道："你们不听忠言，不要遇见了甘大麻子，后悔无及。"

又有一个店伙说道："瞧他们的形状，也有些本领的，不然绝没有这天大胆量，自去送死呢。"

二人不顾人家说话，只是向前赶路。约莫走了十里光景，山岭四合，阒然无人，四望没有人家，已到了荒野。前面有一座林子，正当要过。二人走将进去，绿荫如盖，山风怒啸，枝叶隐处，窥见天日如杯口大。那林子很长，二人走着，只听脚下踏的落叶。

九皋且行且把手中钢鞭玩弄着，说道："提起此鞭，却有一段很长的历史呢。"

英民正觉无聊，便道："请你讲给我一听。"九皋遂先把自己的家世以及如何得鞭、如何从师习艺的事约略奉告。

原来仇九皋是一个灌园翁的儿子，本名吉儿，自幼很有膂力，爱听老人家讲武侠故事，尤喜听评话，天资也很聪颖。恰巧邻家有个学塾，塾中的老先生很是爱他，暇时便教他读书。九皋也能尽心领悟。他的父亲灌园为业，一遇闲暇，便去市上喝酒，喝得酩酊大醉，归来便一枕睡倒，直到天明始醒。家中又无别人，所以九皋的生活他的父亲也不去管他。幸他自己遇到那老先生，得着读书的机会，进步很快。塾中有些学生，反而望尘莫及。老先生知他将来蛟龙必非池中物，因此将他原有的吉儿小名改掉，特地题了九皋两字。取《诗经》"鹤鸣于九皋，声闻于天"的意思，期望很深。

九皋听了许多忠义故事，又读了书，所以他的根底已不薄了。但他父亲因他在家吃饭，实在养不起他，便教他为人牧牛。九皋无奈何，只得依从。可是他偷着空，走到塾中来问字请益。老先生又把李后主乘黄牛读汉书的故事，讲给他听，勉励他从事自修。以后人家便见九皋常常骑在牛背上，手握一卷，悠悠自得。不懂的人却引为谈笑资料哩。

一天，他驱着牛群来到薛家墓边，放着群牛在草地中吃草，自己却坐在墓前一块大青石上看书。那薛家墓是一个古墓，年代已久，无人祭扫。墓道本来很有气象，但是现在蔓草离离，荒圮甚多。所在石羊石马都是断头折足，偃卧在荆棘中。唯有一个翁仲，还是屹立着，和斜阳相对，好似阅尽沧桑一般。在九皋坐着看书的地方，上面正覆着一株大柳树，映得书都绿了。

　　九皋看了一会儿，清风拂衣，觉得有些倦意，遂一手支着颊，蒙眬睡去。忽听泼剌剌一声响，把他突然惊醒，恍惚有一样东西在他身旁跑过。回头一看，见是一只很大的野兔子。他想野兔子的肉是很好吃的，何不捉回家去。遂抛了手中书，立起身来，向后追去。那野兔子倏已跑至墓后，九皋喝一声"哪里走"，也绕到墓后来。却不见那野兔子的影踪，忙把双眼一揉，自言自语道："见鬼么？明明见一只野兔子跑到这里来的，怎么不见呢？任它跑得怎样快，总难逃去。"遂低着头，左右搜寻。

　　忽见那薛家墓后，乱草丛中，发现一个很大的窟穴，谅是兔子的躲避处了。他舍不得放下捕野兔子的念头，于是伛偻着身子，先伸头到窟内一探，见里面很是幽深，足可容人。遂大着胆，爬将进去。走了几步，光线渐黑，一种恶臭直扑鼻孔。野兔子仍不见形踪。吐了一口唾沫，正想退出，却又见十数步外，亮晶晶的似乎有件东西，遂匍匐过去，伸手一摸，觉得很硬很重的，拿到手中，瞧不清楚，大概是一种兵器吧。正在估量，忽又听得泼剌剌的一声，一样东西自内奔出，从身旁跳过，向外蹿去。知道是野兔子，遂提了那件东西，跟着回身出来。等到走出窟穴，那野兔子又不见了。

　　向手中提的东西一看，原来是一条竹节钢鞭，约有三尺长，细玩色泽，不是近代之物。并不生锈，所以在暗处便有亮光发出。柄上刻着"薛泰"两字，他想必是墓内殉葬之物了。本来不明白薛家墓是何人之坟，大概薛泰也是古时一员名将，所以有此兵器。权其重量，足有五六十斤，心中大喜，也再不想捕野兔子了，喜滋滋的，只是把鞭玩弄。迨到天晚，抱着钢鞭，收起书本，驱着牛群归去。

大众见他手中持着钢鞭，很是奇异，不知他从哪处得来的。他也直言不讳，将得鞭情形详细告诉。

次日一早，他带着钢鞭到塾中来见那位老先生，并告诉他昨天如何在薛家墓上得鞭，又询薛泰何人。老先生虽然博览群书，也不知道薛泰是哪一朝代的将士，况且那薛家墓年代甚远，有碑碣早已被人盗去，闻父老传述，大概是五代时吴越王手下的名将，却也荒渺无稽了。但瞧那钢鞭，确是宝器，非常人所能使用。塾中有些学生都来围着他观赏钢鞭，大家要想试试把钢鞭举起，都涨得满面通红，举不起来。唯有一个姓蔡的学生，年纪稍长，很有些力气，故能双手勉强举起。他却中意了那条钢鞭，放了学特地去找九皋，要想九皋把钢鞭送给他。但是九皋得了钢鞭，好似无价之宝，怎肯送与别人呢？姓蔡的又愿出二两银子，向九皋购买，九皋奈何他不得，只是摇头不肯。姓蔡的知道九皋力大，也不敢强抢，于是心里暗暗怀恨九皋。

凑巧有一天上午，九皋偷个空到塾中来听讲，老先生有事外出，不在塾中，九皋遂坐看众学生闲谈。大家讲起食物来，恰值这时梅雨时节，杨梅大熟。姓蔡的知道九皋喜欢吃杨梅的，便道杨梅性能助血，所以它的颜色殷红，和人身的血仿佛，人若多吃杨梅，便可大补其血了。九皋正喜欢吃杨梅的，听在耳里，记在心里。那地方杨梅出产很多，不论谁人遇到杨梅树，可以随意摘取，尽量大嚼，只是不许携回家去。这也是给吃杨梅的一个限制，否则人人采了，大筐小筐地带回家去，有果子的人家岂不大受损失么？九皋坐了一刻，还不见老先生回来，他不高兴再等了，便抱着钢鞭出去牧牛。

走过几条田岸，见有一株杨梅，结实累累，颜色又紫又红。他看着不由想起姓蔡的学生说的一番话，口里馋涎直滴出来。便开放牛群，让它们去吃草，自己尽顾摘取杨梅，一枚一枚地送到口中。不知吃了多少，恨不得把树上的杨梅尽送入他的肚腹中去。忽觉心里一阵难过，热烘烘的直透顶门，鼻子流出血来。自思大约我吃得多了，所以血也溢出哩。接着血愈流愈多，似檐溜水泄一般，流个

60

不止。不觉一阵头晕目眩，抛了手里钢鞭，仆倒在地。

隔了良久，方才醒转，见有一个老僧立在他的旁边，正用冷水沃他的面部。见他醒了，便笑道："孺子，你吃的杨梅太多了。这是热心的果物，怎么可以狂啖呢？"

九皋一看自己身上一件布衫都被血沾透了，便惊道："哎哟，人家说杨梅补血，所以我尽量大吃，谁知上了人家的当。"

老僧微笑道："妙哉，杨梅补血？哪里来这个谬妄的传说？恰巧我路过此地，见你晕地上，鼻子里血流不止，四边积着不少杨梅的核，知道你因多吃了杨梅，所以流血而晕了，若不施救，血失得过多，恐有性命之虞。因此我到溪边觅个瓦罐，舀了些水，把你沃醒。"

九皋听了老僧的话，一骨碌爬起身来，向老僧致谢道："多谢老和尚救助之德。小子上了人家的当，要去找他说话呢。"遂从地上拾起竹节钢鞭，口里呼着驱叱牛群的声音，回身要走。

老僧把他轻轻拖住，说道："且慢，老衲还有一件事情要问个明白呢。"

九皋立定了，瞪着双眼，静候老僧问询。老僧指着九皋手中的竹节钢鞭问道："孺子，这条钢鞭不是等闲人所能使用，老衲早见了，心中十分奇怪。你从何处得来的？家中有谁人熟谙武艺？"

九皋答道："这钢鞭并非我家之物。是我从一个古墓内得来的。"

老僧道："那么，你可会使用？"

九皋摇摇头，老僧又道："你既不会使用，紧抱着这钢鞭做什么？"

九皋道："我很是爱它的。"

老僧道："可惜，可惜，你虽爱它，却不会用它，未免辜负了这宝物了。"

九皋默然不语。老僧又问他家可有谁人，为什么牧牛？九皋一一老实告诉。老僧点头道："有此可造之材，而坐视他埋灭，宁非可惜？你既爱这钢鞭，不如待老僧来教授你使用吧。"

九皋见那老僧年纪虽老，而精神饱满，道貌岸然，料是有道之辈。遂说道："此话可真么？"

老僧微笑道："你若不信，待我略玩一下，给你看看如何？"遂从九皋手中取过钢鞭，瞧了一瞧，说道："好鞭。"于是曳开脚步，不慌不忙，上下左右舞将起来，初时如狂风斜雨，鞭影万点，向四处撒开，最后则成一团光芒，不辨鞭影人影，只在野田间滚东滚西，在距离一丈以外，已觉寒风逼人。不多时，忽觉眼前一闪，那老僧已抱着钢鞭，立在九皋面前。脸上带着微笑，安闲如常，好似绝不费力一般。

九皋连忙向老僧拜倒道："小子情愿跟随师父学艺。师父真天人也。"

老僧一边把钢鞭递回九皋，一边带笑对九皋说道："老衲卓锡在仙霞岭仙霞寺中，乃是松虚上人。你若要随我学艺，须得跟我一起山上去，静心学习，方能有成。又在山上要熬得起辛苦，不能无拘无束，任意妄为。"

九皋道："弟子理会得。好在弟子家中只有一个老父，他也不管弟子事的。弟子愿意跟从师父到山上去。"

老僧道："很好，我在此稍待，你快去交还了牛群，随我回去。"

九皋答应一声，忙集合了牛群，驱着归去。向主人交代明白，立即飞步便跑，也不到家中去辞别老父了。主人不知他的意思，以为他不愿意牧牛，遂另交牧童，而九皋的父亲至晚不见儿子归来，糊糊涂涂地也不问讯，一连几天，影踪杳然，以为他被人拐骗去了。

九皋随着松虚上人到得仙霞岭仙霞寺，一心一意学习武术。松虚上人起初吩咐他操作种种苦工，九皋都能耐心做去。上人因他天资聪颖，又教他读书。过了三个月，方才教他使用那条竹节钢鞭。又把一种虎尾鞭法教授给他。这种鞭法，勇悍剽猛，变化不测。非精通武艺的人不能抵敌。九皋精心学习，尽得其妙。松虚上人很是爱他。以前老英雄王天放去拜访上人的时候，特命九皋谒见。并告诉王天放说，自己已遁迹空门，虔心礼佛，修道不暇，本不想收什么弟子。只因见九皋是个杞梓之材，不忍使他埋没，所以一心要造就他。王天放见九皋生得不俗，也很称赞。九皋从着松虚上人学得虎尾鞭法而外，其他轻身功夫也习练得很好。

在山上住了多年，已长得终贾年华，一表人才。上人对他说道："你从我学艺数年，专心不懈。且喜你已有惊人的本领，方当少年，正宜出外努力，干一番事业了。你又熟读《左传》，深知春秋大义。现在明室正当危亡之时，你出去后，务须为国尽忠，不要堕入魔道，流为盗匪，才不负我教你的意思。至于此间不宜久留，我们方外人，只知修道，又当别论。我在少年的时候，何尝不抱着雄心呢？但是大丈夫于出处进退，应当明白，不可苟且。你并非不通文墨的一个武夫，当知自爱。流芳百世是可以的，遗臭万年是万万不可的。言尽于此，你即日下山去吧。"

九皋听上人的说话，便向上人拜倒道："弟子在山上受我师莫大之恩，终生感激难忘。我师的金玉良言，敢不拜受？当铭之心版。做弟子一生行事的圭臬。不过弟子追随我师多年，一旦分别，能不依依？"

松虚上人微笑道："世间事各自有缘，不可勉强。你好好出外，自有一番奇遇。风虎云龙，一朝聚合，事之成不成，未可知也。"

于是九皋即日拜别上人，带着竹节钢鞭，离了仙霞岭，回转故乡。忆念老父，很想一见。谁知到了家门，已换了屋主，他的父亲不知哪里去了。又去拜访邻家塾中的老先生，也已于去年作古，学徒星散，音容不可得接。大有了全威归来，城郭犹人，人物已非了。而遇到一个旧时相识的邻童，已荷锄而为农夫了。见了九皋，还能认得。九皋便向他询问家中状况。那人遂告诉他说，九皋的父亲在三年前因吃醉了酒，得罪官吏，被捕入狱。无钱自赎，竟瘐死在狱中。几间茅屋亦充入公家了。九皋方知他父亲死于虐政，非常哀痛。很想代父复仇，但苦不知那官吏调到什么地方去了。

在故乡借宿了数天，寂寞无聊，再也留不住。闻得史公可法督师江淮，抵御清军南下，不觉激发了爱国之心，很想从戎立功。遂离别故乡，取道北上。不料在途中生起寒热病来，卧倒在小逆旅中，备尝苦痛，险做异乡之鬼。幸而命不该绝，遇着一位走江湖的医生，姓林名乐知，很有些医术，竟把他医愈。等到他再行上道，而南都失陷，史公殉国的消息，传到南边了。他不禁仰天长叹，悲愤不已。一路到此，凑巧遇见王英民，惺惺相惜，顿成萍水之交，以后还有一番伟大的事业呢。

九皋讲罢时，早已穿过林子。前面一片旷野，不见庐舍。群山远远环绕着，九华山峰如莲花一朵，簇立万山中。三人遂向北取道，渐渐走向九华山来。英民听了九皋一番叙述身世的话，觉得国破家亡，同有此感，也把自己在广信做的事大略告诉他。九皋听了，双眉怒竖，说道："贪官污吏，其罪该杀。无怪古有灭门令尹。可惜老哥心肠太软了一点儿，换了我时，早已把那朱县令杀却了。"

英民笑笑，其时日已过午，二人腹中都有些饥饿，途中又没有打尖处，幸九皋的行囊中带有一些薄饼，取出来将就充饥。一人脚步带快，想要乘红日未坠时，赶过九华山，可以得到宿店。看看九华山愈走愈近，已到山下，石壁峻险，峰峦突兀，一处处都是松林，一轮红日已落向峰后。二人见没有动静，疑心那店主人有意捣鬼，想拉生意而已。

九皋道："可笑他们说什么甘大麻子，我是甘二麻子也不怕的，只要试试我手中的钢鞭。"

话犹未了，只听半空中豁刺刺一声响亮，从山上射下一件东西，直飞到身后林子里去。英民知是响箭，遂拍着九皋的肩膀道："此刻你预备着吧，大约你的钢鞭少不得要试一下了。"

九皋眉飞色舞地答道："果然他们来了么？很好。"便把手中竹节钢鞭一横，立着不走，准备厮杀。

英民也拔出纯钩宝剑，瞧见东边山坡上，尘土飞扬，有一群人飞奔下来。不多时，已到前面，乃是数十名健儿，各执着器械，当先一骑上坐着一个黑面大汉，手中高举鎏金锏，宛如半截宝塔一般。大喝道："对面两个小子，快把行囊献上。饶你们的狗命。牙崩半个

64

不字，管教铠下丧生。"

仇九皋喜滋滋地迎上前去，说道："草寇，你眼睛也不生的？行劫到你家仇爷身上来了！我极愿意把行囊献奉，但是我的朋友恐怕不肯答应的。"

黑面大汉道："教你朋友前来送死便了。"

九皋把钢鞭一挥道："这就是我的朋友，教你知道他的厉害。"说罢，一鞭照准大汉马头打去。那大汉将马一拎，让过那鞭，挥动鎏金铠，一个乌云盖头，向九皋头上压下。九皋收得钢鞭，迎住金铠，鞭铠碰在一起，只听铠的一声，那金铠向旁微微荡开。大汉接着又是一铠，向他下三路扫来。九皋见他来势凶猛，也不敢怠慢，舞起虎尾鞭法，上下左右地向大汉进攻。大汉也把手中铠使开，如一团黄云，紧绕九皋上身，一个马上，一个步下，鞭来铠去，战了许多时候，不分胜负。

英民抱着纯钩宝剑在后观点，觉得九皋鞭法虽然十分急醋，而那大汉的鎏金铠东扫西盖，也殊不可侮。恐九皋久战失利，便舞起宝剑，刺入黄云中去，和九皋左右夹攻。剑光霍霍，直取大汉顶上。那大汉招架不住，说一声"果然厉害"，虚晃一铠，回马便逃。其余盗众也跟着退上山去。

九皋杀得性起，见盗已遁走，哪里舍得放松，大喝道："狗盗要逃走的，不算好汉！待我追到你们的巢穴中，看你们又怎样？"挺着钢鞭向山上追赶，英民也只得跟着同追。

方才转过山坡，却见岭上飞也似的跑下两个人来。在前的青布扎额，穿着一身黑色短衣，身躯健硕，面上生着一脸麻子，挟着双刀，十分威风。在后的却是又瘦又小，穿着褐色的衣裤，手握一根熟铜棍，却有碗口般粗。麻脸的将双刀一摆，跳过来喝道："哪里来的不怕死的过客，猖狂如此！"

英民知是店主人所说的甘大麻子了，便冷笑一声道："我真不明白，好好的汉子，却甘心落草为寇，扰害地方人民？来者不惧，惧者不来，今天你们也遇到对头了。"便举起纯钩宝剑，向麻脸的刺去。麻脸的也把双刀使开，和英民接战。九皋也挥动竹节钢鞭，和那个使熟铜棍的瘦小汉子战斗起来。此时那个败退的盗党立马树下，横着鎏金铛，指挥部下向四面散开，远远将二人围住，作壁上观。但见四人刀光剑影，鞭风棍雨，在危崖之下，往来酣斗，如生龙活虎一般，杀得难解难分。

那时天色将晚，暮色苍茫。英民一边作战，一边留心那甘大麻子的刀法，果然高强，没有一点破绽可寻。自己已使出八仙剑法来了，这是老胡教他的最高剑术，绝非寻常能武艺的人所可抵御。而甘大麻子尚能勉力应付，无怪店主人要惊惧，说九华山盗寇凶横了。甘大麻子也是第一次遭遇着劲敌，凭你用出平生本领，亦是不能取胜。觉得英民的剑法神出鬼没，久战必将失利，心中十分焦躁。此时山上又一小队盗寇，拿着灯笼火把下山来，英民看甘大麻子渐渐敌不住了，心里忽然生了一种意思。想现今胡兵南犯，正是需要人才之秋，这几个人虽是草莽英雄，而武术超群轶类，若能收为己有，教以忠君爱国之道，岂非都是冲锋陷阵的良将么？我和他们何苦死拼呢？遂将纯钩宝剑向外一收，逼住双刀，跳出圈子，说道："且慢，我有几句话要问你。"

甘大麻子也把双刀收住，答道："你有什么话，快快说来。"

英民道："我要问你为什么落草为盗。因我见你们的武艺都是很好，如此埋没，宁非可惜？"

甘大麻子笑道："多谢你的好意，我们在此啸聚山林，本是不得已之事。当今之世，宰相昏庸，将帅懦鄙，黄钟毁弃，瓦釜雷鸣，朝廷不能用我，自然要干这生涯了。"

英民道："你的说话也未尝没有理由，那些祸国官僚固然可恨，明室之亡，都断送在他们的手里。但是现在正是危急存亡的时候，半壁江山已被胡马侵入。我们都是大明子民，黄帝后裔，理该努力同御外侮，以清敌氛，才不负天生此七尺之躯。岂可陷为盗贼，贻害同胞呢？"

甘大麻子听了英民的话，觉得理直气壮，句句打入他的心坎，不由点点头说道："你的话也很中听。我们不打不成相识，请教尊姓大名。"

英民道："我姓王，名英民。是广信人。"

这时九皋还和那个使熟铜棍的狠斗，二人过去把他们喝止。又有那个使鎏金铛的也跳下马来，走到近身，于是众人一齐相见。方知甘大麻子单名辉字，别号麻面虎，又称甘大麻子。那使熟铜棍的姓朱名世雄，别号赛猿猴。那使鎏金铛的姓阮名武，别号黑旋风。英民也介绍了九皋的姓名，甘辉便请二人上山歇宿，且欲设宴款待，畅谈衷腹。二人坦然允许，跟着甘辉等一群人上山。

来到山头，见有两座碉楼，筑得很是坚固，旌旗飘摇，号灯明亮，气象甚为雄壮。穿过碉楼，又有一队部下前来迎接，甘辉把二人引到寨内，特备端整丰盛的酒席，请二人入座。彼此畅谈，始知甘辉等三人昔在流寇献忠部下。甘辉，河北人，本是将门之子，曾隶高杰军中。后高杰吞没他的功劳，且把他待遇不平，因此愤而为匪。张献忠出没蕲黄潜桐的时候，大肆屠戮，把某村的妇女一个个先奸后杀，甘辉却有些不忍，向张献忠微言讽谏。张献忠大怒，几乎要把他斩首。甘辉见张献忠残忍好杀，不能做成大事业，遂说动了阮武、朱世雄二人，一同带了数百名精锐的健儿，脱离张献忠，望南奔走。来到九华山，暂且把它做个根据地，安下身子。附近地方的官吏畏盗如虎，哪里敢来问信？张献忠失去了三员虎将，兵势大衰，不得不西窜了。英民也将自己和九皋的来历约略告诉他们听，三人更是钦敬。引觞痛饮，相见恨晚。

酒半酣，甘辉直立，对二人说道："今天我们不期而集，很非容易。二位皆当世英豪，武术精妙，一旦相遇，能纡尊降贵，到我等山寨里来，实在增光不少。所以在下不揣冒昧，有一个要求，未知二位可肯赞同？"

英民道："即请见教，当可同意。"

甘辉道："在下想古时刘关张桃园三结义，协力同心，共图大事，很可为后人大好模范。我们今晚效法古人，一同结义如何？"

英民道："原来是这样一件事，我第一答应。"

九皋也嚷道："很好！很好！我们年纪谁大，便做大哥哥。"

甘辉见二人允诺，十分欣喜，便命手下人去预备三牲香烛，便在堂上设了神位，一齐拜倒。各道年龄，甘辉年最长，为大哥哥，阮武次之，朱世雄又次之，九皋较英民长二岁，行列第四，英民年龄最小，为小弟弟。五人各换兰谱，此后情同手足，义无二心。于是重行入座，洗杯更酌，直喝得各人都是醉不胜酒，方才散席。英民和九皋便住在客房里。

一宿无话，次日起身，英民因为急于赶路，便要动身。甘辉等听得英民九皋赶往江阴，去和清兵厮杀，也愿随往。英民道："兄等果能同去，自是欢迎。但若率领大队人马，势必惊动地方，也有种种不便。小弟想仍由我们二人前去，兄等在此精练部伍，待时而动。此去若参有一些希望，再当请兄等北上可也。"

甘辉点头说道："很好，我这里也有七八百儿郎，能征惯战，足供驱使。静盼二位贤弟的好音吧。"

英民忽又皱皱眉说道："小弟还有一句不中听的话，要请大哥鉴谅。便因大哥威名远振，行旅裹足，最好不行劫，于民无害。"

甘辉道："此话不错。但是我们在这山头，粮饷没有人来供给，需用浩大，不得不出之劫掠。我们明知这是不正当的事情，也是不得已啊。不过我们抱着三不劫的宗旨罢了。"

英民道："怎样唤作三不劫？"

甘辉道："单身孤客不劫，妇稚不劫，方外不动。其余的却只好对不起了。我们每天有一个人值日，在半山瞭望台窥伺。一遇行客，先放响箭令其止步，若然他们无抵抗，献上行李，我们绝不肯妄行杀害的。以前有一小弟兄，不守规列，杀死一个老妪，我便把他斩首示众的。"

阮武嚷道："昨天凑巧挨着我值日，遇见你们二位天生的对头，失风一次。却不想我们便做成了异姓兄弟，这真是月下老人撮合之功了。"

68

甘辉便带笑说道:"黑旋风,你真只会厮杀了,免开尊口吧。我们又不订什么婚,和月下老人有何关系呢?"说得众人都笑起来,阮武也红着脸不响。

英民便和甘辉等三人辞别下山,三人也送至山下,握手而别。二人急急赶路,走了半天,回望九华山,已隐在云烟之中,不可得见,心里却很有一番感触。

行了几日,早到江阴。忽见江阴城外营寨扎得如蜂窝一般,旗幡蔽日,戈矛如林,都是清兵的旗帜,气象十分森严。便向一个乡人探听,那乡人暗暗说道:"江阴城已在前天被清兵攻下了,可怜屠杀得真是惨不忍言呢。现在清兵还在搜诛,你们二位料是从别地方来的,劝你们不要前进,快快退避。若被清军瞧见你们二人身上带着军器,一定疑心你们是奸细的。捉去后性命就不保了。"

英民听了这番说话,不觉对着九皋跌足长叹,二人面面相觑,各自无言。

欲知后事如何,请看下回。

第七回

带发效忠孤城喋赤血
仆碑探异绝壑斗黄龙

号令难安四镇强，甘同马革自沉湘。
生无君相兴南国，死有衣冠葬北邙。
碧血自封心更赤，梅花人拜土俱香。
九原若逢左忠毅，相向留都哭战场。

这是清代乾隆时诗人蒋士铨吊史公可法的一首诗。语气沉痛，令后人读之，徒唤奈何。史公可法为明末一代大大的忠臣，自从福王由崧即位南都之后，史公以讨贼为亟务，督师江北，身当要冲。其时清摄政王多尔衮爱重史公的雄才，遗书招降，以春秋之义相责，并以爵禄为饵，史公毅然不动于心，复书拒绝。也将春秋大义奉答，所谓以子之矛，攻子之盾。两封书都是写得很好的，可惜篇幅过长，在我的小说里不能披露了。

史公态度既示严明，于是清军大举南下，乘着得胜之势，想要灭亡明室。史公一人翻力御敌，无如福王由崧昏庸误国，不知自强。身边的一班奸臣贼子，如马士英、阮大铖之类，逢君作恶，反掣忠良之肘。以为长江天堑不能飞渡，秦淮风月尽足流连，哪里把复仇雪耻的事放在心上呢？更可笑的，当除夕的日子，惊耗传来，由崧悄然不乐，急传各官入见。诸臣都因兵败地蹙，叩头谢罪。由崧又沉吟良久，然后说道："朕未暇虑此，所忧梨园子弟，无一佳者。意

70

欲广选良家，以充掖庭。唯诸卿早行之耳。"

试想由崧身处什么时候？敌国的兵势如破竹，长驱而下，他反说没有工夫去忧虑，反忧供他娱乐的梨园子弟缺乏佳选。真是陈叔宝全无心肝，无独有偶了。他又在内庭悬一联，上联是"万事不如杯在手"，下联是"一年几见月当头"。宛如骚人墨客的口吻，何尝有人主的语气呢？史公遇到这种昏君，好似诸葛武侯逢着刘后主一样无能为力了。

史公在扬州殉国之后，清军乘胜而南，特编大筏，置灯火，一到夜里，放在中流，以为疑兵。某夜大雾，清兵乘着大筏偷渡，另遣数百骑用小舟潜进，袭击北固山。等到近岸，明兵方才知道，仓皇之际，在甘露寺列阵抵御。清兵将骑逼攻，明兵大败。这时由崧还在宫中荒宴，遂于夜半率领宦官宫姜，跨马出通济门，逃避芜湖。清兵遂唾手而得南京，收明降卒，鼓行而南。

那时有许多志士，痛故国之亡，纷纷揭竿裂裳，共起义兵，抵抗胡虏。但是以卵击石，势不能敌。只有吴江吴易一军和江阴阎应元一军，撄城固守，为清劲敌。后来吴易败亡，清军进围江阴，限期攻破，江阴于是岌岌可危了。

起初江阴地方士绅不甘投降满洲，同请典史陈明遇主兵，但出战不利。众人商议，须得请求前典史阎应元来支持大局。阎应元见胡虏如此猖獗，也是不胜愤慨，一口允承，愿以身报国。其时祝塘有个著名的游侠，姓郭名慕解，聚焦了同游少年六百人，各执器械，前来响应，护送阎应元入城。阎应元即入城，握了兵符以后，简练精锐，得三千余人。分为两大队，自率第一大队，轮流守城。

清军进围江阴的乃是李成栋和刘良佐两路军队，李成栋急欲立功，想把江阴早日攻下，首先督领部下，向江阴猛扑。阎应元在城上遥见清军杀来，便命部下留心防御。防备了滚石，不使清军近城。李成栋以为江阴弹丸之地，断不能抵御大军。哪知自辰至午，攻打了半天，丝毫不得进展，心中大怒，亲自上阵督战。见明兵排列城墙上，旌旗鲜明，军容严整。自己的部下虽然努力仰攻，而城上矢下如雨，不易迫近。偶有上城头的，都被明兵斫下，暗想：阎应元不过一个小小典史，却很有治军的本领，倒未可轻视呢。

阎应元察看清军情形，已有懈怠之色，便将第一队分为两小队，和郭慕解率领着，大开城门，分左右翼，直杀过来。清军见明兵忽然出战，急欲抵抗，无如军心已懈。明兵正一鼓作气，所以抵挡不住，纷纷倒退。郭慕解使两支方天画戟，勇不可当，宛如温侯再世。清军当着的都被搠翻。李成栋见势不佳，连忙鸣金收军。忽又见左边一支明兵，如怒浪般疾卷而至，为首一匹赤兔马，马上坐着一员明将，全副盔甲，双眉怒竖，赤面长须，手中握着泼风大刀，好似汉寿亭侯，自天而降。背后大旗上一个斗大的"阎"字，知是阎应元，急忙横刀相迎。

阎应元大喝一声："逆贼无耻，甘做亡国奴隶。今日见我，快快纳下头颅。"

李成栋更不答谢，举刀便刺。阎应元也挥刀力劈。两人大战三十余合，李成栋有些心慌，刀法渐渐散乱。阎应元觑个间隙，一刀向李成栋头上扫去，喝声"着"，李成栋将头一低，一顶金盔早被扫落，慌忙回马奔逃。明兵奋猛追杀，清军大败。

李成栋正拖着刀落荒而走，忽听背后马蹄响，回头一看，一少年将军挺着两支方天画戟，正向自己追来，吓得将马乱鞭，拼命狂跑。忽然马蹄一滑，将李成栋掀下地来。李成栋爬起身，便望林子里逃，少年将军大喜，风驰电掣般已追到李成栋的身后，一戟刺去。不料李成栋绕树而奔，方天画戟正搠在树上，等到拔出画戟时，李成栋已穿过林子。少年将军不肯放松，仍旧追来。李成栋正危急间，幸得后面金鼓大震，大队清军杀到，乃是刘良佐的援军。

刘良佐部下有一员骁将，姓石名敢当，善使一柄丈八蛇矛，面如锅底，须如刺猬，人称为赛张飞。临阵冲锋，舍生忘死，很有勇名。这时正领着前队杀来，接应李成栋的败军。瞥见李成栋被一少年将军追得走投无路，遂吆喝一声，宛如平地起了一个霹雳，挥动丈八蛇矛来救李成栋。和那少年将军战一起，正是一个半斤，一个八两，一场鏖战，好似虎牢关张飞大战吕布。

阎应元率着部下在后追到，见郭慕解和敌将奋勇狠斗，清军大至，恐有失利，忙令人鸣金收兵。郭慕解见自己那边收兵，便将画戟搁住蛇矛，喝道："明天再和你见个高下。"回马便走。石敢当刚想追去，李成栋见明兵殊不可侮，也止住石敢当，两边各自收军。

李成栋和刘良佐会面之后，共商围攻之计。计阎应元等骁勇善战，一面差人到贝勒博托处去请摇，一面由刘良佐围困南门，李成栋围困北门，同时进攻。阎应元也小心防备，自守南门，命陈明遇守北门，其余东西城门，亦加紧防备。恐怕清军声东击西，乘虚来袭。

这时博托又遣提督吴兆胜以大军来援，把江阴城围困得水泄不通。阎应元日夜防守，每逢巡城，有一个小卒捧着大刀，跟随身后。清军攻城时，阎应元亲自指挥，清军无隙可乘，休想攻得进去。清军遥见阎应元在城上，以为天神。而阎应元对待部下，号令严肃，凡有偷安不法的，必贯耳鞭背以示众。但见战士困苦，也必要亲自注汤酌酒，温问慰劳。如遇战死的，立刻端整棺衾，哭奠而殓。对部下称呼，都称兄弟，每遇紧要时，常向众人问道："我兄弟中间有谁能担当这事情的？"因此人人感服，军心巩固。

清军围攻二十天，江阴岿然不动。李成栋遂令黄蜚、吴志葵二人，前去谒见阎应元，说他投降清军，饵以厚赍。阎应元非但不允，反把来使叱骂一顿。又说李成栋等腼颜事仇，狗李不若，早晚必将授首。黄吴抱头鼠窜而归。李刘二人闻言大怒，日夜攻城不止。阎应元见清军有增无减，死力攻城，虽赖众人同心守拒，然而孤城如瓮，救援断绝，何能久持？自己虽曾在入城时遣人至广信邀请王天放之子英民前来相助，可是路远得很，不知他可能前来？手下可战的，只有郭慕解和祝塘少年六百人，可称敢死之士。若不乘时速战，日久伤亡益多，不堪一战了。于是他一边巡城，一边筹思作战之策。

忽闻有人在道旁大号道："我欲杀敌，苦无短刀。"

阎应元忙走前去看时，见一个长身汉子，身穿短褐，赤着双足，倚在树上而号。双目却炯炯有神。阎应元遂问道："你是何人？现在敌军围城，正虑无人杀敌，你可有这种雄心，为国家尽忠么？"

那汉子答道："颇欲为国杀贼，怎奈无人用我。"

阎应元哈哈笑道："壮士，如我阎某可能用你么？"遂解其佩刀，亲自代他悬在腰旁，说道："可以杀敌了。"

汉子便给阎应元下拜道："愿效驰驱，虽死不恨。"

阎应元又问他姓名，始知他姓傅名克胜，徐州人，能武术，一向在家乡不事生产之业，曾投高杰军中。后高杰为许定国所杀，部众尽降满清。傅克胜独自奔到江南，游荡为丐，来江阴已有好多天了。阎应元大为赏识，遂请他跟随自己一同杀贼。

一天晚上，正是月黑夜，阎应元特命郭慕解和傅克胜各率一队人去劫营。郭慕解、傅克胜二人在三更时分，率领军队，悄悄开了城门，放下吊桥，衔枚疾走。途见清军营中灯火大都已熄灭，暗想这遭可以得胜了。遂从左右两边抄杀进去，清军猝不及防，纷纷大乱，有些从睡梦中惊醒，勉强抵御。郭慕解使开方天画戟，连踹三个营盘，杀死清军无算。这时刘良佐在后边闻知，连忙吩咐部下，各自镇定，守住自己营寨，不要出战。待敌军来时，可以用强弓硬弩，把他们射退。果然郭慕解一路冲到第四个营盘时，矢如飞蝗般向他们射来，不能攻进。

同时傅克胜从右边杀进，正遇刘军骁将石敢当喝醉了酒，睡在帐里。听得明兵杀至，衣裳都不及穿，裸着上身，跨着没鞍马，挺起丈八蛇矛，当先来迎。傅克胜使一杆烂银枪，和石敢当鏖战，矛如蛇，枪似龙，龙蛇飞舞，化作两条白光，击刺有声。战了不多几个回合，石敢当究竟喝了酒，又从睡梦中惊起，精神不济，被傅克胜拦开蛇矛，一枪向他颈边刺来。石敢当不及抵御，将头一偏，刺中肩窝，一个觔斗跌下马来。幸被手下人救起，护着逃去。傅克胜连破两寨，也被弓箭射住，不能得手。吴兆胜又率军来投，郭傅二人会在一起，见清军已有准备，知无隙可乘，遂也收兵回城。阎应元大喜，亲自酌酒慰劳。

围北门的清军李成栋，因闻城上擂鼓呐喊，疑心明兵夜袭，防备了一夜，不见动静。次日清军将领会议，一面严密防备，一面又去请求大军增援。博托又遣满洲大将伊里索尼率领大队索伦兵前来，限期将江阴攻克。那索伦兵是满洲兵中最骁勇的军队，善用火铳猎枪，战无不胜。刘良佐得此一支生力军来帮忙，声势顿壮，而赛张飞、石敢当枪伤已愈，自告奋勇要和明兵斗将，遣人下书挑战。

阎应元遂命傅克胜出战。郭慕解率领祝塘少年六百余人押阵。遥为策应。自己在城下观战，亲抚傅克胜的肩窝道："兄弟努力，敌气非常猖獗。若能战胜敌将，挫其锐气，这是江阴人民的大幸了。"

傅克胜答道："今日愿竭平生之力，和敌将决一雌雄。"遂提着烂银枪，佩上阎应元所赠的宝刀，胯下一匹银鬃马，当先一马，冲出城来。郭慕解挺着两支方天画戟，督率祝塘少年六百人，随着出城，列阵以待。见清军大队已排好阵势，石敢当骑了一匹乌骓马，挺起丈八蛇矛，在那里等战。刘良佐、吴兆胜、伊里索尼等都坐着马在后观看。石敢当见了傅克胜，喝道："前晚侥幸，被你获胜，今天定要报一枪之仇。"

傅克胜冷笑道："贼子，你想报仇？恐怕报不成了。"

石敢当瞪圆双目，一矛向傅克胜心口刺去。傅克胜把烂银枪格住，乘势一枪挑向石敢当头上。石敢当大喝一声，还矛迎住。二人各奋神勇，手下家伙一点儿也不肯放松，银光闪光，使旁边人看了眼花缭乱。看看战到傍晚，已斗了三百余合，不分胜负。石敢当愈斗愈有精神，遂道："你若是好汉，我们继续夜战。"

傅克胜说："贼子，你要夜战便夜战，谁来怕你？好歹总要结果你的性命。"

于是二人各退回木阵，休息一刻，略略进餐，禀明了主将，各自挑灯夜战。石敢当早把身上衣甲脱去，接着傅克胜仍旧斗在一起，好似马超和张飞夜战葭萌关。可惜石敢当有此骁勇的本领，而甘心降贼，为贼所用。若和张桓侯相较，真有天壤之判了。

刘良佐在一边观战，一边挨近伊里索尼，附着耳朵低低说了几句，伊里索尼点头赞成，遂去暗暗下令。这时傅克胜和石敢当又斗了二百余合，傅克胜心里十分急躁，待石敢当蛇矛刺来时，把身一偏，急忙使一个银龙探海式，一枪向石敢当腰眼里点去。石敢当不及收回蛇矛，只得伸出左手，将枪夺住。傅克胜见自己的枪被石敢当夺在手中，想要收回，石敢当紧紧抢着，哪里肯放？一矛又对傅克胜胸前刺下。傅克胜也是大喝一声，施展猿臂，将蛇矛挟住。两人各抢器械，各不肯放，两匹马在场上团团地打了几转，只见两人一齐滚下马鞍，赶在地上厮打。又听傅克胜猛喝一声，立起身来，石敢当一颗黑头，早血淋淋地提在他的手中。原来两人跌下去时，凑巧傅克胜占的上面，各弃枪矛，徒手而斗。傅克胜扭住石敢当，不放他起来，石敢当张口来咬傅克胜的手腕，傅克胜腾出右手，急忙拔出腰间所悬的宝刀，突的一刀，把石敢当的头颅割将下来，立起身，跨上坐骑。

明兵欢天喜地地一声喊。不料喊声未完，清军早如排山倒海价地杀上，都是索伦精兵，火铳如雨点一般，向明后阵地射击过来。砰轰动地，明兵哪里挡得住？纷纷后退。克胜也只得回马逃奔。清军乘势来抢吊桥，郭慕解见阵脚已被冲动，收缩不住，生恐吊桥有伯，忙挥动两支方天画戟，奋力挡住清军，让自己的部队退入城去。他方才使开画戟，刺倒了几名将军，胸前已中着火铳，跌下马来。清军赶快上前掳捉，幸被众少年拼命抢回。傅克胜又在吊桥边抵挡一阵，才能退入。连忙收起吊桥，清军已到城下，火铳猎枪，齐向城上仰攻。亏得阎应元早有准备，一边将檑木滚石掷下，一边也将强弓硬弩向清军施放。血战良久，清军方退去。

阎应元检点部下，也伤亡数十人。又去慰视郭慕解的伤，见郭慕解伤势沉重，胸口已裂一洞，被火灼伤，无法可医。不觉泪下。郭慕解晕去数次，睁开双目，见了阎应元，长叹一声道："小人本是祝塘游民，幸随我公鞭镫，勠力战场，不意胡虏未灭，我竟反受了重任。从此再不能随我公杀贼。愿我公为国自重。"说罢，滴下几点眼泪。阎应元也不胜惋惜，安慰数语而去。

待到晚上，郭慕解伤发，辗转床褥而死。临死时，口中犹大呼杀贼。阎应元十分哀痛，厚葬在城北。觉得失一臂助，良将难求。而王英民仍不见来，差去的使者也无消息，哪里知道已被清军当作间谍获去了。

伊里索尼接到军令，要限期攻克江阴的，且要保住索伦兵战无不胜，攻无不克的名誉。因此急急要把江阴攻下。遂由伊里索尼攻东门，而命刘良佐仍攻南门，吴兆胜攻西门，李成栋仍攻北门，四门同时进攻，各各想得头功，所以自朝至晚，喊杀连天，向城中紧攻。

阎应元悉心守御，四面策应，甚至衣不解带，食不安桌，一连数夜未睡。见城外清军营寨重重，火光烛天，索伦兵的火铳又是非常厉害，令人难以抵御。部下残余的很多，而清军分队，用车轮法攻城，要使城中守兵疲乏，没得休息的时候。且时而东门攻得紧急，时而南门又大举进攻，弄得阎应元难以对付。这样相持了八十天，城中粮秣告绝，军用不继。阎应元又患起寒热病来，勉强带病巡视。江阴岌岌可危，城中老幼都来运土制箭，帮助守城。

这一天正是八月二十一日，清军又有增援。大军云集，四面攻城，火铳与强弩齐飞，喊声与鼓声同作。忽然大雨如注，城墙崩圮，清军一拥而上。阎应元正在东城敌楼，遂索笔题一联在门上道："八十日带发效忠，表太祖十七朝人物；十万人同心杀贼，留大明三百里江山"。拍着傅克胜的肩膀道："勉之，勉之。今日是我尽忠报国的时候了。"

傅克胜双目怒视，挺着烂银枪，立在城崩的缺处，和清军血战。上城来的清军被他格毙无数，一个个尸骸从上跌下，清军稍稍退却。

伊里索尼遥遥见了，勃然大怒，亲自挥动大砍刀，指挥部下进攻。如有退后者立斩。清军遂奋勇再向上攻，火铳如雨而至，一铳飞来，将傅克胜右臂轰去，清军刀枪齐举，傅克胜遂死于乱军之中。阎应元还引着祝塘少年等数百人，上马格斗。杀却不少清军，满身浴血，直战得力尽被围，仰天长叹，拔刀自刎而亡。

此时清军已纷纷入城，城门大开，北门李成栋也已攻进，陈明遇亦力战不屈而死。城中士女不愿为清军所辱，自尽的池井都满，并无一人投降。清军深恨江阴人民，连屠三天，城内外死节的约有十七万人。扬州嘉定而外，屠戮之惨，没有再像江阴这样的厉害了。所以英民和九皋来的时候，江阴已在清军手中。

当下英民闻知阎应元死节，心中悲愤不已，对九皋道："我们来迟一步，这事怎么办呢？"

那乡人怕惹祸殃，说了几句话，早已踅开去了。九皋道："我们辛辛苦苦地赶到这里，却不能和胡虏痛快一战，真是我们的不幸。我想今夜我们不如去窥探他们的营寨，若能刺死一二大将，也算是代阎公复仇，江阴人民雪恨。"

英民点头道："九皋兄说得不错，我们唯其如此，试试胡虏究竟怎样厉害呢。"

二人遂又探得南门外有索伦兵的大营驻扎，明天便要开拓南下的。二人知索伦兵是满洲的精锐，于是决计前往那里去寻事做。

日间暂住僻静处躲过，一到晚上，星斗满天，二人悄悄赶到南门来。路中沉寂若死，不闻人声。可见清军的声势，使人可怖了。渐渐走近清军营寨，见数万貔貅连营十余里，刁斗之声隐隐传送到耳朵里，大旗猎猎翻风中，气象森严。正当凉秋天气，又闻草野里的秋虫唧唧地争鸣，好似许多死难人民的幽魂在那里哀哀哭泣，使人听了，不由毛发悚然。二人都擅飞行术的，一个抱着竹节钢鞭，一个拔出纯钩宝剑，杳无声息地越过了哨兵地方，已到清军营边。

见那里有一个大营，还有一些灯火透出，二人飞也似的跳到帐外，向里面偷窥进去，史见正中一张桌子上，有一个满洲大将，穿着黄马褂，正在那里秉烛观书。旁边一个待卫，擘着刀鞘站立。原来这就是伊里索尼了。他方披阅地图，盘算如何用兵。英民当先一个箭步，蹿进营帐，白光一道，径奔伊里索尼头上。伊里索尼出于不防，惊慌无措，跳起身子，要想逃避，早见白光在他颈上围绕一转，伊里索尼的大好头颅已滚在桌子上了。待卫慌忙拔出刀来抵御，

78

大呼"快捉刺客"。喊声未毕，又被九皋踏进一步，一鞭把他打得脑浆迸裂，死于地下。

这时已惊动了清军，帐后早闪出一队护卫兵来，手中各执长枪，向二人身上乱刺。英民将纯钩宝剑向前一扫，但见许多枪头都被削断在地。二人大喝一声，索性杀入帐后去，放起一把火来。清军见中军火起，仓皇来援，鼓角怒吹，一刹那间许多兵将把二人围在垓心。二人虽奋勇杀敌，无如清军愈杀愈多，其势难当。而火铳大发，向二人施放。英民遂对九皋道："事急了，我们快快走吧。"遂向东南上冲突，杀开一条血路。

出得重围，却不见了九皋。疑心他仍陷在清军围中，于是重又回身杀将进去。火铳如雨而下，亏得他的宝剑使得风雨不透，不受操作。杀了几处，终不见九皋影踪，遂知九皋已脱身而去，不过乱军中二人失散，不能聚在一处而已。清军高声大呼："不要放走了奸细！快捉啊！快捉啊！"声震天地。英民也知道自己危险，咬紧牙关，挥动纯钩宝剑，再杀出重围。忽有一铳向他脑后放来，英民不及躲避，同时足下不知踏着什么滑东西，禁不住身子往前跌倒在地。这么一来，却躲过了火铳。清军见英民扑跌，挠钩套索，一拥而上。英民倏地早已跳起，嗖嗖一连几剑，把清军砍倒，施展飞行功夫，早脱离了清军阵地，远远还闻呐喊之声。

找寻九皋不见，凉风拂体，精神稍觉疲乏。自思江阴不可久居，莫如回到九华山去再说。大约九皋没有别地方走，也必回山去了。到了山上，再看时机。遂取道望九华山来。走了几天，忽然清军大举南下，路途梗阻，若不绕道，不能回去。那么又到什么地方去叫经？

英民正在徘徊歧途，踌躇无计之时，听得鲁王以海在绍兴起兵，自称监国，据钱塘江而守。张国维新克富阳，声势很盛。因记得张国维和自己亡父王天放曾有葭莩之谊，不如投奔那里，为国勤力，且代阁公复仇。想定主意，遂取道望浙中而去。

他因松江等处都有清军扼守，搜查很严，不得不沿海向僻静处走。走了几天，来到一个乡村，天色已晚，想要找一个旅店投宿。找来找去，叫得一声苦也。原来那村里一向没有旅店的，却见有一队乡人，鸣锣击鼓，携旗打伞，簇拥着一顶彩舆而来。英民以为迎神赛会，走近一看，却见彩舆中端坐着一个童子，八九岁光景，生得面貌美好，气宇轩昂，不似乡村小孩。身上穿着大红衣服，手中拈着长香，在英民身旁抬过。英民看了，不知个中玄虚，便向一个乡人探听。那乡人答道："你是外路的人，当然不明白了。不要胡说乱道，得罪了黄龙大王。"说罢，向别处走开。英民听他说话，仍是抱着一个闷葫芦。肚中饥肠雷鸣，益发觉得饿了。且不要管闲事，快想吃饭的方法。

又向前走了数十步，见有一个较大的庄子，门前两株老槐树，枝叶繁茂，高可蔽天。有二三下人模样，立在门前阶旁，口里叽叽咕咕地说道："这件事真是尴尬，别无方法想的。也是我们老庄主晦气星当头，所以拈着了。"

英民不顾他们说话，走上前去说道："我是过路的客人，错过了宿头，这里又无旅店可以投身，不得已向尊处暂行告借食宿一天，房饭金当照算不误。"

一个下人别转脸来对英民说道："千来万来，你今天来得可算不巧。我家老庄主本是很慷慨的，常肯接待客人。休说一天，八天十天也不在乎此，谁稀罕你的房饭金？但是现在却逢到一件大大不快的事，一切灰心，正在悲伤的时候，我们不敢惊动他了。请你到别的地方去商量吧。"

英民听了，正在踌躇，却见门里走出一个老翁来，有六十多岁的年纪，颔下一部花白胡须，身穿紫棉布的袍子，面貌慈祥，慢慢儿踱至外面，问道："你们在此讲什么？"

下人们一齐垂手立着，答道："庄主，因有一个客人要来投宿，我们因为庄主恰有不欢的事，所以不敢惊动庄主。"

那庄主便道："人家远道过此，不得已而借宿，何忍拒绝？可是这位壮士么？"

英民见老翁目光瞧到自己身上，也就走上一步，向老翁长揖道："正是。在下姓王，因要至山阴省亲，路过此处，找不到宿店。因此恳求这里，容我借宿一宵，感谢不尽。"

老翁点头答道："可以，可以。壮士请到里面坐下。"

下人们听见庄主款接英民，大家面面相觑，不作一声。英民心中暗想：阎王好见，小鬼难当，这两句古话真不错了。遂随着老翁入内，见屋宇清洁，庭院轩敞。老翁请他到一间客室里坐定，说道："壮士不妨在此下榻。老朽因有些心事，未便在此奉陪，幸勿见怪。"说罢，回身走出去了。

天色已晚，便有一个下人掌上灯来，英民把宝剑挂在床头，坐着休憩一会儿。听得外面有些人声喧嚷，不多一会儿即止了。少停下人们又托进一盘饭菜来，请英民进晚膳。英民肚中饿了好久，狼吞虎咽地吃个精光。老翁又走将进来，见英民已吃过了，便道："山肴野蔌，有慢佳客。"

英民道："多蒙老丈盛意招待，感谢不尽。但在下还没有请教老丈尊姓大名，幸恕愚鲁。"

老翁道："老朽姓谭名述古，世居于此东海村，今年虚度六十八岁了。"说罢，又叹了一口气。

英民见谭述古频频叹息，眉峰不舒，似乎有极重大的心事，适才又听下人们说起他正有不欢的事，不知究竟有什么尴尬的事情，我如有可以助他一臂之处，不妨帮忙一下。遂向谭述古问道："观老丈颜色似有不快的事，不知老丈可能见告？小子如可效力，自当殷拙。"

谭述古听了英民的话，说道："壮士，你确乎是个义侠者流，但是这件事谅你也不能帮忙的了。即使告诉你，也是无益，所以老朽没有奉闻。"

英民剑眉一扬道："老丈为了什么难事？小子赴汤蹈火，亦所不辞。"

谭述古见英民如此激昂，更是钦敬。遂坐下道："并非轻量壮士，实在这事非人力所可为的。不然方蒙壮士应许相助，老朽岂有不应之理？"

英民见谭述古说来说去，终不肯说出这件事来，教他如何忍得？遂大声道："老丈，请快直说，看我王某可为不可为。若是不说，使人怪闷气，益发难过了。"

谭述古便低低说道："我来告诉壮士吧。这件事的根源远哩，大约是在南宋时候，这里有一年洪水泛滥，远近数十乡村，都成泽国。幸有一位自称赵真人的来到这里，告诉乡民说，这个水灾是一条黄龙造成的。那黄龙因淫了少女，被逐于北海，却逃到这里来，兴风作浪，荼毒人民，其罪可诛。所以他到此愿把那黄龙收服。大众很相信他的话，因为当水发的那天清晨，有人看见大柏树上爬着一条黄色的蚕形动物，蠕蠕而动，一刹那间，忽然风云变色，大雨骤至，山洪大发，便变成水灾了。

"于是赵真人在村口命人筑了一个坛，按着八卦的步位，坛上插着五色的旗帜，又命四个童男童女，端着净水，分立四角。便在半夜时候，台的四周又点了五色的灯笼。赵真人便披发仗剑，立在坛的中央，口中喃喃有词，喷水持咒，一连焚去了十二道灵符。当第二道灵符化去时，剑突望空一撩，便听一声霹雳，天空中金光万道，映得人眼睛都睁不开了。这样不到一刻时候，赵真人走下坛来，说道：'我已把那黄龙收服，镇压在村东绝壑中了。'次日遂又建立一个石碑，镇在壑上，说道：'待这孽畜在壑中静心修道，忏悔罪孽吧。'事后，赵真人便到他处去了。

"这是我听父老传说的，不知那赵真人是何许人物，总算代地方上除去了巨害。

"可是后来不知在什么时候，忽有一个恶俗遗传下来，便是在每年这个时候，村中须有一个童男子，献奉给那壑中的黄龙，以免祸殃。童男子的年龄在十二岁以下，四岁以上。选择之法便用拈阄，村中共有若干童男子，都将姓名写在纸条上，当众拈阄。拈着谁便用谁去献祭。无论哪一家不准违抗，若是拈着了自己的儿子，也只好自认晦气，譬如生病死了。所以有儿子的人家，从四岁起到十二岁，每年都要代他家儿子忧虑的。直要过了十二岁，方才安心。始作俑者，其无后乎？不知哪个人作的俑，真是罪孽不浅哩！

"老朽一向抱着伯道之忧，后来好不容易生了一个小儿，很是玉雪可爱，今年已有八岁了。不料此次拈阄，却偏偏拈着我儿。祸从天降，无可幸免。老朽又不能和人家反对，前年许翁的孙儿已有九岁了，也是独生子。拈着了也只好由人送到那绝壑中去，真是可怜。今天我儿被他们拈着，在街上游行。这也是一个惯例，明天午时，便要送入绝壑了。壮士，你想我活了这多大年纪，鬓发已白，巴巴生得这个小儿，抚养到八岁，太煞非容易。却亲眼见他投到绝壑中去，岂不令人肠断心碎吗？谁无子女，苛政猛于虎了。"

说罢，老泪纵横，已止不住点点滴滴地湿遍襟袖。

英民听了谭述古的一番说话，才明白在途中遇见的那个坐在彩舆中的孩子，便是谭述古的儿子了，莫怪他要不快活。无论何人都是舍不得的，何况他老年所得的独生子呢？便道："原来老丈为着这件事情，自然悲伤不乐了。但照小子眼光看来，这种诞妄的事，不足凭信，何忍把好好活着的小孩，牺牲性命呢？"

谭述古道："这也是没法啊，谁忍心把亲生的骨肉生生地送死呢？可怜我这一块心头之肉，平日何等的宝贵爱护，现在虽欲爱护而无能为力了。"

英民听得不耐，立起身说道："老丈若要令郎不死，须得从我所言，由我所为，包你可以免掉这件悲痛的事情。"

谭述古也立起身问道："壮士此话怎讲？"

英民道："明天你将令郎藏起，不要去做祭品。待我到壑中去把黄龙诛掉，省得你们年年要牺牲一个无辜的赤子了。"

谭述古连忙摇手道："使不得，千万使不得。龙是神灵之物，岂可轻易渎犯？你若去惊动了它，发作起来时，没有第二个赵真人来降服了。如何是好？千万使不得。"

英民冷笑道："我便是降龙的好男儿，老丈不必惊慌，我自有能

83

力对付。"

谭述古哪里肯信，坚决地反对英民的说话，深恐他闯出天大的祸殃来。英民见谭述古不肯赞成，十分恼怒。他的脾气素来是说如何便如何的，他既说出要去诛掉黄龙，无论如何一定要做的，当夜也不再多说。谭述古恐怕英民要闯出大祸，心里很是惴惴地顾虑，见英民不说什么，也就退到里面去，一夜没有安眠。

明日村中要举行这个献祭典礼，大家一早起来，十分热闹。其中也有许多人代谭述古惋惜，因知他有儿子，实在比较别人家的还要宝贵呢。谭述古夫妇一见红日高照，知道今天自己儿子的性命便在顷刻之间了。看着这又肥又白的宁馨儿，还是天真烂漫地向他的母亲索糖果吃，心里好如有万把铡刀在那里割挖，不由放声痛哭。外面已有许多乡人在门前候着，彩舆也端整着，专待异送谭述古的儿子到那地方去预备献祭礼式了。谭述古此时心乱如麻，忘掉了其他的一切事情，夫妇俩抱着小儿，一步步地走出大门，泪如雨下，但又不敢哭，恐他们的儿子不肯去，反要用好话来骗他呢。

正在这时候，门里面忽然闪出一个英俊少年，目光奕奕有神，接着腰间宝剑，大踏步走到人丛中，对众乡人说道："你们休得迷信前人相传的谬说，像这种妄诞的举动，徒然害了小孩们的性命，岂非残忍之至么？那孽龙既然镇在壑中，何用每年献祭？去谄媚它作甚？况且谭翁年近古稀，只有这一个宝贵的儿子，得来不易，何忍生生地把那小孩去送死呢？你们中间谁没有儿子的，谁没有人心的，理该把这恶俗快快除掉，以后也好保存无数赤子的性命。所以今天你们各自退去，谭翁的儿子不能去献祭了。孽龙能做祸祟，有我一人在此担当。"

众乡民骤见有一个陌生的少年出来干涉这事，疑心是谭述古特地请来保镖的。大约谭述古所生只有一子，不肯白白牺牲了。又听他话说得十分干脆，不知他是什么来头，因此大家相视而嬉。谭述古一看，认得便是昨晚留宿在家中的王姓客人，自己不该把这事告诉了他。此刻他竟大胆地出来说话，人家不要疑我请来解围的么？

当时沉默了良久，有一个长大的乡人走上前说道："客人，这不关你的事。须知献祭于黄龙大王，这是我们村中每年常有的事，一向奉为惯例，不得废止，以保地方安宁。献祭的小儿，也是拈阄而定的。此次谭翁的儿子献祭，也是他老人家自己拈得，不能怪怨人家啊。万一得罪了黄龙大王，做起祸殃来，我们村中挡得住么？便是谭翁，也有这个力量能够担保全村的平安么？"

　　谭述古听了，也对英民说道："不差，我确没有这个力量能够担保全村的平安。壮士，多谢你的美意，要救我的儿子。但这是村中的故俗，壮士是他乡之客，不知道的。"

　　英民大声喝道："谭翁没得力量保障全村平安，但我却有这个力量。我既出来干涉这事，谁也不能阻止的。你们如若不信，试视吾剑利与不利！"

　　说罢，嗖地拔出纯钩宝剑来，寒光四射，冷气逼人。大众不觉倒退了几步。英民横着宝剑，又喝道："你们快快退后，待我舞一回剑，给你们看看，便知我的厉害了。"

　　大众果然又尽向后退，远远立了一个圈子。谭述古夫妇也抱着小儿，作壁上观。英民将剑舞开，初起时，但见剑影翻飞，继成白光一道，如车辆般大，舞到后来，白光愈放愈大，似有风雨之声，团团都是白光，耀得众人眼花缭乱，不敢正视。大家捧着头，恐怕剑光把他的头颅飞去。

　　英民舞到好处，忽然把剑收住，抱剑而立，面不改色。众人都咋舌惊奇。顾视谭家门前的两株参天老槐，已是光秃秃的，枝叶尽被削去，落在地上，方悟适才听得似雨声的便是枝叶落地了。

　　有一个老头儿捧着自己的头问人道："请你们看看我的头，可在颈上？"

　　大家向他一看，不由扑哧地笑将起来。原来那老头儿颈上所有半秃的二毛，也已尽被剑光带去，无怪他要问有没有头了。大众又各自摸摸自己头上头发，幸皆存留，没有削去。

　　英民又道："你们大概已认识我的厉害了，黄龙何在？待我前往一探究竟。"

大众不发一语。谭述古知道自己的儿子可以不送献祭了，遂命老妻抱进庄中，自己引导着英民到那绝壑处去。众乡民都随在后边，窃窃耳语。谭述古一边走，一边想，觉得自己的祸福参半，前途吉凶还未可知，究竟那姓王的壮士可有力量抵敌得过孽龙？万一做起祸殃来，如何是好。英民却怀着降龙伏虎的勇气，没有半点儿顾虑，大踏步地往前走，反嫌谭翁走得慢了。

不多时，但见迎面有个险峻的山壁，挡住去路。奇石突出，如奔马，似卧牛，如熊罴饮溪，如鬼怪列阵。壁下有个幽深的绝壑，行人裹足，这就是黄龙镇伏的所在了。在壑边立着一碑，有七尺多高，碑上都是蝌蚪文字，难以辨认。苍苔生满，斑斑驳驳的，知是年代已久，很有神秘的意味。距离石碑十数步，有一个芦席盖成的亭子，扎上了红绿彩绸，挂上了五色纸灯，都是乡民预备献祭黄龙大王用的。

英民先向壑中一看，见那绝壑有几十丈深，因为阳光不到，所以阴沉沉的，瞧不清楚，不知是否有黄龙在内。龙是神灵的东西，怎会永久禁闭在这里头呢？莫不是妖道故意捣弄玄虚，骗骗愚蒙的乡人罢了。遂又将自己的意思告诉众乡人，但是众乡人哪里肯信，以为一定有龙在壑中，不要去得罪了黄龙大王，恳求英民回去。谭述古也怀着鬼胎，一声儿也不响。他的心想，最好英民能够将黄龙除掉，那么他的儿子可以有活命的希望，再好也没有的事了。又恐怕英民没有这么大的能耐，惹出了祸殃，自己也是担当不住的。不过事已至此，只得听天由命了。

英民转了一个念头，冷笑一声，卷起双袖，走到碑前，用手提住碑身，轻轻一摇，那碑早已摇动，从土中松出。英民又把手一抬，那碑已从地上拔起，到了英民手里。众乡人正在惊慌，又见英民举起石碑，向绝壑中掷了下去，杳无声息。村人见英民拔了赵真人所立的碑，一齐大呼，东海村有祸了。

英民正要喝住众乡人，忽然壑中蓬蓬勃勃冒上一团一团的云雾，顿时天上布满了黑云，阳乌敛影，狂风大起，山色暝暗，几同黑夜。众乡人吓得心慌意乱，回身奔逃。英民知道果然有异，少不得自己要和那黄龙一拼了。遂拔出纯钩宝剑，立在壑边，凛然如天神一般。谭述古匍匐在亭子里，不敢透气。

只见那云雾愈涌愈密，接着巨雷一声，壑中便有一样很大的东西，跃然而起。英民定睛一看，乃是一条黄龙，全身鳞甲，作金黄色，闪闪耀目。凸出两个眼珠，向英民怒视。奋鬣扬须，威武无匹。龙身蜿蜒屈曲，约有数丈长。见了英民，将头一昂，直向英民扑来。好英民，不慌不忙，舞动宝剑，照准黄龙头上刺去。黄龙向左一闪，让过宝剑，正要回扑，英民早乘势腾跃而上，跨在黄龙的背部，挥剑下砍。不料那黄龙身上鳞甲甚厚，且有一种黏滑的水涎，宝剑又不能刺伤。于是英民又用剑去削龙鳞。那黄龙摆动全身，转了两转，呼呼呼一阵响，早已到了天空。拥着云阵，直向东海而去。

英民骑在黄龙身上，到得半空，施展不出身子，只好紧紧握住龙颈，由那黄龙在风云中翻腾。俯视东海村，已被黑云遮蔽，瞧不见什么。似乎下面正在降雨。他把心一横，将生命置之度外，用全身神力，一剑向龙项劈去。

欲知后事如何，请看下回。

第八回

海上识英雄佳人慧眼
洞中驱强暴侠士热肠

海水被阳光照射着，望过去好如一片豆沙色的锦地绸。风吹着波浪，一绉一绉地在那里闪动。风声涛声，送到人们耳朵里，别的声音反觉得都沉寂了。沙滩上有二三海鸥飞集在那里觅食，远远有几艘帆船，千山万水在海中驶着。

此时正有一只渔舟，缓缓地驶向北边去。舟尾坐着一个老渔翁，短须绕颊，穿着短褐，赤着双脚，把着舵，神气很是安闲。船头上却有一个渔女，盘膝而坐，身上穿一件紫衣，虽不妆饰，而风鬟雾鬓，天生美丽，容光焕发，好似苧萝村里浣纱的西施，一般庸脂俗粉，不能及其万一。溶溶秋波，正注视着远帆。若有名画师见了，代他们绘起一幅渔乐图来，一定在北香十洲之间了。

渔舟驶到一处，老渔翁说道："好哩，这里大可捕捕。"遂过来下了帆，抛下锚，将渔舟泊住。那女子也忙从舱里取出一张大网来，帮着老渔翁的忙，把网撒下海中……坐着守待。老渔翁吸着旱烟管，意甚自得。

海风甚大，吹得那女子云发飞蓬，衣袂轩翥。那女子一手理着鬓发，对老渔翁说道："我们有好多天不出来捕鱼了，今天必要多得些回家。"

老渔翁喷着烟气，微笑道："珠儿，今天风势很好，必能多获。回去又可喝酒了。"

女子也笑笑，又说道："这几天爹爹十分清健，女儿心里也很快活。家里制着的玫瑰佳酿，可以开瓮了，爹爹喝个烂醉如何？"

　　老渔翁听着，口里早已滴下馋涎，哈哈笑道："这是我最快乐的事了。"一手把旱烟管在船上拍去烟灰，一手装着烟丝，对女子相了一眼，然后说道："老话说得好，男大须婚，女大须嫁。珠儿你已长得及笄年华，也应该择人而事，庶几终身有托了。"

　　女子听了这话，低倒头，双眸凝视着撒下的网，默然不答。老渔翁又道："村中段爷，武功很好，乡里中很有盛名，他家里家道也还不错，以前娶了妻子，早已亡故，现在他正想物色好女儿做他的续弦，人家前往说媒的很多，他都没有许可，我看他心目之中却很有意于你。前天他到我家来，送你许多礼物，你却为什么不肯接受？说来说去，方才收了一匹湖绉。我看他脸上很不快呢。究竟你的心里如何，我还不能完全明晓。隔壁张家妈妈却对人说钱家的珠儿虽然出身微贱，是个渔女，然而性子却生得非常高傲。段他一心想伊，还想不到手呢。所以我想像段爷这样的人，你也可将就嫁得了。否则人家都要说我们眼界太高呢！况且在这乡村里头，要选择如意郎君，是很难的啊。不过我也明白你生得可称十分美丽，足为一村妇女之冠，因此你也格外矜重，对于一般普通的男子们，绝少敬爱了，是不是？"

　　那女子听她父亲唠唠叨叨地说了一番话，面上早泛起了两朵红云，心里很不赞成这些话，所以蛾眉紧蹙，把身子一偏道："爹爹不要说这种话，女儿情愿学北宫婴儿子终身不嫁，以养父母。现在段爷虽然对我有意，但我瞧他这个人的行为，太狠暴一些，很难和他相处的。女儿决心不欲，请爹爹不要代我多转无用的念头吧。"

　　老渔翁勉强笑道："我知道你读了一些书，便要拘泥了。好好的女儿家，怎么去学古人终身不嫁呢？"

　　女子似乎有些烦，不愿意再谈这个问题，立起身来说道："我们收网吧，已有好些时候了。"

　　老渔翁点点头，两人相助着，遂把那张网收起时，见网中已有许多鱼儿，但是没有大的。老渔翁道："啊呀，怎么一条大鱼也没有呢？今天开网不利。"说时，面上很露出懊恼的形色。

女子将鱼倒在舱里水桶中，也说道："这里既没有大鱼，我们何不向前面去，或有捕获。"

老渔翁点点头，遂又张上布帆，更向东北上驶去。行了二三里光景，波浪汹涌，已到了很深的地方。前面浮起一块大礁石，好似一头绝大的牯牛，在波涛里出浴。老渔翁又把渔舟泊住，和女子一齐把网撒将下去。却见西北上有一团黑云涌起，海面上起了些风，震撼得波浪高跃，那渔舟也随着波涛颠簸不停。

女子又皱着眉头说道："咦，今天怎么有风云呢？"

老渔翁立在船头，向西北上瞧着，回转头来对女子说道："今天一定晴和无风的，怎么西北上有此风云？是从哪里来的呢？好不奇怪。"

女子道："要不要收了网回家去？"

老渔翁一边瞧着，一边说道："不要紧，这云向东行去，此间不会来的。风流不久便息，你不要惊慌。"

女子深信伊父亲对于海上的天气很有把握，向来是说得灵验，所以很是信任。果然不多一会儿，那团团的乌云如天马行空般，望东面迅速地推得精光，风浪复归平静。女子喜道："爹爹的话一些也不错，真像是天文家咧。"

老渔翁道："这个风云终是起得突兀，照理是不应该有的呀。"

女子笑道："所谓天有不测风云，便是真的天文家也难算得到呢。"

又等了一刻，女子瞧着海波，对老渔翁说道："我们可以收网了。"

老渔翁答应一声，便和女子抬起网来，觉得很是沉重。女子道："重得很，一定有大鱼了。"

老渔翁也嘻开嘴道："捕得大鱼，可以回家去了。"

等到这网收起海面时，那女子面现出惊异之色，将手指着网中道："咦，网里不是有个人么？"

老渔翁跟着一瞧道："果然是的。"

这时两人已把渔网拉到船上，见所得的鱼却不多，有一个少年男子横在网中，全身衣服都已被海水湿透，右手却还紧紧握着一把明晃晃的宝剑。左臂上已擦伤了，有殷红的血慢慢地流出来。

老渔翁道："这是一个海中溺死的人，我们认为大鱼，把他捞起来，也算晦气。"一边说，一边把其余的鱼捉到舱中去。

女子俯身用手在少年胸前一摸，回头说道："爹爹，那人还有救哩。我们断不能再把他丢入海中。"

老渔翁听说，遂也走近身，在少年身上细细抚摸，点点头道："此人果还未死，我们且救救看。古语说得好，救人一命，胜造七级浮屠。"

女子遂帮着老渔翁把那少年拖出网来，平卧在船首，又把网收过。老渔翁佝倒身躯，在那少年身上徐徐用力按摩，女子把少年手中的剑以及他腰上的剑鞘一齐取去，自己又到舱里去煮姜汤。等到姜汤制好，女子托着一杯走到船头上，那少年已经着老渔翁的按摩，张开口来，哇的一声，吐出不少海水。老渔翁又把少年倒提着搁在船边，让他清水呕一个畅，然后同他口边按气。女子又把一杯姜汤灌进少年口中，又听少年腹中咕噜噜的几声，两手徐徐地展动，面色也变得好看了。女子注视着少年，见他的面上已恢复了血色，生得十分俊美，在伊生长的碧云村中，从没有见过这种英俊可喜的美男子。不知他究是何人，因何落海？也是他命不该死啊。

女子正在默想着，少年已睁开眼来，一见自己身在舟中，十分奇怪。口里还喊着道："黄龙何在？我怎么到了船上来呢？"说时，一翻身已坐起。

老渔翁把手摇摇道："客人，你且休息一下，我来告诉你。"

少年道："我已好了，请老翁快说。"

老渔翁遂把他们父女俩在此撒网捕鱼，怎样把他捞起，怎样救他苏醒的经过，一一告知。少年连忙拜谢道："那么二位是我的救星，我的性命若没有二位相救时，一定葬身海波，为鱼鳖所食了。"

老渔翁道："这也是天意啊。我们无意中救得客人，何功之有？"

少年道："老翁不要谦逊，我王某知恩报德，一定不忘你们二位的。只是那黄龙不知到哪里去了，你们可瞧见么？"

那女子听了，不觉嫣然微笑道："客人的说话十分离奇，有什么黄龙，我们都没瞧见。到底是怎样一回事，请客人快快讲个明白"

哈哈，看书的看到此间，也知那个被救的少年，大约便是王英民了。原来王英民和那绝壑中的黄龙鏖斗时，他骑到龙身上，把宝剑去斫龙项。那黄龙负着痛，全身在空中用力掀腾，几个翻转，英民一失手，从那黄龙背上一落千丈，跌到海中，他又不谙水性的，在此茫茫大海里头，如何挣扎？自知没有命活了。然而两足两手乱舞着，还想找寻生路。那时有一个高如山的巨浪，向他身上打来，于是这位盖世无双的大英雄，卷没在洪涛中，失去知觉，将与波臣为伍了。谁知道他以后还有一番大事业要做，所以命不该死，被波浪送到渔网中，因此得救了。

当时英民将自己要救谭家小儿的性命，怎样和绝壑中的黄龙决斗，以致身落海中的情形，讲给二人听。老渔翁听了，舌挢不下，说道："客人的胆量真是不小，如何去和神灵的龙战斗呢？"女子却颊上平添笑容，现出两个小小酒窝来。

英民也向二人叩问姓名，老渔翁答道："老朽姓钱，一向在这里碧云村，捕鱼为业。人家呼我老钱而不名。发妻早丧，只留下这个女儿，闺名琼珠，依依膝下，很能使我安慰的。"说时，一手指着那女子。

英民跟着向那女子细瞧时，觉得端庄流丽，如雪中红梅，煞是令人可爱，不像寻常一般的渔家女。琼珠见英民对着伊注视，不觉低下头去。

此时英民身上穿着湿衣，很是难过。他又不明途径，只问到山阴去有多少远近。琼珠附着老渔翁的耳朵说了几句，老钱遂对英民说道："现在外边土匪充斥，正值军兴之际，你赶到山阴去做什么？

不如暂到茅舍去换换衣服，休养数天，再作道理。"

英民点点头道："好的。"

于是老钱请英民卧在舱里，自己把渔船驶回海滨。此时正有几只渔船向外行驶，瞧见他们回来，都问道："老钱怎么回来了？今天可捕得鱼？"

老钱一一答道："没有捕得大鱼，我们不高兴撒网了，所以驶回哩。"

到得海边原来泊船的所在停住，老钱遂把鱼收拾在鱼罟中，邀请英民上岸。英民方才走上岸，忽然顿足说道："哎呀，我的纯钩宝剑也失落在海里了。"

他正在懊丧，却见琼珠随后姗姗地走上海岸，手中抱着一样东西，正是自己的纯钩宝剑，不觉大喜道："琼珠姑娘，你从哪儿得到的？"

琼珠微笑着答道："我们救起先生时，这宝剑还紧握在先生的手中，是我代取下的。现在还了先生。我知道这是先生心爱之物呢。"

英民便向琼珠磬折道谢，接过宝剑，十分欣喜。跟着二人，走到一处绿柳飘拂，瓦屋向阳，便是老钱父女的家门了。在下在第一回中已约略述过，只是琼珠和英民怎样的有缘相逢，怎样的发生恋爱，还没写个明白，遂留在这一回书中细细地写一个畅快了。

当下老钱父女开了门，便请英民入内。见有一个小院落，向南一排三间平屋，纸窗芦帘，收拾得十分清洁。檐下却晒着许多鱼干，还有一对赤冠白羽的鸡，在一座小假山边走着。假山前后，种着许多花卉，颜色十分鲜艳。还有一头狸奴，从左首房里蹿将出来，在琼珠裙边绕着，喵喵叫个不停，但回头瞧见英民，却又一溜烟逃向房里去了。

老钱把英民让到客堂里坐定，说道："寒舍是鄙陋得很的，有屈贵客了。"

英民道："钱翁说哪里话来？一样是很洁净的。"

老钱指着左首的房间说道："这是小女的卧室，右边便是老朽的睡处。客人穿着湿衣，很不适意的，亏得老朽以前有一个友人之子，曾有一包衣服寄留在我处，至今没有取去，不妨暂时借用一番好了。此时便请客人到老朽房中去更衣吧。"

英民遂立起身道："多谢钱翁照顾了。"即跟着老钱进房。老钱从衣橱中取出一包衣服，解开来让英民自己选择。英民遂拣取了一件半新半旧的绿袍和几件内衣，其余仍请老钱安藏好。自己脱了湿衣，换上内衣和袍子，不长不短，真好似特地为英民制就的。遂和老钱走出房来。

其时日已过午，三人都没有进食，琼珠道："我们午饭都不曾吃，谅这位先生也腹饥了，菜肴来不及端整，待我去煮些面来，将就吃了吧。"

老钱道："很好。"

琼珠遂回身走到后边厨房里去，老钱陪着英民，对坐闲谈。英民问些捕鱼的情景，老钱却指手画脚地滔滔而讲。不多时，面已熟了，琼珠托着两大碗热腾腾的切面出来，还有一盆熏好的小鱼，说道："面是不好吃的，这些小鱼是昨晚熏好的，还算新鲜。请先生胡乱用些可好？"

英民欠身致谢道："多谢姑娘费力，使我吃现成的。"遂伸手接过，和老钱同食。

英民是素不客气的，所以一口气吃个精光。琼珠也托着一碗面，在旁边小桌子上吃。见英民早已吃毕，便去舀出洗脸水来，放下一块青花的面巾，请英民揩面。英民洗过脸，老钱和琼珠也已吃罢，琼珠过来收拾去碗盏，自己托了一盆水，到房里去梳洗了。英民瞧见壁上有个钉儿空着，遂把那纯钩宝剑悬在上面。老钱恐他有些疲惫，便请他到自己床上去安睡。英民遂去睡了。

一觉睡来，天已近晚。只听老钱在房门外正对他的女儿道："我们今天虽没有捕得大鱼，而救得一位贵客，也是快乐的事。你说的玫瑰佳酿可以开了，让我们畅饮一番。"

琼珠在后边带笑答道："爹爹酒兴已动，少不得你又要喝个酩酊。那一瓮玫瑰佳酿，我已开了，并要制几尾新鲜的醋熘黄鱼，给爹爹和那位先生下酒。还有海虾和腌鸡两碟冷盆，好不好？"

老钱哈哈笑道："很好，很好。全仗你调排了。"

英民方伸个懒腰，起身下床，听得有酒喝，有鱼吃，心中也很快慰，感激琼珠姑娘的美意，遂走出房来。老钱带笑对英民说道："客人肚子饿么？今晚请客人喝酒可好？"

英民点头道："很好，我最喜喝的是酒。"又见琼珠往来蹀弄，便道："只是忙了琼珠姑娘，使我不敢当的。"

琼珠微笑道："这是我分内之事，只要你们不嫌不好吃就是了。"

于是到得晚上，点了灯，老钱和英民在客堂正中桌子上相对而坐，琼珠先把酒烫好，端上两个白瓷红花的小杯子和一壶酒来，说道："爹爹和客人先请用，这是家藏的玫瑰佳酿，酒性很厉害的，喝完了可以再添。"随后又端上几个碟儿。

老钱遂斟满了酒，请英民喝。英民毫不客气，干了一杯，觉得酒味果然不错。老钱又代他斟满了，只说这是好酒，请客人多喝几杯。他自己也咕嘟嘟地喝下几杯了。英民又尝着那腌鸡和海虾的滋味也很好，还有一盆泡菜，更是清爽可口。那时琼珠又托上一大盆醋熘黄鱼和一碗雪里红肉丝汤来，说道："这里是没有好菜的，家常便肴，请王先生将就吃些吧。"

英民道："多谢姑娘如此款待，使我感激不尽。姑娘也请过来坐着用吧。"

琼珠退后了不言，老钱道："珠儿，我们不用客气，你忙了长久，想也饿了，搬个凳子过来同坐吧。"

琼珠遂搬过一只圆凳来，在旁边坐下。英民道："琼珠姑娘可喝酒？"

琼珠把手摇摇道："我不喝，王先生在海中受了寒气，不妨多喝几杯。"遂揭开壶盖一看，见已将告罄了，遂又提壶走到厨下，去添满一壶过来。

老钱趁着当儿，也去取了一个小小酒杯，放在他女儿面前，说道："珠儿，你也喝两杯，你多不能喝，两三杯是可以的。"

英民闻言喜道："很好。"抢着取过酒壶，代琼珠斟酒。

琼珠侧转身子，连说不敢当。玉靥上已微微红晕了。樱唇凑到酒杯上，略略喝了一口，也提过酒壶，代英民斟上一杯。英民忙欠身道谢。老钱在这当儿，却又喝了两杯，提起双箸，请英民吃鱼。

英民一边吃着鱼，一边说道："这黄鱼的味儿真好，也是琼珠姑娘烹调得佳。"

琼珠听了，微微一笑，又喝了一口酒，不觉两颊渐渐泛上红云。英民瞧着，觉得琼珠虽是渔女，而荆钗布裙，一种天然的美丽，别有胜人之处。颊上红喷喷的，好似苹果一般。明眸如水，巧笑倩兮，又和银枝一流人截然不同了。

老钱喝着酒，叩问英民的家乡来历，英民遂滔滔地把自己如何从师学艺，如何杀人出走，如何在九华山收服强盗，如何到江阴和清军厮杀，以及到东海村的情形，很详细地讲一遍。老钱惊叹道："王大官人真世间英雄也！我们父女何幸得遇英雄！"

英民笑道："你们称我英雄，愧不敢当。不过我这个人疾恶如仇，爱管人世不平的事。东海村那件事，也是我喜管了闲事所致，却便宜了那黄龙，不知东海村又怎样了？"

琼珠道："这种恶俗应该有人去除掉。王先生这个举动，很是爽快。我很佩服王先生的勇武精神。"

英民道："这也幸亏遇着二位在海中相救，否则我的性命也没有了。"

琼珠道："这是天意啊。王先生有此惊天动地的本领，将来必有一番事业哩。"

英民听琼珠赞美自己，心里更觉愉快。琼珠又问道："王先生臂上本有一些流血，现在如何？"

英民道："血已止了，原来是在礁石上擦破了一些皮肤。若是我的头颅被波浪冲到礁石上去，那就不堪设想了。"说罢，又喝了一杯。琼珠又去添一壶上来，英民和老钱尽量痛喝，不多时，两人都已醉了。琼珠恐两人一齐醉倒，自己难以搀扶，遂请两人各喝一些薄粥，然后请英民到老钱房中去安睡，老钱却在琼珠房里一张竹榻上铺上褥子，将就睡了。琼珠收拾碗盏，洗涤一切，前后照看过门户，然后熄了灯，也就脱衣而睡。伊今天很疲乏了，所以不久即入睡乡。

到得明天早晨醒来，披衣起身，见伊的父亲已起来了，在庭中晒鱼，便悄悄问道："王先生起来没有？"

老钱答道："还不曾起身。大概他昨天落在海中，累得疲乏了。"

琼珠不语，走到后边去料理各事。等到日高三竿，他们父女早餐已毕，不见英民起来。琼珠心里有些狐疑，却听英民在老钱卧房里发出呻吟之声，老钱便和琼珠走进去观看。见英民睡在床上，两颊却红得如火烧一般，口中呻吟不绝，一见他们走来，便道："不知怎样的，我病起来了。"

老钱去一摸他的额角，甚是发烫，遂道："王大官人有些发热，所以不能起身，请睡在这里，出一身汗，明天便会好的。如有呼唤，我女儿也可伺候。"

琼珠也说道："王先生在外面连番奔波，又在海里受了些寒气，精神缺乏，外邪侵入，所以生病。我想不要紧，王先生不妨在此静心养息，寒热便会退的。"

英民听了他们父女的说话，不胜感激，便答道："我王某多蒙你们父女俩如此照顾，不知何以报答？"

老钱道："王大官人不要说这些话，你能在此多住一天，便是蓬荜生荣。我父女如能效劳，都可以的，但愿吉人天相，使王大官人早日痊愈便可了。"又说了几句话，方才退出室去，让英民静睡了。

到了午时，琼珠恐英民腹中要饿，便进去问他可要喝些粥汤。却见英民睡得沉沉地不醒，也不敢去惊动他，自去做伊的生活。老钱也踱到外边去吃茶。直到晚上，英民醒了，琼珠听得他的咳嗽声音，又入内问他可要吃什么。英民点点头，琼珠遂端了一碗黄米粥汤和一盆酱小菜，请英民吃。英民把粥喝完了，看琼珠收去，心中很觉对不起，但是琼珠却很忠实地伺候他。

次日早晨，老钱见连日晴和，不去海边捕鱼，未免可惜，独自出去打鱼，只留琼珠在家伺候英民。琼珠因英民卧病，芳心很是惦念，遂走到英民卧榻旁来问候。英民正在醒着，仰视帐顶，默然若有所思，一见琼珠走进，便道："琼珠姑娘，多谢你来看我。我口里很渴。"

琼珠道："外边炉子上正烹着茶，等我去取给王先生解渴。"遂回身走出房去。不多时，托了一杯香茗走来，微笑道："请喝吧，要趁热时喝。"

英民接过杯子，把茶喝了。琼珠取过放在桌上，回头问英民道："今天王先生觉得怎样？"

英民道："寒热似乎退些，不过身上还是怕冷，腹中也很不舒服，只好依旧睡眠，不能起来。"

琼珠点点头道："王先生不能起身，也只好静睡，不必勉强。明天若再不愈，在这村里有一个姓冯的医生，和我爹爹熟识，可以请他前来，代王先生诊治。"

英民道："贱恙是不要紧的，只是有劳二位了，很觉歉然。"

琼珠道："王先生有什么歉然呢？游子他乡，病倒在外边，是很可怜的。我们既然邂逅相逢，王先生耽搁在我们家里，自然应尽看护的责任。"

英民道："多谢琼珠姑娘如此体贴，更使我心中感激得不知所云了。我想此事很奇怪的，我们相隔得很远，却因在东海村和那黄龙争斗，遂致陷身海涛，被琼珠姑娘救起。古语说，有缘千里来相会，无缘对面不相逢。这真是有缘了。"说到"有缘"两字，声音方觉稍低，自己觉得和人家姑娘们说起缘不缘来，未免有些太亲近一些吧。

琼珠听着，也低倒蟺首，盈盈不语，颊上微有一些红霞。英民看了，更觉得自己说话不慎，遂又问道："钱翁呢？"

琼珠答道："我爹爹到海中捕鱼去了，大约要晚上才回家哩。"

英民道："姑娘平日在家做何消遣？可曾念过书？"

琼珠道："自幼也曾读过几年书，只是自愧一些没有学问。有时随爹一同去打鱼，有时爹独自出去，我在家照料门户，做些针线。好在这里虽是沿海小村，然而家给人足，绝无盗贼。不过近来耳闻外边海盗的势焰渐长，官兵不能扑灭，那么沿海地方很是危险的。幸喜我们这个碧云村稍微偏僻一些，村里也没有享大名的佼佼人物，或不致引起海盗们的觊觎。况且村里人最近渐知自卫，有一个段爷，听说武艺很好的，他正在组织一班少年壮丁，保卫乡里呢。"

英民道："有这样一个人物，我几时倒要见见他。"

琼珠不语，隔了一歇，又道："我们村里的风景很佳，海滨附近还有一个水乐洞，十分幽静，待到王先生好了，我们可以奉陪前去一游。"

英民道："很好。"琼珠又陪着英民说了些闲话，恐多劳他的精神，遂退出房去。

到了午时，又端整了粥汤，给英民吃。自己料理些家事，不觉夕阳已西，只见老钱打鱼回来，携着几尾大鱼，喜滋滋地走进门来，说道："今天运道好，捕的大鱼，明天可以去换几个钱来用了。在这个秋季里，鱼讯必然很盛的，我们要努力捕鱼啊。"

琼珠接过大鱼，自去藏好，又取灶上水给老钱洗面。老钱洗过面，问道："王大官人可好些么？"

琼珠摇摇头道："没有好哩。"

老钱就皱眉头，踱进房中去，问英民的病情。琼珠见房中已觉黑暗，遂去掌上灯来，自己又到厨下去煮晚饭。少停，请老钱出房，父女俩同进晚餐。餐罢，琼珠又预备薄粥给英民吃，很小心地服侍英民。

次日，天气仍是晴好，老钱依然兴高采烈地出去捕鱼。但是英民的病势不见轻减，明日老钱回来，见英民的病不愈，恐防变重，遂决计要请那位姓冯的医生来了。

一夜过去，次日早晨，老钱不去打鱼，便赶到姓冯的医生处，请他前来看病。姓冯的医生跟了老钱同来，代英民把脉开方，说英民的病本来有些暑热，最近又受着寒气，所以发作。这病并不危险，但是很厌气的。好好地调养，自会痊愈。现在用药把他暑热发散，寒气驱除，可以连服几剂，开了方子而去。因为姓冯的和老钱是老朋友，老钱时常送鱼给他家吃的，因此不取医资。老钱取了药方，教琼珠念一遍给他听了，然后自去市上配了药来，交给琼珠煎与英民服下。英民自然说不出的万分感激。

一连吃了几天药，果然病势渐渐减轻，老钱父女一齐快活。但是在这几天中，药炉茶灶二竖作祟，英雄只怕病来磨，英民也累得够了。心中又怀想着君父之仇，恨不得立刻好了，飞到绍兴去，为国效力。觉得背上如有芒刺一般，梦魂不安。幸有琼珠在旁服侍汤药，十分关切。闲时且走来坐在床边，用温柔的说话去安慰他，解去他不少寂寞、不少苦痛。于是他想到天生女子恐怕是特为慰藉男子的缘故吧，然又想起他的嫂子杜氏以及银枝这一等人，却又轻佻荒淫，寡廉鲜耻。古人说的祸水，即由于此了。但是眼前的琼珠又温柔，又美丽，如空谷幽兰，使人忘却尘俗。似这样的女子，实在是绝无仅有，不图生在这滨海小村中？岂老天有意葆藏着，不肯轻易暴露么？然我又何缘而得至此，也是天意了。

想到这时，百炼钢化为绕指柔，不觉想入非非。却听细碎的步履声，一个情影翩然闪进房来，正是琼珠。轻启樱唇，向英民问道："王先生，今天觉得如何？"

英民道："多谢琼珠姑娘的垂询，我吃了那姓冯的开的几服药，果然病势轻松，寒热差不多没有了，冷也不怕了。所以今天也不必再服，待我休息一两天，自会痊愈。只是有劳你们父女二人的操心代虑，尤其是琼珠姑娘非常的忙碌。"

英民方要再说下去，琼珠把纤手摇摇道："王先生别说这种客气的话，我们敬佩王先生是个英雄，难得相遇的，情愿尽心服侍。本来人生难免不病，病倒了自然要他人照顾的。但恐我们伺候不周罢了。"

英民听英雄二字出之檀口，尤其难得，便笑起来道："姑娘才说我不必客气，姑娘自己却客气起来哩。"

琼珠不觉嫣然一笑，露出雪白的银牙来，更觉妩媚。英民看了，更是醉心到十二分。琼珠见英民对伊紧瞧，不觉腼腆，又问英民可要吃什么。英民道："今天依旧吃些薄粥，明天或可用饭了。"琼珠遂回身出房去煮粥，英民镇定心神，闭目而睡。

这天老钱又捕得不少大鱼归来，喜气洋洋把鱼去市上换了钱，回家喝酒。且见英民病已渐愈，更是快慰。

次日老钱又出去捕鱼，英民已觉精神大好，自己赖在床上作甚？遂支持着起身下床，披了袍子，在房中走了几步。走到外面客堂里，坐着休息。琼珠妆罢，见英民已能起坐，芳心甚喜。恐他闷气，遂从自己房里取出几本书来，给英民消遣。

英民一看，一本是《列女传》，一本是唐诗，还有几本是《大宋宣和遗事》。英民接过笑道："琼珠姑娘，你读《列女传》么？"

琼珠道："以前读过的，只是不通罢了。王先生休要见笑。"

英民又见书上加的几处眉批，很多道家语，笔迹也很娟秀。遂问道："这是姑娘的手笔么？"

琼珠点头答道："啊呀，我是胡乱涂鸦，不值一笑的。却被王先生瞧见，惭愧得很。还请王先生指教。"

英民哈哈笑道："说也惶恐，我是没有学问的人，恐连姑娘都不及呢。指教什么？"

琼珠道："这是王先生的谦卑，待到王先生病休稍好，我总要请教的。"说罢，自到厨下去端整午饭。

这天英民却能吃得一碗饭，精神倍佳，下午也不思睡，却坐在椅子里，看那本《大宋宣和遗事》，看得很是有味。琼珠也坐在他的对面凳子上，手里做着针线。庭院中静悄悄的，只有那头狸奴和那一对赤冠白羽的鸡嬉游着。

忽然叩门声响，那狸奴却蹿到假山上去了。琼珠立起身来，出去开门，一边问是谁。外边答应道："是我。"

琼珠刚开门，便有一个身躯很魁梧的男子走进。年纪三十上下，笑嘻嘻地说道："琼珠姑娘，这几天我因事情很忙，没有来望你们，不知姑娘玉体安好么？"

琼珠答道："很好，段爷请里面坐。"

那人方移步，一眼已瞧见英民，便立定脚步问道："琼珠姑娘，此人是谁？不是这里本乡的人啊。"

琼珠答道："段爷，我来代你介绍吧。"便把着英民道："这位是王英民先生。"又对英民说道："这就是我说的段人龙段爷了。"

段人龙却大摇大摆地走进客堂，向英民略一颔首，很有些不屑顾视的样子。英民也勉强略一站起，向他点头为礼。

段人龙坐定后，又问琼珠道："这位王先生打从哪里来的？是何处人氏？"

英民见段人龙不向自己询问，也就不便回答。琼珠立在窗边，听段人龙打听英民来历，一想英民和黄龙相斗的事，有些离奇，说出来他也不会相信的，我就略过吧。遂答道："前天我同爹爹出去打鱼，恰巧王先生落在海中，被我们网里捞起，因为王先生是广信人，本来要到鲁王处投军的。一时无处栖宿，所以留在家中。而王先生又生了一场病，直到今天稍愈哩。"

段人龙一边听琼珠讲话，一边却双目滴溜溜地尽向英民打量。等到琼珠说完，他便冷笑一声道："你们如此好客，倒也难得。这位王先生大概懂些武艺的么？故而要去投军。但是听说这几天鲁王那边的军势很不好啊，恐怕王先生虽欲前往，也是白去的。不过王先生若不从戎，又是徒然辜负了他的好本领了。"

英民听段人龙的说话，有些讥讽，不由心中有些恼怒，只因碍着琼珠的面，自己又是作客他乡，不可不稍稍忍耐一些。琼珠听段人龙如此说，也有些不悦，正要还答，段人龙又向伊问道："老钱在哪里？"

琼珠答道："爹爹海边捕鱼去了。"

段人龙又是一声冷笑道："老钱做人真好，他自己去打鱼，却留姑娘一人，在家陪伴这位客人。呵呵，王先生真好神气也。"

琼珠听了，颊上不由泛起两朵红云，要想发怒，只因段人龙是村中之霸，不易得罪他的，将身子别转了，默然不语。英民面上也有些怒气，似按捺不住。段人龙见此样子，遂立起身，说道："我要去了，明天再来和老钱说话吧。"琼珠仍是不响，段人龙遂大踏步开了门走去。

琼珠叹了一口气，前去关了门，回身走进，见英民面上的怒气尚未全消，便勉强带笑对英民说道："王先生别恼，那厮在村中耀武扬威，一向这样看不起人的。"

英民把手中书向旁边一掷道："此真妄人了。这般大模大样的，使人看了怪难受的。换了我平日的脾气，要把那厮打倒，使他认识我究竟是个什么样的人！料那厮也没有什么真实本领，只好在家乡威吓一般不懂武艺的人罢了。"

琼珠道："可不是么，在这里小小乡村中，有谁能精通武术的呢？他在外面做过一任武官，略有一些小本领，回乡后便收了许多徒弟，最近又组织乡团。村中事都是他一人支配，因此他也益发骄肆了。王先生是真英雄，决不屑和这种贼人计较的。"

英民听了这两句话，不觉怒气全消，面上露出笑容来，说道："琼珠姑娘的话说得不错，我又何必去和那厮较量呢？世间似这般人也很多，都是井蛙一类罢了。不过你们怎样和他认识？"

琼珠笑道："同是一乡的人，怎会不认识？他很喜欢和我爹爹闲谈的，所以常到我家来。"

英民道："那厮不像是个好人，姑娘以后不可不谨防呢。"

琼珠听了这话，面上不由一红，英民也就取过那本《大宋宣和遗事》来看了。小狸奴从那假山石上一溜，溜到琼珠身边，呜呜而鸣，琼珠便把它抱起，在身上抚摩，抛开针线不做了。

不多时，老钱打鱼回来，见英民已能起坐，甚是快慰。英民也问他打鱼可顺利，老钱带笑道："托王大官人的福，这几天很能获利。"

琼珠便告老钱说，段人龙曾来的，坐了不久即去。但是说话之间，对于王先生很是轻蔑，未免使王先生心中不欢。老钱听了，又对英民说道："段爷素日有些狂妄的，王大官人不要去睬他是了。"

琼珠道："段爷又说隔几天要找你呢。这种人不好多缠的。爹爹贪喝了杯中物，便喜欢和他聚在一起。"

老钱勉强笑道："珠儿，你说我贪喝酒，这也未必尽然。不过我是一个渔人，段爷是村中佼佼者流，难得他来下顾，我又何能拒绝呢？"

英民也觉得老钱说话不错，但他同时觉得段人龙的所以结交老钱，恐其中包藏着野心吧。然又未便说破，只好不响。少停天晚了，英民又进了晚餐，和老钱父女俩闲谈一番，方才各自安睡。

过了几天，英民精神已完全恢复。老钱父女更是快活，依着英民心中的初意，要想立刻辞别他们，动身到绍兴去。但因一则他的一颗心已给琼珠姑娘的柔情笼罩着，二则老钱父女苦苦要多留他几天，所以不忍毅然拒绝。琼珠因英民到了碧云村以后，一直卧病，没有出去玩过。有一天，遂伴着英民在村中各处散步游玩。此时村民已知道老钱家中有一位异地的客人了，却不知道那客人是个英雄，有绝大的本领呢。

这时正是凉秋九月，天高日晶，气候凉爽。枫红橘绿，秋色可爱。碧云村是沿海的，立在高处望海，风帆点点，胸襟一畅。二人走了多时，便坐在林间石上畅谈一切，胸中都觉得十分惬意。尤其是英民，难得有些婉娈温文的琼珠为伴，使他心里甜适。但在他们归途时，隔岸却有一个男子，立在河边，一双怒目对着他们紧视。目光中似有一团烈火发出。这团烈火，好似要把两人焚掉的样子。原来此人便是段人龙了。然而英民和琼珠且走且谈，没留意着，一些也不知道。

归家以后，琼珠坐着憩息，英民谢伊伴游之情，老钱也回来了。晚上，琼珠又端整酒菜，请英民喝酒。老钱有酒吃，更是得意。对琼珠说道："海滨的水乐洞风景绝佳，珠儿你何不陪伴王大官人前去一游?"

琼珠答道:"我也曾和王先生说起过,但是王先生可喜坐船么?"

英民道:"坐船也是很有趣味的。倘若姑娘同坐,更是快慰。"

琼珠笑笑,到了次日,天气依然晴爽,老钱便对琼珠说道:"今天你可陪着王大官人一游水乐洞了。海滨停着的划桨小舟,长久没有用,你们可以坐着前去。只是你打桨时须要小心,我因连日捕鱼,有些乏力,要在家歇歇了。"

琼珠点头答应,又说:"王先生若要畅游,必得上午去。我们可以带些干粮。"

英民道:"很好。"

于是琼珠到房里去略事妆饰,携了一只很精致的小竹篮,走出房来。其中储着干粮。微笑道:"我在清早都已预备好了。"

老钱道:"那么你们去吧。"

琼珠遂和英民告辞老钱,走出大门,双双来到海滨碧云石下。琼珠又指着那碧云石,把石的野史讲给英民听。英民瞧见那碧云石果然生得瑰奇,非人世间物,也赞美不绝。不料后来那碧云石却断送在他宝剑之下,真是天数了。

琼珠走到系舟所在,自己先移步登舟,把手招呼英民,等到英民下了舟,两人对面坐定,英民坐在船首朝后,琼珠坐在舟尾朝前。琼珠取过把桨来,自己握了一把,又一把却递给英民,带笑说道:"王先生可会打桨么?"

英民接过桨,答道:"琼珠姑娘,还是倚仗你费力吧,我于此道不熟的。不过待我来乘机学习一番也好。"

于是琼珠把桨打动,那小舟便向前徐徐行驶。英民见琼珠玉臂舒展,兰桨轻摆,好似绝不费事的。海风吹着云鬓,飘飘欲仙。身上穿着紫衣,如董双成许飞琼偶到尘寰小游,绝无庸脂俗粉气。英民一边学着打桨,一边向琼珠瞧着。琼珠却指点着他如何用桨的方法。海面上微有一些波浪,琼珠一手指着南边一个小岛道:"水乐洞快到了。"

原来在碧云村海滨之南，有个小岛，地方虽不广大，而岛的结构非常离奇。岛上有一座小山，小山下有一个深邃幽秘的洞，便是水乐洞了。那洞底已在海面之下，海涛宕到石上，有绝妙的声音。若在风平浪静的时候，如陈清商之乐，击钟伐鼓，自有天然节奏，十分好听。如在潮水大来时，海涛怒轰，那么如千军万马的声音，震耳欲聋。不知道的人要迟疑外面到了大军，在那里鏖战了。

　　岛是珊瑚虫所构成的，所以泥土也特别不同。岛上也有树木花草，只是无人居住。本来和碧云村的海岸连接的，后来几经沧桑，却中断了，所以非用舟前去不可。春秋佳日，村里人去岛上遨游的很多，大都去游水乐洞。因岛上除了水乐洞，别的地方不足游览了。英民遥望着那个小岛和岛上青青的小山，很觉畅怀。卧病多时，难得有此清游，且有佳人相伴，此乐何极？

　　不多时，小舟已到岛旁，琼珠便择水浅处停了舟，岛下有青石砌成的石级，英民携着竹篮，和琼珠跨出小舟，并着走上岛来，细玩岛中风景。只听鸣禽上下，引吭清歌，却不见有别的游人。落叶满地，任人脚下踏着，沙沙有声，惊得小鸟一齐飞起。

　　琼珠道："此时已在深秋，所以村中人绝少来此游玩了。但是王先生还是第一次呢。我们且到著名的水乐洞去吧。"

　　英民点点头，跟着琼珠穿过丛树，见近面有一很高的山壁，壁上苍苔满布，怪石嶙峋。在下面却有一个幽深的洞。洞边刻着"水乐洞"三个大字，加上朱红色，是新镌着的。琼珠立定了对英民说道："洞中曲折很多，进去时先是向左转，然后向右一转，一左一右，直到里面。出来时却先是向右，以后向左，这须牢牢记着，若是走错了方向，转来转去，只在洞中，休想走得出了。"

　　英民笑道："我有琼珠姑娘为导，何忧走不出呢？"

　　两人遂走进水乐洞。洞中十分宽敞，琼珠一左一右地和英民走着，见两边石上镌着各种佛像。有的是观音，有的是龙王，有的是弥勒佛，有的是财神，可惜光线不甚充足，不能瞧得清楚。有几处钟乳下垂，地上也潮湿得很。英民走了几个转弯，觉得也没有什么好玩的，正要开口询问，琼珠又已转得一个弯，乃是小小一洞。洞顶透着亮光，有白光照射而入，所以很觉光明。耳边忽听得一种玲玲琮琮的声音，如鸣琴筑，有时洪亮一些，有些窍坎鞳鞳之声，有时又很幽细。

琼珠拂拭着旁边一条石凳，和英民并坐休憩。对英民微笑道："这便是水乐洞的所以取名了。这里已在海面之下，海水冲荡到外边的石上，水遂由石罅处流入，再望里而走，便有一个很深的潭，海水便流入潭中。潭里的水又分流到各处去，海水经过洞旁，所以有此音乐之声了。今天风流不大，不会听到大声的。"

英民一边细聆琼珠的说话，一边静听水声，很觉好听，方才悟到水乐两字，又想造化之妙，可见一斑了。琼珠却伸手指着洞上一片白云道："在这里不但可听水声，又可仰望浮云，真是人世间又一境界。"

英民抬头看洞顶上，果有一片白云，徐徐行过，还有洞顶垂下来的小草，随风微摆，至觉恬静。遂坐着不走，和琼珠闲谈一会儿，忽又很慷慨地说道："现在明社将覆天下大乱，此间却好似世外桃源，绝不见干戈之事。然而土崩鱼烂，国破家亡，有心人又安忍隐忧自乐，不出去拯斯民于涂炭呢？"说罢，欷歔不已。

琼珠窥知英民的意思，便道："王先生又发感喟了，天下虽乱，然而古人有众一旅，也可兴邦。似王先生这般人才，具此高深武艺倘然出去为国效力，自可一鸣惊人，戡乱致治的。又何必徒叹呢？不过我很惭愧，是个弱女子，不能从戎立功，只好守在乡野。但我见书上载着花木兰代父从军的故事，一样也能转战边塞，立得不世之功，名垂青史的。这才是女子中的豪杰，使后人歆慕得很。可惜我不懂武艺，否则当此中原扰攘之秋，也可易钗而弁，去和那些鞑子厮杀，保存大明江山了。"

英民听伊说出这些话来，语语打入他的心坎，更是钦佩。谁说海滨渔家小女子没有爱国之心呢？遂对琼珠说道："姑娘说的话不错。姑娘倘能不弃，此次我定要和姑娘一同去投奔鲁王军前效力了。"

琼珠蛾眉一瞬，面有喜色，忙说道："我若能为大英雄执鞭，何等美事？可惜我是不能……"说至此，略停一停，又道："王先生，像我这样年纪，可能习武么？"

英民道："倘然姑娘能够下苦功习练，也还来得及。所谓有志者事竟成。"

琼珠道："那么请王先生即日教我习武可好？"

英民笑道："琼珠姑娘，你莫心急。学习武艺不是短时间可以成就的。至少也须有五六年工夫。何况姑娘毫无根基的人呢？即如我本人讲起来，自细随先父习后，又得名师指导，自己刻苦熬练，方有此一些本领，不是容易的事。我虽愿在此教授姑娘武术，只是如何守得这些时日？姑娘又不能随我出去，怎能够如愿以偿呢？"说到"如愿以偿"四字时，声音不觉有些颤动。

琼珠听了，默然无话，一手托着香腮，好似默想什么。英民也紧握着自己的手，不再说话。只听海水由石间流过的一种天然声音，哈哈不绝。隔了一刻，琼珠一边把竹篮取过，一边对英民说道："我们到此好久了，王先生肚中想必甚饿，请将就用些干点吧。"遂取出篮里放着的饼饵，递给英民充饥。

英民接过谢了，琼珠又双手取出一个小瓶，拔掉了木塞，内中满贮着热水，也请英民喝。英民觉得琼珠为人十分心细，遂先喝了，却不好意思去教琼珠喝。但琼珠从英民手中接过小瓶，凑到樱唇上去，喝了两口，又把木塞塞住。二人吃了饼饵，也就并不觉得饥饿。

英民忽又问琼珠道："我有一句话要问姑娘，前天我同姑娘出游村中，听得有些人都称呼你为紫衣孃，不知何意？"

琼珠方把竹篮盖好，听英民询问，不觉微笑道："王先生，这也没有什么意思的。只因我平日喜欢穿紫色的衣服，大家遂呼我此名了。"

英民又念着道："紫衣孃，这名称雅绝艳艳。"

琼珠听了，面上一红，回过头去，假作咳嗽，不即答话。英民也不好多说，又坐了一歇，英民立起身来道："洞中可还有什么好玩的地方么？"

琼珠把手向上面一指道："便在这里的顶上，有一个小小亭子，可以望海，很好看的。"

英民道："很好，我们打从哪里上去？"

琼珠回身指着洞后道："这一条仄狭的小径，山石磷砢，很难行走。须打从那边可以翻到洞顶。"

英民道："我们前去一游可好么？"

琼珠道："王先生，恕我不能奉陪了。我实在怕走那路，请王先生一人上去吧。我坐在此间等候便了。"

英民一想，似你这般纤腰秀臂的人，只要我一手挟着而走，毫不费力的。不过这话不能讲而已。遂点头道："姑娘坐在这里也好，等我上去一游，立刻就来了。"

琼珠答应一声，英民掉转身躯，向洞后便奔。果见有一条很窄的石磴，怪石森列，崎岖不平。蔓草披拂，可见登临的人很少，大都到此回步了。但是英民身怀绝技，再险难的路径也会行走，何畏之有？于是他将袍子一撩，很快地飞奔上去。"披蒙茸……登虬龙，攀栖鹘之危巢，俯冯夷之幽宫"，《后赤壁赋》上的几句书，可以借着形容他了。不多时，已到了上面。青松成林，风卷松涛，又是一种境界。前面果然有一座亭子，英民走到亭前，见亭子上有一匾额，大书"快哉亭"。暗想记得以前读书时候，曾读过一篇《快哉亭记》，乃是写黄州的快哉亭，不想这里也有个快哉亭，真是无独有偶。不过那边是望长江的，这里是望东海的，所观不同，而快哉则一。

一边想一边遥望大海，如在足下。浪涛澎湃，浩漫无际，间有一二大帆船徐徐地在那里行驶，好似一瓣小叶。又望碧云村，庐舍树木隐隐可睹，耳边但听风声和涛声，万虑都寂。如羽化登仙，又如遗世独立。观望良久，忽又想起琼珠，见距亭数十步有石栏围住的，便是水乐洞顶了。自思方才在洞中窥天，觉得很高，现在若由洞顶望下去，不知做何光景？且瞧瞧琼珠独自在那里做什么。遂走过去，见石栏是新做就的，大概有人恐怕游者失足丧身，所以做此防护物。英民凭栏俯身向洞内一望，不望犹可，这一望却望得他打了一个寒噤。

原来英民望见琼珠正被几个莽男子围住在那里，向伊恫吓。琼珠却手指着顶上，不知回答什么话，可惜自己登得太高了，完全听不出。这时洞中的人恰巧仰首瞧见了英民，早有一人拉着琼珠便往外走。英民看到这里，大喝一声，如青天里起个霹雳，山谷响应。回身便找原路，飞奔而下，要救琼珠，因他以为琼珠遇到暴徒行劫了。

等到他从石径上跨入洞中，即有两个人在暗处埋伏着，手里各执着兵刃，突起狙击。幸亏英民早有防备，向旁边一跳，未曾被他们砍中。忽飞左足，将左边一个人踢倒在地，右边的那人又是恶狠狠的一刀，向他头上劈下。英民觑个准，伸手把刀接住，右足一起，又把那人踢翻，脑袋撞在石上，咕咚一声，不知破了没有。英民夺得刀在手里，一心要救琼珠，不顾地下二人的生死，直向洞口快跑。

跑上十数步，瞥见那边转弯处又有一个男子站着，手中摆开双刀，向英民喝道："王某，你敢勾引良家妇女，到此洞中来干什么勾当？可认得你家段爷么？"

英民借着亮光，向那男子脸上一瞧，果然是段人龙。方知他是有意来此寻衅的，劫去琼珠，并非别的暴徒了。又听出言无礼，不觉勃然大怒，也把刀指着段人龙说道："琼珠姑娘奉着伊父亲之命，特地伴我出游。我们光明磊落，有何不可告人之处？你和钱家非亲非眷，要你前来管什么账？并且纠众行劫，何异于盗贼行为！哪里是个好好的良民？前天你出言不逊，自恃艺高，讥笑人家不武，今天我倒要领教领教你的本领了。"

段人龙闻言，哇呀呀一声叫，跳过来就是一刀，向英民胸窝直戳过来。英民把手中刀向外一拦，段人龙的刀直宕开去，几乎脱手。段人龙知道英民的力气不小，不敢怠慢，却见英民还手一刀，向自已刺来，连忙身子一蹲，让过那刀。英民用力过猛，刺了一个空，望前倾走几步。手中的刀收不及，正戳在石隙中，深入数寸，尘泥簌簌下坠，才要拔出时，段人龙看得亲切，一刀向他的后腰剁去。英民手里不能招架，却飞起一脚，正踢中段人龙的手腕，当啷啷刀已落地，英民拔出刀来，回身要刺段人龙时，却已转弯逃去了。

英民喝道："你这厮想往哪里走？"遂也转了一个弯追来，已不见段人龙的影踪，暗想：这厮怎么跑得这样快呢？不知琼珠又在哪里，快快追赶。一边想，一边又转了一个弯，却又依旧是到了原地。心里不由一怔，再向前转弯跑去，说也奇怪，又到了原地方。心中又惊又急，跑得满面流汗。摸摸头，定神一想，才想起琼珠进来时告诉他的话，不是说过水乐洞十分曲折，出去时也要一右一左的转弯么？我在急忙之中，忘记了转弯的道理，走错方向，无怪走不出了。

于是照着琼珠的话，向外飞跑，果然跑出了水乐洞。但是有几次撞在钟乳石上，碰得额角上有几个隆起的块，他也不顾，只管向海滨跑来。却见段人龙和几个少年坐在一只较大的划船里，已驶离海岸。琼珠也在其中，把双后掩着面，似乎在那里嘤嘤啜泣。

英民大喝："段人龙你是好汉不要逃走！"又说："琼珠姑娘，切莫惊慌，待我前来救你。"

但那船有数人打桨，飞快地向海中驶去。相离得远，又不能跃及。英民急不能择，忙跑到自己系舟的所在，跳到舟中，举起桨便望水里划去，要想前追。哪知他是不会打桨的，小舟在海滨中只是打转，休想前行，几乎要倾覆了。看着段人龙的船载着琼珠，又已远远驶去，此时急得英民无法可想，有力莫展。

欲知后事如何，请看下回。

第九回

见义勇为渔翁得快婿
欲擒故纵傻女感征夫

上回说到要紧关头，戛然而止，读者想必十分惦念，急欲知道下文，究竟琼珠是否给人龙劫去？英民可能追还？但是这些话在下还不肯直截了当地写出来，先要把人龙为什么要来劫琼珠的前因后果交代明白，方算线索清楚。

原来人龙时常到老钱家里去走动，他早已垂涎琼珠，老钱起初因他在碧云村上有相当的地位，把女儿嫁给他，也不算辱没。只是后来探得女儿的意思，并不十分表示同情，所以也不能相强了。前天人龙到老钱家里，瞥眼瞧见英民少年英俊，仪表非凡，已生妒忌之心。过后便私下和老钱说，要他把英民赶走。老钱因着女儿和英民感情不恶，两个似乎很投契。听英民的议论，觉得他是一位有志气有肝胆的少年，就是结交为朋友，也总算认识了一个英雄，如何好无因无由地谢绝他呢？因此口头含糊答应，却并不向女儿说明。

那天英民和琼珠出游水乐洞，留着老钱在家里。人龙走来，向四下瞧了一遍，不见琼珠，很是纳罕，便问老钱琼珠到哪里去了。老钱老实告诉他，他怎么不又惊又气，又怒又妒呢？他就头也不回，转身就走。唤了七八个徒党，带了武器，划着船，一口气向水乐洞寻来。寻见了琼珠，抢着塞到船里，自己便和英民恶斗。起初原想把英民杀死，后来见英民膂力过人，断非所敌，因此也不敢恶战，逃回船中，拼命划着向海中破浪而去。

当时英民虽也坐上小艇，可是苦于自己不会划桨，哪里及得人龙的船又大，人又多，但是也不能不勉为其难，否则眼看着佳人已属沙叱利，倘然他们把琼珠高飞远走，我如何还去见老钱呢？他便拼命地划着桨向前追去。可是那海里的波浪好像故意和他为难，一个个大牯牛似的，向他的小艇撞去。非但不能加速，反而退了几尺，眼见小艇逐渐和人龙的船远离，其势难以赶上。心上焦急的什么似的。

忽地后边有一阵呼呼的水声送来，好像也有追赶他的船在那里驶来。急忙回过头去看时，原来是一只帆船，挂着一张赭色的布帆，兜住了风，十分得力。估量起来，驶行得很快。那时相距不过两丈多远，英民计上心来，便把桨放下了，任着船儿在水里浮荡，极口地喊着救命。那后面的帆船已经驶近来了，听见了喊声，急速把船靠向右手来，不多时，已和英民的船接近。船上的人正要把竹篙来钩住小船，英民已觑得真切，提了刀，纵身一跃，早到了帆船的舱里。也不和船上的人打招呼，把手里的刀晃上几晃，大声喝道："你们用力向前面的船追去，倘有半点支吾，我手里的刀不饶人的！"

那帆船上共有五六个人，刚从别处脱售了货物，得意而回。起初听见了呼救，信以为真，不免动了恻隐之心，后来见跳上一个汉子来，满脸怒气，心中已有些惧怕。加着手里还握着一把明晃晃的快刀，料定不是好人，不要把身边辛苦挣来的钱都掏了去。嘴上不敢说，心上没有一个不在那里纳罕。可是并不见他动手，倒放了一半的心。听见他说要追赶前面的船，却又怀疑起来，正同丈二金刚摸不着头路，为了身家性命关系，不好不依他的话。当真拨转了舵，向前驶去。

那英民恨不得立刻追上，也无暇向他们说明原委，两只眼睛看准了人龙的船。只见箭一般地直射过去，水声呼呼，宛如列子御风。看着要追上了，前面有一个土嘴，手臂一般伸出来，拦住去路。人龙的船乘势向土嘴靠去，挟了琼珠跳上岸去。几个徒党也纷纷登岸。可是这土嘴十分荒凉，并无树木，难以藏躲。正在四顾仓皇的当儿，英民的帆船也靠近了土嘴。英民吩咐帆船搭住了土嘴，飞身跃上，挥刀向人龙追去。

人龙的徒党也拼命迎斗，但是一个也不是英民的敌手。人龙见不是路，只好放下了琼珠，和英民死拼。英民斗得性起，挥动手中刀，和人龙恶战。人龙已经见过他的神力，哪里抵挡得住？十几个回合以后，渐渐支撑不住了。英民轻轻使一个鲤鱼翻身，舒展猿臂，把人龙齐腰抱住。人龙那时气力也没有了，只得束手就缚。那几个徒党早被打倒在草地上，受着伤，全失了战斗力。正合着老话说的，爱莫能助了。

英民一手擒住人龙，一手扬起那把刀来，刚要觑准人龙的头部砍去，那时琼珠立在远处望着，见英民要杀人龙的性命，不禁软了心肠，急忙奔过来道："且慢！且慢！"

英民顿了一顿，琼珠已把英民的右臂攀住道："千万杀不得，请你饶了他的性命吧。"

英民心想，人龙这人心术虽坏，却还不大奸巨慝，得饶人处且饶人，何必逼人太甚？当下对着人龙道："本来我要结果你的性命，现在看在琼珠姑娘分上饶了你，可是你以后可再不要欺琼珠了。"

人龙见得了生路，自然连声答应道："不敢！不敢！"

英民道："我不信你的话。你对天立一个誓。"

人龙便指着天道："我段人龙永远不再觊觎琼珠，如有食言，将来死于非命。"但是后来海盗来劫碧云村，人龙又乘乱去欺侮琼珠，给海盗闹海神蟒杀死，应了这誓言。在下在第一回中早已叙明，不必赘述。

且说英民见人龙已有悔心，便和琼珠走下小船，向帆船挥挥手道："没有你们的事了，去吧。去吧。"那帆船如逢大赦，急忙扬帆而去。英民也就挟了琼珠，坐着人龙的船，划着回碧云村去。

这时人龙垂头丧气，唤起了徒党商量回去的方法。可是船也没有了，在这荒野之处，如何度夜？中间有一个向四下望了一望道："这里走过去，可以走到碧云村的。我从前似乎走过的。"一行人众就依他的话，披荆斩棘地走去。果然走了半天，到了村上，吩咐几个徒党到水乐洞里去，救还两个徒党，从此安静了好多时候。

按下这边，又要说那英民和琼珠划着船，一壁打桨，一壁和琼珠闲谈。那时得胜而归，仿佛大军凯旋，从容不迫，得意非常。和方才追赶的情形，截然不同。微风拂面，水波清心，两下不免起了一种不可思议的感情。恰巧有一对雪白的水鸟从岸边飞起，一个在前，一个在后，紧紧地相随。在后的用力鼓动两翼，不久就追上了在前的那个。两下真成了比翼并肩。

英民指着笑道："琼珠姑娘，你瞧它俩不是我俩的写照么？"

琼珠惊魂甫定，也勉强露了一点儿笑容，点了点头。英民接着又说道："我俩经过这样的困苦艰难，总算如天之幸，姑娘没有遭那厮的毒手。只是鲁王穷促南征，不知道可能像我俩一般地战胜恶魔，重见光明么？"

琼珠道："清军乘胜而下，势如破竹，前途倒很危险。希望你以后到了绍兴，善事明主，把已失的江山恢复转来，好教青史传名，流芳百世。"英民也不胜感喟。

不多一刻，那船已到村上，泊在岸边，英民扶着琼珠，离船上岸，慢慢地走到老钱的家里。那老钱正在愁眉不展，见他俩进门，又惊又喜，急忙问个备细。琼珠就把上项事一一说了，老钱打恭作揖地道谢，翘着拇指道："王大官人毕竟英雄，真是有缘千里来相会了。"失了小艇，得了大船，心上又是一喜。当夕大家都疲乏了，也就无话。

到了明天，老钱买了许多鱼肉，沽了上好的村酒，晚上在庭中和英民畅饮。那时新月将圆，彩云满天，光景十分可爱。老钱推英民南面而坐，英民哪里肯坐。老钱道："小女险遭不测，幸赖王大官人救援，不啻再生。老朽应当重谢。不嫌简慢，还请上坐，不要客气，愈使老朽不安。"

琼珠也请英民不要推让，英民这才坐了下来。老钱和琼珠并坐在下面相陪，殷勤劝酒，十分恳挚。英民不觉多饮了几杯，老钱也微醺有意。正是酒逢知己千杯少，话不投机半句多。老钱看那英民豪侠不群，比较人龙有上下床之别，心下早有了深意。就乘着酒兴问道："王大官人可曾下聘何家闺秀？"

英民道："匈奴未灭，何以家为？加着年来奔走江湖，一无成就，就更无心说到此事。"

老钱听了正合下怀，便接着道："既然如此，真是天缘凑合了。小女也是未定亲，天使英雄不远千里而来，又构成这一段惊风骇雨的姻缘，分明天作之合了。不知王大官人可肯俯就？"

英民正待开口，那琼珠早已粉脸低垂，娇羞不胜。要想走开，觉得太做作了。谁知英民单刀直入地说道："承蒙老丈不弃，使令爱下嫁。不过小子志在光复汉室，此时还无意享儿女之乐。不要误了令爱的终身，小子成了千古罪人，何以报老丈的盛情？"

琼珠听了一怔，心想你未免小觑了我。难道我也像陌头柳色，悔教封侯的凝妆春女么？要想发挥几句，表示伊的胸襟来，却给老钱抢先答道："王大官人的话，原是不错。不过有缘千里来相会，这回到碧云村来，和我们聚在一起，不能不说是有缘的了。况且男大须婚，女大须嫁，难道王大官人一辈子不娶夫人了？依我的意思，现在定下了，等王大官人奔走国事，大功告成，然后来和小女完成室家之好，不是公私两便么？"

英民还未回答，琼珠对老钱说道："爹爹好不明白，自古道郎才女貌，户对门当。第一件像我这样愚鲁，什么都不懂，如何好仰攀王先生？第二件我们是一个渔户，哪里……"

说到这里，英民立刻剪住道："姑娘差矣，我和姑娘虽是萍水相逢，这几天的相聚，也算是意合情投。我们不是世俗浅见之流，如何在门第上着想？本来我早有此想，只是不好冒昧启齿。所说固所愿也，未敢请耳。既蒙见爱，我就老实不辞。如此请岳父上坐，受小婿一拜。"

老钱见他允了婚事，十分欢喜，要他受礼，如何肯依，涨红了酒脸，不肯起身。英民来扶他起来，老钱只是不肯。英民就在他身边跪下去，行了一个重礼。老钱慌忙欠身扶往，连称不敢当不敢当。连琼珠也有些忸怩了。老钱提起了酒壶，满满地斟了一杯，敬给英民道："大官人前程远大，请干此杯。"

英民回到自己座位上，接了酒杯，一喝而尽。那时庭中满射着月光，灯光顿成了黄暗之色。英民又回敬了老钱和琼珠道："今夕月明如昼，正是大好秋光，愿大家幸福无穷，天长地久。"

老钱的酒量很好，自然举杯一口喝干。琼珠却不能饮酒，只把酒在樱唇上碰了一碰，微微一笑道："愿如君言。"

老钱更有兴头，把箸夹了一大段鱼敬过去道："这条鱼还是我前天捕着的，鲜肥可口。内地恐怕难得尝着吧。"

英民接了道："说起捕鱼，我倒有个要求。明天我们去玩一回可好？"

老钱拍掌道："好极！好极！这几天海面上风平浪静，丝毫没有危险，我们可以把渔网放得远一点儿，运道好的当儿，说不定一天可以捉到一二百斤呢。"

英民道："琼珠姑娘又可肯同去？"

琼珠道："既然英哥有兴，我自当相陪。不过我的腕力不济，倘然网里鱼多，我们俩拉不起呢？"

老钱勒起了衣袖，捏了一个老拳，晃了几晃道："有我在这里，怕什么？一百斤的东西总可举得起吧。"

英民道："张网捕鱼，觉得不如举竿钓鱼来得有味。"

琼珠道："我们钓竿也有五六根，任你拣着。只是没有钓惯的，钓上一天也钓不到一条小鱼。海里水深，比内河更是难钓。"

老钱道："明天我来教你就是了。"

当下又欢饮了一会儿，然后吃饭。琼珠收拾了杯盘，到厨下洗涤过了，走到前面，那里老钱正和英民立着，指手画脚地讲那海上的故事，太息时局不靖，海盗如毛，沿海的几个大村都不能安枕。琼珠道："这些海盗可惜不归于正，否则倒也可以利用他们，编成劲旅。"

英民点头，若有所思。停了一会儿，远远听见打更的已打了二更，大家就去安寝。一宿无话。

到了明天，吃过了早饭，老钱把渔筛渔网搬到船上去，琼珠拿了两根钓竿，一根给了英民，拿了鱼食，把门锁上，一同上船。老钱打桨，缓缓向海上划去。琼珠把鱼食穿在钩上，放下水去。老钱把船拴住了，也把渔网散开。英民也照样下钩，不多时，水面起了一个漩涡，英民急忙举起钓竿，却空空地一无所有。钩上鱼食一点儿没有动。

琼珠笑道："你怎么如此性急？要等它咬定鱼食，然后举起竿来，那鱼儿给钩钩住了咽喉，不能摆脱。你瞧我来。"

说时把钓竿轻轻地扬了一扬，静候了片刻，见水面又起了微涡，顺手把钓竿向前一拖，然后向上举起，当真有一条五六寸长的白鱼钩住了，尽着挣扎，不得脱身，早给琼珠一甩，甩到船舱里来了。英民伸手去捉，那鱼儿拼命一跳，从英民的手里跳到海里，从此摆头摇尾，不再上当了。

老钱在船尾瞧见了，哈哈大笑道："大官人只会捉人，却不会捉鱼了！"说得英民、琼珠都笑得前仰后合。

老钱道："你们瞧我的手段吧。"说时，把放在水里的渔网慢慢地收起来，琼珠助着把渔网拉到舱里，英民把渔筛开了盖，端正放鱼。谁知网底全露在水面，还是没有一条鱼儿瞧见。

老钱道："怎么今天如此不济？大约这里水浅，没有大鱼来。我们再划过去，到水深的地方，一定可以手到擒来了。"说着，把船划动，向前面直划过去。约莫离开海岸已有半里之遥，这里波澜起伏，比边海大得多。幸而那天一点儿没有风，这些波浪不过是海里自然的颠簸，所以并无危险。

英民拍掌道："妙极！妙极！真是海阔天空，烦襟涤尽了。"

老钱又把渔网撒下水去，琼珠替他整理渔网，忽地海面的浪花突然汹涌起来，原来远远有三只大船，张了大帆，直驶过来。琼珠急忙把桨撑住了船，使它不受颠荡。见那三只大帆船很快地掠过去，船上各有十几个彪形大汉，面貌都很凶悍。后面的那帆船上蹲着一个头陀，赤色的面孔，两道闪电似的眼光，向这里船上三个人直射。英民正在拿着钓竿钓鱼，没有瞧见。老钱和琼珠虽觉得头陀有些异样，要想唤英民注意，那帆船已经驶过去了。

一阵波动，渔网就沉重了许多。老钱道："来了！来了！"便唤琼珠助着收起来。当真十分沉重，英民也抛了钓竿来帮忙。不多时把渔网拉起，见网里网住了五条大鱼，大的有二三十斤重。这回老钱不让英民捉了，亲自过来，伸手把鱼捉住，塞到渔筛里去。早把一个挺大的渔筛塞满了。老钱好不喜欢，笑容可掬道："我们应该谢谢方才过去的帆船呢。"

英民道："为什么呢？"

老钱道："他们的船激动了那边的水，鱼儿都向四下潜逃，不知道这里张网等着。他们仿佛替我们赶鱼入网。"

琼珠也笑道："我们今天不劳而获，也是难得的遭逢。大约也是英民哥的洪福，将来旗开得胜，马到成功的征兆吧。"

英民道："哪里？只是这几天在此无端耽搁，不要误了事。最好去打听那鲁王行踪，倘然还是驻驿绍兴，我立刻就要投奔去了。"

老钱仰天一看天色，道："此刻已近午牌时分，我们好回去了。待老朽到了村上，密密地探听一下，好教大官人再定行止。"

当下把船儿转过身来，向海边划来。到了海岸，三人把渔具分拿了登岸，到了老钱家里，安放舒齐，老钱提了酒壶，出门而去。不多时回来道："茶坊酒店，真是个活朝报。我到酒店里去沽酒，正遇着一个从杭州贩鱼回来的朋友，他说杭州地方十分不安定，听说鞑子兵已下了苏常，兵临浙境。鲁王的兵也打了一阵败仗，现在退向福建去了。"

英民听了，大惊失色道："真的么？咳，大明江山已去了大半了。偏安江左，已经不成其局，倘然到闽广一带去安身，真是苟延残喘了。"

琼珠道："这样看来，你也不必投奔鲁王，还是另行想法，别寻明主吧。"

英民道："我想回到九华山去，聚合各地人马，先把长江一带恢复，然后迎接鲁王大举北伐，其势不是较顺么？"

琼珠道："此策甚妙。事不宜迟，你日上就动身吧。"

英民道："我明天就走。"

老钱道："再住几天何妨？"

英民道："犹豫者，事之贼。再失了这个机会，更难措手了。"

到了明天，英民准备停当，向老钱、琼珠告别。他们俩送他出门，依依难舍。老钱道："大官人此去，几时可来？"

这句话问得容易，回答很难。英民倒呆住了，顿了一顿道："本来两位在这里，很是可虑，想段人龙受此挫折，心上决不服气，难保不卷土重来。最好两位一起去，脱离虎口。不过九华山非永久安身之所，那边现状如何，还没有仔细。依我愚见，等我到了那里，把一切事情妥帖，然后便来接两位上山。"

老钱道："希望大官人早一天来，好教我们早得欢聚。"

琼珠道："论理我应当随你同行。我也知道有许多不便，只有祝颂你一路平安，凡事顺利。"说到这里，禁不住眼圈儿起了红晕，泪珠滚在眼眶里，水汪汪地立刻要滴下来了。

英民见状，便急忙举步到了海边，跳到雇定的船里，挥挥手道："送君千里总须别，请两位回去吧。"

琼珠那时已像泪人儿一般，反而说不出什么话来，只把巾儿揾着，点点头，又立了片刻，见英民的船向烟波浩渺中间驶去。英民时时回头来望，直到模糊如一点黑影，老钱和琼珠才没精打采地走回家来。

且说英民到了鄞县，把船打发还碧云村去，就在鄞县耽搁一夜，次日照着陆路到钱塘江边，渡江到杭州。在江边一家饭庄上吃饭，听得隔座上有人讲东海村黄龙闹祸，几乎把一村的人畜完全淹没。他听了很觉有些对不起东海村的人，便向九华山取道而来。一路上昼行夜宿，有话即长，无话即短，好容易到了九华山下。

忽见四周营幕周匝，旌旗蔽空，干戈耀目。心知不妙，便悄悄地拣一条僻径上山，披荆斩棘，煞费辛苦，走了半天，方才到了山上。那九华山上甘辉等众弟兄见英民到来，不胜惊异，一齐迎接。那时从外边走进两个人来，英民定睛看时，原来是仇九皋，还有一个魁梧奇伟的女子，生得很是丑陋，装束也很奇异。大袖宽衣，下面束着一条很短的布裙。两只大脚，走起和男子一般，全无女儿袅娜之态。张着两颗圆眼，向英民呆看。

英民抢上几步，和九皋相见，真是又惊又喜。九皋向英民问起别后状况，英民把上项事详细告知，大家都向他道贺。英民也问九皋如何到这里来的，九皋道："此事甚长，缓日奉告。我们正在商量退敌，得英民兄到来，助我一臂，什么都不愁了。"

英民道："那山下营垒重叠，是何处兵马？"

甘辉答道："为着绩溪被围，想统兵救援，谁知洪承畴部下总兵张天禄用声东击西之法，来山攻打。听说绩溪已围攻了一月有余，万一攻陷，长江下游更吃紧了。便是此山也很重要，我们的大本营，千万不能给清兵夺去。否则众弟兄散了，更难聚合。"

英民道："诸位可曾和清兵见过阵？胜败如何？"

九皋道："清兵到来还只三天，第一天我们以逸待劳，赶下山去，打了一阵，总算侥天之幸，胜了一仗，夺得人马辎重不少。第二天他们来讨战，我们不理。今天两方都没有举动，我们为着一时尚无好计，不敢轻敌。所以只命各要隘严密防守，我们须得商定一个万全之策，去应付清兵要紧。"

英民道："等明天我上山去察看形势，再行商量。"

甘辉道："英民兄奔波了好几次，我们应当替他洗尘才是。"当下吩咐小兵传令厨下，赶办丰盛酒肴，一面邀英民、九皋一行人，到后面小轩里坐着。

英民拉着九皋到天井里，指着那装束怪异的女子，悄悄地问道："这人是谁？"

九皋道："是拙荆。我应当替你们介绍一下。"说着，拉了英民的手，走进小轩来，先对那女子说道："这是我的结义兄弟王英民。"回头又对英民说道："这是贱内左婴。"那左婴立起来，对着英民敛衽行礼，英民急忙答礼。

那时小兵已把杯盘摆好，甘辉推英民首座，英民谦让好久，左婴道："大家都是好朋友，还客气什么？"

英民这才坐了下来，道："倒是仇嫂爽快，请大家坐下来吧。"

众人按次坐下，酒过数巡，英民提壶向九皋面前的大杯里满满地斟了一杯，再到左婴那边如法炮制，斟了一杯道："两位佳偶天成，应当祝贺。今日借花献佛，奉献两位一杯，希望两位的前程和这两杯酒一样的美满浓厚。"

左婴拉着九皋起身道谢，各自干杯坐下。九皋道："大约英民还没有知道这事的备细。这位左小姐原是名门之女，为了伊的父亲左葆康，兵守徐州，清兵南下，援绝粮尽，左小姐还助着左将军抵挡了几阵。怎奈彼众我寡，最后城破。左将军殉了国难，部下残余的将士不愿降清，便由左小姐统带，离开了徐州。伊想到扬州去投奔史阁老部下，到了清江浦，知道南边形势不好，因此便由伊的旧部引导到安徽省来，在桃花岭上，暂时安顿人马，慢慢再图善后之计。我恰巧要到这里九华山，路过那桃花岭下，给左小姐打得天旋地转，我只好束手就缚。承蒙左小姐青眼，以终身相托。我就劝她同归九华山，好厚植势力。左小姐就聚部辎重，率领了部下，和我同到这里来。谁知到了山上，第二天就给清兵围住呢？"

甘辉道："幸而九皋兄嫂有大批人马到来，到底添了许多实力，壮许多声势，否则哪里能够和清兵支持？"

左婴忽地跳起来道："甘大哥太自菲薄了，谅这些鞑子的奴隶，都是卖国的余孽，他们希冀功名，老着脸去投降，倒转干戈来，自相残杀，良心丧尽，如何能和我们理直气壮名正言顺的义师相敌呢？"

英民拍手道："快人快语，请大家干杯。"众人又畅饮了一阵，吃得杯盘狼藉，尽欢而散。

英民拉着九皋到房里，关上了门，促膝而谈，问他如何会给左婴打败的。九皋道："左小姐武艺高强，我实在打不过伊。第一次我倒不见如何不济，争夺我太冒险，不知左小姐是计，假装败仗，向山上逃去。我紧紧相追，谁知山径不熟，误入丛林，陷落在她的陷坑时，给左小姐捉住。我已拼着一死，左小姐很称许我的武艺，并不杀我，反而十分优待，知道我也是有志光复明室，引为同志，要我投降伊，和伊在桃花岭招兵买马，积草屯粮，等有了机会，杀下山去，占领邻近的城池，和清兵对垒。我见伊本领虽好，太觉粗莽，难以成事，因此只口头答应，住了两天，乘着伊不备，偷偷下山。不料给左小姐知道了，派人四下追寻。我很惭愧，和左小姐交手，竟又打不过伊，给伊一棍打在腿上，我痛得立脚不住，倒在地上。左小姐亲自来扶起，问我可曾受伤，把我身上仔细察看。我那时心上很是感动，知道伊十分有情于我，我再骗伊，良心上也说不过去。况且大家正在奔走国事，得了伊的帮助，自然也有益处，因此便像七擒七纵的孟获一般，对伊表示心悦诚服了。伊扶我上山，命我将息。实在我只一时痛楚难忍，并没有受伤。不到半天，已经精神恢复。到了明天，左小姐置酒款待，十分殷勤。吃到半醉微醺时，伊走近身来，涨红了脸，问我可曾娶妻。我老实说没有咧，伊就开天窗说亮话，愿意嫁给我。我见伊举止虽有些呆头呆脑，心术很是纯正，和我爽直的天性倒也相合，因此便应允了。伊不胜欢喜，就在第三天，吩咐部下下山去采办货物，张灯结彩，和我结婚。现在想想，也觉好笑。这么一件终身大事，竟如此草草地完成，未免太好笑了。"

英民道："丈夫做事磊落，本来也不必繁文缛节，做出许多忸怩来啊。我也想在此安排定当，到碧云村去接琼珠上山来，也在山上举行婚礼呢。"

九皋笑道："老兄看了我们伉俪情笃，有些眼红么？"

英民道："非也，我们俩的遭逢虽是不同，那姻缘的凑合，似乎真有个月老在那里暗中摆布。我们摆脱不成，只能顺水推舟，否则

123

两地抛开，际此世乱年荒，今天估不定明天，万一劳燕分飞，不得个着落，彼此都担着心，不能定心做事的。"

九皋道："此话说得有理。好在这里山上房屋还不狭窄，要做几个新房，还容易布置呢。"说得英民也笑了。

九皋又道："这左小姐可惜少读了几年书，凡事还欠斟酌。可笑伊在桃花岭，竟乐不思蜀。我总以为长此住在这里，绝非善策。我就屡次劝伊到九华山来，集合一起。伊只是不听。伊道：'我们在这里独占太行山，何等自由？天高皇帝远，谁也奈何我们不得。归附了九华山，受人家的支配，不能独断独行，好不气闷。'我把利害大势告诉伊，伊坚执不肯。后来我用种种方法，去说动了伊的部下一个叫作董成仁的。假说部下都愿意和别处声势较大的联合，好早些发动，成功大事。那董成仁是左老将军的心腹，在名分上说起来还是左小姐的父执，平时唯有他的话有几分肯听。经我一说，他也很同意，就向左小姐说出。左小姐见大众的意思已经改变，自然也不好固执成见，因此便答应下来。但是伊做惯了头领，很有滋味，依恋着只是不走。我催了伊好几次，最后我说再不急速开拔，我也不愿意和你在一起，我自管到九华山去了，伊这才着急。又收拾了几天，方整队到九华山来。只是伊的脾气古怪，举止言语和男子一样，想着什么就说什么，说着怎样就怎样做，深知其细的，说伊是一个血性的女子，全没有半点做作。不明白的，见伊这般任性，暗暗在那里讥笑，所以伊很不高兴。"

说到这里，外面叩门声很厉。九皋走去开门，见是左婴，满脸怒容道："好，好。你们关了门干些什么？"

英民道："我和九皋兄在这里计划战事，恐怕走了风声，所以把门关上，不知嫂嫂到来，很是抱歉。"

左婴道："我又不是外人，这些事我都与闻过，你来了，就有这许多鬼头鬼脑的假做作。"

九皋恐怕得罪了英民，急忙赔着笑脸，向左婴赔罪道："千不是万不是，都是小生的不是。"

左婴这才笑起来，一屁股坐在九皋的身边，指手画脚地说道："我来告诉你们一件怪事。这山后有一丛野栗树，我和一个小兵到那里去采野栗，可恼那些野栗外面都是尖刺，没有采着，两手早刺痛了。那个不济事的小兵索性失足滚下坡去。我急忙从别路兜过去救他，谁知他又骨碌碌到山脚下。他的旁边还有一个人，脑后拖着一条尾巴，小袖的短衣，形状很是可怕。说他是鬼怪吧，他也会说人话，说他是人吧，实在和我们不同。不知道是哪里来的。"

英民惊道："这就是鞑子啊！"

左婴跳起来道："就是鞑子么？可惜，可惜！"

九皋道："怎样说是可惜呢？"

左婴道："我因为没有知道他的来历，并不理会他，只拉起小兵就走。可恶这个鞑子追来，要想捉我们的小兵。他并不知道我的厉害，要和我打，我只怕多事，吩咐小兵先自还上山去，我单独对付鞑子。我只把左腿抬了一抬，脚尖还没着他的身，他早已立脚不住，滚下山去了。我也并不追赶，任着他逃去。倘然我早知道他是鞑子，一定要倒提了他的腿，撕作两片。"

九皋道："他们胆敢来窥探？这倒不可不防。明天一定要和甘辉说知，在后山多设檑木炮石，再向四下精密察看一番。倘有空虚之处，不可疏忽防范。"

英民点头称是，立起身来道："时已不早，好安睡了。"遂向九皋夫妇分别，自还卧室就寝。

天色刚明，忽地人声鼎沸，不禁吃了一惊，急忙起来，开门出看。

欲知后事如何，请看下回。

第十回

车辆战收服虎将
百跪香叩寻老衲

　　清将张天禄因为自己新降满洲，急欲立功。这番围攻绩溪，凑巧遇着金声死守孤城，不能得手，又闻密探报告九华山上有大伙人马，正欲起勤王之师，前来援助。遂为先发制人之计，率领一支军队，来攻九华山。哪知甘辉等也是劲敌，初时交绥一场，不分胜负。甘辉等退上山去，严密守住，清军不能攻取。张天禄独自纵马偷瞧，山势十分峻险，仰攻大是不易。遂想别寻间道，可以袭击。遂遣偏将们潜往后山探寻，这就是被左婴无意遇见的人了。果然被他侦察一条小径，可以上山，而且没有设防，大可攻打。立即升帐传令，调遣手下一位王龙超将军，连夜带领八百步兵，跟随那偏将从间道杀上后山，自己整务马步兵，在山下等候，同时进攻。
　　王龙超领了军令，带同步卒，暗暗抄到后山，从那仄径爬上山去，效法古时邓艾偷渡阴平的故智，竟被他爬上后山。已是天明，呐喊一声冲杀上来。亏得甘辉在昨夜曾请黑旋风阮武还百余名部下，巡查山头。天色已明，阮武正转到后山，一见清兵杀上，不觉大吃一惊，连忙一边鸣锣报警，一边挥动手中镏金铛，迎住王龙超，两下便厮杀起来。王龙超使一管点钢枪，很是骁勇，两下杀得难解难分。这时候张天禄也指挥清军由前山杀上，甘辉和朱世雄督领众人，紧紧守住。仇九皋夫妇闻信，也赶去协助，所以闹成一片喊杀之声。
　　英民起身，闻得这个紧急的消息，不敢怠慢，连脸也不及洗了，忙从壁上摘下纯钩宝剑，飞步而出。此时后山因为人少，清军很是得势，渐渐得寸进尺，越杀越近。英民知道前面有甘辉及仇九皋夫妇把守，可以无妨，还是后山要紧。立即飞奔至后山。见阮武正和一员清将鏖战，清军抄杀过来，势将不敌。遂舞动宝剑，大喝一声，跳过去，剑光一起，早劈倒了几个清兵，挥剑直向王龙超腰里刺来。王龙超见山上又杀来一个少年，相貌英武，剑光夭矫，知道不可轻视，也放出平生本领，把那一管枪使得呼呼的如疾风骤雨，抵住英民和阮武两人。英民奋起神勇，上下左右地将剑舞成白光一道，紧紧逼住。战了十余个回合，被英民使个蝴蝶斜飞式，乘势一剑挥去，那王龙超的一颗脑袋早已飞落地下。清兵见主将被杀，一齐心慌。英民和阮武遂冲杀过去，勇如猛虎，谅那区区八百清兵，哪里是他们的对手，不是死在剑下，便是伤在铛头。一霎时死伤了大半，只有一百余名，逃下山去。

英民见后山危险时期已过，便吩咐阮武仍率部下严守在此，一面连运檑木滚石防堵，自己又赶到前山。瞧见山下清军如蚁聚一般，纷纷望上仰攻，甘辉等正在半山关隘上守御。忙去告知甘辉说，后山的清兵已被击退，有阮武在彼防守。甘辉听说，心中略略放松，一心指挥部下将矢石抛射下去。清兵攻了一阵，不能占得半点儿便宜，士卒反多受伤。又得知后山偷袭的一支人马大败而归，折了一员大将。张天禄遂下令停止攻打，收兵回营。心中闷闷不乐，恰巧又有援兵赶到，士气稍盛，仍把九华山正面围住。

英民等见清军不攻回营，也就下令部下休息一番。甘辉仍嘱托朱世雄守住关隘，自己和英民及九皋夫妇回到山巅大堂上坐定，讨论应付之策。

英民道："小弟初到这里，未知清军实力如何。待到明朝，我们不妨下山搦战一番，以窥虚实，然后再定方法。"甘辉称是。

左婴听得要出战，更是大喜。撸掇双袖，向英民说道："这几天只守不打，实在累得我闷气极了。明天我愿第一个出战，把那些鞑子多杀死几个，也出出我心头之气。"

127

英民瞧着九皋笑笑，又说道："明天总请嫂嫂出马便了，但须听令，不可鲁莽从事的。"

甘辉乘机说道："贤弟调度有方，部下心悦诚服，此后山中军令，悉请贤弟主持，愚兄愿听调遣。"

英民道："啊呀呀，这是不敢当的。小弟不过附参末议罢了，焉敢当此重任？"

甘辉又道："贤弟文武全才，非贤弟不能当此。我们同心御侮，何必客气？"

九皋也说道："英民贤弟，我等都是手足一般，大事要紧，不必多自谦让。大哥之言，甚是有理，你又何苦推诿呢？"英民这才点头无话，表示默认了。

到得明晨，饱餐已毕，甘辉即请英民出令。英民微笑道："今天我要出马了，少不得要换装一下。"遂穿上长袍，顶盔贯甲，从兵器架上取了一支镔铁烂银枪。因他对于十八般武艺，件件皆通，而长枪尤为心喜，所以取枪使用。又佩上纯钩宝剑，果然威风凛凛，俨然当年三国时大战长坂坡的常山赵子龙一般模样。甘辉等都喝一声彩。

英民便吩咐朱世雄守后山，调出阮武来，下山搦战。九皋夫妇为左右翼，自同甘辉督率中军接应。牵过一匹白马，跨上鞍辔，和众人一齐杀下山来，鼓声大震。

清军见九华山上人马杀下，急忙列阵以待。这里阮武跨着乌骓马，挥动镏金铛，当先讨战。张天禄命偏将王云迎敌。王云舞起蘸金斧，把马一拍，来到阵前，和阮武厮斗起来。两人一来一往，大战三十余合。只听阮武猛喝一声，一铛把王云打落马上而死。

英民大喜，正想指挥部下乘势冲杀，哪知清军前队纷纷向两旁闪开，中间灰尘大起，有一队军士，装束奇怪，滚滚而来，如团团乌云，原来都是藤牌兵。当先一将，面如锅底，须如刺猬，袒着胸膛，露出黑茸茸的长毛，左手挽着虎头藤牌，右手舞着一柄阔背泼风刀，杀气腾腾，一齐向前冲杀，势如潮涌。阮武横着镏金铛，正待迎战，那将就地一滚，滚至马前，一刀砍断马蹄，阮武翻身从马上跌下。正在间不容发之际，左婴早已使开三截连环棍，三脚两步地奔来助战。喝一声"来将休得逞能"，举棍抵住泼风刀。仇九皋也挥动竹节钢鞭，跳过去救起阮武，帮着左婴，双战那将。

那将吆喝一声，声若巨雷。但见藤牌和刀光齐飞，骁勇得很，三人斗作一团。那些藤牌兵一个个都向这边滚杀过来，弓箭所不能拒。阵脚早被冲动。张天禄在后又指挥马队分两翼掩杀上前。英民因为自己儿郎寡少，深恐有失，急忙鸣金收军。九皋和左婴只得退下，英民和甘辉在后抗御，全队退上山去坚守。那藤牌兵还想冲上山头，山上早放下檑木滚石，才把清军击退。

英民等遂紧议军事，九皋道："清军哪里来这一队骁勇的藤牌兵？我们险些吃一个大败仗。"

英民道："我在阵上，瞧那黑面步将，端的骁勇绝伦，难以取胜。阮武哥哥的别号，可以移赠此人了。"

阮武也笑道："那厮果然厉害，我险些遭了他的暗算。明天我不骑马，须和他大战三百合，拼个你死我活。"

左婴也嚷起来道："此语爽快之至，还是阮武史说得不错，你们都称赞那个黑炭团，说他如何勇猛，但是我和人家一样生两手的，何必长他人威风，挫自己锐气？好好好，明朝我愿和他大战六百回，决一雌雄，不要你们一个人帮忙。"

众人说得高兴，独有甘辉静坐不语，好似沉思一般。良久才开口说道："我看力胜不如智取。在此山的东面有一葫芦谷，和此山通连。那里是一个死谷，外面瞧去，很觉宽广，其实里头愈走愈隘仄，只走得进去，却走不出来。我们只要明天先用诱敌之法，把那厮诱进葫芦谷，一边在山头埋伏下人马，急用檑木滚石堵住他的后路，可用乱箭把他射死，岂不美哉？料他们新到此间，不谙地势，一定要中计的。"

九皋听了，拍手笑道："大哥有此妙计，也是那黑炭团的末日将到了，我们明天准照大哥之计行事。"

英民也道："很好，既然有这一处绝妙的地方，大可利用。"说罢，又遣人去探听那清将的来历。这时忽见儿郎们进来，报称有一清兵前来下书。

英民吩咐传进，一会儿走进一个清兵，捧上一封书信，说是清军主将张天禄吩咐他送来的。英民接过，和甘辉等一同拆开展视，书上写着道：

　　窃闻顺天者存，逆天者亡。明室国运已颓，天心厌弃久矣。我大清整旅入关，代灭流寇。顺臣民之请，行仁义之师，定鼎燕京，奄有中原。而明室余孽，不知天命，尚犹负隅自固，螳臂当车，使人民益陷于火热水深之中。是以大军南下，势如破竹，义旗所指，靡不归从。市廛不惊，耕者不变，诚堂堂正正应天顺人之王师也。而尔等九华山诸人，尚欲弄兵潢池，夜郎自大，多见其不知自量耳。古云良禽择木而栖，贤臣择主而事。平西王吴三桂之弃逆投顺，可为明鉴。盖明珠投暗，宁非可惜？今本将军特开一面之网，体好生之德，倘尔等皆能倒戈来归，效命帐前，则尔公尔侯，皇朝当裂土分茅，同享宝贵之荣也。否则执迷不悟，冥顽不灵，大兵一至，同化虫沙，噬脐无及，悔之晚矣。开诚相告，唯执事实图利之。

张天禄白

英民看了，剑眉怒竖，把书一撕两半，掷在地下，说道："逆贼张天禄，当王某为何如人耶？我等岂肯降贼求荣？"

甘辉、九皋亦大骂不已。英民吩咐取过笔砚来，立即修书一封答之。其书道：

　　自古唯有断头将军，无降将军。我等皆黄帝遗胄，大

130

明子孙，岂肯屈膝降贼哉？满奴僭窃中原，攘夺君位，正志士所同愤，天神所不容。明室虽不幸颠覆，尚有皇帝，光复故物。各路义师崛起，不久当还我河山耳。吴三桂洪承畴辈，卖国奸贼，狗彘不若。汝等皆一丘之貉，靦颜事仇，行将遗臭万年。我等虽战至最后一人，亦决不降贼。齐田横有士五百人，同殉国难，窃慕此耳。当使我十万横磨剑，杀尽胡虏，以雪此耻。狗贼！狗贼！何必假仁假义，多此一举。汝头寄在颈上，不日即当悬首山巅矣！

九华山义士白

甘辉等看了，都说写得很好，也使他不至小觑我们。英民遂教那清兵带回去。到得傍晚时候，探听的人回山复命，说那黑面步将复姓上官，单名一个杰字，是洪承畴麾下的宠将。此番特地奉命前来援助的。在他部下共有三百名藤牌兵，都是善战的健儿，战无不胜。我们须得仔细防备的。

英民听说，挥手命他退去，回头对甘辉等笑道："好一员勇将，明天便见他有勇无处使了。"众人也都笑笑。真是：暗排金钩钓海鳌，专待人家上牢笼。

原来那上官杰是山东沂州人氏，本在明将高杰麾下。清兵南征时，高杰借着他抵御清兵，屡立功绩。洪承畴见他骁勇，十分心爱，便用了反间计，使高杰生疑，激他反变。遂遣辩士去做说客，饵以厚禄，方才能把这位虎将投顺帐下，供自己驱遣。

到得次日，众人聚集堂上，共候英民下令。英民便对甘辉等说道："今日虽照大哥的设计行事，但是略有些更变了。因我瞧上官杰骁勇绝伦，是一员虎将。把他活活乱箭射死，未免可惜。所以我想把他生擒活捉，回到山头用好言劝他反正，一同勠力王室。倘然他不能听从良言，再把他杀死未迟。"

甘辉和九皋一齐点头道："很好，惺惺惜惺惺，好汉惜好汉。照此办法便了。"

于是英民便请阮武、仇九皋、左婴三人，率领三百儿郎，当先下山搦战，如遇上官杰，只许败不许胜，须将他诱至葫芦谷中，将他后路截断，然后用车轮战方法，战得他气力穷尽，再以乱箭恫吓，逼他投降。如若不从，把他生擒为妙。

左婴听了，喜得伊眉飞色舞，在众人面前大嚷道："今天须让我战一个酣畅了。任那黑炭团勇猛无匹，我必要把他生擒，才算我的厉害。"

英民又吩咐山上的两个头目，一个名唤刘三来，一个名唤李四立，带领三百名弓弩手以及檑木滚石，埋伏在谷口，等待清将进入谷中，先用木石把他后路堵塞住，再用弓箭威吓，相机行事，听九皋的命令。又请朱世雄仍旧在山上坚守，且命后山遍竖旌旗，故作疑兵，以防清兵来袭。自己同甘辉各率三百人马，分作左右翼，随着九皋等三人下山。等到他们诱敌过去，抵御清军前来救援。

众人见英民调度有方，更是钦佩，各奉着命令下山行事。甘辉又叮嘱九皋等三人，说明葫芦谷后有一条小径，在黑松林之后，如若上官杰桀骜难制，他们可以从此路暗暗上山，吩咐李四立等只用乱箭把他射死了。九皋等各自记好，带着儿郎首先下山。阮武因为昨天吃了亏，不甘认输。今天英民仍教他和上官杰作战，更是高兴。他此次不骑马了，举着镏金铛，步行来到阵前，指名要上官杰黑炭团出战。

且说张天禄因见九华山人马并非他种草寇可比，都是有用之材，很想把爵禄去招抚他们，好使自己多一劲旅。所以特地修书，差人上山前去劝降。不料反接到英民的一封书，把他痛骂一番。心中又气又怒，正想如何攻上山头之法。听得那边反来挑战，怎肯示弱？遂命上官杰出战，自己带领大小三军，亲出接应。

上官杰一生只喜厮杀，一天不打仗便觉没趣。昨天因为没有战得一个畅快，周身不舒适。所以他一声得令，带了手下三百名藤牌兵，冲出营门。见阮武果在那里等候，一见上官杰，便指着骂道：

"黑炭团，来来来，今天我和你大战三百合，看谁的本领厉害。"

上官杰更不答话，舞起泼风刀，火杂杂地直滚过来。阮武接着，铠来刀往，虎斗龙争，大战五十余合，阮武因为有英民的命令，所以不敢恋战，大叫一声："黑炭团，果然骁勇，你家爷爷杀你不过！"虚晃一铠，回身退走。上官杰正杀得性起，岂有不追之理？遂飞也似的追赶上来。

早有仇九皋抡起竹节钢鞭，上前拦住，说道："黑炭团，且莫逞能，有我在此！"上官杰双目圆睁，一刀便向仇九皋头上砍下。九皋举鞭迎住，两个又是恶战起来。九皋的一根钢鞭，使得有风雨呼呼之声，但见鞭影，不见人身。上官杰的藤牌展开来，周身都是团团的圆影，刀光霍霍，时时刺向鞭影中，所以九皋一些儿也不能近他之身。这样战了八十余合，九皋也是虚晃一鞭，跳出圈子，说道："老爷杀你不过了。"回身便跑。

上官杰大喝一声："草寇逃到哪里去！"紧紧追来。三百名藤牌兵，见主将追敌，也就紧随在后，一同前追。看看已转过九华山麓，望南而去。

张天禄在阵前见上官杰追敌，恐防他受人暗算，便指挥部下，上前去接应。这时英民和甘辉两队人马已下山，接住清军厮杀。英民见清军众多，若然混战，没有便宜可占。遂把马一拍，右手使动烂银枪，左手挥着纯钩宝剑，直冲入清军阵中。但见枪到处纷纷落马，剑起处滚滚飞头。清军不能抵御，任他一匹马杀去，如入无人之境。甘辉见英民闯阵，恐他有失，也挥动双刀，杀入清军阵里。两人真像生龙活虎一般，直冲到中军阵地。英民望见帅家旗下，张天禄正立马观战，便大喝一声，杀将过来，径取张天禄。慌得张天禄回马奔，急急吩咐左右，连放乱箭。一声梆子响，箭如雨下。英民把枪使开，箭头碰到枪头，纷纷落地，一箭也没有射中。甘辉也早杀到，部下六百儿郎即一齐杀上。张天禄见二人厉害，连忙退军十里，用强弓硬弩射住二人，不放他们再杀上来。英民见清军已退，也取稳健态度，和甘辉会着，收集儿郎，自回山去。却放不下葫芦谷里，不知做何光景，上官杰可曾中计。随即亲和甘辉前去瞧看。半途却遇见九皋来了，背后还随着上官杰和三百名藤牌兵。心中不觉一喜，忙上前询问缘由。

原来仇九皋佯败，把上官杰诱进葫芦谷。上官杰贪功心切，好勇心胜，只管穷追。一霎时仇九皋闪入林子里去了，却见对面早跳出一个十分丑陋的黄发傻女来，大叫道："黑炭团，不要逞能！俺老娘却不怕你来。来来来，我和你大战六百合。"这正是左婴了，抡动三截连环棍，飞也似的跳过来。

上官杰也道："哪里来的丑丫头！不是来送死么？"便接住左婴大战。好左婴，把那连环棍使开了，左一棍右一棍，上一棍下一棍，一连六十四棍，使出伊的看家本领八卦棍，好不厉害。换了别人，早被伊打走了。但是上官杰仗着他的藤牌，把全身护住，一棍也打不到身。眼看战到一百合，左婴大喝一声："黑炭团，老娘战你不过了，休得追来！"虚晃一棍，拔步便奔。上官杰哪里肯舍，依然追来。到了谷口，左婴又回过头来，对上官杰说道："来来来，我和你到谷中去再战一百合。是好汉的不要走。"说罢，一溜烟地跑到谷里去了。

上官杰瞧谷口形势空旷，谅来也没有危险，便接着说道："谁来怕你！"也追入谷中来。三百名藤牌兵跟着进谷，早见阮武横着镏金铛，立着等候。说道："黑炭团，你来了么？来来来，再和你大战一百合，也让你死而无怨。"

上官杰被他们"黑炭团"骂得够了，心中怀着愤怒，使开泼风刀，直滚过来。两人接着便斗，又战到六七十合，阮武又是虚晃一铛，回身便走。上官杰喝道："不要走！"紧紧追上。

却闻松树后有人嚷道："黑炭团，今天你上了我们的当了，管教你有来无还。"说罢，跳出一个人来，扬起竹节钢鞭，正是仇九皋。上官杰怪眼怒睁，一声儿也不响，向他举刀便砍。此番仇九皋放出平生本领来，和上官杰虎斗龙争，大战一百余合，不分胜负。

此时山上一声呐喊，早放下檑木滚石，把谷口堵塞。阮武立在山上拍手笑道："上官杰，你逃到哪里去啊？来来来，再和你战一个酣畅。"

上官杰大怒，丢了仇九皋，直望山上奔去。可是怪石荦确不平，很不容易行走。旁边早又闪出左婴，喝道："黑炭团，此时还不归降，死神在你的头上盘旋了。"上官杰回身接住左婴，大战起来。又战了六十多合，左婴退去，九皋上前迎住。

上官杰足足战了五六百合，虽属骁勇，怎当得左婴等都是天字第一号的有本领之人，至此也觉筋疲力尽，支持不住。要想退走，谷口又已截断，三百名藤牌兵赶来援助时，山上一声梆子响，早闪出二百名弓弩手，一齐把箭搭在弦上，再待号令便放。上官杰一个心慌，被九皋乘势一鞭打在腿上，不觉推金山倒玉柱般跌倒在地。

九皋忙将他扶起，说道："足下是一位英雄好汉，我们都很佩服。只是足下何苦去做那满奴的走狗，代他们出力，杀害自己同胞？须知我们都是大明朝的子孙，岂肯靦颜为亡国奴隶？现在我们守住九华山，一俟鲁王人闽中出兵，我们也起义师响应，驱逐胡虏了。你有此很好的本领，何不和我们一起为国出力呢？还有一句话，须对你说明，现在你若不归降我们，那么你的后路已绝，欲归无门。只消我一出号令，山上乱箭放下，你同部下人都死于此谷了。孰吉孰凶，何去何从，请你快快想一想。"

上官杰听了九皋的说话，心中不觉大为感动，便道："你们都是英雄，我也是大明子孙，情愿和你们一起扫除胡虏便了。"

上官杰方才说罢，早听背后林子里哈哈大笑道："上官杰不愧是个识时务的俊杰。如此请随我们上山吧。"

上官杰回头看时，见那个傻女又跳将过来，仇九皋便代伊介绍，始知便是九皋的夫人，左葆康将军的女儿。上官杰以前也认识左将军的，所以一说便熟。九皋又吩咐山上弓箭手退去，上官杰也将意思告知部下，部下都愿归从，并无异意。于是九皋夫妇引上官杰等一伙人，从小径上山，阮武接着，一同绕道出了谷口，回转山头。途中凑巧遇见英民、甘辉，九皋遂把谷中战争经过的情形，略述一

135

下，且引上官杰和英民、甘辉相见。英民见上官杰果然归降，不胜喜悦，又安慰数语，一齐回山，设宴款待。三百名藤牌兵，都有酒肉吃喝，营帐居住，士气十分旺盛。这夜众人尽欢而散。

次日早晨，英民即预备攻击清军之计，因为朱世雄久未出战，故请阮武守山，将人马分作六队，甘辉领第一队，左婴领第二队，朱世雄领第三队，上官杰领第四队，仇九皋领第五队，自领第六队，每队三百人，用蝉联攻法，好使清军应付不及。

英民出令已毕，众人正要出战，忽然探子报到，山下大队清军已于昨夜撤退，只留下数座空营了。甘辉道："他们已不战而退么？便宜了张天禄那厮。"

左婴早嚷起来道："他们必然走得不远，我们何妨追上前去，厮杀一回？休要便宜他们。待我第二队做第一队，快去追赶。"

英民摇手说道："仇嫂勿躁。那张天禄能征惯战，也是名将，他这番退兵，决有预防，你看他这样神速地退去，可以窥见一二了。我等倘然追赶，必中埋伏，岂非反遭损失？不如由他们去吧，我们且把这山守住要紧。"

左婴还要说话时，九皋抢着道："英民弟说得不错。古语说得好，'穷寇莫追'，又云，'困兽犹斗'，何况整整齐齐的军队呢，岂可小视？我们如何稍稍部署，再想别法。"

甘辉道："两弟之言甚是。"遂即请朱世雄守前山，阮武守后山，按兵不动。左婴见自己的话被他们遏住，便愤愤地踅开去了。

英民坐着和甘辉闲谈，隔了不多时候，忽然仇九皋急急地跑进来，说道："左婴不见贤弟之言，私自下山追敌去了。如何是好？"

英民追问缘由，九皋答道："方才我回到里面，不见左婴，便去寻找，有人说伊带了军械往前山去的。我急跑至前山，不见了桃花岭上原来的二十多个女兵。一问朱世雄，方知内人带领女兵下山追赶清兵去了，世雄兄正要来通报呢。内人性子倔强得很，任意孤地，可恨之至。"说罢把脚顿了几顿。

英民道："仇嫂真有些傻了。伊自恃勇敢，轻兵追敌，一定要中

136

张天禄之计。我们岂能坐视？不如我和九皋兄追去救援。"

九皋点头道："好的。"

英民遂取了长枪，命左右牵过坐骑，和九皋各自跨上战马，率领五百儿郎，下山救援。又请甘辉同上官杰率领三百藤牌兵在后策应。于是他和九皋首先跑下山来，率领人马，一路追赶上去。早闻前面林子后隐隐有喊杀之声，二人把马加上一鞭，跑过林子，方见许多清军围成一簇，正在厮杀。二人大喝一声，带领儿郎冲入围中，瞧见左婴和二十多个女兵，围在垓心，有四员清将战住伊，杀得左婴汗流满面，正在危险之际。

英民猛喝道："仇嫂勿慌，我等来了！"把枪紧紧使开，一个神龙取水，一枪把一员清将挑于马下。九皋也挥动钢鞭，战住二将。左婴见自己山上有人马来援助，不觉勇气陡增，卖个破绽，让清将一刀砍来，侧身避过，举起连环棍，劈着扫去，早打得那清将脑浆迸裂。此时清军大乱起来，英民一边厮杀，一边招呼九皋夫妇，一齐努力，杀出重围，收集部下，缓缓向山上退去。英民独自挺枪跃马，在后抵御。清军遭此无意打击，又见英民神勇，不敢追赶，也就收兵而返。

英民等回到山上，检点部下，只折了三个女兵，四五人受伤而已。英民遂劝诫左婴，以后不要再鲁莽行事，致误军机。左婴笑笑，无言而退。

原来张天禄因为九华山战士实在厉害，自己麾下虎将上官杰又投降了山上，在此苦战无益，还是早日攻下绩溪要紧。想定主意，遂在当夜立即将全军撤退，又恐山上有追兵前来，所以在林子里埋伏下两支人马。果然左婴冒险追赶，中了埋伏，被他们重重围住，不能脱身。方想能把左婴生擒，谁知英民和九皋杀来，救出左婴，安然还山。自己一边反丧了两员战将、许多人马，更是说不出的愤恨。只得回转绩溪，和洪承畴的大军会合，把绩溪攻陷。此事与本书无关，故不细表。

且说英民在九华山上，自清军退去以后，便极力整顿军纪，招兵买马，以厚实力。便有许多义士和明朝的溃兵来归，有了三四千人马。只因清军已攻下皖浙，大军云集，所以只求自保，无机进攻。专待闽中出兵，可以响应。

一天，英民在山上巡视，独自憩坐在石上，这时已在初冬，风寒木落，山景凄清，又是一番景象。远远地听得几声鼓角，似挟有哀怨之音，不禁使他想起琼珠来。望美人兮天一方，徒增无限相思。何时能得河山奠平，室家团聚，真是渺茫得很。心中未免怅然。

便在这天夜里，忽然梦见老钱跑到山上来报信，说琼珠被段人龙抢去做妻子了，自己无力抵抗，只得跑到这里来，请他去救女儿。英民闻得这个消息，怒火上烧，拔出剑来，大声说道："段贼胆敢作恶不悛，我不把他一剑两段，非丈夫也！"剑光一挥，却不知怎样的把老钱的头带了下来。不由一阵惊慌，睁开眼来，乃是一梦。越想越觉得是不祥之兆，下半夜竟没有成眠。

次日起身，便觉得没精打采，只是思念琼珠，暗想：段人龙和我结下冤仇，况且他一心觊觎琼珠，难保我走了，不有意外之虞。深悔自己当时太大意一点儿，不曾把琼珠带走，或是安排妥当。想到这里，背上似有芒刺，坐立不安。

过了两天，再也忍不住了，便和甘辉、九皋等说明，自己要去碧云村迎接琼珠到山上来住。不致两地遥隔，大家放心不下。甘辉等十分赞成，九皋又和他说了许多打趣的话，英民却没有心思对答。左婴听得琼珠要来，自己将有女伴，更是高兴。

英民即于次日束装动身。临行时，甘辉等又设宴饯行，盼望英民接了琼珠，早日还山。英民也叮嘱甘辉等，请他们防守山头，秣马厉兵，静候时机。现在清军势盛，切不要轻举妄动，自取其祸。甘辉等自然答应，大家握手珍重而别。

英民离了九华山，星夜赶奔碧云村。其时清军已攻下全浙，大好河山尽染腥膻之气，心上很是伤感。一路晓行夜宿，也不必絮烦。

单说他从鄞县雇了一只小船，向碧云村进发，为了急欲去见琼珠，吩咐船家，星夜赶路，并不停留。那天正在下浣，可是阴霾天气，四下十分昏暗。英民坐在舱里，因着心事重重，一时也睡不着，时时问船家离开碧云村还有多少路途。那船家也是一个糊涂汉，一会儿说只有十多里，一会儿又说还有二十多里，实在昏夜中一时也辨不出地名，英民只得闭目养神。

忽听远处有水声呼呼而来，想是有船从对面摇来，便张眼前望，见船头正对处，有一只小船很快地摇来，船上只有一盏灯，比自己舱里那盏灯还小，也瞧不出那船上有几个人，是何行径。英民是走惯江湖的，不敢怠慢。坐了起来，把剑放在身上。这时候前面的船已摇近来，船家忙喊前面的船摇向橹后些，快要撞了。那前面的船家似乎是耳聋兼瞎眼，非但不听他的话，反而摇近这里。顿时两个船头一碰，这里的船一侧，几乎打翻。英民也吃了一惊。

船头上早跳上一个汉子来，手里执着一把三尖两刃刀，钻进舱来，恶狠狠地对着英民道："识相的留下血来。"

英民知那汉子是个水贼，便笑嘻嘻道："你要我的钱么？我是很愿意送些给你的。只是我朋友不答应。"说毕，也掣剑在手，这么一撩，把那汉子手里的刀削为两截。汉子见不是好惹，急忙返身出舱，向水里跳去。这里是海边，水还不深，但是英民不惯浮水的，追到船头，只望着水里，呆瞪着不敢跳下去。觉得这船顿然不稳定起来，急忙蹲下身子，向左右察看。看汉子在左边探出了头，要想挥剑去斩，却又没下水去了。一忽儿又在右边搅浪拨水，把剑右边劈去，又劈不着。好似身上生了个虱子，左摸右摸，只是摸不着。

那汉子见英民左右照顾周全，一时也难以得手。他就下了一个狠，把小舟兜底翻了一个身。这时英民已有预备，等他把船推动，扑的一声，跳到那盗船上去了。那汉子没有知道，费尽气力，把船推翻。心想英民一定给船反合在水里，便向船下去捞摸。捞摸了好久，只是不见，很是纳罕，探出水面来张望，见英民安然蹲在自己的船上。心想这人本领不小，计策也出我之上。倘然尽管这般，我东他西，我西他东的，到天亮也不会成事的。在冰冷的海水里，已有半个时辰，也有些耐不住了，索性出水和他较量一下吧。

139

当下便扳住了船沿，翻身立在船首，要想跳过去和英民厮打。争奈刀也失了，手无寸铁，如何抵挡？那时英民倒跳过船来，一个狮子扑兔式，把汉子兜头一扑，船背上到底立脚不住，两人一齐倒下，英民的剑也落在水里去了。大家用手扭头扳颈地乱打，打了一会儿，汉子渐渐支撑不住了，便狂喊："英雄饶命！"

英民本来想处死他，为海面除了一害。因着自己于水性不惯，看汉子也是一个有水面功夫的，将来自有用处，不如收留在身边吧。当下便把手一松，放他坐起来道："你若要我饶你性命，有两个条件。"

汉子应道："不要说两个条件，就是有两百个条件，我也肯依。"

英民道："第一个条件，我那船家落在水里，不知死活存亡，你去找来。就是死了，也得还我一个尸首来。"

说到这里，忽地船底下钻出一个人来道："我在这里。"原来那船家是惯伏水性的，他伏在船下，听见上面在那里讲话，知道不打了，才探出头来，就听得英民的话，他更放大了胆，钻出来了。两人见状，倒不禁好笑。

英民道："第二个条件，你以后不可再干此勾当。须知大丈夫有了本领，应该为国家出力。为什么做此损人不利己的不名誉事来？并且我有一个去处，可以带你去，你可肯去？"

那汉子急忙叩头道："那是再好没有了。想我丁二从小父母双亡，无业可营。仗着有浮水三昼夜不死的本领，专一在水面上做些买卖，糊口度日。今天见英雄智能双全，又是仁义兼具，我早有永随左右的意思，只是不敢出口。既然英雄肯提拔我，那是重见天日，再生父母了。天下哪里还有这呆汉，不肯依从呢？"

英民道："如此甚好。"

丁二道："我很荒唐，还没有请教尊姓大名。"

英民依实告了他，丁二道："小子冒昧，把船翻了。不知道船上有什么东西，待我去寻来。"

英民道："不有什么，只是我的宝剑失去了，非常宝贵的。"

丁二道："这个容易，请你们到我船上去坐坐。"说毕，跳下水去。

英民和船家到了丁二的船上，不多时，见丁二把船翻转来，一样样的东西从水里摸出来，一丝一毫也没缺少，只是衣服被褥全浸湿了。英民道："你的本领确是不小。怎么水中看物如此清楚?"

丁二道："说也惭愧。江湖上提我一个绰号，叫作水蛇神。说我的眼睛和小蛇一般明锐。"

英民接过宝剑，又道："我这回是要到碧云村去，接我的妻子。你可以同去。"

丁二道："我前几天听见有人说，碧云村给海盗抢劫一空，不知道是不是事实。"

英民一惊道："倘然真确，琼珠休矣!"因此心上更是惊慌，便问丁二道："你的船是自己的么?"

丁二道："是的。摇船的也有一些小本领的，只是喜欢喝酒，喝醉了就干不成什么事。人家便唤他醉蟹何大。"

英民道："这人我用不着。"便从身边摸出些碎银来，交给丁二道："我打发他另行谋生去吧。"

丁二走到后舱，去唤何大。见何大正在那儿喝酒。丁二道："你好写意，人家性命险些送掉，你也不帮我的忙，倒在这里舒服?"

何大斜乜了醉眼道："你不要装假，哪一次不是满载而归? 我不来分你的血的，你放心吧。"

丁二道："我如今不干这买卖了。我给你些银钱，你另寻正常的事业去做吧。我要和你分手了。"

何大也是无可无不可的，伸手接了碎银道："这船是送给我的了?"

丁二道："好好，总算你跟了十多年，也是一个纪念呢。"当下还到舱里和英民说了。三人一起走过英民的船来。船家要偿还他的损失，英民也给了他些钱，那船家很高兴地摇去。摇了很远的路，还隐约听见那何大喊着丁二道："老丁，将来得发了，不要忘记我这醉蟹，给我喝一个痛快，便死了也甘心咧。"两人直笑起来了。

在船上，丁二又把以前在水面上的生活讲些出来，英民倒减了些寂寞。便说："你的名字很不雅观，我替你改为丁义兴可好？"

丁二快活道："妙极妙极！我丁二从此可以兴起来了。"

从来说得好，无事一日成两日，有事两日成一日。两人谈谈笑笑，不觉天色已明，晨光熹微中间，早望见前面一抹青痕，隐约有屋舍林木，知道已去碧云村不远。又摇了一个多时辰，碧云村到了。英民道："我先上去，你且在此相候。"说毕登岸。恰这老钱立在岸边，怅望天涯，苦念他的女儿，不知生死存亡，心中十分伤心。见英民到来，便把海盗行劫，将琼珠劫去的事，讲个详细。在第一回里早已细写，不必赘述。

英民得知天台山白云庵里的无碍和尚，知道闹海神蟒的踪迹，所以立刻就要上天台山去。辞别老钱，跳还船里，和丁义兴说知。丁义兴道："这条水道，我倒很熟悉的。"英民和船家讲明了船价，便兜转船头，向温州天台山行去。一路无话。

到了天台山下，吩咐丁义兴在船守候，他单独带了些干粮，背了宝剑，走入山中。路上遇见了一个樵夫，问他白云庵在哪里，那樵夫只是摇头，说不知道。问了六个人，都说没有听见过这个庵。后来在山上一所小庙里，问一个苦行头陀，才知道这白云庵在山的顶上呢，可是什么无碍和尚却也不知道有没有这个人。英民心想，既然有了白云庵，就有一半希望了，便用了加倍气力，走上山去。

这天台山上，半山没有修整的道路，只有一两条草径，有的地方要攀住了石角爬上去的。所以异常费力。看看天色已晚，还不见白云庵的所在。又走了许多路，已是日落崦嵫，几乎觅不出路径了。忽听木鱼声响，知道已不远了。紧走了几步，果然在山凹里有一所庙宇，结构较小。走到门口，双门紧闭。英民在门上叩了三下，里面有人问是谁，英民道："我是来访问一个修行的大师，天晚了，要借宿一宵。"

不多时，有一个和尚开门出来，向英民上下打量，仔细问明来历。英民随口说了些谎，到了里面，也不暇细看光景，便问这里可有无碍和尚。那和尚起初摇头推说不知，英民再三恳请指示，那和尚道："无碍师本来确是在这白云庵候选的，后来因着外边知道他的太多，常来缠绕不清，因此便离开此地了。"

英民道："啊哟，真是无缘极矣。可知他现在到哪里去了？"

那和尚道："他临去的时候，千叮万嘱，不许我告诉他人。我若违背了他的诚示，我将来哪里好见他呢？"

英民道："我这回访问他，并没有什么啰唆，只是我和他以前有些世交，我也奉了他人之命，来此探望他一回，我见了他，不多耽搁，就要还去，决无碍于师父。"

和尚道："就是我告诉你，你也不能去啊？"

英民笑道："我平生没有一个难字，尽你天涯地角，我都能去。至于山路峻削，更不在心上。请说吧。"

和尚道："那无碍师在这天台山最高最险的地方，结一个茅棚。这地方离开这里还有三十多里路，都是荒径，并且虎豹猿熊遍地皆是，除非你烧了百跪香，才得上去。"

英民道："什么叫作百跪香？这里可有买处？"

和尚笑道："香是寻常之香，庵观寺院哪一处没有？不过你烧了香，走一百步路，就得对山下跪，至诚顶礼，中间不可间断。倘然能够坚持到底，力行不怠，那些毒蛇猛兽就为山灵制服，不来损害你了。这也是至诚格天的意思。"

英民道："这个容易，我明天就去走一遭看。"

和尚合十道："善哉，善哉。"那时小和尚已端出来夜斋来，和尚邀英民同食。英民谢了，吃一个饱，就在和尚的禅房里榻上胡乱睡了一觉。

起来时已经红光满天，和尚道："这是天台山的奇景，和别的地方的日出不同。"

英民因着心事重重，也无心观赏。就是昨天上山经过许多悬崖飞瀑，古树奇峰，也只视为平常，丝毫没有兴会去流连欣赏。因此只唯唯答应，并不向天细看。吃了早斋，向和尚讨了几束香，揖别出门。那和尚送到门关，约莫把路径指点了些，又是殷勤叮嘱，一路小心，不要忘了百步下跪的事。英民谢了，依话行去。当真走了百步，对山下跪。一路上并无可疑之处，并且所经的山径反比将近白云庵的一段来得平坦，便有些怀疑，以为这些和尚只是故神其说，耸人听闻，我倒要试试不跪了，看有什么妖魔出来。

当下走的四五百步，只是不跪，觉无动静，虽是越走越高，并不险峻，自笑上了和尚的当，便把香抛在路旁，大踏步走上去。走了六七里，有些乏了，坐在路旁一块大石上，摸出干粮来充饥。忽见前面山岩上跳下一个人来，身上赤裸裸的，只腰际紧围了一块青布。仔细看时，并不是人，却是一个白猿。他便把干粮塞在怀里，把背上宝剑抽出来，准备和它厮杀。那白猿张开了血盆大口，凸出了铜铃双眼，两手举起了铁钯，一边怪啸，一边向英民直扑过来。那时英民已立起，摆下了坐马势相持。白猿手足轻捷，只是怕那宝剑的锋锐，不敢近身，向英民左右前后相扰。英民四面应付，把身子旋转得像风车一般，倒觉得头脑有些昏了。要想用一用狠劲，把白猿身上刺着一刺，争奈白猿非常狡狯，总是若即若离，不给你刺着。英民心想，和人相斗倒没有这般的困难，他便想出一个计来，在身边摸出半个馒头，向白猿晃了一晃道："看金弹！"说毕向白猿的下部掷去。那白猿认作是真的金弹来了，略略俯下首去看时，早给英民一剑飞来，在肩上削去一块薄皮。白猿受了痛，长啸一声，舍去英民，飞也似的奔上山去。

英民就照着它所走的路上去，又走了两三里。见前面有两个人在那里引头探颈地张望，定睛看去，一个就是方才败走的白猿，一个是黄猿。心想，一个白猿已煞费对付之力，现在它又添了助手，更困难了。但是到了这里，不能再畏首畏尾了，便鼓勇上前。谁知那白猿、黄猿见他走近，便折身退上山头，似乎并不想报复。英民也就放了胆，紧紧地追上去。

这一段路真的其险万分，没有路径可循。都是从乱石上曲曲折折地搭上去的，那些乱石大半是从大石上碎裂下坠的，倘然脚下用力大一点儿，那乱石便会滚下山去。这时候的人就有失足的危险了。有几处是两个断崖上面，只有一株大树，要从树上爬过去的。说不定树干受不起重，折断了，人便从断崖上跌下去，大概也有十多丈的深吧。袁子才做的《游黄山记》说是托孤寄命，置生死于度外，假使他到了这天台山来，恐怕连他的胆，都要吓碎了。

闲话少叙，且说英民随着二猿曲折登山，为着恐怕迷失了，想跟着二猿而走，一定有一个归宿之地。因为看那二猿很有灵性，好似经人训导过的。那白猿居然有些拳法，更不像荒山里的野猿。或者跟着它们，倒可以寻着茅棚，也未可知。因此他紧紧追随，无如猿行迅速，总是追赶不上。走得汗流浃背，正想歇息一下，忽然上面有人喊道："这回辛苦。"倒吃了一惊。仰首望去，见一个和尚，立在山崖之下，心想这和尚一定是无碍和尚了。

走到上面，原来是一片平地，有几株大可数抱的大树。大树中间，有一草舍，那和尚立在大树的前面，长须飘拂，意态潇洒，似仙似佛，不觉油然起敬。那时二猿已在和尚左右侍立，厥状甚恭。

英民走到跟前，唱一个肥喏道："师父就是无碍和尚么？弟子王英民有礼了。"

和尚道："罢了，罢了。你的够交情已知道。且到茅棚里坐坐再说。"

看官，可知道这无碍和尚有何潜力？能预知英民的到来？此事甚长，待在下约略道个明白。

原来那无碍和尚自幼得能师传授武艺，可以力敌万夫。在两浙一带，借着贩盐为名，不知道救了多少苦难的人，除了多少土豪恶霸。后来觉得尘世恶浊，大有厌弃之心，便放下屠刀，入山剃度为僧。起初在白云庵苦修。这天台山上有黄白二猿，时常出来残害行人。无碍和尚万分悲悯，便运用智力，把二猿收服。二猿很有灵性，愿意侍从无碍和尚，听他指挥。无碍和尚觉得白云庵尚非绝境，仗着有二猿护卫，便上绝顶结茅，那白云庵就交给他的徒弟住持。他

145

专心一志，在茅棚里苦修。二猿每下四下去采些天生的果物来充饥，无碍和尚已修炼得可以不食人间烟火之物，所以精气神更是清静纯洁。为着他先前在江湖上很有些名望，恐怕有人来寻他，不能断绝俗缘，所以叮嘱白云庵的徒弟，假托危言，好教寻常人知难而退。他还吩咐二猿，不时下山巡查，遇见有人上山，先去吓他一吓，不许它伤人，只消把来人的模样本领，来详细报告。倘然是认为有意思的，便引他上来，与他一见，以了因缘。倘然没有毅力，没有信心，没有本领，没有根基的，早给二猿吓下山去了。

那英民上山，和白猿厮缠了良久，白猿知英民一定有些来历的，急忙还上山来，报与无碍和尚知道。二猿虽不能作人言，可是指手画脚，种种表示，无碍和尚鉴貌辨色，能够明白它的意思。知道英民如此不辞艰苦而来，不能不许他一见。并且推想英民定是一个英雄好汉，寻常人绝没有这般毅力、这般信心的，便吩咐二猿去引他上来。他在山崖之下，早已瞧见英民走得气喘汗流，并且英爽之气，露于眉宇。早生了爱才之心，所以禁不住说出那句"这回辛苦"的话了。其实他也没有知道英民的来意。

当下两人到了茅棚里，席地而坐。白猿送上一瓢清泉来，英民喝了，心神立定，便把来意说了出来。无碍和尚拈着长髯道："咳，这畜生尽是造孽，不能曲恕了。讲起闹海神蟒余腾蛟，也是我的徒弟。我那年在舟山群岛和倭寇相斗，杀死了东海毒龙平山英士，把他的羽党都赦了，他们就此立誓散伙。那余腾蛟也是羽党之一，他紧执要拜我为师。我见他本领很好，不忍拂他的意，就收为徒弟。我常带着他在海边往来，他的见识便广了许多，江湖上好汉也认得不少。后来我入山修行，要带他同来，他却不肯。我便叮咛反复地劝导他，无奈根器浅薄，只是不悟，我就独自入山。临行时又反复叮咛，教他弃邪归正，将来为国效忠，可以稍赎前愆。不料他倒行逆施，至于如此。可怜亦复可恨。至于他的踪迹，我有一张地图，可以指示，大抵不出此范围的。"

当下在他所坐的蒲团下面，抽出一个纸包来，里面都是地图，中间拣了一张出来，展开在膝上。英民去看时，见图上所绘的都是闽浙沿海之地，其间岛屿星罗，上面加着奇奇怪怪的符号，一时也不便细问。无碍和尚一壁指着，一壁告诉他路径和岛屿的面积、海水的深浅，哪里可用小艇，哪里非用大帆船不可，哪里有他的羽党，哪里他有宝藏，这样走有多少路，那样走可以近些，说得明明白白。英民一一记在心里。

无碍和尚道："你既然以身许国，有志匡复汉室，到了那里，只除首恶，其余羽党不少，可用之材正好收为己用，或者有一臂之助。"说时，已把地图折好，仍旧放在蒲团之下。

英民道："依师父看去，大明江山还有来苏之望否？"

无碍和尚叹了一口气道："成事在天，谋事在人。你将来倒有一番事业可做。可惜……"说到这里，就不说下去了。

英民也不敢多问，转了一个念，说道："师父修行成正果，只是独苦其身。既然有天大的本领，为什么不替苍生造福？如今胡氛四扇，神州有陆沉之惧，天下兴亡，匹夫有责。师父何不再入红尘，把胡氛扫尽，然后功成身退，放下屠刀，立地成佛，岂不两全其美呢？"

无碍和尚微笑道："他日你我或有再见之缘，此时未便同你下山。好在江南虽小，不少英雄，也用着我这懒残头陀啊。"

英民又问道："黄白二猿，受了师父教化，已去人不远。不知师父将来何以处之？"

无碍和尚道："将来自有分晓，此时不能言明。大约它们的归宿和你们差不多呢。"

看官，这个哑谜非但英民当时急欲知道，就是在下也忍耐不住，必得先在此说个大概，好教看官放心。

原来日后鄞县的举人张煌言奉鲁王令在天台绵延明祀，屡次上山，要请无碍和尚相助。无碍只是不依，因他忠心耿耿，不忍拂其好意，便派黄白二猿下山，在他军营中侦探敌情，建了不少功绩。后来张煌言兵败，鲁王晏驾，也在悬山岙上结茅修行。清兵捉到了他的旧部梅国材，知道底细，三番四次到悬山岙去捉他。幸亏二猿机警，常常躲在树上瞭望，那清兵的船在十里以外，它们已经看见了，便哀啼婉转，教煌言准备，总是不能捉得。有一回，那梅国材在半夜时分，从岙后荒弃攀藤缘葛而上，二猿没有瞧见，煌言就束手就缚。临去的时候，二猿还拉住了煌言的衣服不放。国材举刀欲杀，二猿才放手立在岸边，眼看煌言的船去远了，哀鸣数声，跳入海中而死。殉国捐身，一样的流芳百世，所以说是和你们差不多啊。

当时英民见无碍和尚隐约其辞，也知或是天机不可泄漏，便撇开这些事，问他的起居动静。无碍和尚领他走出茅棚，向山后望去。见野蔬山果，累累可摘，笑道："这是老天赐我的天厨，取之不尽，用之不竭。"那时天风飒飒，英民觉得有些寒意，看无碍和尚只穿了一袭破旧不完的缁衣，好像是单的。两袖飘荡，里面也不见得有什么棉衣。自视穿了棉衣，还不耐高风，好生惭愧。

无碍和尚道："这山顶的天气和平地数得上三四个月，你没有多带衣服，恐怕到了深夜要耐不住呢。"

英民勉强答应道："不妨，不妨，就是挨这么一两夜，也不至受寒生病的。"

无碍和尚道："我想着了，你临睡的时候，吃一点鹿茸，就不要紧了。并且我还有祛寒的好酒呢。"

英民道："佛门戒腥荤，难道师父不守这个戒的么？"

无碍和尚笑道："这是我之所谓酒，非青帘高揭，文君当垆的酒啊。"

英民见这山顶一片平坦，约有十亩之广，也是奇境。四周大树很多，风来时有如怒涛奔雷。俯视山下青螺小髻，不计其数。真像儿孙俯伏，胸襟为之一畅。还到茅棚里，命白猿舀了一瓢清泉来，不知道撒了些什么药末，搅了一下，给英民吃。英民吃了，觉得清香一缕，直下丹田。不多时，暖烘烘的，比饮了十斤黄酒还有力些。

到了晚上，把带来的干粮吃了果腹。英民见无碍和尚逢到玄机，便谨口不言，知道不便多留，在茅棚里度了一宵，明日拜谢了无碍和尚，告辞下山。无碍和尚吩咐二猿引导着道，山路崎岖，还是它们走熟的那条路好走些。英民心想，昨天上山的路已是万分峻险，难道舍此更有险境么？因此也有些心虚，不再卖强，便随着二猿循来路而去。直到白云庵，二猿方才鞠躬而别。英民立在庵外，见二猿早又如履平地一般，上山去了。回想这回遭际，无异做了一个奇梦。看看时候还早，便不再入庵，一直下山。

到了山下，寻到了原舟，和丁义兴相见，把无碍和尚指点给他的几处地方，来和丁义兴商量一个入手办法。丁义兴听了，点头大悟，说出一番话，引起许多可惊可愕的事来。

欲知后事如何，请看下回。

第十一回

伙劫碧云村弱女受欺
独闯大盘岛英雄入彀

　　话说闹海神蟒余腾蛟自从和无碍和尚分别以后，常在海面上做买卖。本领也高强得多，又在孤星岛上结识了海盗高云龙，那高云龙从小在福建广东一带往来，干那没本钱的生意。年纪不大，却生成一脸连鬓胡子，尽是修剃，总很容易长起来。因此江湖上替他题了一个绰号，叫作黑胡子。收了百数十徒党，把孤星岛占据了。那孤星岛在厦门以南百余里，面积虽很小，可是岛上有一座险恶的山，山上有一个险恶的洞，这个洞土人唤它紫云洞。因为洞口朝西，到了晚上，水气云气，凝聚在洞口，好似下了一层幛幔。夕阳斜照着，顿成了紫色，所以有此雅名。高云龙也是从一个无名海盗手里夺过来的，因那地方十分隐蔽，别人不容易寻到，所以便据为巢穴。

　　余腾蛟和他认识以后，志同道合，十分亲热。他有一个妹子，唤作月娥，生得虽是姿色平庸，却也练得一身本领，和云龙不相上下。平素和腾蛟厮熟惯了，并不相避。云龙索性向腾蛟说，愿把妹子嫁他为妻，腾蛟自然不胜欢喜。月娥见腾蛟武艺不在自己之下，结为夫妇，正好互相磨炼，因此也不反对。两下就在紫云洞里草草成礼，伉俪甚笃。只是月娥天生成一种妒性，只要腾蛟出外一天不归，伊就要起疑心的。说也奇怪，像腾蛟杀人不怕血腥气的汉子，竟怕了月娥比玉皇大帝还厉害。尽着月娥推问盘诘，有时唾面而斥，戟指而骂，再也不敢分辩一句的。

一天，腾蛟又因着三天在外，还来受河东狮子的教训，挡不住诉苦道："我最好吃现成饭，可是我们寄人篱下，怎好不替人家干些事？做和尚的还要天天撞钟呢？"

　　月娥道："本来大丈夫自己不创立一个天下来，老是在别人手里讨针线，也觉得有负昂藏七尺躯啊！"

　　这一句话打动了腾蛟的雄心，便想在近处别占一岛。当下抛开闲文，专商正事。第二天向云龙说知，云龙道："本来你们住在这里，一辈子到老，也不妨事。既然你们有此大志，我更欢喜，愿意效劳，同去寻觅。"

　　三人就在第三天，划了小舟到海面上去，居然在第五天上，找到了一个大岛，看那周围比孤星岛还要大些。争奈岛上早有人住着，打听岛民，知道这岛名大盘岛，也有一个头领管束。他们三人便各举着武器，上岛去杀头领。那头领也有几套拳脚，无如双拳难敌六臂，一身怎挡三头？给云龙一鞭打在要害，一命归阴。那些岛民只求有鱼可打，有柴可采，别的都不问讯了。爷来爷好，娘来娘好，只有几个自命是头领的心腹之人，到那里也不能不屈服，改从新主。云龙自还孤星岛去，从此腾蛟和月娥安住在大盘岛上，和云龙的孤星岛成掎角之势。

　　腾蛟是个好动而不好静的人，大盘岛上山洞树林没有一处不到过。一天在山后看岛民采松菌，他也见猎心喜，向岛民借了一把小铲刀，拨开野草，在松树根部找寻，可是松菌没寻着，却发现了一个石坑。心知坑下必有奇物，便唤岛民一齐来发掘。五六个人不够，添到十三四人，才把桌面大小一块方石掘起。见下面黄魆魆阴森森，四壁砌得很整齐，疑心里面有古尸，不敢造次。先派一个胆大身强的跳下去，脚踏到坑底，还露出半个头来。腾蛟道："只有这么浅，恐怕下面还有东西铺盖。"那人果然回答道："好像还有一块石板呢。"那时天色已晚，只好还去。

　　到了天明，多带锄儿铁搭山齿直凿等器具前来，费了两个多时辰，又掘起一块石板来。接着就有人捧出一块泥来，腾蛟把那泥块

151

向地上一掷，泥屑剥落下来，露出黄澄澄的颜色，拾起细看，原来是整块的黄金。这一喜非同小可，便吩咐再向下面掏摸。又掏摸出十几块来。腾蛟唤两个心腹党徒，把金块捧还去，交给月娥收藏，一面多派壮丁，带了铁器，下去挖掘。后来掘起来的，都是纯粹的泥块，并没有金屑杂在里面了。等他们上来，亲自下坑去检点一番，当真已经掘完。

当下把一块金子给了岛民的首领，吩咐他到厦门去兑换了碎银，平分给发掘的人，作为犒赏。再把掘出来的金块运还，和月娥用大秤称了一边，足足有一百多斤。合算当时的金价，值三四万两。

便有人说道："还是南宋末叶乘舆播迁的当儿，有一部分遗民勤王不成，不肯把所集的粮糈留给蒙古人享用，便变换了金块，藏在这岛上。说不定这舟山群岛一带，尚有不少的宝藏呢？"

腾蛟得了这一笔意外之财，便野心勃勃，索性向四处访寻无赖，聚集成群，添造船舶，徐图大举。这消息传到沿海各县，自有土豪恶霸闻风来投。中间最著名的一个赛张顺秦九飞，能在海里潜伏一昼夜不死，一个是出洞蛟严球，能趋山过岭如履平地。腾蛟得了两人，如添羽翼。这时惊动了赤面头陀和他的同伴海通，也来投奔。这大盘岛上九流三教，无所不有，十分兴旺。

这天腾蛟设了丰盛酒席，款待众人。席间赤面头陀说及他的同伴六指头陀，给王英民父子杀死，久思报仇，不得机会。这回方从某处行劫回来，船过碧云村，见英民却在一只渔船上，想那厮一定在碧云村中。并且那渔船上还有一个女子，姿容绝代。腾蛟兄可要去劫来受用？腾蛟听见有绝色女子，自然心动，便说道："师父报仇大事，小弟理当相助。况鄞县附近乡村还没有惊动过弟兄们，首重义气，这件事不费吹灰之力，自当即去。"

过了两天，决定和赤面头陀准备前往。预备几艘大帆船，带了百十个徒党，扬帆而去。到了碧云村，已是黄昏时候，大家挟着武器，点起火把，一齐上岸。恰巧赤面头陀忽然有些头晕目眩，不能上去，留在舟中。闹海神蟒余腾蛟和海通等上得岸来，和众徒党放火动手。那时段人龙虽来抵挡一阵，哪里是余腾蛟的对手，立即败退，反乘这个乱子，认为是绝妙机会，去欺琼珠了。余腾蛟的目的也在琼珠身上，捉住一个村民，问得确实所在，随即赶来，却又遇见段人龙正在威逼琼珠，遂把人龙杀掉，抢了琼珠便走。那段事情好得在第一回中已写过，不必复述。

那莽强寇余腾蛟已得到紫衣嬢，心中大喜，又见众徒党已饱劫一番，便传令归船，纷纷回到船上。唯有海通寻找不到王英民，方知英民已离开这里了，颇为懊丧。告知赤面头陀，只说便宜了王家小子，今天可算是徒劳往返，不过便宜了岛主，掳得一个千娇百媚的美人儿。

腾蛟十分得意，哈哈大笑，一边吩咐返棹回大盘岛去，一边目视琼珠，涎着脸道："我得了一个活宝贝，还不算虚此一行啊。只不知道刚才不生眼珠的汉子是谁。"

出洞蛟严球道："我押后回来时，听见有人说段人龙败走了。这段人龙也是碧云村一条好汉，听说曾被王英民打得伏地求饶。不知怎样不来入伙，反来老虎嘴里夺食吃，真是自作孽不可活了。"

腾蛟又见琼珠盈盈欲涕，默默无语，知道伊可以威服，因此存心到了岛上再用功夫，此时只留心看住伊，防生意外，并不逼迫。那琼珠明知此事宛同绵羊入了虎群，就是哭闹也没有用，不如看风驶篷，随机应变。因此只是默坐在舱里，心想可惜没有方法传一个信给英民，抵桩到万分急迫的时候，以一死了之。主意打定，也就无事无忧。

且说船儿到了大盘岛，一行人众十分高兴地把人财搬上岛去，腾蛟把抢得的银钱俵分给众人，带了琼珠到屋子里。心知那压寨夫人天性妒忌，万一给伊瞧见了，决不干休，便把琼珠另外很秘密地安置在一间房里，派两个粗婢看守，以便得空前去行乐。琼珠见粗婢虽是举止粗鲁，心术倒还诚实，便用心结纳，以为万一之助。在闲谈中间打听得高月娥甚是妒忌，心生一计，便向粗婢说，既然到了这里，理当去叩见岛主夫人。粗婢起初不许，后来打听得这天腾

153

蛟到孤星岛去访问高云龙，有两三天耽搁，便答应引伊去见月娥。

琼珠故意装扮得十分艳丽，见了月娥，深深万福。月娥见琼珠粉妆玉琢，宛如天仙下凡，不禁自惭形秽。心想丈夫在伊跟前一句不提，瞒得铁桶一般，心上已很气恼。琼珠又是火上浇油地说道："岛主在船上允许我做正夫人，不知怎的，还是迟迟不行大礼。"

月娥怒道："岂有此理？自古说得好，天无二日，民无二王。我是岛主的原配夫人，如何还容得你？那厮忘了面目，这大盘岛还是我家哥哥和我相助着夺来，给他安享。他竟忘恩负义，竟把老娘不放在眼里，我倒要给些厉害他看看呢！"

琼珠道："夫人息怒，并请放心。我也是贞烈之辈，自有未婚之夫，哪里肯依从他的话？我本想早些自尽，以完我节，无如家有老父，终鲜兄弟，所以苟延残喘，希望有一日重返故乡，奉侍老父的。只是别居一室，日久难保不为岛主所欺。听得夫人心肠很软，又是善于相夫，决不让岛主胡行的。今天冒死进见，想一个两全之道。"

月娥想了一想道："你这小姑娘，也是怪可怜的。既是你不肯从那厮，我有一个计较在这里。你且留在我身边，不要到外边去。算是服侍我的，我和你寸步不离，那厮也就无法可施了。"

琼珠不胜欢喜，敛衽道谢。那两个粗婢本来受腾蛟之命，不许放琼珠出来的，现在索性给月娥拉了去，将来如何交代？但是平素也怕月娥蛮野，连腾蛟也不敢违拗，自然不敢不依，只好怀着鬼胎而去。琼珠在月娥房里，小心翼翼地服侍伊，真像奴婢一般，更使月娥死心塌地地疼爱伊了。

过了四天，腾蛟从孤星岛还来，准备和琼珠成其好事。到了房里，蓦然瞧见琼珠和月娥在一起，心上一愣。月娥不等他开口，便冷冷地说道："多谢你给我找到一个如心称意的婢子，费力不少。"

腾蛟气得回答不出话来，勉强凑趣道："你倒得了现在天下。"

从此月娥时刻防备腾蛟的野心，不让琼珠单独和他接近。腾蛟也就视同禁脔，不敢染指。琼珠因此得了安全。按下不提。

且说英民在无碍和尚那边得见地图，还到船上，和丁义兴商量如何前去援救琼珠。义兴道："这闽浙一带的有名岛屿，十之三四我都到过，我可以做向导。记得这年夏天，我在虾岛上做买卖，碰着一个贩私盐的，我那时初生猫儿凶似虎，不把他放在眼里，依旧到了晚上下手。到他船上使一个蜻蜓点水式，觑准了那盐贩一朴刀劈过去，谁知那盐贩十分机警，趁势一伸手，把朴刀接了过去，要还刀来劈我。我知不是路，急忙跳下水，预备在水里等候一会儿，他睡熟了就容易得手了。怎奈那盐贩也耐得起水性的，他反而跳下水来找我，我只得远避。且喜天气正热，在海水里洗澡是很舒服的。两人你来我往，煞是有趣。我不想抓他，他却想抓我。我哪里肯让他抓着，因此只在水里打转。约莫有一个时辰光景，我耐不住了，伸出头来道：'朋友，你我的水面功夫可称半斤八两，大家也不必较量了。总算这回认识了，我们到船上通个姓名吧。'那盐贩倒也爽快，依我的话先自跳上船来，我也随着上船。两只水淋鸡相对着，不禁好笑起来。那盐贩去取两套衣裤来，各自换好，然后各道生平。原来他是借盐贩为名，专一在海上行劫商船的，和我是同道，江湖上叫他盐七。实在他姓严，盐严同音，反而把他盐贩的名遮盖了。后来我们俩分别了，没有再碰见过。可是我已打听得他现在有几十个弟兄，占了一个地方，好像是叫阎王岛。那里我也去过，我们可以先去找他，更打听得明白些。"

英民听了，不胜欢喜，依着地图上的路线，先到阎王岛。义兴上岸去了半天，还来把腾蛟在大盘岛上怎样的声势煊赫，告知英民。英民道："彼众我寡，须用计取。你留在船上守候，我自去探取巢穴。"

当下船儿到了大盘岛，停泊在山后隐蔽地方，英民独自提了纯钩宝剑登岸。见前面一座大山，上面树木森茂，不见房屋。走到山根，也寻不出一条山路。都是乱石野草，崎岖难行。向左抄过去，走了一里多路，才有一条草径，曲曲折折地盘上去。料想巢穴定在山上，此时天色未晚，容易给人瞧见，不要打草惊蛇，给他有了准备。便闪在路旁树下，把身子蹲下来，四面野草成丛，再也没有人瞧得出他来。却是也没有人走过，心想这条路大约不是要道。等了半个时辰光景，有一个樵夫背了一大捆柴，慢吞吞地走下山来。英民就跳出去，伸开两手拦住去路。那樵夫眼前一黑，倒吃一大惊，要想喊出来。英民喝道："不要响，我是要上山的，问一个讯。这里的头领可是在山上？如何走法？"

樵夫急于归家，也不问来历，只答道："头领住在前山，这条路是不对的。让我下山吧。"

英民道："若要我让你下山，除非把上山的路径详细告诉我方可。"

樵夫道："我早已告诉你，你须得重行下山，抄过山下一个大池，走过一条石板桥，那才是上山的正路。"

英民道："从这里上山，大概也可以走得到吧？"

樵夫道："可以是可以，不过这条路十分难走。况且这时候已经不早，今天又没有月亮，万一失足，跌下山去，不是玩的。"

英民道："那头领你可认识？他住在哪一间房屋，你可知道？"

樵夫道："人是认识的，身高五尺，面如紫铜，两道浓眉，一脸横肉。发一声喊好似鬼啸。使着一支长枪，比秀才使笔杆还轻松些。不知道你去找他何事，可是要投奔他部下做一名小卒么？只是他那边英雄好汉已经收留了不少，新盖的一百多间房屋都住满了，恐怕你没有什么本领，不见得肯容留吧。"

英民也不和他计较这些话，单是穷究他巢穴的组织。那樵夫看看天色已晚，归心似箭，便大声道："我又不是他的喽啰，怎能知道他的详细，你自管上山去。前面有几道守卫，你向他们去问去就是了。"

英民听了，已明白了大半，不再阻难，让开路来放他下山。心想他说前面有几道守卫，防备很严密，不容易进去，还是从这里走小路到他住屋的后面，可以攻其无备。况且机关大都暗藏在后屋，琼珠总是放在什么地穴土窖里的。因此便循着草径上山。走了三里多路，果然越走越难，幸亏英民举步若飞，走惯乱石山路的，所以

156

攀藤附葛，不多时早已登上山巅。见山前星火点点，果有一簇房屋，他就翻过山去，还是石角树杈，没有正路。

到了屋后，见一带土墙，并不高峻，一纵身就跳上墙头了。墙里面是一个斜坡，种些杂树。那房屋也是随着山势高下而建造的，所以立在后园，看到前面是很清楚的。虽是昏夜，也辨得出一层一层屋里都有灯烛点着，估量大家还没有入睡，便轻轻走下坡去。末后的五间都是储藏什物，黑洞洞门户紧闭。侧耳细听，只有窸窸窣窣的老鼠走动声，不像有人住的。

走下一层，又是五间，只有一间有灯光。走到窗下舌尖舔破了窗纸，向里张看，见有一个女婢在那里做鞋子。想在伊身上探到琼珠的所在，便兜过去，把虚掩的房门一推，执着纯钩宝剑，向女婢晃了一晃道："不许大声，你可知前几天闹海神蟒从碧云村抢来的女子藏在哪里？老实告诉我，倘有半点支吾，请你尝尝这宝剑的滋味！"

那女婢吓得双膝下跪道："大王饶命！那女子现在岛主夫人的房里。"

英民道："岛主夫人的房间在哪里？"

女婢道："前面靠左的第二间房里便是。"

英民道："可是实话？"

女婢道："要活性命，怎敢撒谎？"

英民便把伊手里的鞋子折叠成一块，塞在伊的嘴里。随手解下伊的腰间结束的汗巾，把伊反剪双手，紧紧缚住，提到土炕上安放了，转身便走。

依着伊的话，走下第三层，挨向左边走去。果然瞧见接连三间房里，灯烛光照耀甚明，正想跳上屋面，做一个鹦鹉倒挂式，向屋里觑看动静，再行动手。忽地背后有脚步声，急忙闪进屋里，早给来人瞧见了。英民索性跳到庭心，掣剑在手，想先把来人杀死，省得别生枝节。细看来人，是一个头陀装束，便不敢怠慢。心想这里逼近腾蛟寝室，倘然给他听见了，出来相助，双拳敌四手，又是地

157

陌生疏，恐怕不易得手。因此把剑虚扬了一扬，向后面走去。那头陀不则一声，急急追来，到了后面的斜坡上，立定了准备厮杀。

那头陀眼光很锐，已认出是英民，仇人在前，心上更是恶狠，喝道："王英民，我正要找你，你今来送死么？"提起两个拳头扫过来。

英民把宝剑上三路下三路带拨带刺，好似一团旋风，滚到头陀面前。头陀急切打不进去，早给英民一剑劈来，肩头已着了一剑，急忙闪开，向前逃去。英民也认得他是赤面头陀，心上顿悟，岂肯放松，重又追到第二层。头陀走进了那女婢做鞋子的房里，从壁上取下两把戒刀，前来抵挡。第二层的庭心，也很广阔，并且比斜坡更是平坦，并无树木，所以进退周旋，十分便利。头陀的两把戒刀使得也很有力，一上一下，一左一右，一前一后，宛如雪片乱飞，白光四射。英民只是以逸待劳，把宝剑约略应付一下，并不进攻，等头陀的锐气稍顿，方才一步步逼进去。这剑有时劈下来，有时横扫过去，有时兜底上刺，有时当心直犯，也是使得五花八门，不可捉摸。头陀把戒刀四下分拨，竟是应接不暇。英民杀得性起，把宝剑使得像银涛一般，呼呼地作声。把头陀的刀风冲散了。头陀知道不是敌手，便打着胡哨，要使腾蛟得信，前来相助。因为其余的徒党都住在前面第六第七第八第九等层房屋里，这时候已多安睡，决不会听见的。只有腾蛟就住在第三层屋里，可以听见。

果然不多时，即有一个长大汉子，提了一支长枪赶来。英民心知此人就是闹海神蛟了，和樵夫所说的模样相似，因此小心抵敌。到底长枪在黑暗之中不甚便利，腾蛟使了十几个回合，给英民一个斩草除根式扫去，一支二十年相随奔走的九龙鏨金枪，削成两段。他好生敏捷，从背上拔下剑来相接。那时头陀也使动戒刀，连合了阵线打来，一个扑，一个让，一个蹲，一个跃，一个诱，一个吓，把英民弄得左右为难。

英民哪肯示弱，决定用茹柔吐刚的法子。知道头陀的气力一定不济了，先使了一个旋风阵，把腾蛟逼退几步，然后向头陀紧逼。

看看相距不到三尺，运用全身精力，宝剑像分水犀一般，把头陀的戒刀左右分开，只听丁当两响，接着就是两道白光，东西飞出丈外，倒把吓了一惊，疑是飞镖来了，谁知是赤面头陀的两把戒刀，给纯钩宝剑撇开去了。他失了戒刀，如同鸟折两翼，如何还敢恋战？急忙逃到前面，唤众兄弟起来助战。

这时英民见赤面头陀已走，心上一喜，单纯来对付。两剑相交，真同玉龙相斗，剑光闪烁。虽是夜半无月，也像有石火电光。这两剑到底有个高低之分，英民的剑又韧又挺，给他使成了旋风，便是水都泼不进去的。腾蛟的剑总觉得散漫无力，所以两剑斗了六七十合，腾蛟知道有能力敌了，便虚刺一剑，向前面走去。英民这时候哪里肯放，巴不得快快把这恶盗杀死，救了琼珠离岛。且知道这岛上党羽众多，等到天亮了，更难取胜。因此紧紧相随，追到前层的左面庭心里，腾蛟失足跌了一跤。英民眼快脚快手快，一剑刺过去，谁知他是假跌，趁势拨动地面的机关，忽听扑通一声，地上现出一个陷阱。英民冷不提防，身落阱中。

这时赤面头陀也唤起海通秦九飞、严球一班徒党，仗着宝剑，飞奔而来。见英民已落入陷阱，就七手八脚地把他拖起来。英民那时并不挣扎，免得受他们的侮辱，任着他们绑缚。那时喽啰们也把火把烧着围拢来，赤面头陀指着英民喝道："当真是你！你好大胆，你认作我们都是段人龙么？"

英民睁开眼来看时，也骂一声："贼头陀，我今日误中奸计，大丈夫一死而已，何必多言！"

只是腾蛟没有明白，遂问赤面头陀。赤面头陀道："他正是我们踏破铁鞋去寻的王英民。难得今夜他把一颗头自己端送上门来，我好和六指师兄报仇了。"说时便要提刀来杀。

腾蛟阻住道："我还要问问口供。今夜大家辛苦了，明天再发落吧。横竖他已插翅难飞的了。"便吩咐喽啰们把英民推到右面的套房里禁闭着，众人各自散去。

腾蛟把英民的纯钩宝剑摩挲了一会儿，捧在手中，还到房中。

见月娥正提了齐眉棍出来，腾蛟把宝剑挂在壁上道："太太省了吧，事已完了。"

月娥道："已经杀死了么？奸细是谁？"

腾蛟道："我体上天好生之德，留他一夜的性命。预备明天处死。"

月娥道："这么不济事的汉子，来送什么死？"

腾蛟道："你倒不要小觑他。他的本领远非我们所能抵敌。赤面头陀险些儿吃他一剑，幸亏我见机而作，引诱他到这里来，否则我们哪里捉得住他？"

月娥道："听你说倒是一条好汉。我们岛上正在用人之际，不要杀他，叫他投顺了岂不是好？"

腾蛟从鼻孔里哼出一个嗤字来道："你可知道这人是谁？"

月娥道："不知道啊！我只听见你说捉贼去，我至今还以为是梁上君子一流人物呢。"

腾蛟道："呸，他是江湖上赫赫有名的王英民。听说他正在安徽江苏一带聚集了义师，要和清兵打仗，志在恢复明朝已失的江山。哪里肯和我们一起做强盗？"

月娥道："既是这样，我们就跟从他去打鞑子。况且我们一辈子在这里，难道到老还是做强盗么？"

腾蛟道："你到底是女流。他和我们是冤家，自古道，好汉不两立。那赤面头陀的师兄六指头陀给他的父亲杀死，要不是我方才阻挡，赤面头陀早把英民杀死了。"

月娥道："你和他有什么冤仇呢？"

腾蛟道："这个……"说到这里不说了。

月娥道："快说，快说！"

腾蛟低声道："我听人说他就是琼珠的未婚夫。"

月娥想了一想道："我正愁着琼珠没有安顿之所，既然她的未婚夫来了，就给他领了去，不是干净么？"

腾蛟道："怎么可以呢？第一，英民到此不怀好意，我不杀他，

160

将来我就要给他杀的。第二，既是赤面头陀的冤家，为了朋友的情义，也应该让赤面头陀痛痛快快地报一个仇。第三，琼珠是难得寻到的美……"

月娥不等他说话，就伸手一把抓住了他的耳朵道："美美美美什么？伊美不美，不干你什么事！我早知道你的野心未死，我偏要给英民领了去，好教你死了这痴心。"

腾蛟央求道："好太太，放了手吧。万一给弟兄们瞧见了，还有颜面么？我话也没有说完，你就起了疑心。老实说，自从琼珠到了你身边来，我连梦都不敢做了。"

月娥道："你是想要赶走了我，把伊做压寨夫人呢！"

腾蛟指天画地地发誓道："我从来也没有这个念头。倘然如此，我将来不得好……"

这"死"字还没有说出，月娥便放了手，怒容未敛地还到椅子里坐下。腾蛟用尽功夫，小心翼翼，好久才把月娥的气平下来。一宿无话。

到了明天，赤面头陀第一个高兴，吩咐喽啰们全副武装，七长八短，齐握了棍棒，分两行排立在大厅的庭心里。大厅上立着二三十个大汉，有的捧着大刀，有的拖着铁链，有的端正了绳索竹片，中间排着六个座位。到了日上三竿，腾蛟起央，梳洗已毕。便和月娥一起走上厅来，在正中的两个座头上坐下。那赤面头陀、海通、秦九飞、严球四人，也挨肩按次坐了。赤面头陀大声道："把昨夜捉住的刺客提上来。"阶下一声答应，不多时，有五六个大汉，拥着英民走上厅来。

英民到了厅上，怒目圆睁，兀立如石敢当。喝道："你们这些狗强盗，不知王法，打家劫舍，还不自知敛迹，胆敢耀武扬威。我不幸误中奸谋，落入陷阱，自认晦气。要杀便杀，何用啰唆？"

赤面头陀跳起来，挥手示意，左右道："杀！杀！杀！"

腾蛟阻住道："且慢，我有几句话要问他。"回过头来，戟指对着英民道："我和你往日无仇，为什么要来寻事？"

英民道："你抢了良家妇女，是何意思？你这种淫恶小人，人人得而诛之。"

腾蛟冷笑道："原来你为了琼珠被我劫来，所以你恨我了。我老实对你说，琼珠已做了我的第二夫人了。"说到这里，对月娥做一个眼色。月娥心想，他分明是画饼充饥，嘴上占些便宜，图个穷开心罢了，我也不必和他计较。只还给他一个白眼。

英民听了，更是愤怒。虽是知道琼珠这人颇知顺逆，决不轻易从强盗的，但是那强盗横了良心，不怕天，不怕地，说不定行暴强迫。琼珠一个弱女子如何抵抗？想到这里，恨不得上前把这班强盗一一斩成肉酱。争奈身入牢笼，万难摆脱，那么唯求速死而已。到那时自己也觉得太自负了，单身入虚空，忘了自己有重大的责任未完，这一死，未免要受后世的唾骂，以为轻于鸿毛了。因此只是咬牙切齿，不则一声。

月娥为了琼珠的缘故，很想放了英民。只是见英民不屈不挠，反受他大骂，也有些动怒了。便怂恿腾蛟道："这人既不怕死，就成全了他。快些推出去吧，省得再受他的教训了。"

腾蛟见月娥也不阻挡，杀心已决。因对赤面头陀道："我们自从到大盘岛来，还没有在岛上杀过人，今天把他杀死，一来破了例，恐怕不利，二来传说开去，要说我们没有人道，断了天下英雄向慕的心。我知道这厮不服水性，我们把他投向山后大海里去，让他得个全尸。在我们也干净了。"

赤面头陀本来要亲自动手，把英民开膛破肚，活祭他的师兄六指头陀的，既然腾蛟如此说得郑重，未便违拗，便说道："也好，也好。不过便宜了这厮。"

腾蛟吩咐几个喽啰，把英民摔倒向后山去，投在海里。英民临行时，又破口大骂了一场，然后挺身而出。月娥不住在赞他好汉，大家都为之感动。

英民到了后山，见草木山石，依然是昨晚来时的光景，性命即在呼吸之间。想到家国，掌不住有些心酸。但是一转念，我死于非

162

命，还要什么冤枉眼泪？急忙把两颗泪珠擒住，望着眼前汪洋大海，白茫茫渺无涯际，回头看那山峰峻险，判若幽明，不知道琼珠究竟如何状况。正在一桩桩心事如海里波浪一起一伏，早听见一声吆喝，身子已脱离了山崖，飘飘荡荡，宛如羽化而登仙。一忽儿离去海水已不到一尺，耳边轰轰之声不绝，觉得天旋地转。等到他觉得冷冰冰的，此身已坠入海中了。

欲知后事如何，请看下回。

第十二回

鼋送绿霞初识水杰
珠还合浦乃创霸基

英民被海盗抛入海中时，一落千丈，但他心神还能镇定，自思以前从黄龙背上落海，幸遇碧云村琼珠父女，得以不死，还成就了一段姻缘。今番为救琼珠，误入陷阱，却被海盗投入大海，更有何人来救？将与波臣为伍，葬身鱼鳖之腹了。正在转念，一个巨浪抛来，把他打出一丈以外，手足乱摆，正自挣扎。忽觉海中有一物，很快地钻到他身下，把他一驮，便半个身体出了海面。俯首细察时，原来是一个绝大的神鼋。坐在鼋背上，好似坐着一只小舟。看那神鼋正向前面分开波浪，游泳而去，很是平稳。心中不觉大奇怪。哪里来的神鼋，竟能负我出水，莫非天意不欲我葬身大海么？焉有这样奇巧的事呢？我以前读《三国志》，对刘玄德跃刀过檀溪的一回事，有些不信，现在自己亲身遇到了。那么我以后也有一番事业可做了。又瞧茫茫大海，怒涛汹涌，远近又无船只可以乞援，至于丁义兴的船，不知又在何处。只得任这神鼋向前游去了。

这神鼋在海中足足游泳三四里，方才瞧见前面隐隐有个小岛。英民心中大喜，知道自己可有生路了。不多时，那神鼋已游近那岛。忽见水中有一个年纪很轻的汉子，上下身脱得精赤条条地在海中翻波掀浪，酣嬉自如。好似一条人鱼。英民见了，不觉暗暗喝了一声彩。那汉子猛抬头，瞧见一头神鼋驮着一个丰神俊拔的少年，向这边很快地游来，好不奇怪。倏地跳将起来，踏在水面上，如履平地，双手拍着道："欢迎欢迎，哪里来一个骑鼋的怪客？有趣得很。来来来，到我们岛上盘桓一下。"

这时神鼋忽地向下一沉，英民依旧落在波涛之中。回顾那神鼋已不知去向了。幸喜已近岸边，海波轻微一点儿，且见前面已有人在，遂用力向海面上钻起。但是他不会水性的，又被波浪倒下水底去了。亏得那赤身汉子飞也似的踏波而至，也向水底一沉，一会儿，把英民双手托将起来，踏着水波，很快地走上岛岸，才把英民放下，全身都湿透了。

那汉子从林中取出一条花布的围裙，向下身一遮，束在腰里，便问英民从哪里来的。英民因他言语很是钩辀，用心细听后，方才答道："我姓王，名英民，因为我有一个女戚被海盗劫至大盘岛，闻信后便冒险到那岛上去营救。不料误中奸谋，坠身陷阱，被他们擒住，将我抛入大海。我不谙水性，以为必将葬身波涛。不知哪里来一神鼋，将我送到岛边，遂得绝处逢生，化险为夷。"说罢，又向那汉子拱手道谢。

那汉子却很听得出英民的说话，十分快活。对英民说道："你是一个奇人。所以有此神鼋相救。既到这里，可称有缘。快请到舍间去坐坐，身上的湿衣也好换下了。"

英民点头答应，那汉子遂引导英民向岛上走去。但见风景十分清幽，一处处竹篱瓦屋，都有绿荫掩蔽着。天气和暖得很，途中所遇见的岛民，大都是打鱼的，见了汉子，都向他打招呼道："小陶回家去么？"又见了英民，都很惊异。那汉子也不去和他们多谈，只管引着英民，走向南方而去。

不多时，行到一处，瓦屋数间，枕山临流，门前有几株荔枝树，树上晒着一个极大的渔网。那汉子走到门前，把手指在双扉上轻扣几下，便听里面有很清脆的声音答道："来了。"跟着便听门响，双扉开处，立着一个少女，正在十七八岁的妙年华，穿着一身浅色衣裤，鬓边插着花朵，姿色清丽，不过眉目之间，带有三四分英武之气。一见汉子，便高声问道："哥哥怎的回来得这般早？"又指着英民道："这位客人是谁？莫不是海中漂流来的？"

汉子道："对的，他姓王名英民，是在大盘岛上被少将丢入海里的。"

少女道："啊呀，大盘岛的海盗可就是闹海神蟒余腾蛟么？"

英民点头答道："正是。"

三人一边说着话，一边望里走进。少女又把门关上，一同走过庭心，踏进中间的一室。汉子请英民坐了，自己跑到后面一间房里，取出一套衣服，请英民入内更换。英民谢了，接着衣服，走到后面的房里，一面脱下湿衣，换穿汉子的衣服，一边向房中四周一瞧，只见左壁上挂着一对铁制的飞叉，叉上都有三个雪亮的小环，每柄足有四十斤重。英民瞧了这一对飞叉，便知那汉子有绝好的本领了。在叉的旁边，又挂着一柄纯钩的钻子，有一尺多长，不知作何用处。壁上又悬着好几条鱼肚，室中陈设，却很简陋。听汉子正在外边和那少女很快的讲话，似乎是谈起神鼋的那回事。

换罢衣服，遂即走出，向他们兄妹二人叩问姓名。少女的说话很是清楚，忙代汉子答话道："我们姓陶，是这里的岛民。哥哥名唤星耀，自幼随着先父春霖在海中捕鱼为生。先父却有一身武艺。因此便传授了我哥哥。先父在日，在这岛上隐然是个领袖，岛民无不翕服。若有什么争讼的事情发生，只要先父片言半语，便平息了。此岛名唤绿霞岛，风景大佳，岛民都是业渔。傍晚时各处渔舟归来，泊在岸边，约有数百艘，渔歌互答，颇得天然之乐。不过因为附近时有海盗出没，时常要戒备。幸海盗闻得先父声名，不敢来犯，倒也平安无事。先父故世后，我哥哥年纪虽轻，而大众依然推戴。恰巧那闹海神蟒余腾蛟新得了大盘岛，他的妻子高氏，便是少将黑胡子高金龙的胞妹。他们勾结成群，在海面上耀武扬威。闻得先父逝世的消息，以为有隙可乘，余腾蛟遂率了十数艘盗船，乘风来犯。却被我哥哥带领这里岛上的渔船前去迎敌，和他鏖战一场，杀得他大败而去。因为此间岛民十九都能武艺，且精通水性，勇猛得很。而我哥哥尤其勇不顾生，带了他常用的钢钻子，跳到海中去，把海盗船底凿穿，沉去了不少船只。海盗中虽有会水性的，怎及我哥哥灵活，想到水中来抗拒，结果都是受伤逃生，余腾蛟等方知此间绿霞岛未可觊觎，率众败去。"

少女说到这里，星耀嚷起来道："妹妹，快不要只是夸述我的多能，令人羞惭得很。"又对英民说道："我妹妹闺名文耀，也有一身好本领。那次击败闹海神蟒时，伊也大大出力的。"

英民道："你们兄妹二人，都是海上英雄。使我听了钦佩得很。"

文耀面上一红道："那次可算侥幸。现在余腾蛟羽翼众多，声势日大，新造了许多战船，在海上横行，不可一世。当然我们非他敌手了。"

英民也把自己的来历以及夜探大盘岛的根由，细细告诉他们一遍。二人听了，格外敬重。星耀又道："王先生，你真是一位爱国的英雄。九华山上的众弟兄，都是当代豪杰。我们兄妹很想会见一下。去年我们已闻得中原大乱，胡奴入关，崇祯帝缢死煤山，北方数省都入胡奴之手。不料他们乘人之乱，窃人之国，大举南下，步步相逼，要我汉人都去做他们的奴隶，这真是可耻可恨的事。王先生既有志恢复，将来还国时，我们也愿追随一起，为国尽忠，死而无怨。"

英民见陶星耀说得激昂慷慨，连忙点头说道："星耀兄，我们都是同志，相见恨晚。他日若得二位赞助，更是荣幸了。我想先重去大盘岛，一探琼珠消息。且报此仇。可恨我不识水性，这是我的大憾事。"

星耀道："王先生专为此事而来，第一遭没有成功，自然想再去一行的。至于不识水性，好在我们兄妹生长在海上，在海中潜伏一昼夜也是无妨的。理当相助一臂之力。只是听说大盘岛上现在到的能人很多，防守严密。我们又只得在夜里前往，地土生疏，众寡不敌，难免再吃他的亏。我知道余腾蛟时常要去远处行劫的，那时岛中空虚，我们容易动手，好细细寻找琼珠姑娘了。所以请王先生稍缓几天，待有机会，一同前往。务将琼珠姑娘救还。至于余腾蛟的行踪，我当嘱托渔户留心侦探便了。"

英民便道："多蒙星耀兄善意指教，自当遵命。"

文耀道："时已不早，英民先生想必肚子很饿，我去教婢子端上饭来，大约这时候在厨下总煮好了。"遂立起身，走到右面廊下一个小门里去。

不多时，文耀回身走出，背后跟了一个粗婢，托了一大盘菜肴进来，放在桌上，又打出一小锅饭来，三人围坐着一齐吃饭。英民也不客气，老实吃喝。当他握着筷子，夹了一块鱼肉，送进口中时，忽然想起当初在碧云村和老钱父女一块儿进膳的情景，恍惚已如隔世事，不觉呆了一呆。

只听文耀微笑道："英民先生，吃啊，不要客气。"

英民才将这块鱼肉连忙塞在嘴里，一边偷瞧文耀，正紧瞧着自己的面庞，嫣然浅笑呢。他不由心里又突突地跳了几下，急忙凝神地闷吃饭。等到饭毕，粗婢过来收拾而去，三人又坐着闲谈闽浙等处海面上的事情，彼此一见如故，言笑无忌。到了夜间，星耀又引英民到一间客房里安宿。兄妹二人很殷勤地招待他，英民也将就住下。

星耀每天早上必到海滨洗浴，有时高兴捕些鱼虾归来，和英民喝酒谈笑。文耀却在家中和那粗婢同治家事，每日有渔户送上鱼来，文耀把这些鱼晒的晒，腌的腌，多的装着蒲包，由星耀取出去发售，很自由地过着他们的光阴。英民有时和星耀一同到海滨去，瞧他做海浴，自己看得高兴时，也脱去衣服，在浅处一浴。有时在岛上闲步，玩赏风景。见岛民操作都很勤忙，绝少游手好闲的人。有时不出去，便和文耀絮谈。觉得文耀为人虽也婉娈，但天性亢爽，和男子无异，绝无羞答答女儿家情态。出语很是爽快，和琼珠相较，却各有不同。但一样令人很可爱的。文耀待他也很体贴，然而英民心上早已有了琼珠，所以一尘不染，无所用心。这样过了七八天，消息沉沉，好不烦闷。

一天早上，星耀将要出门时，英民忽然对他说道："今天我和你一起去捕鱼吧。"

星耀听说，十分高兴，随即答道："很好。"一边说，一边跑到他的房里，取出那一对镔铁飞叉，悬在腰里，和英民走出大门。说道："这里来吧。"

英民跟着他走到河岸，见河中有一只小艇，星耀扑地首先跳到艇中，英民也跟着跳上。星耀解了缆，摇动双桨，便把小艇向前驶去。岸上有人瞧着，说道："小陶，今天陪客人捕鱼去了？带着飞叉，又有一番玩意儿呢。"

英民听了，知道陶星耀善用飞叉，停会儿大有可观。不多时，艇已出口，到得海滨。见有十余只渔船正张着布帆，先后向海中驶去。天日晴和，一碧无隙，涛声澎湃入耳。星耀回头对英民说道："我们只坐得艇子，且在近处玩玩吧。"

英民道："好的。"

小艇入海，受着波浪打击，颠簸上下，星耀一边打着桨，一边知照英民道："你稳坐着，不要乱动。随波上下，决不会倒翻的。待我先来捕两条鱼试试看。"说罢，又把身上脱得赤条条的，将飞叉握在手里，一手打着桨，向前而行。

英民也打着一柄桨，做个助手。因为英民以前在碧云村荡过数回舟，又从丁义兴在海中驶行好多天。现在来到绿霞岛，曾随着陶星耀划过两次，他是绝顶聪明的人物，所以也学会七八分了。

这时前面海波掀动处隐隐有一条鱼向上冒了一下，又沉下去了，十分迅速。星耀一边将飞叉扬着，一边对英民说道："你仔细打着桨，鱼钱来了，我要动手了。"英民方才答应得一声"知道了"。倏地见一柄烁亮的钢柱飞出一丈余外，正中一条鱼儿的背脊。那鱼儿便带着叉逃入水中。星耀随即一跃入海，不多时，早见他一手托着一条大鱼，一手握着飞叉，钻出海面，踏波而来。走至艇上，把鱼放在艇中。

英民见那鱼有十数斤重，黄色的鳞映着日光，很是好看。不知何名，便对星耀说道："星耀兄的本领真是不错，鱼儿遇见了你，合该遭殃了。"

星耀微笑不答，艇子又荡向前去。英民方在遥瞩远帆，忽见星耀左手一扬，又是一叉飞出，这一叉飞得远了，足有三丈以外，正飞中一条白色的鱼头。那鱼受着一叉，早已死了，浮在海面。星耀照样跳入海中去，取鱼归来。英民见他这样的好眼力、好水性，十分欢喜。自思此人若能收为己用，将来倒是大大的臂助。我生平没有见过这种精通水性的人呢。便是那个丁义兴，以前我也惊奇他的水性甚好，现在若和陶星耀相较，恍如小巫之见大巫了。遂满满赞美星耀的水性。

星耀道："这也无足为奇。我是自幼生长在海边的，当然能下水。即如此间岛上的渔户，大都能在海中游泳。不过各人的功夫深浅不同罢了。我一生喜欢近水，一天不到水中，便觉周身不能舒畅。习练得精熟了，所以自然而然的有这种功夫。人家代我起了一个别号，唤作海底金鳌，你想可笑不可笑?"

英民笑道："有了一个闹海神蟒，又来一个海底金鳌，究竟蟒和鳌谁的厉害?"

星耀笑道："以后请看吧，我总要助着王先生和他决战一场呢。"

英民道："我不谙水性，吃亏不少。今后要从星耀兄学习游泳之术，不知你要不要收我做个徒弟?"

星耀道："王先生不要说客气话。游泳不是十分烦难的事。我情愿每天和王先生一同练习，包你一学便会。说什么徒弟不徒弟呢?我记得一桩旧事，大概我还没有出世的时候吧，这里岛上有个老渔翁，水性非常精通，能在海中潜伏五昼夜。张目视物，生食鱼虾。胆量既豪，膂力又大，真可说得老当益壮四个字。有一天，岛上渔船出去捕鱼，在近处发现一条又大又长的鲨鱼。那鲨鱼是海中的大动物，帆船都能吞下肚去，你想厉害不厉害呢?所以有几艘渔船碰在它的尾上，都遭覆没。浪涌似山，海里被它搅得大大不安。幸亏渔户们都识水性，逃回岛来。报告众人知道，共商对付之法。

"那老渔翁自愿一人去捕那鲨鱼，大众不肯放他去，因为他虽然有十分能耐，终不是鲨鱼的敌手啊。谁知他在夜里喝了五六斤酒，背着大家，偷偷地到海中去了。明天早晨，大众起来，在岸边瞧见那条鲨鱼，如三层楼屋一般，浮在海面，直向岛边而来。大众十分奇怪，齐集岸边，瞧见那条鲨鱼是死了，所以上浮，却不知道致死之由。等待鱼近岸时，忽见鱼尾下冒出一个人来，全身浴血，非常可怕。大众几乎认不得是个什么人了。只见这人颔下的白须变作赤须，那人大声喊道：'你们不认得我么?'大众听了他的声音，才知他是老渔翁了。一齐欢呼起来。老渔翁走上海岸，大众拥着他，都要问个明白。

"方知老渔翁昨夜到了海中，找到鲨鱼，挺着利刃，要和那鲨鱼决斗。那鲨鱼的大口一张，早把老渔翁吞入腹中。老渔翁到得鱼腹，略觉闷气，四围却十分宽畅。一些也不惊慌，便有一种腥气，使他几乎发呕。他明知已入鱼腹，急忙将利刃向下面乱搠。一心要打开一条生路。也不管那鲨鱼如何在大海里翻波掀浪地挣扎了。将近天明时，好容易把鱼腹划开，那鲨鱼就此送命在他的手里，浮起海面，他遂钻出鱼腹，把那鱼推至岛旁，不啻获了宝物一般。

"大众听他叙述，不胜骇异，疑心他有鬼神呵护呢。从此他把那鲨鱼出卖，得了不少金钱，一变而为富翁。至今他的儿孙在绿霞岛上仍为富有之家。这件事在我幼时我父亲常常讲给我听的，王先生你也相信么？"

英民听星耀讲得十分高兴，如闻《山海经》一般，真的是海外奇谈。遂答道："那个老渔翁一身都是胆，有这种冒险精神，可敬可敬。可惜余生也晚，不得一见其人。然而照星耀兄的本领，已令人可佩了。"

这时日已近午，二人谈谈说说，忘却了捕鱼。英民恐星耀腹饥，便道："我们回去吧，鱼也捕得两大尾，足够大嚼了。"

星耀本不欲捕鱼，听英民说要归去，遂点头道："好的。"于是把上下身揩个干净，依旧穿上衣服，佩挂飞叉，摇动手中桨，驶回岛来。到得门前，系好艇子，背了两尾鱼，和英民走回家里。

文耀含笑相迎，早有粗婢走来，将鱼接去。文耀问道："哥哥伴同王先生出去打鱼，如何只捕得两尾归来？"

星耀笑说："我们捕鱼时讲起老渔翁的故事来了，所以耽搁了时光。"

文耀遂向英民说道："王先生喜听老渔翁的故事么？停会儿我还可讲些一二出来。"

英民点头道："很好，海国奇闻，愿闻其详。"

这天午饭后，文耀遂又把老渔翁的逸事一桩桩讲给英民听。英民听了，觉得津津有味，足够半天消遣。

到得晚上，月出如烂银盘，照得庭中满地月光，星耀特地煮鱼烫酒，请英民到后面小圃里去饮酒。那小圃中种着许多花木，都是文耀着意培植的。又有一处空地方，乃是星耀兄妹朝晚习武之所。

三人便在一株马缨花下竹圆台边坐定。小婢送上酒菜和鱼羹来，星耀代英民斟满了酒，殷勤劝喝。这时皓月在天，四围微有些彩云，益显得月儿的清丽。更兼花影扶疏，风移影动，珊珊可爱。遥遥有一株大柳树，摇摆着柳丝，好似向英民欢迎一般。好一片夜景，足使人心旷神怡。

但是英民喝了两杯，蓦地想起以前在碧云村和老钱父女庭中赏月，老钱面许婚约，以及琼珠腼腆的一幕，如今自己喝酒，却不知琼珠在岛上怎样受苦。伊是一个弱女子，如何禁得起强暴摧残呢？又有老钱在碧云村，大概日夜在那里盼望。倘若知道我也失败在海盗手里，他的一条老命也要活不成了。又想起九华山的众弟兄，满望我接了琼珠，早日归去，共商勤王之计，哪里知道我逗留在海外呢？万恶的余腾蛟，何以如此和我作对呢？想到在大盘岛被擒的情景，这又是赤面头陀在那里作祟了。罪魁祸首自然是那个赤面头陀，他日若再撞在我的手中，一定要把他碎尸万段，以雪我恨。

星耀直托着的大杯，咕嘟嘟地狂喝，见英民托着酒杯呆想，便把酒杯向他一举道："王先生，请啊。为何只是呆呆地想什么心事？这鱼味很鲜美的，不妨多吃一些。"

文耀也嫣然微笑道："王先生恐又是苦念琼珠姑娘吧？"

英民面上不觉一红，遂坦然答道："忆念琼珠陷身虚空的事，也许有几分的。然而这是私事，还有君国之仇未复，一念及此，好像有芒刺在背，坐立不安。瞻望大陆，充满着腥风血雨，何时能够使中原廓清，胡虏灭迹呢？"

英民说到这里，大有搔首问天，拔剑斫地之概。星耀兄妹听了，也太息不已。

星耀道："王先生，你不要这样心焦。再等几天，破了大盘岛，救出琼珠姑娘，我们兄妹当追随先生之后，一同到祖国去扫灭鞑子便了。"

英民又叹道："古人云，匈奴未灭，何以家为？我今为了琼珠的生死问题，却耽搁了国家大事，深自愧汗的。难得你们兄妹也有爱国心肠，答应同我为国效力，真合我意。闻星耀兄说过，令妹武艺精熟，今夜可能一试，以扩眼界？"

星耀听了，便欣然说道："王先生要看看舍妹的武艺么？很好。"便怂恿文耀奏技。

文耀起初不肯，说道："像我这样的末技，怎敢班门弄斧，自献其丑？"

英民道："文耀姑娘何必客气，我们一见如故，都是自己人，今晚月明如昼，愿睹公孙大娘舞剑器以助兴，不要推却。"

于是文耀立起身，走到伊的房中去，抱了一对柳叶双刀，回到圃中，对英民微笑道："谨遵王先生之命，一试小技，愿王先生不吝指教。"

说罢话，走到那片空地上，亮开双刀，青光霍霍，映着月色，更是耀眼。文耀施展粉臂，旋动玉腕，把那一对柳叶双刀上下左右地使开，渐舞渐紧，但见两道白光，把那倩影掩没住，凉风飕飕，一阵阵逼人眉颊。英民看了，不觉舞掌称善，说道："这一路梅花刀法，使得又快又熟又神奇，可见文耀姑娘的功夫了。"

这时文耀早已收住刀法，一个燕子掠水式，轻轻跃至桌前，把双刀一并握在右手，带笑对英民说道："王先生看了，不要笑掉牙齿么？还望赐教。"

英民见伊面不改色，梨涡含春，便道："文耀姑娘有此武艺，真是难得。他日秦良玉、沈云英不足专美于前。本来灵秀之气多钟于女子，可惜无人提倡罢了。现在见了文耀姑娘的刀法，谁说巾帼中没有英雄？莫怪前天星耀兄曾说姑娘的武术很好了。"

星耀又嚷起来道："王先生这样夸赞舍妹是不敢当的。今晚我们也要一观王先生高技，不知你可肯赏脸么？"

英民笑道："礼尚往来，古有明训。文耀姑娘既已答允了我的请求，我焉能有违尊意？自当献丑一下。只可惜我的纯钩宝剑已失落在大盘岛上，否则当筵舞剑，也好一尽其乐……"

英民的话没有说完，文耀早抢着说道："王先生的宝剑不幸失去，真是可惜。但先父在日，也有一口宝剑的，现在挂在我的房中，藏而不用，不如取出，转赠与王先生吧。"

星耀道："很好，妹妹快去取来。"

文耀遂回到房中，放了双刀，从壁上接下宝剑，走来双手向英民献上。英民接过，拔出鞘来一看，湛湛如秋水耀眼，便道："好剑好剑，多谢文耀姑娘的美意。现在我且借用一下，他日故剑还来，再当归赵。"又说道："我今舞一下子吧，你们不要见笑啊。"便把剑向怀中一抱，走到那个地方，舞将起来。

一霎时已变成一团白光，如闪电般往来倏息不可捉摸。二人见那一团白光忽而扩大，忽而缩小，忽而如天女散花，忽而如满城风雨，不觉都鼓起掌来。忽见白光向上一飞，已到那株柳树的顶上，只在树上盘旋飞舞，好似一个烂银的大车辆在那柳树上滚来滚去。看得二人出神时，一团白光已从树上飞到筵前，冷气逼人。英民已收剑立在身边了。星耀兄妹都向英民赞美不止，英民谦谢了数语，重又入席饮酒。各人互敬三杯，喝得三人都醉了，方才安寝。

次日，英民又随着星耀到海滨去盘桓，星耀便教他学习游泳。一连过了四五天，早有渔户来报说，昨晚归舟，见有大帆船二十余艘，从大盘岛那边出发，向北而去。探听得闹海神蟒余腾蛟又往舟山群岛附近去劫掠了。此番是大伙出去的，岛上必定空虚。英民等听了，不胜欣喜。

星耀便对英民说道："这是再好没有的机会了，今夜只消我们兄妹二人，伴着王先生，轻舟前往，见机而作便了。"

英民大喜道："全仗令兄妹相助之力。"

于是便在这天晚上，三人各换上夜行衣服，文耀把柳叶双刀作十字花，负在背上，英民挂着宝剑，星耀带了飞叉和钻子，一齐饱餐毕，坐了一只小舟，人不知鬼不觉地离了绿霞岛，向大盘岛进发。好在二岛相距不远，小舟在浪花上很快地前行，因为星耀兄妹手中四把桨打得非常神速，只向浪里钻去，好似飞鱼一般。英民抱着宝剑立在船中，听着波涛的喧声，心中如火一般地发热，恨不得那只小舟变成了飞船，一飞便到了大盘岛，救出琼珠，遂了他的心愿。

三人默然无语，舟在海中驶行着，波涛如魔鬼般地尽向舟上扑来。四围茫无际涯，景象可怖。幸亏星耀兄妹善于驾舟，仍能很稳快地行去。待到半夜，已近大盘岛。英民的精神不觉振作起来。

忽听背后水声大作，回头看时，见有一只大帆船箭一般地向自己小舟追来。此时星耀兄妹也已察觉，一齐向后观望。那帆船追风似的离开这里不过三四丈路了。在这昏黑的夜中，决不会有何船舶行驶，谅是大盘岛上的盗舟了。那么不幸而被他们撞见，这事不是又有些尴尬么？星耀兄妹虽然打着桨，哪里及得那帆船的快。一刹那间，早已被帆船追着。只听帆船上有人喝道："那小舟驶向哪里去的？快快说个明白。"

星耀教文耀依旧打着桨，自己放下了桨，立起身来，从腰际取了两柄飞叉在手，英民也横着宝剑，一齐准备厮杀。见帆船船头上立着几个人影，不见这边回答，早有一条黑影直蹿过来，已到小舟后艄，口中喊道："你们这些杀不完的强徒，吃你家老娘的棍子。"一棍向二人劈头打来。星耀早摆动飞叉迎住。

两人正要厮杀，英民听得这人的声音很熟，顿时想起了什么，又似乎仍有些怀疑，便试问一声道："来的莫非是仇嫂么？"

这人一听英民的说话，立刻停住了棍子，喊道："奇哉！奇哉！"

英民走近一看，果然是左婴。便教星耀不要打了，自家人碰了头，险些闹出乱子。此时帆船已和小舟衔接，又有一人问道："对面是不是英民贤弟的声音？"

英民答道："王英民在此。"

便听那人欢呼道："好了，好了，快请过船相见。"

于是英民和星耀左婴一齐跨过大船，直到舱中。见船上站着的乃是仇九皋夫妇和朱世雄以及老钱，后边掌船的却是丁义兴和他的朋友盐七。众人相见，喜出望外。英民便问那九华山弟兄何以到此，仇九皋也问英民是否曾失陷在海盗手中，如何逃出性命，黑夜在此。

九皋遂先告诉英民，他们怎样来此的缘故。始知他们在九华山上，朝夕盼望英民回来。然而英民一去之后，杳如黄鹤，大家甚为疑讶。其时清军已全取得皖浙赣三省土地，九华山包围其中，只图自保，丝毫不能发展。甘辉等十分焦急，经大家一度讨论之后，遂请九皋夫妇和朱世雄改扮下山，到碧云村来探访英民，山上却留甘辉和阮武、上官杰等一班人驻守。好在清军还以为他们是草寇一类，所以没有派大军去进攻，暂时平安无事。

九皋等一路问讯，好容易到得碧云村，遇见老钱，问起英民行踪。老钱自从英民去后，也是天天伸长了脖子盼望好消息，谁知英民去了许多日子，真是石投大海，杳无声响。思念琼珠被海盗劫去好多天，大概凶多吉少，难以珠还了。因此恹恹地生起病来。见了九皋等三人，便把英民去天台山访问无碍和尚，再去搭救琼珠的经过，告诉一遍。九皋等不见英民，茫茫大海到哪里去找他呢？一时踌躇无计，恰巧丁义兴在那夜岛旁守候英民，到天晓不见英民归来，知道英民陷身虎穴，一去不能归来了。自己守在此间，若被盗舟瞧见，性命难保，因此离了大盘岛，自行逃生。想起英民一番待遇的诚意，遂回到碧云村，要报一个信给老钱知道，不想却和九皋等相见。老钱听了，更是愁闷。

丁义兴又把英民到天台山的经过告诉一遍。九皋听了，知道英民陷身在大盘岛上，不知生死如何，自己和他是结义弟兄，有福同享，有难同当，不能不去想法救他。遂和朱世雄、左婴一起商量之后，便要丁义兴引导他们，重去大盘岛，营救英民和琼珠一对儿的性命。老钱虽然有病，也愿同往。如若不见琼珠，情愿葬身大海，不归故乡了。丁义兴也要代英民复仇，一口答应。于是大家带好了行李和干粮，立即坐了丁义兴的船，星夜向大盘岛赶来。丁义兴又先同他们到阎王岛，邀了盐七同往。换坐着一只大帆船，趁着月黑夜，向大盘岛偷驶。不料遇见英民，真是再巧也没有了。

英民也把自己出险的事，略说了数语，便道："我们进行大事要紧，留着话以后再行详细倾吐吧。"

九皋道："不错，那么我们可以一同前去了。"

英民又请文耀来到大船上，星耀兄妹和众人相见，便令丁义兴等开船。英民等原来坐的小舟，便系在大船之后，一齐向前驶行。不多时，已到大盘岛。丁义兴抛着锚，将船泊住。英民遂吩咐丁义兴和盐七仍在船上守候，九皋夫妇和朱世雄由前山进，自和星耀兄妹由后山进。大家亮出兵刃，分道进发。

这时已近四鼓，岛上人都已深入睡乡，没有防备着有人来袭击。英民和星耀、文耀从后山翻过去，三人都有飞行功夫，不消一刻工夫，已至目的地。英民是熟门熟路，早到了第三层屋子里，听四下人声寂寂，不知琼珠拘禁在哪里，大约仍在上房。必先找到余腾蛟的老婆，方才可知下落。但是许多房间里都是黑漆漆的，到哪里去寻找呢？

忽地听得东边一间房里有窃窃私语的声音，英民等轻轻掩到窗前，侧耳倾听，只听里面有一个女子在那里低低说道："小九哥，天还没有亮，你为什么急急地要去呢？难得岛主出去，我们才能有这机会，可以欢娱数夜。等到岛主归后，我们便不容易相聚了。"

又听有男子的声音接着答道："姚小妹子，此刻已近五更，再不走时，转瞬天明。若被他人撞见，我们两人还有命活么？放我出去吧。好在岛主远行，正有许多天给我们快乐哩。"说罢，便听步履声，有人轻轻走出来了。

英民知是余腾蛟的部下，在这里和妇人幽会，遂即闪在一边，等得那人开了房门走出来时，英民一看，乃是一个年纪很轻的汉子，立刻飞起一足，将那人踢翻在地。过去一脚踏住，将宝剑在他面旁扬了一扬，那人吓得不敢开口。英民便叱问道："你是何人？可知余腾蛟前番在碧云村劫的女子在哪里？快快直说，饶你性命。"

那人战战兢兢地说道："我唤王小九，是岛主手下随身伺候的人。至于碧云村劫来女子，以前听说曾留在主妇身边，现在却不知道了。"

英民又问道："那么你快快告诉我们你家主妇的卧房在哪里？"

那人又答道："便在西首一个门里，走进去另有一个大院落。两间朝南的精美房屋便是了。"

英民等他说完，手中宝剑一挥，一颗人头便滚落一旁，不料他们每间房里都装着警铃，预备不测的。那房中的妇人便是秦九飞的老婆，也是掳掠来的，性极淫荡，所以干出这种把戏。英民在外边逼问小九哥的口供时，伊——听得，知道有外边人到了，心中大惊，衣服也不及穿上，把壁上警铃拉动，星耀听得警铃响，便道："我们也不须去找了，他们自会出来。准备着厮杀吧。"

英民很快地跑进房中，想要去捉那个妇人。谁知房后另有门户，早已逃去了。英民回头走出时，早听得内外人声四起，明知余腾蛟等大伙儿都不在岛上，心中很是镇定。接着便见火把大明，有十数个壮丁各执着刀枪棍棒，从前面急急跑入。口中大喊："快捉奸细啊！不要放走了刺客啊！"

星耀双目怒视，挺起两柄飞叉，上前接住便杀。飞叉向左右飞舞时，早已刺倒了两个。英民又挥剑而前，剑光盘旋数下，人头已滚落了几颗。这些壮丁哪里是二人的敌手呢？正在这时，西门里一

179

声娇喝，先有两个雏婢开门出来，一手执着单刀，一手提着红纱灯，向两旁一立，便有一个妇人穿着紧身短衣，淡绿色的裤子，三寸金莲套着大红绣花鞋，如飞燕般从门里跃出。手中抡起一根齐眉棍，正是余腾蛟的妻子高月娥。伊方从睡梦中惊醒，听得外边厮杀之声，赶紧出来查看，却不防抛在海里的王英民又来了。陶文耀一见高月娥，即忙使开柳叶双刀，接住便战。

英民心里却系在琼珠身上，见月娥已出来厮杀，遂想乘此机会，去找琼珠。这里的人料星耀一人足够对付了，于是飞身便向西边门里跑去。见里面一个大院落，堆叠着玲珑的假山，有几株大树，绿叶纷披，右面一间房中，灯光亮着，料是高月娥的卧室了。排闼而入，果然不错。房里陈设很是富丽，只是静悄悄的没有人影。英民便喊道："琼珠，你在哪里！王英民来救你了！"依旧不听得有人还答。抬头却见自己的纯钩宝剑正悬在壁上，心中一喜，连忙摘将下来，佩在腰间。可是故剑虽归，玉人芳踪到哪里去找呢？前次听说留在月娥身边，现在不见，莫非有了三长两短么？思至此，心中突突地跳跃不已。

他正在呆呆思想之际，忽闻后面脚步声，走出一个年轻妇人来，便是姚小妹子。英民即将伊一把揪住，喝问道："你可知在碧云村掳来的女子钱琼珠在哪里，快快实说。"

姚小妹子早已吓得魂不附体，只得说道："在前几天早已死了。"

英民听得这一句话，好似顶上浇了一桶凉水，暗想：完了完了，我辛辛苦苦冒着危险到这大盘岛上来，所为何事？现在琼珠已化异物，我的希望断绝了。又气又怒，将手中宝剑一挥，姚小妹子的头颅已滚在一边。也是这淫妇自来送死，天诱其衷，一对奸夫淫妇，从此好到酆都城里幽会去了。

此时英民一腔盛怒，无处发泄，恨不得把余腾蛟夫妇千刀万剐，以报琼珠之仇。立刻回身跑出门来，却见高月娥早已就缚，仇九皋

180

夫妇等已杀至了。原来高月娥和陶文耀两人斗够多时，不分胜负。星耀早把群盗杀得七零八落，尸横满地，有几个逃生去了。仇九皋已从前山杀来，那边只有一面为人把守，十分空虚。被九皋等杀死二十余人，其余的都跪地投降。因此九皋夫妇留着朱世雄在前山，自己来接应英民。左婴一见二人狠斗，便抢动三截连环棍，赶来助战。高月娥见来的都是劲敌，自己一人孤掌难鸣，如何抵敌得过，一个心慌，被左婴一棍打在腿上，跌倒在地。文耀便把伊缚住。

这时天色已明，英民杀气腾腾，走至高月娥身边，把剑一扬，想把伊劈为两半，复琼珠之仇。文耀早将手中双刀架住英民宝剑，说道："王先生，为什么把伊杀死呢？我们不妨问问伊的口供。"

英民把脚一蹬道："唉，你们不知道，琼珠姑娘已是死了，不要问什么口供。"说罢，手中宝剑不由轻轻倒下。他几乎要晕去了，眼眶中忍不住情泪如泉涌般流出。

左婴听了英民的话，也跳起来道："怎么？琼珠姑娘已被这贼婆害死了么？可恶！可恶！"说罢，举棍便打。

又被文耀使刀拦住，说道："且慢，我们细细向伊问个明白，然后再把伊处死未晚。"

九皋道："好的，外面正有一座大堂，我们带伊前去一审可也。"

于是众人便把高月娥带到外面大堂。英民一看，正是前次余腾蛟等问讯自己的地方。恰巧正中有五把大交椅，英民等挨次坐了，要问高月娥的口供。这时高月娥已认清英民的面目，不觉脱口喊出来道："啊呀，你是王英民。怎的……怎的没有死呢……"

英民一声冷笑道："贼婆娘，你也认得王英民么？我前遭自不小心，受你们的暗算，你们竟将我抛入大海，以为我必葬身万顷波浪之中了。哪知皇天有眼，自会不死。今日前来，你做阶下囚了。可恨你们狼心狗肺，擅敢将碧云村劫掠来的女子琼珠姑娘活活害死。伊是我的未婚之妻，此仇不报，非为人也。我今虽把你碎尸万段，

181

也不足泄我心头之恨。现在你快实说，怎么把伊害死的？伊是贞节女子，自然受不住你们的蹂躏啊。"

英民说罢，怒气冲天，按着剑柄，等候高月娥答应。高月娥却对英民说道："你问钱琼珠么？伊确是一个美丽温文的小姑娘，经我家寨主劫来后，本来要将伊玷污，却因我意中不欲，遂把伊收在身边，做一名侍婢。后因我家寨主终不能忘情于彼，我就将伊藏在卧虎洞中，瞒过寨主，只说伊暴病死了。此事十分秘密，只有二三人知道。你不要如此发急，我告诉了你吧。"

英民听了，不由直跳起来，走至高月娥身边，说道："你这话到底是真是假？"

众人听得琼珠没死，一齐很觉兴奋。高月娥又道："实则实，虚则虚，谁来哄你？只是你也算是一个英雄，却乘此间岛上空虚，前来袭击，未免欠缺胆量了。我一人双拳难敌四手，不幸被你们擒住，等我家寨主归来，也决不肯放过你们的吧？"

英民道："好好，谁存心来欺负你一个女流？只要你把卧虎洞的所在说出，领我们前去，将琼珠姑娘救还，我们也把你释放逃生，不来害你性命便了。"

高月娥道："卧虎洞在后山，我就领你们去。请把我的束缚解放，以便走路。"

英民道："好的。"遂把高月娥的束缚解去。好得伊手中已无兵器，也难逃走。

英民挺着宝剑，九皋握了钢鞭，二人立刻押着高月娥到后山去。却不向英民来的山坡边走，另有一条逼窄的山路，在丛树之中，高低不平。高月娥引着一路走去，英民心中最急，恨不得一步便跨到卧虎洞。九皋却扬着钢鞭，恐防伊兔脱，很是留神。三人弯弯曲曲走了一二里路，渐渐向低下地方走。脚底踏着青石，非常之滑。幸亏他们都走惯山路，不怕倾跌。

一会儿，走过一条小溪，便见有一块大石，屹然当道。高月娥回头说道："到了。"

英民道："卧虎洞在哪里呢？"

高月娥把手向下边一指道："这里便是。"

二人俯察在荆棘之中，有一幽深的小洞，粗心的人不易瞧见的，大约便是了。九皋笑道："这般小洞，只好卧猫，怎样唤作卧虎呢？"

高月娥将手指着大石道："你们瞧那块天生的大石，不是活像个卧下的猛虎么？"

九皋一看那大石蹲伏着，确乎形如猛虎，向西突出处，尤其像一个虎头。英民道："我们快快下去。"

三人遂佝偻而入。洞中十分黑暗，走了十数步，方才有些光明。英民暗想：这样地方，我那娇滴滴的琼珠怎样住在其中呢？禁不住一阵心酸，热泪已经到眼眶子里。便听高月娥喊道："琼珠姑娘，有人来救你了。"接着便听右边山石洼处，有很凄切的声音答道："谁啊？"

只这两个字，英民已听得出是琼珠声音，忙也唤道："琼珠！琼珠！王英民在这里。不要惊慌。"说话时，已瞧见那边地下青石上，横放着一块长板，板上衬着一条席子，席子上睡着的，正是碧云村里的紫衣孃琼珠。此时已憔悴得人比黄花瘦了。

原来琼珠本在高月娥房中服侍月娥，勉强偷活。背着人无时不暗弹珠泪，自叹薄命。想起故乡的老父，想起奔走天涯的英民，心中悲伤忧郁，饮食减少，一无生趣。后来余腾蛟淫心不死，依旧要想来玷污伊。高月娥本想把琼珠弄死了，好断绝伊丈夫的野心。只因看伊生得可爱，动了恻隐之心，不忍把伊活活害死，遂想出这个方法，将伊藏在后山卧虎洞里。此地人迹罕少，余腾蛟再也不会走来的。一面向余腾蛟诡言，琼珠业已自杀，尸体投入大海中去了。余腾蛟深信不疑，断了他的妄想。这事只有一个侍婢知道，因为月娥常要命这侍婢送干粮和水到洞中去的，千叮万嘱伊不许声张，如若泄漏秘密，生命难保。那侍婢自然缄口如瓶了。

琼珠自被月娥藏到卧虎洞里以后，更觉凄凉和恐怖。耳边只听得风声海波声，不啻在地狱中度日。本来欲早自觅死，以了残生。只因伊到洞中的第一夜，曾做过一个梦，梦见英民前来救伊出去，所以伊一缕痴心未灭，遂忍辱偷生，备尝一切苦痛。今天伊正自恹恹卧病，初闻月娥之声，以为月娥前来探望，接着又听得英民的声音，清朗入耳。伊在暗处望到亮处，格外分明。果见英民一手握着宝剑，摸索而来，不由心中转悲为喜。伊不住答道："英民哥哥，我在这里。"

英民也已瞧见琼珠狼狈得这般情形，那留在眼眶子里的眼泪早已流将出来，忙过去握住伊的纤手，也觉得瘦得多了。便说："琼珠妹妹，我好容易将你找到啊！"

此时琼珠勉强挣扎起来，伏在英民怀里，只是呜咽。英民眼泪流个不住，两人胸中都觉有千言万语，不知从何说起。琼珠又颤声说道："英民哥，我们这番相逢，莫不是在梦中么？"

英民一手揩着伊的眼泪，低头对伊说道："不是梦，不是梦。琼珠，这是真的，并非梦境。我们特来搭救你的，千万放心。你的父亲也来了。"

琼珠道："真的么？可怜我去死不远了。"

英民道："现在好了，都是这些贼子害你的，别再伤心。"

琼珠把手掠着蓬乱的鬓发，悄然无语。英民再要温存时，仇九皋在旁掺言道："我们走吧，还有事情干哩。"

英民被他一句话提醒，遂对琼珠说道："大概你走不动那些崎岖山路的，待我来负你去可好？"

琼珠点点头，英民便扶着琼珠，慢慢走出卧虎洞。将身子一蹲，轻轻负起琼珠，大踏步便走。九皋仍押着高月娥，一同走着。不多时，走到原处，英民将琼珠放下，却见老钱和丁义兴与盐七等也来了，这是左婴去给信，唤他们来的。当下老钱和琼珠父女见面，欢喜得反而相抱哭泣了。又经英民一番劝解始定。大众没有见过琼珠的，都向伊注视不瞬。尤其是左婴，立在琼珠身旁，细瞧琼珠生得果然美丽，不过因为近日病了，又受着惊恐，所以俏面庞瘦了三分，然而秋波溶溶，依旧是显出伊的天然秀丽来，不觉自惭形秽了。陶文耀见着琼珠，心中也暗暗惊叹伊天生尤物，自己万万比较不上，无怪英民为了伊舍死忘生，一心要救伊从虎穴出来了。

此时英民又代琼珠向众人介绍，且告诉伊知道，众人都是帮助着他来救援的。琼珠一一敛衽道谢。于是英民便要发落那高月娥了，回头过来，厉声对着高月娥说道："我既有言在先，且瞧琼珠姑娘的情面，放你这一遭。下次再遇见在我手里，那就不轻饶了。听说你哥哥也是个海盗，不妨投奔到那里去。若要前来太岁头上动土，我王英民是个顶天立地的好男儿，也不畏避的，尽管较量个高低强弱。还有你的丈夫闹海神蟒余腾蛟，焚掠海滨百数十村，罪恶滔天，我也决不放过他的。一颗脑袋且寄在他的脖子上，少不得有一天，要被我砍掉下来。你快去吧。"

高月娥气得几乎无言可答，只说："王英民，你既是个好汉，且不要走，我们必来复仇雪耻。将来我再被你们擒住，情愿延颈受戮。你若再跌翻在我们手里，也没有前次的便宜了。"

英民冷笑道："你倒这般嘴硬。快快走吧！"

左婴也喝道："贼婆娘，快走快走！再啰唆时吃我一棍。"

高月娥又对左婴看了一眼，回身便走。伊这一走，自到海边，驾着小舟，投奔伊哥哥黑胡子高云龙那里去了。

这时朱世雄又领着数十名投顺的海盗，来见英民，听候发落。英民向他们细细讲解一遍，问他们可能从此放下屠刀，弃逆归顺，如若不愿的，不妨自去。但是众人见英民等都是侠义勇武的英雄，一齐心悦诚服，愿听英民驱遣，不再为盗。英民大喜，遂吩咐他们去把余腾蛟在岛上留下的船只齐集，听候点验，众人应声而去。外边又来了不少岛民，闻知此事，大众来见英民。英民又对他们演说一番，劝他们各自安业，毋得惊恐。自己是来除灭海盗的，众岛民本来苦于余腾蛟的虐政，现在见来了英武的新主，自然十分欢迎，快快活活地散去。王英民三个字，顿时传遍岛上了。

英民即命余腾蛟部下原有不曾走的厨司，端整筵席，和九皋等分两桌而坐，用过午餐，又同九皋夫妇、陶氏兄妹等去海边点验所有船只。众健儿已将船舶一字泊着守候，英民一查，大小共有三十六艘，内中唯有一只是巨舶。英民即命丁义兴和盐七督率众人，管理船只，预备应用。自己又到岛上四周走了一遭，果然比较绿霞岛广大得多了，而且形势很是雄壮。岛上田地树木很多，足以自给。看了心中暗暗欢喜。

天色已晚，回到原处，老钱父女已讲了一大套别后重逢的话了。于是英民大设筵席，又请余腾蛟的部下大嚼一顿，自己在席上和九皋等商量，要不要弃了这岛，回到九华山去。九皋已揣知英民颇爱此岛之意，便说现在九华山不能发展，回去也是困难。不如便借这岛来做根据地，以谋他日恢复祖国之计。将来也可到九华山去迎接甘辉等同来。况且余腾蛟还要来报复的，我们不走为妙，好乘机把余腾蛟歼灭，收他部下，以壮声势。众人也都赞成九皋的说话，尤其是左婴，主张必要和余腾蛟厮杀一番。英民遂立定主意不走了。

席散后，英民便请九皋夫妇和朱世雄等住在前一层房屋里，自己和老钱、琼珠就住下了余腾蛟夫妇这一间卧室。又请星耀、文耀俩住在后一层，各自戒备，以防不测。

黄昏时，英民、琼珠、老钱三个人坐在一处，略谈别后的事情。老钱父女听得神鼋救出英民的事，也各惊奇不置。琼珠的芳心里更是充满感谢之忱，对于英民这番冒险搭救，真觉得无以报谢。英民见琼珠芳容憔悴，知道伊已因忧急而病，略询伊幽拘在岛上的状况，极尽抚慰。老钱本来急得要死，现在见英民和自己女儿都从险中出来，逢凶化吉，所以掀着老髯，十分快慰，病也爽然自失了。三人谈了多时，英民见琼珠有些不支的样子，也就各自安寝，一宿无话。

次日大家起身，琼珠已稍活泼了，和左婴、文耀二人坐着闲谈，英民却和九皋、世雄、星耀等忙着接收余腾蛟的库藏。前山有一关隘，甚是险峻。英民即请朱世雄把守，知道余腾蛟不久必要回来，若得知道这个消息，必有一场大大的厮杀。况且高月娥到了高金龙那里，说不定他那边也会大起舟船，前来报复的。两处都要防备。自己虽然临敌不惧，终嫌部下人少。星耀遂和英民商量，他们兄妹俩本要回到绿霞岛去，到了那里，赶将渔户编成一军，前来策应。英民点头称善，所以这天下午，星耀兄妹遂别了众人，到绿霞岛去了。琼珠精神虽得安慰，而身体依旧未复，静卧养病。老钱伴着伊，时时慰问，跟着英民，也不想重返碧云村了。

英民得了这个大盘岛，想作为根据之地，所以和九皋等忙着经营。珠还合浦，霸基始创。日后在海上自有一番惊天巨业。著者挥写至此，暂时做一个小结束。自此以后，血战大盘岛、火烧紫云洞、女王鏖兵、倭寇侵犯，以及郑成功起兵台湾、无碍和尚斗黄龙、箭侠出世、王英民大战梁化凤、兵困乌龙阵等，许多奇情逸闻，当在续集中写来。重行供给诸君快读。

正是：

英雄侠骨，儿女柔情。
纵横海上，稗史留名。

187

海上英雄续

第一回

夺魄惊心三箭驱剧盗
翻江搅海一叉奏奇功

大风怒吼，疏星闪烁，海面上一切景象都带着恐怖的色彩。海水奔腾澎湃，一个个怒浪打来，在黑夜中瞧去，好似千百魔鬼跳跃而前。远望岛屿都隐在黑暗里，只有几点黑影。在大陆上的人们绝不会想到黑夜之海的恐怖，封姨和海若一齐合作着，在这茫茫大海里面，施行他们的威权。但也许有些海上的海盗，他们不怕风，不畏浪，乘着这个恐怖的黑夜，施行他们杀人放火的手段呢。

所以在那洪涛巨浪之中，从南面忽来二十多艘大帆船，排着人字形，向海口一个小岛驶去。原来这就是大盘岛的海盗之王闹海神蟒余腾蛟，率领着手下许多健儿出来剽掠了。余腾蛟这番出劫的目的，是在舟山群岛。但因风闻舟山明军业已失败，有满洲大军驻扎，所以不敢去侵犯，只在舟山群岛之南沿海几个小岛上劫掠。前天劫得金马小牛二岛，没有捞着多大的油水。被他探听得在金马岛的东北，有一个青龙岛，是富庶之地。岛上居民都很殷实，藏金亦伙。不过岛上有民团严密防守，不易窥取。余腾蛟和赤面头陀等一商量，倚仗着自己这边人多艺高，谅那些乡民无论如何有组织，有防备，总不是他们一班魔王的对手。于是便在夜间率领全体儿郎，进攻青龙岛。余腾蛟等个个杀气满面，准备着厮杀。

到得青龙岛的海岸，二十多艘大帆船，一字泊住。赛张顺秦九飞当先提着双刀，率领第七号船上的健儿，鱼贯上岸。出洞蛟严球挺着一对李公拐，也带着十三号船上的弟兄，接着登岸。

忽听岛上一声号炮响，从东边林子里簇拥出一队红色灯蘸，都是蝙蝠形式，锣鸣鼓响地杀来。秦九飞忙同众健儿迎住。又听一声炮鸣，西边林子里有一队蟾蜍形的灯蘸，一例黑色，翻翻滚滚地杀出来，严球知道岛上众乡民果然有备了。众乡民中早有一个少年挥着雌雄剑，飞步向前，严球即舞动李公拐敌住。二人拐来剑往，战在一起。

余腾蛟在第一号战船上，瞧得清楚，吩咐左右抬过一杆铁纯钢枪来，自己正要上岸助战，忽听水面上又是一声号炮响，从那岛旁港湾里驶来数十艘小艇，小艇上都持着黄色的虾形灯蘸，向余腾蛟的船包围拢来。当先一只较大的艇上，立着一个年轻壮士，荷弓悬矢，一手横着一支丈八蛇矛，一手握着一面小黄旗，指挥众小艇箭一般地驶来。余腾蛟见了大怒，急命第五号船上的赤面头陀、第十号船上的海通，一齐去接应岸上的弟兄，自己挥动长枪，把船迎上前去。

只听那壮士喝道："你们这些瞥不畏死的狗盗，沿海良民何罪？而受你们的荼毒！今夜还想来劫掠我们这里的青龙岛，哈哈！那就是你们的末日到了！"

余腾蛟睁圆怪眼，举起长枪，便向那壮士心口戳来。那壮士飞起手中丈八蛇矛，恰好架住，还手使个凤点头，一矛点到余腾蛟的冠上。余腾蛟大吼一声，收转长枪向上挡开，两人个个使急了手中的枪和矛，奋勇酣战。闪闪霍霍，叮叮当当，杀得难解难分。众乡勇也和海盗们斗在一起。

这时岸上又是一声号炮，又拥出一队蝴蝶形式的灯蘸。一例都是蓝色，当首一个少年，使开两柄板斧，虎吼也似的赶至。海通急忙展开降魔杵，跳上岸去，和那个少年接战。赤面头陀指挥着众儿郎，一边应付海中，一边接应岸上。好一场混战。

只听岸上又是号炮一响，林子里又杀出一队乡勇，一例都是白色的鸽形灯蘸。为首的一个女子，姿容美妙，使开两把绣鸾刀，杀上前来。看看秦九飞、严球等抵挡不住，纷纷向后退走。因为大家十分惊讶，不料在这个青龙岛上，竟有这么五队奇兵，勇敢善战。看来这次不能占得胜利了。心慌意乱，都望后退。赤面头陀见势不佳，连忙命部下鸣金收兵。自己使动宝剑，接应严球等退回舟上。但见岸上红蓝黑白四色灯笼，翻翻滚滚地追杀上来。

余腾蛟正和那壮士酣战，自己屡经大敌，一支长枪，人莫能御，不料如今也遇着劲敌。一个长枪如怪蟒翻身，一个蛇矛如老蛟出水，都没有半点破绽可寻。忽闻自己这边鸣金，知道今夜难以取胜了。便把长枪压住蛇矛，说道："好小子，便宜你们一遭，休得追赶。"说罢，他的舟上八把桨如飞地划向后面退去。

壮士冷笑一声，正要追上，恰巧赤面头陀接应岸上的海盗追下，他便吩咐众小艇赶紧截杀，岸上严球秦九飞等狼狈而逃。那个使雌雄剑的少年，追着秦九飞，拦住也不放下船。赤面头陀觑得亲切，发出一颗念珠，正中那少年的右臂。少年吃了一惊，退下去时，那个使双刀的女子却从刺斜里杀至。赤面头陀又是呼的一颗念珠，向女子的头上飞去。女子将左手绣鸾刀一扬，铛的一声，打在刀上，念珠反激出去，击中了一个乡勇，捧着头跌将下去。秦九飞趁着这当儿，跃上自己的船，吩咐速退。

此时余腾蛟部下纷纷后退，岸上已无盗党。只见红蓝白黑四种灯笼，一字地排列在岸边，喊声雷动，火光照耀。余腾蛟挺着长枪，和赤面头陀在后抵御。盗舟上个个挂起布帆，回船向东面大海中驶去。这里众小艇追赶不着，蚁聚在海边。那个壮士将蛇矛倚在怀中，左手拉出一张塔渊宝雕弓，右手从箭袋里抽出三支雕翎狼牙箭，将箭搭在弓上，嗖的一箭飞去，正中余腾蛟船上的大帆，绳索断了，那帆顿时落下，舟便横在海面。

余腾蛟大惊，只听那壮士喝道："狗盗，我要射你的黄冠!"说时一箭早已如奔雷掣电般射到，余腾蛟不及躲避，头上一顶黄冠早已随箭飞去，落在海中。余腾蛟更是心惊。忽听弓弦响处，一箭又向他胸口怒飞而来，余腾蛟急忙把枪一拦，箭头射在枪杆上，向旁边跳开去。一个盗党腰里正戳个着，仰后而倒。余腾蛟吓得头也不敢回，拖着长枪，逃入舱中。众人又挂上一张布帆，疾驶而去。

逃了一大段海程，到得一个荒岛边，方才先后停住。天色也已大明，余腾蛟惊魂初定，走到荒岛岸上，对着初出的红日，叹一口气。部下个个烧起早饭来，赤面头陀和严球等一齐上岸。大家席地而坐，谈起昨夜青龙岛的一场血战，无不惊骇。

余腾蛟道："我们到处劫掠，难得失风的。此次虽闻青龙岛上也有防备，但不料交上手，果然厉害。他们分着五色灯纛，闹得人家五花八门，从来没有遇见这样有组织的乡勇。还有那个舟上的壮士，他的连珠箭何等神速而准确？真有养由基穿杨之技，我险些着了他的道儿，危险之至。"

赤面头陀说道："不错，我们虽然能够和他们决一死战，可是他们防备得十分严密，水陆两方互有策应，所以我看形势不好，便代岛主鸣金收兵，见机而退，以后再想法儿去袭击。"

秦九飞和严球也说道："他们很有几个武艺精通的人，因此我们不能纵横进取。即如岸上那个使雌雄剑的少年和一个舞双刀的女子，本领都是不弱。幸亏邝师父的念珠厉害，才把他们打退，弟兄们方能安然下舟。检点众儿郎，已有死伤二十余人。若再恋战，必受重创无疑。"

余腾蛟听了，默然无语。赤面头陀道："现在我们不如回大盘岛去，养息几时。打听出了他们的来历，再谋对付方法。"

余腾蛟道："师父之言不错。"

众人遂即返舟，饱餐一顿，依旧挂着帆，驶回自己岛上。此番出来，得不偿失，还是第一遭受的这样霉头呢。至于青龙岛上的乡勇如何这样厉害，那个身怀穿杨贯虹的壮士又是何许人物？这个闷葫芦著者为布局起见，只好留在以后大写而特写，读者自会明白。此刻要紧叙述大盘岛的事哩。

众海盗一路回去，余腾蛟闷坐舟中，自思以前焚掠七十余乡村，也曾和官军对垒过数次，所当者破，所击者胜，万万不料此番败在

194

青龙岛乡勇之手。此仇不报，非为人也。不如还去联合了高云龙等，再来报复。势力浓厚，不怕败衄了。他一边思想，一边饮酒解愁。

这一天将近大盘岛了，众人在舟上已远远瞧见大盘岛的黑影，一齐心喜。谁知左边有一小船驶来，那小船上有几个人，瞧见了这边大队船舶，便向这边迎上。原来小船上人只是余腾蛟的部下，他们心怀故主，偷偷地从岛上逃出来，找寻自己弟兄，想报告这一个恶消息。当时一人在船上执着一面小红旗，向这里做个暗号。余腾蛟等早已瞧见，便命停船。小船靠近大帆船，一齐走过船来，见了余腾蛟便说："岛主，大事不好。"余腾蛟陡地又吃一惊，忙问何事，他的部下遂把王英民率众夜袭大盘岛，杀死同党，活擒岛主夫人，救出碧云村中的钱琼珠，将岛占为己有，同党大半投顺，他们心有不甘，故而偷逃出来，要请岛主回去复仇，夺回大盘岛。

余腾蛟听了，大喊一声"气死我也"，几乎晕去。因他心里早以为王英民早已葬身波涛，自己岛上一向平安无事，所以率众出去，无内顾之忧。哪里料到王英民不知怎样的没有死，反乘这个间隙，把自己辛苦经营的大盘岛夺去，妻子也被活擒，岂有不气之理？便又道："原来王英民那厮竟没有死，吃了豹子胆，一再存心与我作对，又将我的妻子擒去，我余腾蛟活在世间，不和王英民拼个死活存亡，非丈夫也。"

部下又说王英民因为岛主夫人说出钱琼珠幽闭在卧虎洞中，便到那里救出了琼珠，也就将岛主夫人释放。听说岛主夫人投奔孤星岛高云龙处去了。余腾蛟得知他的妻子高月娥业已脱身，到伊的哥哥处去，略觉放心。但又听悉琼珠没死，被月娥幽闭在卧虎洞，好不奇怪。方悟这是月娥醋意的作用，以前自己竟被伊瞒过，反便宜了王英民而已。

此时赤面头陀海通严球秦九飞等一干人都走到船上，闻得这个惊耗，大家惊怒交并。尤其是赤面头陀，涨得他那副赤脸更觉红得如血红西瓜一般，大吼大叫道："王英民那厮如此可恶，仇上加仇。我们快快放船前去，将他擒住，碎尸万段，方雪吾恨！前番都是岛主等做主，把他抛入海中，以致被他漏网，若依了我时，早把他一剑砍死，不致有今日之祸了。"

余腾蛟道："谁料到有这么一着呢？如今闲话少说，希望众弟兄齐心协力，赶紧前去，把这班狗男女收拾干净为妙。"

大家答应一声是，余腾蛟计算战船共有二十四艘，遂下令分为三队，赤面头陀和海通率领战船八艘居左，严球秦九飞率领八艘居右，自率八艘居中，互相策应，一齐向岛上进攻。个个咬牙切齿，摩拳擦掌，欲得王英民而甘心。

王英民自占大盘岛做根据地后，悉心训练部下，又把岛上前后险要处添设关隘，积草屯粮，整理军实。知道余腾蛟得到信息，必要回来拼命，还有孤星岛上的黑胡子高云龙也要前来报复的。所以日夜防备，不敢松懈。过了好多天，琼珠玉体已愈，十分欣喜，抽个闲暇，伴着琼珠至岛上各处游玩半天。见西边有一旷地，居岛之最高处，可以望海。四围树木荫翳，空气新鲜，前有小溪，清流潺潺。英民和琼珠小立多时，心旷神怡，遂想他日可以在此筑个别墅，为琼珠消夏之所。

不料这天回来后，晚上王英民独自归室，解衣欲睡之际，忽听壁上隐隐有龙吟虎啸之声，回头一看，乃是从纯钩宝剑上发出来的。自思："当初我师老胡传授我宝剑的时候，曾说此剑通灵，若遇着有战事将要发生，或危险的当儿，这剑便会发出一种龙吟虎啸之声。那么今宵我倒不可不防了。"遂警备着，不敢稳睡。但是夜间并无征兆，直至天明时，蒙眬睡了一歇，醒来时披衣起身，走至外边。方欲用了早餐，检阅部伍，忽然盐七进来报说，有几个归顺的盗党私下走了。英民点点头道："这些人总怀二心的，不可不防。你且和丁义兴驾船出去巡查，提防腾蛟来袭击。"

盐七答应一声，退出去了。英民遂去和琼珠父女仇九皋夫妇同用早餐。英民遂告诉他们说昨夜剑鸣，主有战兆，恐怕余腾蛟便要回来了。琼珠听了，蛾眉紧锁，似乎有些恐怖之态。英民道："琼珠你不要害怕，有我在此，何惧海盗猖獗！况且仇兄和婴嫂都是有本领的人，一同在这里，更不足畏了。"

左婴也说道："琼珠姐姐，若那余腾蛟来时，须吃我一百棍。你请放心。"

琼珠只得笑道："我是惊弓之鸟，不寒而栗。幸赖有诸位在此，我可以有恃无恐了。前闻陶家兄妹遄返绿霞岛去招渔户军来，已有好多天，怎么不见前来呢？"

英民道："大概今天不来，明后日必要到了。"

众人正在谈话，忽见盐七和丁义兴匆匆地从外跑来，说道："闹海神蟒余腾蛟率众杀来了。"

英民问道："你们可瞧见敌船么？"

盐七答道："我奉岛主之命，同丁兄驾船出去巡察，离开大盘岛不到六七里，遥见前面海天中有不少大帆船，顺风而来。我们船上的部下认得都是岛上的船，一定是余腾蛟等赶来复仇。所以我们慌忙挂帆疾驶而回，报告岛主知道，准备抵御的方法。"

丁义兴也道："我见敌船分为三个纵队，成一品字之形，约有数十艘之多。"

英民一摆手道："知道了，你们二人快快出去，聚集战船，要和海盗鏖战一场了。"

丁严二人返身出去，英民和九皋等都立起身来。琼珠搓着衣裳角，很是惊惶。英民又安慰伊道："你千万放心，我们一定能够把余腾蛟击退的。你同你的父亲闭门守在这里，我们去去就来。"说罢，遂去拿了纯钩宝剑。九皋夫妇也带了军器，一同走至外边。

朱世雄迎着，来到海岸。只见许多船只早已一字排列着等候。众健儿见了王英民，一齐欢呼起来。英民一想，今天要教他们自己人打自己人，倒是一件困难的事。万一半途生变，我们都有危险了。便又对着众人，将大众勖励一番。大众很踊跃地愿从杀贼，英民这才稍稍放心。便命将战船也分为三队，仇九皋、左婴领右队；抵御敌人之左，丁义兴与盐七朱世雄领左队，抵御敌人之右；自己率领中队，和敌人中军相拒。三声炮响，战船离了大盘岛，向前驶去。

英民横着纯钩宝剑，立在船头，遥望前边水天相接处，果有点点帆影，向这里直驶而来。吩咐众船留意敌人，鼓勇杀贼，快些迎上前去。那边余腾蛟等也已瞧见这里的战船旌旗飘展，刀枪鲜明，都是自己的旧部，现在一齐归顺了他人，气得他怒发冲冠，把手中点铁纯钢枪向前一指，吩咐部下努力前杀。

不多时，两边战船渐渐接近，赤面头陀的左队，飞也似的抢上前来，正和仇九皋右队相接。九皋喝声："贼秃休要乱闯，看鞭！"抡起竹节钢鞭，一鞭向赤面头陀头上打下。赤面头陀舞剑迎住，二人鞭来剑往，酣斗在一起。海通正举着降魔杵，要想过去助战，左婴早大喝一声，跳到海通的船上，一棍扫去，海通将杵架住，觉得沉重非凡，暗想这丑婆娘好生了得。左婴已左一棍右一棍地打来，使得那根三截连环棍呼呼有风雨之声。海通不敢怠慢，也将杵使开，用力抵住。

这里朱世雄率领战船，也和海盗的右队迎住，秦九飞、严球两船从浪涛中横冲直撞而来，朱世雄挥着熟铜棍，敌住秦九飞的双刀，严球舞动李公拐跟着杀上。丁义兴和盐七个个使开手中单刀，一齐迎敌，两边战船呐喊一起，杀在一起。

这时余腾蛟已瞧见王英民，仇人相见，分外眼明。一船横扫而至，大骂道："王家小子，前次便宜了你，胆敢夺我大盘岛，辱我妻子，今天我与你须要决个雌雄。恐怕你再不能便宜了。"

英民叱道："狗强盗，不要胡说乱道。你们已如釜底游魂，还敢倔强么？"

一个挥动宝剑，一个舞开长枪，交起手来。余腾蛟认识英民手中宝剑厉害，所以十分留心，不被他削着，却把金枪舞得如银龙搅海，闪闪地左一枪右一枪，只望英民要害处刺去。英民也使开八仙剑，左一剑右一剑地变成一道白光，从余腾蛟眼中望去，只觉得左一个王英民，右一个王英民，上一下王英民，下一个王英民，有无数化向的王英民向他杀来。其实这是王英民剑术精妙，能使敌人目眩神移。幸亏余腾蛟也是个能征惯战之辈，所以咬紧牙齿，把长枪一紧，但见团团枪花，和那白光飞旋着，耀得两边部下一齐眼花了。

王英民生恐久战下去，自己这边人或要生变，恨不得一剑立刻把余腾蛟劈为两半。然而余腾蛟也起了决死之心，把平生本领都用了出来。所以两边虽然剧烈作战，依旧没有什么胜负。这也因为在海面上交战，王英民等究竟有些不惯。若是换了陆地，英民早将余腾蛟击退了。

余腾蛟见自己战够多时，不能取胜。英民越杀越勇，左右两队也不能进展，心中何等焦急。便传令船上擂起一通鼓来，鼓声响处，中央八艘船上拥出二三千个短小精悍的海盗，一例穿着绿色的短衣短裤，头上戴着锐角形的绿鲨鱼皮小帽，双目套着绿色的眼镜，手里各执着锥子和铁砧，一个个扑通扑通地跳下海去。顿时那海波中好似来了无数绿毛乌龟，一齐没入水底去了。

英民见了，不由大惊。原来这就是余腾蛟练成的一种水鬼。个个精通水性，能在海底睁眼。他和人家在海上交锋时，万一自己势头不利时，他便放出这种浑水摸鱼下水去，手里拿着的锥砧便是到敌人船底下去进行工作，要把敌人船底凿穿了一个个的洞，使海水灌进舱里，便有沉没之虞，他们便可以反败为胜了。今天余腾蛟和王英民等大战，一见情形不佳，所以下令放出这种水鬼来。英民识得他的诡计，无如自己不谙水性，只叫得一声苦。

丁义兴瞧见了，说声不好，便跟着耸身跃入海中。盐七也把单刀架住严球的李公拐，跳入海去。严球诨名出洞蛟，当然水性高明，冷笑一声道：“你们要同你家老爷在海水中战斗么？那也太不知自量了。”一个翻身，跟着盐七跳下水去。

王英民这边只有丁义兴和盐七熟谙水性，但武艺均属平常。九皋夫妇和朱世雄均是门外汉，况且都被敌人逼住。英民虽也习练过，只能游戏，不能在水中张目，和敌人交手。幸亏他的部下本来都是大盘岛的海盗，也有一小半会水性的，现在看危险当头，大家呐喊一声，也有十数人跳入水中，去抵御水鬼，不让他们来凿船底。两边上下一场混战，杀得惊天动地，搅海翻江。

英民一边和余腾蛟猛斗，一边留心瞧着海波中浪涛汹涌，有鲜红的血一阵阵冒上来，不知是敌人丧命呢，还是自己部下死亡？余腾蛟船上的海盗又大声呼道："我们弟兄都是自家人，何苦自相残杀？现今岛主归来，扑灭仇敌，你们何不一同帮着把仇敌逐走，岛主自有重赏，快些反戈吧！"一迭连声地呐喊起来，英民深恐摇动军心，非常发急。

忽见南边又有数十艘帆船飞也似的驶来，英民以为盗党又至，暗想今天没有生路了。不料帆船驶近，瞧得分明，当先两条帆船分波逐浪而至，船头上立着一男一女。男的赤裸着身体，两手托着一对明晃晃的飞叉，女的穿着淡红衫子，手里横着梨花双刀，正是陶氏兄妹率渔户到了。

英民大喜，这时候却见水波涌腾，出洞蛟严球左手握着一对李公拐，右手胁下夹着盐七，从海中起来，露出半身，大喊道："敌人已为我擒，你们还不投顺，等待何时？"余腾蛟部下见了，一齐欢呼。谁料呼声未毕，忽然当啷啷一声响，一柄雪亮的飞叉从横里飞来，疾如激电，势若奔雷，一叉正中出洞蛟严球的头上，立刻横下水去，海面上咕嘟嘟冒出鲜红的血来。同时盐七早已脱身浮出水面，手中提着一颗血淋淋的人头，不是出洞蛟还有谁呢？

英民一边厮杀，一边看着，心中暗暗欢喜。那赤面头陀正在左边和九皋力战，他瞧着英民不胜愤恨，几次想跳过来助战，怎奈九皋的一支竹节钢鞭，使得水泄不通，一鞭紧一鞭，上下左右，都是鞭影。他一时难以脱身。当严球中叉，盐七割了严球的头浮出海面时，九皋留心着这边，手中一个松懈，赤面头陀趁势跃出圈子，摘下两颗念珠，乘英民不防的当儿，向他面门飞来，宛如两颗流星，其快无比。英民回过头来时，已到面旁，不及躲闪，说声不好。

欲知后事如何，请看下回。

第二回

傻左婴洞房闹喜剧
小诸葛海岛布迷阵

赤面头陀接连发出两颗念珠，直奔王英民要害。自以为凭着一己的绝技，乘着人家的不防，总可命中了。哪知英民虽然猝不及防，究竟他艺高胆大，说声"不好"时，回过脸来，将口一张，咬住了第一颗念珠，回吐出去，接着第二颗念珠正碰个着。赤面头陀的第二颗念珠却被这么激射一下，两颗念珠直跳起来，约有六七尺高，一齐落在海里去了。

闹海神蟒瞧着，觉得英民实在厉害，自己手中的一管点铁纯钢枪不知不觉地渐渐松懈下来，而王英民神威愈奋，一柄纯钩宝剑舞得如银龙绕月一般，只见白光。赤面头陀见自己的念珠没有击中英民，心里暗暗吃惊。仇九皋的钢鞭又到顶上了，急忙将剑抵御。此时赛张顺秦九飞瞧见严球已中了人家的飞叉而死，心中又惊又怒，架开朱世雄的熟铜棍，一个翻身跳到海里，来战盐七。同时陶星耀也已跃入海中，捞着飞叉，和秦九飞酣斗。陶文耀又指挥着渔户等一齐下海去战水鬼。那些水鬼没有占着胜利，只凿沉了王英民这边两三只船舶，自己那边的头领也已死在人家手里，不由勇气陡失。更兼渔户军都是熟谙水性的，又有盐七和丁义兴等相助，所以那些水鬼死的死，伤的伤，有一半真的做了水中之鬼，其余一半纷纷逃上船去。

秦九飞和陶星耀两人在海底大战，又来刀往。两人都是精通水性，翻波掀浪，各出平生本领酣斗。斗到五十余合，秦九飞见自己的水鬼死伤大半，不能得胜，一个心慌，手中刀松了一松，左肩上早被陶星耀刺中一叉，鲜血直流。吓得他使个蛤蟆出水式，逃回自己舟上。陶星耀追出海面，跳到盗船上，舞动钢叉，一叉一个，把众少将搠翻了不少。

陶文耀将双刀指挥着渔户军杀上前来，余腾蛟的部下哪里抵得住？锐气又堕，纷纷溃退，左队已被杀得七零八落。陶文耀一船已驶近海通舟边，娇声喝道："仇嫂努力杀敌，休要放了这恶头陀。文耀来了！"说罢，双刀一摆，前来助战。

海通本和左婴战个平手，眼见自己儿郎败退，心中已有些发急。现在见又有一位女将杀至，恐怕被她们围住不得脱身，遂吩咐战船退后，一面用全力抵住一个，战得不数合，陶文耀的双刀从他头上劈下，海通刚才把宝杵架开，左婴一棍横扫而至，击中海通的腰里，跌倒在船上。左婴向他头上又是扑的一棍，打得脑浆迸裂，到地下去和六指头陀会面了。

余腾蛟见大势已去，一声长叹，将枪一吐，使个怪蟒搅水，英民的左肩险些着他一枪。退后一步，余腾蛟即把长枪一摆，他坐的船便如箭一般地退下去了。赤面头陀见中右两队俱已失利，海通又死于非命，三十六着，走为上着，也跟着退下。英民率众追杀一阵，余腾蛟所有二十四艘战船，四分五落，有的被掳，有的击沉，只剩十艘逃向孤星岛去。

英民等奏凯而回，陶星耀带来的渔户都泊在大盘岛边，和大盘岛的战船分为八字式停住。英民回到岛上，早见琼珠和老钱已在庄门前含笑相迎。众人走到里面，只见堂上已摆着数桌筵席，琼珠向英民带笑说道："我们在此伫听好音，特地端整酒席庆功，且为陶家兄妹洗尘。"

英民笑道："多谢琼珠妹妹的善意。"

于是众人放下兵器，分宾主坐定。左右将酸菜端将出来，英民道："部下们和绿霞岛的渔户军都杀得辛苦了，不可不慰劳一番，以便大家快活。"

老钱道："这个我们也预备好了。已命厨下多添人役帮忙。一共杀了十数口猪、四头水牛、鲜鱼百十尾，绍酒数十坛，以备犒军之用的。"

英民道："甚佳！甚佳！"遂命左右出去传达自己的意旨，渔户军一律优待，让他们今夜尽欢一番。

此时英民等各人无不欢忭，因为已把纵横海上睥睨群雄的余腾蛟杀得大败而去，受了大大的重创。自己新占的大盘岛根基益厚，而英民的英名益张了。英民琼珠老钱九皋左婴坐一桌，陶家兄妹朱世雄义兴盐七坐一桌，其余六桌都是部下亲信的以及各战船上的船长。岛上人民的父老，挨次坐下，一共八桌，开怀畅饮。

席间大众举杯向英民欢贺，齐说岛主英武果敢，今将巨盗击败，从此大盘岛归于新岛主管辖，那残暴的余腾蛟不敢再来了。

英民十分挒谦道："幸赖诸位君子勠力同心，方得逐走余腾蛟。此后岛上事业，当再求进步，断非我王英民一手一足之力所能成就，仍望大家合作，匡予不逮。"又说，"此次大战，余腾蛟等确是劲敌，亏得陶家兄妹率领绿霞岛的渔户军前来接应，加入作战，因此得胜。论功行赏，应推陶家兄妹第一。"

陶星耀和他的妹妹文耀听了英民推崇的话，慌忙谦谢不迭。盐七说道："闹海神蟒余腾蛟的部下，要推出洞蛟严球和赛张顺秦九飞水性，武艺高强。此次严球已中飞叉而死，秦九飞也身受重伤，余腾蛟的部下战斗力可谓尽矣。不过听说他的浑家高月娥的哥哥高云龙占据孤星岛，那里徒党较多，地势险要，高云龙尤有万夫不当之勇。余腾蛟夫妇既已逃向那边去，说不定养息几时，再要来复仇的，不可不防。"

英民道："不错，我们不可因胜而生骄心，仍当严密防备。以后他们虽不来报复，我也要去寻着他们哩。"

陶星耀道："我们二岛联合着防备。高云龙虽然骁勇，我等也未必惧他。"

英民道："现在我们最重要的便是扩充部下的人数和实力。造船一项，我已专托了丁义兴办理了，只是一时招不到许多健儿，最是困难呢。"

盐七又道："我们岛上壮丁很多，明天我即抽身回去，向他们传达岛主的意思，招罗他们前来可好？"

英民道："很好，明天请你就去。我们正要积极扩充。"

左婴独自饮了两杯酒，撕着一只鸡腿大嚼。听他们只是讲着防御的计划，有些不耐烦，便立起来说道："今天我们是庆功宴，应该狂欢一番，大家快快喝酒，不要多讲别的话。至于防备的事，以后再谈。高云龙那厮来时，我第一个先要请他吃一棍，看他有多大本领。以前你们说余腾蛟怎样猛，但在我的眼里，瞧他不过如此而已。兵来将挡，水来土掩，那些狗盗，何足惧哉？"

英民拍着手道："仇嫂这几句话说得最是痛快。余腾蛟已为我败，区区高云龙何足多虑？他日将这些狗盗一齐扑灭，更在海岛练成劲旅，回去恢复大明江山，不亦快哉？今夜我等各宜尽欢。"说毕，举起酒杯，一饮而尽。大家听了这话，果然都痛饮起来。琼珠提着酒壶，又向各人敬酒，直喝到二更过后，方才散席。

次日英民和陶星耀等又到海滨去检阅部伍，在海面上操练。大盘岛的健儿以赤色旗帜为标记，绿霞岛的渔户军以青色的旗帜为标记，一声令下，各船都纷纷驶开，做战斗之状。忽聚忽散，忽进忽退，海波中但见青红二色的旗帜，飘飘扬扬，往来倏忽，十分好看。许多岛民也走拢来旁观，齐齐称赞新岛主的部伍严明。操练多时，方才散开，各归原处休息。

英民看了，甚是喜欢，留着陶星耀在大盘岛上助理一切，遂由陶文耀率领渔户军回归绿霞岛。从此约定两岛间每日各有一船来往，递送消息。又赶紧各在海滨建设烽火台一所，若遇紧急，举火为号，互相援助。陶文耀和琼珠左婴握别，喜滋滋地开船而去。盐七也坐着一舟，到自己的岛上去招罗人来入伍。英民又在前后添设营寨，防备得十分周密。

204

一天午后，英民正和陶星耀仇九皋在室中议事，忽然老钱走进室来，三人遂招呼他坐下。老钱坐了，便对英民开口说道："近来所遇的事，恍如梦幻，幸喜是个好梦，才使老朽安心。想起以前我们父女两在碧云村捕鱼为生，安享太平日子。后来在海上得遇大官人，荣幸得很。又有段人龙那厮对小女妄生野心，水乐洞的一遭，幸有大官人救出吾女，水阁欢饮之夜，你们二人便订下婚约，老朽心中大为快慰。不料以后大官人辞别至九华山去，我们村里便遭海盗行劫，吾女也被余腾蛟抢去。老朽思念成疾，自以为我们父女没有团聚的日子了。现在且喜大官人等冒险把吾女救出陷阱，又将海盗击退，占得这个岛子。霸基始创，将来前途进展，莫可限量。但是老朽年事已老，两鬓斑白，向平之愿，意欲早日了之。故乘这个时候，愿意你们二人早日成婚，减却老朽一桩心事，不知大官人意下如何？"

英民听了老钱的话，遂答道："承蒙长者美意，可是匈奴未灭，何以家为？我想再缓些吧。"

老钱道："大官人又是这种说话来了。大家已在婚嫁之年，还要缓到几时？你们虽然不妨暂缓，可是缓到何年何月呢？不要使老朽急煞了么？"

九皋在旁听了二人的说话，忍不住向英民说道："王老弟不是我喜欢插嘴，以老弟的年龄而论，也应早赋合卺之诗了。况且老弟和琼珠姑娘的遇合，非常之奇，非常之巧，英雄佳人，天生一对佳偶。现在经过了很大的危险，且喜依旧团聚在一处，乘此凯旋之后，正好成婚。婚后不是一样可以做事么？若说要等到国事平定之后再说，这也未始不是一句好听的话。不过照目前情形而论，也非最短期间所能成功。真合着钱老丈说的，等到何年何月去呢？丈夫处世，当因时达权，老弟就依了钱老丈的说话，即日把这事成就了吧。看我和左婴也不是早早成婚的么？"

陶星耀也嚷起来道："仇兄之言不错。我也赞成岛主早日和琼珠姑娘结婚，让我们大家喝杯喜酒，热闹热闹。"

英民见他们如此说法，老钱又是十分渴望，自己心里本来未始不欲和琼珠早谐鱼水之欢，只因要事纷繁，无暇及此，现在只好答允了。遂对老钱说道："既承老丈谆嘱，仇陶二兄雅意，我就遵命了。"

九皋和星耀立刻拍掌起来，老钱掀髯笑道："美哉，美哉！我已看过历本，便乘本月望日可以结缡。这天是一个成日，又逢月圆，大吉大利。"

九皋也笑道："大吉大利，明年还要生个大胖儿子，大家吃红蛋哩。"

英民笑道："我也没有吃到你的红蛋，却想先吃我的？论理应该先吃九皋兄的红蛋的。"

英民正说着，忽见外面跳进一个人来，说道："什么红蛋不红蛋的？红蛋在哪里？我也要吃的。"

大家看时，正是左婴。英民又带着笑道："仇嫂，我方在说要吃九皋兄的红蛋，不知仇嫂可肯早日赏赐。"

左婴听了，不由脸上一红，别转脸说道："这个我却不知，你向九皋讨取便了。"

九皋接着向左婴说道："别谈红蛋不红蛋，我来告诉你一个好消息吧。"

左婴回过脸来道："快说快说，什么好消息？"

九皋道："英民弟将与琼珠姑娘成婚了。"

左婴大喜道："真的么？"

九皋道："谁来骗你？钱老丈已择定本月十五日为吉期。"

左婴屈指数着道："今天初九，只有相隔六天了。很好，很好。怪不得你们说什么吃红蛋？我要去报信给琼珠妹妹哩。"说毕，回身跳出去了。

九皋笑道："伊总是这样傻气的，人家见伊真要好笑。"

英民道："仇嫂一片天真，你却说伊傻气，未免冤枉啊。"

老钱却又说道："大媒请谁呢？"

英民指着仇陶二人道："就请二位效劳一下如何？"

九皋、星耀都道："好的，我们做起大媒老爷来了。喜酒要多喝数杯的。"

英民道："这个当然，小弟端整美酒奉敬便了。"

老钱见英民业已同意，便笑嘻嘻地回身出去，想法布置洞房。这时左婴已跑去告诉琼珠，琼珠又喜又羞，被左婴调侃了许多话，羞不自胜。消息传将出去，大家知道岛主将和琼珠姑娘结亲，各人预备吃喜酒了。

英民主张一切简单，所以就将琼珠现在住的房间作为青庐，托老钱略事粉饰，顿时便觉气象一新。陶星耀也回去接他妹妹文耀前来贺喜。岛民公推代表致送礼物。

六天的光阴眨眨眼早已过去，已至十五日的吉期了。这天英民早上起身，换了一身新衣服，预备做新郎。琼珠也躲在房里，妆饰新娘。陶氏兄妹已从绿霞岛来喝喜酒。门外悬了彩绸，一班鼓乐大吹大擂，十分热闹。岛民代表都来道贺。仇九皋等一干人也换了衣服，大家向英民和老钱拜贺。礼堂即设在寨中大堂上，一切均如仪节。到了吉时，一对新人参拜天地。著者要省写许多繁文缛礼，就此一笔过去。

晚上大设筵席，众人开怀大喝喜酒，部下们也有酒肉犒赏。又有一队岛民，扮着各种奇奇怪怪的人物，手里高举着五色的灯笼，打着鼓，吹着笛，簇拥着前来道贺。即在堂上五花八门地跳舞，且舞且唱，煞是好看。英民和琼珠也出来并坐着观看，且命厨下另备筵席，这一队跳舞的岛民，众人跳了一会儿，方始散开。自有人去招待他们入席，英民琼珠也归洞房，有团圆夜饭。

老钱高高兴兴地陪着众人喝酒，左婴和陶文耀以及其他几个妇女合坐一桌，左婴一杯一杯地喝酒，喝得有些醉意了，只是不停。九皋星耀丁义兴盐七等在散席后，大家拥入洞房，来看一对新人，说说笑笑，诙谐百出。大家说三日无大小，我等不妨闹房共兴。于是九皋星耀斟着酒，要请新郎新娘喝个交杯。英民被缠不过，便先

207

喝了。琼珠勉强喝了一下，十分腼腆，坐在床边，只是低着头，尽人相看，尽人说笑，脱不了一种新嫁娘的娇羞态度。

九皋道："英民贤弟和琼珠嫂嫂海上邂逅，良缘天成，经过许多艰险，方有今日。从此花好月圆，珠香玉笑。英民贤弟可在温柔乡中尝尝甜蜜滋味了。"说得众人大笑起来。

英民却说道："国事未定，中原多难，温柔之乐，岂宜久享？等到海盗扑灭，雄师练成时，当和诸君子扬帆北上，与胡虏一战，方快吾心呢。"

英民正说着这话，房中稍觉静默。忽见彩绸的门帘一掀，跳进一个人来。头上套着红风兜，身穿一件黑布袍子，是老钱平时穿着的。眼睛上戴着一副玳瑁眼镜，颔下一部花白胡须，跳跳纵纵地走到新郎新妇面前。众人不由呆住，很稀奇这个老人从哪里来的。正在细察之时，那老人已开口说道："今天是王英民和钱琼珠的吉日良辰，老夫月下老人是也。特地驾云而来，讨吃一杯喜酒。众位闪开，待我先向新人道贺。"说毕，即敛衽为礼，又作揖不迭。

众人一听声音，方知这位怪老人是左婴乔装的，颔下胡须也是假装上去的。这时陶文耀和众女伴已在背后嘻嘻哈哈地笑着走来，洞房中顿时又充满着快乐的空气。原来左婴当散席之后，已喝得七分的酒，闻说众人都去闹新房了，遂也要去闹一下子。陶文耀在旁，首先赞成。由文耀想出玩笑的方法，教左婴扮着月下老人前去。左婴本来有些傻气，况当醉后，不论什么都做得出来，便去背地里取了老钱脱下的衣服，穿扮好了，把红风兜罩没有头发，使人难以看出破绽，遂一齐走到新房里来，开始闹一出喜剧。

当下左婴见文耀等都已走入，声势更壮，便走到床边，握着琼珠的手说道："琼珠妹妹，今天你该谢谢月下老人了。"

琼珠仍是俯首不答，伊知道是左婴向伊开玩笑，不过自己正做新娘，不便说什么话。左婴握了伊的手，拖到英民身边，要他们二人学岛民的跳舞。二人哪里肯依从？左婴闹着不歇，众人和仇九皋反作壁上观，不说什么话。因为都知道左婴是不好惹的，何况又在

208

醉后呢。

左婴见二人不从，回过身去又拉着文耀的手说道："月下婆婆，他们不肯跳舞，有何惩罚？"

文耀穿着一身淡绿绸衣，云鬓花颜，妆饰得和新嫁娘不相上下，遂带笑说道："老人，你可请新郎向新娘唤一声妹妹，又请新娘向新郎唤一声哥哥，那就好了，不必跳舞了。"

左婴果然把二人拉拢了，要他们这样称呼。英民被逼不过，便呼了一声妹妹，大家拍起手来，只是琼珠却不肯开口。左婴道："今天一定要教新娘开开金口，如若不开口，我月下老人要闹一个不歇的。"

文耀又在背后说道："琼珠妹妹，你就唤一声吧，横竖你们总是这样称呼的，免得月下老人动怒。"

左婴听了大声说道："不要恼怒了我，出去取了三截棍，打一个落花流水。"

琼珠被二人嬲着，没奈何只得轻启樱唇，向英民唤了一声哥哥。左婴拍手笑道："好听，好听。再叫一声。"

琼珠哪里肯依，英民忍不住带笑说道："月下老人，我们业已依了你的说话，不该再闹了啊。我要请仇兄出来，也要你向他唤一声哥哥的。"说罢视九皋而笑。

左婴只是装作不闻，仍旧大闹而特闹。实在因伊已喝醉了，不顾一切，闹出这种喜剧。此时九皋恐伊再要闹下去，只得硬着头皮出来，向左婴说道："好了好了，闹得已是足够，让他们早早安睡吧。月下老人，你既然作美于先，不要不作美于后啊。"说毕，遂将双手拖着左婴一扭一拽地走出洞房去。众人见了大笑不止，也即一齐散开，各自安寝。

英民趁势把房门关了，回转身来向琼珠一笑说道："妹妹，今天辛苦了。你看左婴闹得好不有趣。"

琼珠背着银灯，坐在桌边，低着头不答。琼珠本来天生佳丽，今日装饰了新娘，更见娇艳了。英民知道伊有些害羞，心中觉得伊更是可爱。他们俩在碧云村订婚之后，经过了一场绝大的危险，今日方得咏关雎之诗，鸳鸯之梦。所以千般恩爱，万种温存，这一夜的旖旎风光，香艳情节，在下一支拙坼笔也描摹不出了。

次日英民和琼珠出来，向众人答谢。大家讲起昨夜洞房中闹的喜剧，无不解颐，左婴也觉得好笑。英民又设酒席，大家快乐一天。老钱做了丈人，眼看一对佳儿佳妇，老颜生花，自觉非常愉快，从此丢开心事，天天饮酒为乐了。

过了几天，盐七又到他的岛上去，招罗了十数个少年回来，连前共有四五十人。英民要考试他们的武术，便择定了日期在岛中操场上点阅。届时英民带着琼珠以及九皋左婴陶氏兄妹朱世雄丁义兴与盐七等众人，都到演武厅上坐定，聚集新来的健儿，逐一试阅。教他们射箭舞刀，各献本领，直到下午方才完毕。其中有两人都有极好的武艺，英民等最为赏识，一个身上七尺，猿臂蜂腰，使一对短戟的姓崔名源，别号小温侯。一个短髭绕颊面有青痣者，善使一对虎头钩，姓萧名天红，别号青面蛟。崔源又擅飞檐走壁之术，萧天红却很精通水性的。英民得了这二人，十分欢喜。便教二人率领新来的众健儿，编为两个小队，由二人统率。加添战船八艘，加紧操练。二人感知遇之恩，益发黾勉从事。风声传出去，时时有人奔来归附英民，所以实力也见得一天一天地浓厚。陶文耀回到绿霞岛，也把渔户军切实训练。好在军实自有大盘岛接济的。文耀又招募得数十名强健的年轻女子，天天教她们习武，意欲练成一队娘子军，为异日之中。英民得知后很是赞成。

做书的一支笔不能写两处事，当王英民海岛练军之时，高云龙余腾蛟辈也在孤星岛积极布防，不遗余力。初集书中著者要紧描写大盘岛龙争虎斗的事，所以对于孤星岛只略表几句，没有详述。现在大盘岛已入英民之手，将来和孤星岛遥遥对峙，海上鏖兵正有许多事情，且乘这当儿先来交代一个清楚，那黑胡子高云龙和余腾蛟本领也在伯仲之间，善舞一对金鞭，使动时锐不可当。只是他还有一种绝技，怀中常藏五支追魂夺命毒药连珠镖，打出去首尾衔接。

百发百中，打在人家身上，不消十二个时辰，便会毒气攻心而死。水底功夫也很好的，占着这个孤星岛，养精蓄锐，积草屯粮，岛上出产十分丰富，无须剽掠。所以他每年不过出去做一两趟买卖，没有像余腾蛟出发得勤，而他的名气也没有余腾蛟那样大了。

在他岛上的部下健儿足有一千数百人，战船也很多，可是平常篮子打鱼的，运到汕头等处去卖，人们还不知道他们是海盗呢。他部下有五个骁勇的头领，一个姓毕名振海，使一对鹅翎刺，精通水性。一个姓陈名光国，使一柄大刀，力敌万夫。一个姓方名新，使一柄九齿钉耙。一个姓陶名云，善使一对雌雄剑。一个姓荣名烈，身材矮小，不过三尺长，使一对鸳鸯锤，轻身功夫甚好，别号飞来燕。高云龙最是爱他，说他比较梁山上的时迁、白胜本领高出十倍。这五个人在孤星岛上有五虎之名，高云龙有了他们，如虎生翼，其势更不可侮。

高云龙的浑家汪氏，本是厦门的富媚，被高云龙诱惑失身，倾家相从。可是高云龙虽然生得连鬓的黄胡，相貌不扬，可是他非常喜爱女色，每夜须妇女侍寝。得了汪氏以后，哪里满足他的兽欲，后房姬妾多逾金钗之数，个个生得妖冶轻盈，都是他留心拣选下来，或有向妓院中购下的，或有用武力劫夺而来的。其间唯有第三个姬妾，他最是宠爱，最为倚重。因伊不但姿容曼妙，又擅武术。姓杨名小玉，是粤边海盗杨虬的女儿，高云龙千方百计骗得来的。杨小玉因他武艺高明，也就跟了他。不过因伊脾气生得不好，又自负有了本领，在粥粥群雌之间，大有唯我独尊之概。高云龙也忌惮伊三分，不过没有像他妹夫余腾蛟见他的妹妹这样畏惧罢了。高云龙除姬妾以外，所有的侍女都用着年纪轻的姑娘，没有一个不被他奸污的。因此汪氏怙于群小，反不能得丈夫的欢心，又气又悔，竟成疯痴之疾。高云龙因伊疯了，特地在岛后造了三间小屋，教人把伊看守着，不啻幽禁狱囚，过那可怜的永巷生活。

至于高云龙所居的紫云洞，地势既然险要，风景又是清丽。洞中的地方非常曲折，高云龙建筑着许多间数的精舍，最后一进有花木泉石之胜，一间间都住着他的爱姬宠妾。中间一座水月厅，前有清泉，月光映在潭内，清澈可鉴，故有此称。厅上陈设着云母之屏、琉璃之灯、紫檀之桌、珊瑚之树。四周壁上都嵌着从西洋购来的大玻璃镜，置身其中，好如千门万户，五光十色，使人扑朔迷离，目不暇接。高云龙有时高兴，聚集了许多姬妾娇婢，在厅上饮酒作乐。所以他虽做一个海盗，而他的生活奢侈，和帝王仿佛。余腾蛟却没有他这样的荒淫作乐了。

紫云洞口有三个洞门，都有他的党羽严密防守。岛前岛后都有一道要隘，岛前有陈光国把守，岛后有方新驻防。毕振海和陶云管领战船，驻守船坞。荣烈常在身边侍卫，因此孤星岛和大盘岛情形又不同了。

当高月娥从大盘岛上逃回岛上时，见了伊哥哥哭诉大盘岛被王英民夺去的事情，高云龙凑巧在前数天海洋间掳来一个西洋女子，金发纤眼，纤腰秀项，别自有一种丰韵，媚人欲醉。且又能唱西方的歌曲。高云龙得了伊，朝朝欢娱，夜夜歌舞，那女子名雪梨，本是荷兰国的歌妓，所以颠倒得高云龙如醉如迷，不得自持了。高云龙闻知大盘岛的警耗，换了平日时候，早已暴跳如雷，悉起岛上健儿，去助他的妹子夺回了。怎奈他一则被雪梨迷昏了心，无暇顾及外事；二则他还不知道王英民怎样的厉害，以为也不过尔尔，所以趁余腾蛟不在岛上的时候，偷袭得手，余腾蛟不久回来，必要夺还的。所以他请高月娥住在洞中稍待，一面派出一艘海船，到浙省海边去探寻余腾蛟的行迹，不料余腾蛟等又败回来了。

余腾蛟在那天海上一战，被王英民杀得七零八落，出世以来第一次遭着这样的重创，只得率领败残之众，逃奔孤星岛，再图复仇之计。到得孤星岛边，有毕振海和陶云迎住，将余腾蛟带来的十艘战船泊在坞边。一面整备部下，留心防备敌人追击，派出小船前去海上窥探。一面由毕振海陪着余腾蛟赤面头陀以及受伤的秦九飞，一同上岸来到紫云洞，拜见高云龙。

余腾蛟一见高云龙，便将自己失败的情形，详细奉告，要请他出来帮忙。高云龙听了，方才知道王英民果然是一位海上英雄，未可轻视。遂请余腾蛟等三人住下，稍缓数天，再行动手。无论如何，必代妹夫复仇雪耻。余腾蛟又和他的妻子高月娥见面，高月娥听说伊的丈夫又吃了败仗，又气又恨，向余腾蛟哭诉前情。余腾蛟安慰伊道："以前因我小视敌人之故，致遭失败，现在只要有令兄一臂之助，务必将大盘岛夺回，王英民杀死。否则也无颜再生人世了。"

但是余腾蛟夫妇在孤星岛上住了数天，每日静候高云龙下令出发，以复前仇。而高云龙沉湎酒色，只是按兵不动。余腾蛟无可如何，只好耐心等候。一边派人前去大盘岛探听消息，知道王英民正在布防，声势甚盛，心中好不焦躁。

有一天，他和赤面头陀驾着一舟，到附近海面上去打鱼，赤面头陀心中也是急于复仇，背地里怨高云龙不该荒唐酒色，无意出兵，反使英民等得以扩充军备，加增势力，所谓养痈遗患，不智已甚。

余腾蛟叹了一口气，说道："现在我是无权无力，寄人篱下，无能为力了。只是我总要把大盘岛想法恢复，再缓几天，倘然他再不出兵，我也要冒险前往，暗中袭取了。好在秦九飞的伤口也已平复，我只要向他借取一小队战船，作为己助，谅他总不能拒绝我的。"

二人正说着话，只见北面驶来一艘帆船，吃水很重。赤面头陀一眼瞧见了，便对余腾蛟说道："那船上油水很好，我们何不去劫取他来？"

余腾蛟点点头，便和赤面头陀依旧装着捕鱼的神气，声色不动。等到帆船渐渐近时，二人便吩咐自己的坐船迎上前去，个个拔出宝剑，飞身一跃，已到帆船之上。那帆船是由镇海开到广州去的，上面载着十数个客人，其间也有几个富商，带了不少货物。起初见前面有一空船，也不注意，忽地瞧见跳上一个彪形大汉和一赤面头陀来，手中都握着三尺龙泉，一齐大吃一惊，知道遇见海盗了。

余腾蛟大喝一声："你们这些狗男女，快快献出钱财，牙崩半个不字，一刀一个，不留性命！"

众人有些吓得跪地哀求，有两个胆子大些的，还想反抗，早被余腾蛟挥动宝剑，砍倒了三个人，将他们的尸首都抛下海去。于是众人无可如何，都将财物交出。余腾蛟等便运回自己船上，临走时见有一个白面书生，正襟危坐，不发一言，亦无惊慌之色。余腾蛟遂走至他身边，喝道："你这书呆子，见了我们还不跪倒，坐着做什么？为何不献财帛？"

那书生冷笑一声道："我是一个穷措大，有何奉献？你们要杀便杀，何必多言？"

余腾蛟听了这话，便把宝剑一扬道："你倒这般倔强！料尔区区书生，有何能力？杀了你也是无用，不如带你回去，到我们岛上去做个书记吧。"说罢遂不由分说，将那书生拎小鸡一般拎将起来，夹在胁下，回身跳到船上。吩咐他坐在一边，立即开船回去。那帆船遇了海盗，劫去货物，杀伤人民，也知闽浙海面近来不甚平安，也只好自认晦气，驶向前去了。

余腾蛟和赤面头陀回到孤星岛，把抢劫来的钱财货物吩咐部下运上岸去，又把那书生也押解着，一齐来到紫云洞。余邝二人先至忠义堂上，见了高云龙，告诉自己出去捕鱼，打劫财物的事，要将财物献奉与高云龙。谁知高云龙并不稀罕这些东西，遂对余腾蛟说道："老弟现在几天手中想必拮据，今日二位劫来的钱财，不如分给与大盘岛的小弟兄吧，我这里差幸粮饷充足，无须此物。"

余腾蛟听说高云龙不要，来得正好。自己的部下本也要想法接济些了，遂留下了一些金钱，即托赤面头陀代表自己前去摊分与他部下使用。赤面头陀奉令而去，余腾蛟又向高云龙说道："我知道老哥手下缺乏擅长笔墨之人，今天行劫凑巧遇见一个书生，所以特地掳得来，老哥不妨试试他，可能有用？"

高云龙点点头，余腾蛟遂命部下将那书生押上前来。高云龙瞧见余腾蛟的一个亲随，握着一柄鬼头刀，推着一个白面书生，走到面前。那书生戴着秀才巾，身穿一件敝旧的布袍，面色很是白皙，见了高云龙，十分镇静。余腾蛟在旁喝道："书呆子，在岛主面前，还不跪下？可要性命么？"

那书生冷笑一声道："士可杀不可辱，你们要杀便杀，不必多言。我乃大丈夫，岂肯向盗贼下拜的么？"

高云龙听了勃然变色，喝令推出斩首，我这里容不得傲慢的腐儒。那握刀的亲随答应一声，拖着书生便走。书生仰天长叹道："我死不足惜，只是可惜我的满腹经纶，不送命于满奴之手，为国尽忠，却死在狗盗刀下。"

高云龙听了，又命将他推回来，问道："你既说要杀便杀，何必多言，强项如此，我就把你杀了。你却嘴里叽叽咕咕地说些什么？"

书生道："我不是怕死，只可惜我学的一肚皮学问，就此付诸东流罢了。"

余腾蛟道："你口口声声说有学问，究竟有什么学问？你这学问饥了不能当饭吃，寒了不能当衣穿，现在又不能救你的性命，还要夸口什么学问？真是书呆子了。"

书生白瞪着两眼，冷笑一声道："丹穴之凤，绝云霓，负苍天，足乱浮云，翱翔乎杳冥之上，彼藩篱之鷃，岂能与之量天地之高哉？你们只知道椎埋剽劫，终身干那海盗生涯，哪里知道我小诸葛有管乐之志、良平之谋呢？"

高云龙听了这话，面上立刻和缓，便问道："你姓甚名谁？口出大言，我倒要领教领教你的良平之谋。不要小视我们是海盗，须知绿林之中多英雄好汉。你既然是个读书人，应该知道泗上长亭皇觉寺僧，可以做到开国之主的啊。"

书生点头道："你这说话也不错。我姓俞名金城，余杭人氏。少时折节读书，未青一衿。以后我因伯父在桂林故世，遂乘海船奔丧。中途遇着飓风覆舟，被一法国商船把我救起。船上有一法国的工程师雷福特，专治机械之学，把我带到法国，从他读习法文，研究机械的学术。数年之后，他有事至日本，遂顺道送我归国。但是我虽学习得这种学问，可惜我国人都不注意。在乡闲居年余，无事可做。适逢满洲兵大举南下，举人张煌言等奉表请鲁王监国。鲁王便遣兵部尚书张国维督师江上，和满洲兵对抗。遂有一个乡友介绍我至张

215

国维幕中办事。那时张国维正克复富阳于潜举处，连战钱塘江上，声势甚盛。我就献计，以为清兵势大，小胜不足为喜，不如在江中添设一种水底防御工程，使兵不能渡江而下，这样可以久守，徐图恢复。无如张国维贪功急进，不肯听我的话，我很觉心灰。后来满洲兵果然大举攻来，统兵的将帅便是征南大将军贝勒博洛。此人足智多谋，是满人中间佼佼者流。张国维和王之仁方国安辈，联络进战，谁知都遭失败。张国维赴水而死，我从乱军中逃至宁波，在民间避匿了一个多月，始逢有一艘商船开至广州，我想投奔桂王那边去效力，不想行至半途，竟被你等劫掠。天实为之，奈之何哉！"

高云龙听了俞金城一番的说话，便道："你既然自说小诸葛足智多谋，又从外国人学得机械之术，当然是个很有学问的人。可惜你的才具没有用出来，鲁王既不能用，桂王也未可必。你有了才具，走到哪里去试试呢？"

俞金城长叹一声。高云龙又道："你别瞧我们做海盗的成不了大事，我很想联合海上同志，乘此时机，干些大事业呢。你不如就这里运筹决算，做一位军师，将来富贵共享。不知你意下如何？"

俞金城沉吟不语，没有回答。余腾蛟在旁说道："你听明白，这是岛主的好意。若不允诺，你就不识好歹了。我即把你一刀两段。"

俞金城瞧了余腾蛟一眼，便对高云龙说道："也罢，我枉自耽搁了半世，没有知音。现在既已落在你们手里，岛主果有诚意用我，我自当竭我所能，为岛主效力。"

高云龙听了大喜，遂命左右退去，请他坐了重谈。高云龙向俞金城说道："现在我们正有一个劲敌，姓王名英民，把我妹夫余腾蛟的大盘岛夺去。"说着，指着余腾蛟说道："这就是大盘岛的故主闹海神蟒余腾蛟，他现在同我住在一起，总想前去复仇。叵耐那王英民智勇双全，整顿部下，把大盘岛严密守住。我这里虽然兵多将广，可是尚虞不能获胜。军师有何妙计？"

俞金城道："明日即请岛主点阅这里的部伍及战船，待我看了，再行定见。我必要排一个阵势，可以消灭敌人。"

余腾蛟和高云龙点点头，说道："很好，明日正须检阅一下哩。"

三人谈话间，荣烈走入，高云龙便代他们介绍后，即命荣烈出去传达命令，明日早晨岛上部伍一齐各入战船，在海滨等候点阅，不得有误。荣烈应诺而去，高云龙又请余腾蛟引导俞金城去拣选一间上等客舍居住，待遇优渥，他自己要紧入内去寻欢作乐了。

次日黎明，高云龙特地起了一个早，邀着余腾蛟请小诸葛一同到海滨去检阅部伍。俞金城随着高余二人，走出紫云洞，早听得铙鼓之声，飞来燕荣烈率着二十名侍卫，排列在洞口迎保，个个都是熊罴之士，一齐荷着明晃晃的大砍刀，十分威风。左右牵过三匹马来，高云龙和余腾蛟先自超登，俞金城也随着坐了。侍卫们前呼后拥地一路开道，来到海滨。高处有一座点将台，台上设有三个座位，高云龙等下了马，拾级而登。高云龙自己先向正中椅子里一坐，余腾蛟跟手下向左边椅子上坐了，又请俞金城同坐。俞金城谦让再三，方才在右边椅子里侧着身子坐下。

这时旭日初升，阳光照射在海面上，和那深蓝色的海波相映，粼粼然灿灿然，好似天工特为织成错彩镂金的奇观。雪一般白的海鸥正自一群群地飞翔着，早晨的海景好看极了。高云龙等坐定以后，便听一声炮响，船坞中云也似的拥出许多战船来。舳舻相接，旌旗飘荡，追波逐浪地来到海中。分为三队，第一队当先一只大舟上，立着一个头领，手中横着鹅翎铜刺，正是毕振海。第二队当先一艘船上也立着一个头领，腰悬双剑，颔下一部虬髯，正是陶云。第三队当先船上也立定一个头领，倒提一柄泼风大刀，正是陈光国。三队战船在海上回环而驶，徐徐到得海滨，一齐泊定。大呼孤星岛万岁，声震山海。接着又是一声炮响，船坞里又驶出十艘战船，箭一般地追来。分为左右两小队，左边船上立着赛张顺秦九飞，手横一对双刀。右边船头赤面头陀，叉手立着，很是威风，也到海滨泊住。高云龙便命荣烈前去各船上传达命令，只听号炮又响，许多战船在海面上分开驶行，两边做战斗之状。

高云龙看了，对俞金城说道："俞先生你瞧我们孤星岛的健儿能否一战?"又指着后面的十艘船道:"这就是我妹夫余腾蛟的部下,他所有的大盘岛已被姓王的小子占去。不日我总须要代他前去复仇。"

俞金城说道:"岛主今日我见了岛上的战船和诸健儿,才知都是精锐,大堪一用了。某虽不才,愿教他们练就一个阵势,将来和大盘岛决战,包管杀得他们只船不返。"

高云龙喜道:"全赖俞先生调度之。"一边又命荣烈前去晓谕各船,自即日起,悉听俞先生指挥,朝朝练习阵式。众船在海面上操演了一番,又是一声炮响,鱼贯一般驶入船坞里去。高云龙余腾蛟遂陪着俞金城回去。

俞金城见了孤星岛的军容,也知道高云龙等非寻常强盗可比,部下儿郎都是海国健儿,假使能够善用之,赳赳武夫,悉属干城之材。方今中原大乱,胡虏遍地,却不道海外有此精锐呢。

次日,高云龙便请余腾蛟荣烈伴着俞金城前往海边练兵。俞金城是个新来的文弱书生,有意要显些自己胸中的才学,遂特地教他们操练一个迷阵。怎么唤作迷阵呢?原来他把孤星岛的战船,照旧分着三个纵队,三纵队之中又分出六个小队来。那三个纵队的旗帜,第一队是用红色。属于第一队的二小队,旗帜虽也用红色,而用蓝边。第二队用蓝色,附属的二小队,用蓝旗镶红边。第三队用黄色,附属的二小队用黄旗镶蓝边。又将余腾蛟的部下分为左右二横队,作为战时游击之用。左横队旗帜用红色黄边,右横队旗色用黄地镶蓝边。这样队伍虽分得多,而旗的颜色只用红蓝黄三色,却已变得五花八门,足以迷乱敌人目光,使敌人不知道有多少战船,而自己却可认识。又在作战的时候,按得阵势进退。进可以包围敌人,以获全胜,退亦可以自守,使敌人不敢进逼。这个名唤迷阵,其中包含着八阵图的形势,变化无穷,是俞金城参考了古时兵书创造出来的,本拟用之于陆,现在用在海面上,更见精妙。这样天天操练,务使部伍对于各种阵势变换,以及进退响应,都能有条不紊。

余腾蛟每天伴着俞金城在海上操演,在旁瞧了,十分欢喜,抚着俞金城的肩膀道:"俞先生,现在辛苦了你。他日夺得大盘岛,当重酬你的功劳。"

俞金城带笑说道:"全赖诸位努力,方能成功。驽骀之才不足用的。"

余腾蛟道:"俞先生何必如此客气呢?我闻以前西楚霸王项羽有拔山扛鼎之勇,七十二战,战无不胜。在他手下有一位谋士,姓范名增,胸有奇计。项羽称为亚父。现在俞先生可谓亚父第二了。"

俞金城听了余腾蛟的说话,不觉暗暗吐了一口唾沫。自思汉高祖尝说项羽有一范增而不能用。范增虽有奇计,项羽何尝能听从?虽则起先七十二战,战无不胜,然而垓下一战,走死乌江。盖世英雄,末路如此,范增也生了背疽而死。你将范增来譬方我,称我亚父第二,这个口彩却很不好呢。但是面子上只好强颜为笑,答道:"承蒙过奖,愧不敢当。"

余腾蛟又知俞金城擅机械之学,便乘间对高云龙说道:"现在俞金城正在练习布阵,不日可以纯熟,预备出攻。便王英民那厮本领既高,诡计又多,说不定他或要冒险到这里来行刺,不可不防。紫云洞虽然设备严密,可是疏忽之处尚多,不如即请俞先生布置一下。他曾从法人研究机械学,当有绝妙的机关。布置好了,王英民若来时,包管他不能生还了。"

高云龙听了很以为然,即请俞金城前来,要他在洞中设置秘密机关,使外边人不能入内。俞金城当然应允,便请高云龙拨工匠十六名,给他调遣。第一日先在紫云洞四围相视形势,第二日便开始动工。俞金城果然不辞劳瘁,一边操练迷阵,一边布置机关,积极从事,以博高余二人的欢心。过了七八天,洞中的机关已布置得一半竣事,俞金城先引高余二人一处处去观察。在要隘地方都有机关,夜间安排好了,任何人都难飞越,真可高枕无忧。在紫云洞口三个门里都已安排就绪,正中一门,在门内夜间铺下绝细的铜丝数道,来人只要一端着铜丝,便有五头猛犬在地下蹿将出来,那些狗是木制的,腹中藏有机关,蹿出来时,便会向来人张口喷出数支毒矢。五头狗分为东南西北中五个方向,凑巧把人家围住,任你来人有高大的本领，一时也难躲避那些毒矢的。左边门里安置两大把阔斧，人家进去，踹着机捩，左右手两斧齐下，可以断送性命。右边门里在顶上安置一大铁罩，可以将来人罩住。罩上都有铁刺，会得渐渐收拢来，把罩在里面的人活活刺死，无路逃生。又在水月厅的后面布下天罗地网，以防有刺客前来。可以诱到那里，使入罗网。紫云洞后山石峻险，且多曲折，外人不易走入，俞金城也安下一种机关，来人须按着十字式走路，走错一步，便跌入陷坑之中。坑中都藏着毒蛇，人若失足堕下，即被啮死。其他机巧一时还未设置，高云龙和余腾蛟看了，都稀奇不置、大设筵席款待俞金城。部下也知道新来的军师确有教学，无不佩服。

高云龙很得意地对余腾蛟说道："我们有了俞先生，王英民那厮不足畏惧了。"余腾蛟也很快慰，一心盼望将迷阵练习得十分纯熟，便可催高云龙出兵了。

这一天晚上，高云龙忽又高兴起来，在水月厅上设下三桌酒席，与余腾蛟等同乐。自己和余腾蛟俞金城以及姬妾杨小玉雪梨同坐一桌，赤面头陀秦九飞荣烈等坐一桌，毕振海陈光国方新陶云等坐一桌。各人举杯畅饮，齐向高云龙庆贺得人。水月厅上点起琉璃明灯，照得四壁明镜光辉，人影散乱。天空一轮明月，照映在潭水中，流水清滟。

饮至半酣，高云龙有些醉意，便要雪梨跳舞助兴，为俞金城侑觞。雪梨横波一笑，便退到后面去易装。不多时，只听得厅后音乐悠扬，嘹亮动听。云母屏后先闪出四个雏鬟，手中持着杏黄色的六角灯，高高持起，分四点角立定。接着六个少女吹着笛，打着鼓，弹着提琴，敲着小锣，一齐奏着西洋的歌曲，立在云母屏边。大家一眼不瞬地伸长着脖子观望，又见四个少女簇拥着雪梨，都裸着上身，胸前双峰高耸，胯下横云一抹，有粉红的轻纱掩蔽住。赤着双跗，裸着双腿，左一颠右一跳地一路舞将出来。雪梨更是妖娆，桃窝微晕，皓腕如雪，走到厅中，翩翩跹跹地且舞且歌。手如回雪，身如转波，真是翩若惊鸿，婉如游龙。加着曼妙的音乐，令人见了，目眙神往，充满着肉感。雪梨的舞态真好，忽而作天魔舞，忽而作白鹅舞，忽而作落花舞，忽而作回风舞，玉体软得如饧糖一般。高云龙一边喝酒，一边瞧着他的爱姬曼舞，摸着胡子，很是得意扬扬。杨小玉在旁看着，十分妒忌，心内酸溜溜地带有醋意。

赤面头陀瞧得正是出神时，忽觉腹中一阵奇痛，急欲到厕中去拉屎，遂打个招呼，走出水月厅来。无意中看见潭中月影清冷，却有两个人影倒映着，连忙抬头一看，果见对面屋上立着两个黑影，在那里偷瞧。急忙高声喊道："不好了！快捉奸细！"言犹未毕，只见两条影子如飞鸟般跳将下来。

欲知后事如何，请看下回。

第三回

轻歌曼舞洞内困英雄
火树银花岛中逢蛮女

王英民占据大盘岛后，把新旧部下朝夕训练。他虽和琼珠缔成了良缘，在蜜月之中，尽可享温柔滋味，度那甜蜜的生活，可是他一腔雄心没有被情爱消磨去，只想动地的伟业，才不负此一具铜铁肋筋。一面又恐余腾蛟要来复仇，不可不防；一面也想将孤星岛吞并过来，好使实力雄厚，可以出兵。所以他时时遣人前去孤星岛，探听消息。知道高云龙余腾蛟新近得了一个军师，在那里操练阵势。料想他们等到阵势练熟，便要来报仇了。

一天，英民特地请仇九皋朱世雄陶星耀到室中坐定，对三人说道："我们现在已将大盘岛经营得较为巩固了，余腾蛟吃了败仗逃去，却久久不见前来反攻。据探子报称，孤星岛正在操练军队，大约他们要等练成后再来报复。我是心急的人，想要前往大盘岛窥探一下，以便对付，不知你们中间哪一位愿意伴我同去？"说时，目光射定在星耀身上。

星耀说道："我愿追随左右。"

英民欣然道："星耀兄若能同往，正合吾意。因为星耀兄是精通水性的，此间防守事务，拜托仇朱二兄代劳。"

九皋道："英民弟责任重大，不宜一再蹈险。孤星岛上防备比较大盘岛严密，余高二人又非寻常盗匪，你们前去，恐怕要吃亏。不如郑重为妙。将来明枪交战，当可设计破灭他们。"

222

英民道："我意已定，必须一走。九皋兄放心，我们自当格外谨慎便了。"

九皋知道英民的脾气，说什么做什么的，也就不再劝谏。

这夜，英民回至自己房中，琼珠正在灯下观书，英民遂将自己要探孤星岛的意思告诉伊，琼珠听了不以为然，婉言说道："以前英民哥要救我出险，独闯到这里来，险些遭了他们的毒手，幸得逢凶化吉，转危为安。现在孤星岛比较大盘岛人手众多，戒备严密，前去恐有不测。不如索性整顿了部伍，前去攻打。英民哥哥何必冒此危险呢？"说罢对英民嫣然一笑，瓠犀微露，双瞳向英民仰视着，显出很诚恳的样子。

英民不由叹一口气道："琼妹的说话未尝不是，方才九皋兄也劝我不要前往的。我也并非忠言逆耳，不听人家的好话。实在我急于要把孤星岛收归己有，歼灭高余二人，以便早日出兵，为国效忠。想起九华山甘辉等诸兄长，不知作何情景，近日又闻满洲势焰大盛，虏我黄帝子孙恣意屠戮，凡有血气之躯，亟应起勤王之师，扫灭胡虏。所以孤星岛之事不容稍缓了。我自问一身本领，还能够对付得过，况且此行有陶星耀同往，鼠辈何足顾虑？琼妹不必代我担忧。"

琼珠见英民去意已决，不便絮烦，遂道："英民哥哥既然必欲前去，凡事总望小心为要，免堕奸计。"

英民点点头道："当然，我要格外谨慎了。"两人又谈些闲话，直至鱼更三跃，才携手同入罗帐，度那甜蜜之梦。

次日，英民起身，早餐过后，便和老钱琼珠告别，把岛中事务托付与九皋世雄，吩咐盐七驾着一只帆船载他们去。自和陶星耀扎束停当，携了兵器，又命小温侯崔源随他们同往。因为崔源轻身功夫甚好，足为臂助。崔源欣然允诺，三人遂一齐下舟，盐七和几个部下健儿挂起帆来，顺风向南驶去。英民在舟中眺望海景，很觉心旷神怡。

傍晚时候，已至孤星岛。盐七把帆下了，对英民说道："现在天色未黑，我们不如装作渔舟模样，在近处徘徊，休再驶向前去，以

223

防耳目。"

英民点头说道："很好。"盐七遂驾着舟向西而去。

英民侧转头遥瞩孤星岛，气势雄厚，果非大盘岛所可同日而语。远远地正有几艘帆船向岛边驶去，料是岛上的归舟了。英民等在海上推磨了一刻，天色已黑将下来，遂吩咐盐七将舟驶向孤星岛旁面去。果然没有给敌人发觉。直至岛旁，将船泊住。这时一轮明月已从云中显现，照得海面甚是光明。盐七将船泊在暗僻之处，英民吩咐他们停在这里等候，留心岛上巡船察觉。盐七答应，英民遂和陶星耀崔源一齐跃上海岸。

英民对二人说道："前闻探子之言，孤星岛上有个紫云洞，形势曲折而幽深。高云龙的巢穴便在其中。我们虽然各人有相当的能耐，历次逢劲敌从来没有退缩的时候，然而也不能不格外郑重。因为这一遭出来，为国效忠，关系重大。如能马到成功，以后扫灭胡虏，先已有个吉兆。所以我虽然明知其难，总得一试。不入虎穴，焉得虎子？须得进去窥探一番。若能将高余二人擒住，余众胆慑，孤星岛可不攻而破了。"

三人施展陆地飞行术，向岛上走去。远远见前面一带营寨，隐隐有些灯火。三人仗着本领高大，越过营寨，一些没有声息。将近紫云洞口，忽见前面来了一队巡逻队，灯火照耀，三人连忙掩在大树之后，瞧见巡逻队荷着大刀，徐徐走过。有两个人且走且说道："今夜岛主在水月厅上设宴，又有那西洋夫人跳舞，各头领都去赴宴，却教我们四处巡逻，酒也没有喝，好不闷气。换了班，我们也要自乐一番呢。"

巡逻队走向前去，三人轻轻蹑足随在他们身后而行。走了好多路，只见前面灯火移动，又有一队巡逻队前来换防。三人又躲在黑暗之处，等那换防的巡逻队走过后，方才跳将出来，向前面行去，十分小心。不多一刻，果然到了紫云洞口，遥遥见那紫云洞生在岩石之下，四边大石碕嵌嵌空，翠蔓飘拂，果然是天生就的洞天。洞口大门上点着一盏明灯，上有"紫云洞"三字，洞口却静悄悄的没个人影。原来高云龙自从俞金城在洞口布置机关之后，便把洞口的守卫撤去了。洞内本有荣烈率同卫兵轮番巡视，今晚因水月厅欢宴，未免也疏懈一点儿。

三人到了洞口，见三个洞门大开，没有守备。英民见了心里觉得有些奇异，想孤星岛上人马众多，岂有开门揖盗，绝无防守之理？然既已来此，有门岂可不进？遂吩咐陶星耀自左门进，崔源自右门进，自己却打从正门进去。各人均须小心。崔源急于立功，第一个挺着双戟，向右边门里一跃而入。不防脚下已踏着机关，一口很大的铁罩从上唰地落下，崔源说声不好，要想退避时，早已被那铁罩罩住。崔源到了罩中，四周铁刺渐渐收拢来，幸亏英民和陶星耀尚未踏进中左二门，听得崔源的声音，知道有异，急忙走过来看时，见崔源正落在大铁罩里。那铁罩渐次收小，许多铁刺刺向他身，将要把他活活刺死了。英民忙一个箭步，蹿到罩边，将纯钩宝剑向罩上一阵剁削，早削成一个大窟，等到铁刺收紧时，崔源已跳出罩来了，说道："好险哪，我自不小心，幸有岛主相救，不然性命休矣！"

英民道："听说岛上有个新来的军师，大概又是这人弄的花巧。我们格外要小心些，休再中他们的机关。今夜我们若不能取得高余二人的首级，也要把洞内形势探个大略情形。最好把那姓俞的军师擒回去，使他们失去一只膀臂。"

崔源道："不错，我们既已来此，岂肯空手而还？"

星耀道："左门既有机关，中左二门当然必有埋伏，我们便从这里进去吧。"

遂由英民打先，星耀居中，崔源殿后，三个人鹭行鹤伏地向前走去。见洞中很是空旷，前面转弯处正有两个守卫，靠在石壁上打瞌睡。三人轻轻从他们面前走过，也没有察觉。又走了十数步，遥见前边屋宇很多，处处都有灯火。英民回头轻轻对星耀说道："我们听巡逻队说，今晚高云龙等在水月厅上聚宴。我们须到那里去窥探一下，只是不知道水月厅在哪一处啊。"

三人徘徊洞内，不敢乱闯。因此刻时候尚早，容易被人撞见。

身入虎穴，尤宜谨慎。忽闻远远琴歌之声自风中传来，英民心里如有所悟，遂循着声音向前而进。果然走了数十武，有房屋在前面了。灯火益觉明显，且月光也很清澈，于是三个人如飞鸟般跃上墙垣，望里面灯火明亮处行去。果见下面人影幢幢，似乎很忙的样子，但没有觉察屋上也有人忙着呢。

这时音乐之声益发清楚，三人越过两重屋脊，已到了水月厅对面的屋上。三人一齐立定，向水月厅中瞧去。四壁皆是光明的玻璃镜屏，灯光人影幢幢然，又如有千门万户，真幻莫明。厅中正有一个碧眼金发的西方美人，粉腕酥胸，一齐袒露，偕同几个裸体少女，正在翩翩然如风摆柳枝，回环妙舞。旁边奏着悠扬的音乐，至足动听。正中桌子上箕踞着一个彪形大汉，身穿绿袍，脸如锅底，两边胡子翘起，意态雄杰，睨视着舞女微笑，大约就是那黑胡子高云龙了。旁边坐的黄冠黄袍的，正是余腾蛟。还有一个白面书生，料是姓俞的军师了。旁边桌子上坐着赤面头陀和秦九飞等，英民都认识，其实许多人却不相识，料想都是孤星岛上的头领了。这时雪梨正作落花舞，银灯光里，琴歌声中，皓腕与玉腿齐飞，桃靥共樱唇一色。雪梨的舞也舞得真是曼妙，不但水月厅上众人看得目眙神往，连那王英民等三人在屋顶上也是偷窃得呆了，哪里料到他们自己的影子被月光映在潭中。凑巧赤面头陀急于拉屎，走出水月厅，在潭水里瞧见他们的人影呢？因为崔源立得偏西，所以潭中只有英民和星耀的影子。赤面头陀抬头一望，也只望见得两条影子了。

英民正在瞧得出神，忽闻赤面头陀的呼声，知道已被识破，急忙掣出纯钩宝剑，使一个飞燕穿帘式，跳到水月厅上。陶星耀立即随后一齐跳下，崔源见了，也急随而下。三个人来到厅上，英民好似一头巨狮从树木里出来攫食的样子，挺起纯钩宝剑，直奔高云龙。高云龙没有携带兵器，急忙跳过一边，举起椅子来抵御。

这时厅上众头领身边携带武器的，只有余腾蛟陶云荣烈三人。余腾蛟见云龙危急，又见了英民的面，怒火中烧，急抽出腰间宝剑，跳过来拦住英民，大喝道："王英民，你又来送死么？好大胆量，敢到这孤星岛来。"

英民也喝道:"不必多言,快快纳下头颅。"两人遂交起手来。

高云龙闪入屏后去了,陶云挥动雌雄剑,赶过来迎住星耀。崔源舞开双戟,飞步向前,荣烈摆鸳鸯锤迎住。三对儿狠命地厮杀起来,吓得雪梨和那些舞女玉容失色,娇喘频频,纷纷向厅后逃走不迭。不多几分钟后,水月厅上轻歌妙舞,充满着愉快的空气,谁料到一场剧烈的厮杀方将开幕呢?众人没有携带兵刃的,一齐回身出去。小诸葛俞金城吓得躲在屏后,移动不得。这时外面警号钟当当地响起来,一片声喧,大呼快捉奸细。赤面头陀秦九飞率领部下从水月厅左边杀来,毕振海、陈光国、方新各执兵器,从水月厅右边杀至。水月厅边布满着海岛健儿,要想把他三人围困住,不放去路。

赤面头陀挥开宝剑,来助余腾蛟,英民觉得在厅上不便施展身手,且四壁玻璃照射得目光不定,人影乱摇,于是虚晃一剑,一个箭步跳出厅来。余腾蛟和赤面头陀跟着出来,左右夹攻。陈光国舞动大刀杀上前来,三个人丁字地把他围住。英民大吼一声,将那纯钩宝剑使开了一道白光,滚上落下,悉力敌住三人。忽听云母屏后一声大叫,好似晴天里起个霹雳,高云龙挥动手中一对金鞭,早已杀入厅来,瞧见陶星耀的一对飞叉,闪闪霍霍,陶云的雌雄剑有些招架不住,遂跳上前,喝一声:"来人休得逞能,识得高胡子的厉害么?"手起一鞭,向陶星耀背上打来,星耀回身将叉迎住。

屏后又跳出两员女将,一个手挥齐眉棍,正是余腾蛟的妻子高月娥。伊本因今晚有些不适,未曾赴宴,在室中休息。忽听外面人声嘈杂,杨小玉跑进来取军品。忙问出了什么乱事,杨小玉回答说大盘岛上有人杀来了。高月娥听说大盘岛上人杀至,料是王英民前来窥探。仇人送上门来,前仇不可不报。自己虽然有病,也要出去会会。遂振起精神,挟着齐眉棍,跟了杨小玉跑到水月厅。见伊的丈夫和赤面头陀、陈光国三人正合围住英民酣斗,伊遂大叫一声,使开棍子,跳过来助战,喝道:"姓王的,可识得我么?今日看你怎样逃生!"英民冷笑一声,还手一剑,向伊头上劈来。高月娥举棍迎

227

住，五个人杀作一团。

杨小玉见伊丈夫和陶云双战着一个赤膊汉子，也就展开手中宝剑，向星耀背后刺来。星耀回叉架开，一叉向伊胸前戳去。杨小玉身手敏捷，向旁边轻轻一跃，避过了那叉，回身又杀入来。这时赛张顺秦九飞与星耀仇人见面，早存你死我活之心，也将双刀一摆，杀上前来。好星耀，单身敌住四人，将双叉舞开，绝无畏怯之心。

崔源与荣烈杀得胜负难分，方新举起九齿钉耙，毕振海舞动鹅翎铜刺，一齐过去助战。

孤星岛上男男女女共有高云龙、余腾蛟、赤面头陀、荣烈、秦九飞、陈光国、毕振海、陶云、方新、高月娥、杨小玉等十一人，都是本领高强之流，把王英民、陶星耀、崔源三人困住。幸三人艺高胆大，如生龙活虎一般。无奈寡不敌众，被他们四面围住，不能脱身。高云龙手下的护卫举着火把兵刃，立在四周，高声呐喊："休要放走了王英民。"

英民使开八仙剑法，余腾蛟等瞧去，前后左右都是王英民的剑光人影，大家也放出平生本领还攻，不肯饶让。英民且战且留心着陶星耀和崔源，见他们二人尚能对付得过，心中也很宽慰。一柄纯钩宝剑使得如一团白光，上下飞舞。陶星耀也耐战不退，见陶云有了一个破绽，遂将左手叉逼住陶云双剑，一叉直向陶云胸口刺去。陶云急忙退避，胁下已中了一叉，幸亏伤势尚轻，没有性命之忧，血已汩汩然流将出来。星耀踏进一步，再要刺时，高云龙的金鞭已到他的顶上，急忙将左手叉缩还迎住，右手叉正想进刺，而杨小玉的剑又已从右边削来，忙又将右手叉来架剑，不妨赛张顺秦九飞两把双刀从右面疾卷而入，星耀急跳避时，背上已被刀锋削去一小块肉，鲜血直流。星耀大吼一声，霍地回转身来，向秦九飞呼的一叉，秦九飞把双刀拦住，高云龙杨小玉又从左右夹攻，绝不放松他一步。陶云抱着双剑退去，陶星耀依旧被三人困住，没有破绽可寻。崔源也被荣烈毕振海方新三人紧紧围住，苦战不休。

那俞金城见情势稳妥，已从屏后走出，急忙着人去海边调动大队健儿，来把紫云洞前后围住，管教这三人来时有门，去时无路。因为他自己早已在前后洞门设下机关，他们三个人怎样混进来的呢？岂非可耻？

王英民战够多时，见前前后后增加了不少人，擎着红黄蓝三色的灯笼，光怪陆离，令人目眩。不知那军师有何诡计，深恐久战下去，难以逃生。想不到今晚前来，凑巧他们聚在一起，又被赤面头陀喊破，以致他们有了防备，越战越不是了。自己只有三人，如何敌得住许多劲敌？还不如快些脱身为妙。遂一边力战，一边回喊道："星耀、崔源，我们一起走吧。"遂觑个间隙，一剑望陈光国劈来。陈光国把泼风刀来磕时，剑锋与刀锋碰个正着，呛啷啷一声，火星四迸。陈光国的刀头早被英民的纯钩宝剑削断，落在地上。那纯钩宝剑依旧发出一种龙吟之声，英民顺势一剑望陈光国头上扫去，光国急躲避时，已被削去一绺顶发，吓得他望后倒退。

英民趁势跳出圈子，跃至陶星耀处，一剑又望秦九飞背后刺去。秦九飞急避时，星耀也已一跃而出。崔源将双戟一紧，向方新面上虚刺一戟，方新急闪，被他一个鲤跃，从方新头上跃过，会合着英民星耀，三个人齐望紫云洞前门奔逃。部下想上前包围，都被英民挥动宝剑，排头儿砍去。一个个东倒西扑，血雨四溅，被他们杀开一条血路，飞也似的逃走。

余腾蛟、赤面头陀、高月娥、高云龙、荣烈五个人当先便追，背后杨小玉、秦九飞、方新、毕振海等随后跟着，俞金城又指挥着众健儿一齐追赶。路上虽有巡逻队闻警前来拦截，但是三个人如三头猛虎咆哮怒喊一般，舍死忘生，向前冲杀。那些巡逻队当者披靡，哪里是他们的对手。三人杀出紫云洞，仍由右门而出。高云龙、余腾蛟、荣烈、赤面头陀四人跑得最快，相距不过七八步。前面呐喊一声，又杀出一队健儿，都持着红色的灯笼，映得四下通红。英民急回身抵住高余二人，教崔源陶星耀快些前冲。谁知二人也不肯抛了英民先走，一齐回身猛扑。崔源和赤面头陀斗在一起，陶星耀和荣烈战住。此时后面人也已追到，秦九飞和杨小玉来助荣烈，方新毕振海来助赤面头陀，高月娥抡起齐眉棍依旧来战英民。许多健儿又把他们围在垓心。英民等都有些力乏，但是绝不馁怯，虎斗龙争，又酣战到一百余合。

英民想自己这边人来得太少，被他们大队人困住，到底不济事，时候不早，转瞬便要天明，如再持久，我们三人恐怕都要跑不掉了，还是快走。想定主意，等高月娥一棍向他头上击下时，他握定宝剑望上顺势一削，本来鞭棍锏锤都是十八般兵器中最沉重的一类东西，难以削断。这时英民不顾一切，也要试试了。果然呛的一声，那根齐眉棍削成两截，下半段还在高月娥手里，上半段跳起来，正落在旁边杨小玉的头上，吓得伊掩着头退下，高月娥也闪在一旁。英民和星耀乘此机会，一齐跳出圈子，向海滨疾行。余腾蛟高云龙秦九飞荣烈一行人哪里肯舍，也随后紧追。崔源心中一慌，也想逃走，手里戟法稍乱，被赤面头陀发出一颗念珠，把他打跌在地。方新赶紧喝令左右一齐动手，将他缚住。赤面头陀和毕振海也就跟着同追。

看看将近海滨，高云龙恐防他们兔脱，遂施展他平生绝技，发出五支追魂夺命毒药连珠镖，嗖嗖嗖地首尾贯接，直向英民要害处打来。英民正望前奔，忽觉右脑后面有一阵凉风，急向左一偏，第一支镖从他耳旁擦过。觉得脑后又有风至，回身一看，有四支金镖接连向他向上打来，忙将左手一招，接住了第二镖，第三镖又至，向左边一侧身躯，让过了，第四镖又到了他的头上，他将剑迎着一击，反激到地下去了，而第五镖又已如奔电般射到胸前，英民急闪不及，中在左肩上，顿觉有些麻木，知道中了毒镖，事情不妙。回身跑至海滨，不料走错了方向，瞧不见盐七的船。背后追者纷纷大集，英民没奈何，只得向海中奋身一跳。陶星耀要保护英民，也就跃入海波里去了。余腾蛟喝声"哪里走"，接着望海中一跳，秦九飞和毕振海也望海里跃入。

陶星耀到了海中，想要找寻王英民，余腾蛟秦九飞毕振海三个人已在水底向他扑来。星耀到了水中，更见活泼。独自敌住三人，奋勇大战。觉得这三个人的水性着实不错，而毕振海尤其敏捷。一支鹅翎刺上下左右，尽向他颈部腰部胸部刺来，真是一个水中强敌。高云龙荣烈杨小玉等站立在海滨，瞧着海里波涛翻腾，月光下瞧得很是清楚。料是他们在那里狠斗，且听着再说。

三人共战陶星耀，只不见了王英民。星耀一边猛斗，一边暗想：我既到了水中，尽可逃生，可恨不见英民，不知他逃到哪里去了。他中了高云龙的毒镖，性命难保，又不甚谙水性的，岂不要葬身在波涛中？我苦战作甚？恐怕再战下去，我也要同归于尽呢。不如回去重起人马前来复仇，且报个信儿给他们知道。想定主意，遂向海底一沉，余腾蛟跟着沉下去时，星耀两柄飞叉向他左右刺来，这一下出人不料，幸亏余腾蛟水性甚好，觉得眼睛面前一亮一闪，连忙将剑望前用力一扫，身子直望后退。但是右手腕上已微有受伤，一柄剑又舞不起来。何况又在水中，所以不能再战。向上一浮，星耀赶过来，把他的左足抓住，要想拖下水底去活捉他归岛，代英民复仇。此时毕振海和秦九飞左右推挽而前，把余腾蛟抢去。星耀不敢恋战，趁这当儿，在海中向左边游泳过去。

毕振海秦九飞把余腾蛟抢起，一齐上岸。余腾蛟一边裹着他的伤处，一边喘着说道："这厮着实厉害，这一遭若没有你们二位帮忙，我几乎着了他的道儿了。"

云龙道："我也本想下水的，因想你们三人都是精明水性的，总足够对付他一人了。谁知被他逃去。至于那王英民中了我的毒药镖，大概再不能活命了。"

余腾蛟道："那厮不谙水性，既中了毒镖，又在这茫茫大海里头，再有命活我也不相信了。况且那姓陶的被我们围困多时，神疲力倦，也不能顾到他人的。可恶的王英民，这遭死定了。总算泄了我这口怨气。"

于是众人一齐回到紫云洞中，余腾蛟把英民中镖落海与波臣为伍的情形，告诉给高月娥听，高月娥不胜快活，说道："前次便宜了他，此刻他又来送死。这条性命一定难逃了。我们有这许多人在此，量他三个人如何是我们的对手？也太不知自量了。"

俞金城便对高云龙说道："他们三人不会凭空飞来，定有船只偷渡到此，岛主可曾在海滨搜查一下？"

高云龙把脚跳跳道："哎哟，我们未免疏忽一些，没有搜寻。军师之言甚是。"速令荣烈率队前去。

俞金城又道："紫云洞口三个门户，我皆布置下机关的，他们怎会安然走到水月厅上来呢？"

余腾蛟道："不错啊？还有那些巡逻队，难道都是死人么？"

这时荣烈走来禀告道："洞口右门军师安置的铁罩机关早已削破了。"

高月娥道："对啦，王英民本来有口宝剑，削铁如泥的，所以被他削破了。"

俞金城道："待我明天再来布置一样厉害的机件，不用铜铁的，那么不愁被削了。"

荣烈遂奉了高云龙的命令，点齐队伍，到海滨上去搜寻。陈光国也帮同巡视，四下里兜转来，不见有船只的影子，只得回去复命。高云龙也就罢了。一边命受伤的人好好休养，一边埋葬他部下的死尸。这一遭他也识得英民的本领高强，幸喜英民已中了自己的毒镖，又堕入大海，饶他本领通天，断无再活之理。便请俞金城即日修理洞门，布置埋伏。以后再去大盘岛探听，可以乘隙进攻，夺回故土。余腾蛟听了，自然快活。大家忙到天明，没有睡觉。高云龙恐他的爱姬受惊，遂到雪梨房中去温存了。大家也就散去，有的憩坐，有的睡眠。

不谈孤星岛上之事，且说陶星耀没有捉到余腾蛟，自己乘间逃脱。定一定神，认清方向，急速向东边游去。隐隐瞧见盐七的船缓缓向自己这边移动过来，遂迅速上前，攀住船舷，一跃而上。原来盐七守候了好久，不见英民等回来，心中非常焦急，暗想：不要陷了以前大盘岛的覆辙，教谁人能去救他们呢？后来见西边海滨火把照耀，有呐喊之声，料是英民等和岛上人决斗，不明白英民等走错方向，没有到这边来。自己起初还不敢移动船只，后来一想，或者

232

三人被他们围在那边，不能脱身，不如过去援救同逃吧。于是遂将坐舟向这边缓缓驶来，深恐被岛上人发觉。现在见星耀独自归来，背上受有伤处，不见英民和崔源，便问道："这事怎样了？"

星耀摇摇手，叹口气道："不要说起，此去崔源被擒，岛主又中了毒镖，堕入大海，十九也没有命活。我又被他们围住，不能脱身。总算被我逃了生，现在我们快些回去报信，恐防他们再要来搜寻呢。"

盐七吃了一惊，只得挂起帆来，向归途进发。幸喜风势已转，一帆风顺，天明时早回转大盘岛。所以后来荣烈等搜寻也不见了。

陶星耀遂和盐七上岸，一齐去报信。朱世雄正在要隘上盼望，忽见二人慌慌张张跑来，估量情形一定不好。见了陶星耀，便问英民何在。星耀约略把这事告诉一遍，朱世雄又悲又怒，遂和他们走到寨中，凑巧仇九皋正坐在堂上，披阅兵书。三人上前相见，告诉崔源被擒，英民中镖落海而死，星耀受伤逃归。仇九皋听了，一阵伤心，不觉和朱世雄相对大哭，陶星耀也拭泪不已。九皋跌足说道："此事本来危险得很的，我不愿意五弟前去冒这个险。现在不幸五弟身死，他是一个重要人物，青年英雄，报国之志未酬，出师之愿未偿，却偏偏死在海盗手中，岂不可惜！"

这时左婴琼珠和老钱都闻声而至，得知英民死耗，莫不痛切肺腑。尤其是琼珠倒在椅子里，嘤嘤啜泣。伊正和英民在新婚之中，不料出了这个大祸，怎不悲伤？况且伊和英民的爱情深浓，平地罡风，吹折连理之枝，从此英雄已矣，青春少女，独守空闺，长为黄鹄之吟，赋柏舟之诗，真是人世间何等悲痛之事？想起那夜英民坚执要去，懊悔自己何不一定劝止他？为什么心中一软，被他说了几句，顿时哑口无言，让他去呢？唉，英民，英民，你空怀大志，却死于狗盗之手，太不值得。第一次已逢危险，幸而不死，何以第二次又要去送命呢？岂非命该如此么？从今以后，教人到哪里去找他呢？七尺昂藏之躯，将饱鱼鳖之腹了。越思越悲伤，哭泣无已。

老钱一边哭，一边见他女儿如此可怜之状，只得用话来解劝伊。

其实他的心里何尝不深深地悲哀呢？难得有了这么一个英豪佳婿，不料事业未就，如此结果，前尘影事，一场幻梦。教他的女儿以后怎样生活呢？

陶星耀见众人如此悲哀，尤其是琼珠如带雨梨花，十分可怜，使人不忍顾视。一想三人同去的，现在一死一擒，只有自己逃归，未免给人家嘲笑他贪生怕死不义气。况且英民待他情意何等深重，以后再难碰到这种人了。我本想回家报信的，其实并非喜信，何报之有？我何不战死在孤星岛，也教人家说我是个好汉啊？

思至此，突然把足一顿道："唉！我对不起岛主，不能负我保护之责，有何颜面回见岛上诸同志？总不忍岛主独死而陶星耀独生，我当从岛主于地下。"说罢举起铁叉，倏地向自己的胸口刺去。

九皋在旁见了，说声"不好"，急忙跳上前，将铁叉用力夺住，叉头一歪，刺中了星耀的左肩，鲜血直流。朱世雄过来按住，盐七连忙取过一块布来，代他扎缚。星耀兀自狂跳不止，九皋抢去了他手中的飞叉，然后说道："你们不要这个样子，待我讲给你们听。星耀兄何必如此轻生？少安毋躁。"

星耀道："讲什么呢？你们若不让我死时，我再到孤星岛去走一遭，拼个死活存亡也好。"

九皋道："星耀兄，你亲眼瞧见岛主死在海中的么？"

星耀顿了一顿，答道："我虽没有瞧见，但是他已中了高云龙的毒镖，又堕入大海，无人援救，当然是没有命活了。"

九皋道："前番英民弟不是也被余腾蛟抛入海里去的么？后来鼋送绿霞，得遇星耀兄，死中逃生，同夺大盘岛，救出琼珠嫂嫂。可见英民将来一定有大事业可做，此次说不定也会得救的。"

星耀道："这种事可一不可再，未必又有这种的事。"

九皋道："无论如何，英民弟的生死问题我们决不能说定。或者吉人天相，化险为夷，也未可知。我们急当整理部下，严守大盘岛，乘机报复才是。星耀兄何必轻生？"

左婴也嚷道："对啊，我们只当英民叔叔没有死方好，暂且不必悲伤，守岛之事有我等负责。琼珠妹妹也请止住悲伤。"

琼珠听了九皋的说话，心中不觉也存了一种侥幸的希望，希望她的丈夫果然没有死，且有归来的一日。现在只好暂忍，若是他果真不在人间，那么自己决不偷生，誓当以身相殉。于是左婴伴送琼珠归房，仇九皋和朱世雄暂代英民发令，严守大盘岛，防高云龙等乘隙来攻。陶星耀惦念他的妹妹文耀在绿霞岛，编练渔户军，不知怎样情形，想去问询，以便联合着取攻守之策。九皋又叮嘱他千万别再单身去闯虎穴，须得想法固守大盘岛为要。星耀答应着，遂坐舟回绿霞岛去了。

著者把孤星大盘两岛情形叙过，暂且搁下，要把王英民的生死问题报告与读者知道，想读者也很急欲明白一个究竟了。

当王英民中了高云龙一镖，跳入海中时，起初还想挣扎，无如肩上已中了毒镖，又不甚谙水性的，早被波涛卷去，迷迷糊糊地失了知觉，尽随着海水送他南去。不知何时，睁开眼来，瞧见自己已被大浪送到一个小岛的海滨。他冥想方才一场恶战，犹在目前，怎么到了这个地方？似梦似幻，将信将疑。难道没有死么？不错的，我在大盘岛被余腾蛟抛入海中，不是有个巨鼋载我到绿霞岛去的么？此时又到了什么地方呢？大概我命里不该死于海盗之手。休要管他，且爬上岛岸要紧，免得怒浪来时，又要把我卷入海水里去。

想定主意，绝不犹豫，勉强用出气力来，硬行爬上岛去。等到爬上岛岸时，他力又乏了，一阵昏晕过去。等到醒转来时，左臂十分麻木，已麻到将近胸口了。自思我已中了高云龙的毒镖，大概毒已深入，不死于水，要死在镖上了。啊哟，我身边不是常带着我师父老胡给我的丸药么？一定能够救好的，何不拿来救活自己的性命呢？可是他心中如此想法，全身却麻木得很，再也不能够动弹了，只好在这岛上白白地挺着待死吧。

忽然耳中听得一种很响的歌声，如鸟语缠绵，但是听不出什么歌词。愈唱愈近，不多时，火光照耀，乐声大作，似有许多人到临。

英民侧转眼睛看时，见左边林子前面有许多半裸体的女子，身上绕着五光十色的花圈，头上都戴着花箍，手里执着火炬，在那里载歌载舞。树上都缚着彩纸，绿叶之间连挂着一盏盏的红色灯笼，望过去，确是好看。这一来更使英民昏昏惘惘，不知到了什么地方。他的耳朵能听，他的眼睛能看，但他的四肢不能活动，直僵僵地躺着，如死人一般，只好听其自然。

隔了一歇，许多女子舞到近处来，忽然有一个瞧见了王英民，把手指着他，忽地停了跳舞，向她的同伴叽叽咕咕地不知说些什么。于是许多女子照着火炬，一齐跑到王英民的身边来。英民细细看时，见一共有数十个妇女，裸胸露乳，身上花花绿绿绕着各种形式的花圈，有的鼻上悬着金圈，有的耳上套着银环，妍媸不同，肥瘦皆有。由她们奇怪的装束和钩辀的言语，料是什么海岛中的蛮女。大众簇拥着一个长身的蛮女，瞧伊胸前环着紫色的花圈，一双玉峰涂着银色，画上许多小圈圈儿。右耳上宕着一个大金环，坠着一绺红色的流苏。皮肤比较其他蛮女较为白皙一些，面貌虽不能说美丽，而一双眼睛很是活泼，正向着自己凝视。又对着伊的同伴佶屈聱牙地不知说些什么话，似乎并无恶意。

也是英民命不该死，他忽然挣扎了一下，把右臂伸了起来，指一指他的左肩伤处，又指指自己的衣袋，登时痛得非常，再也不能动一动了。那长身蛮女瞧见英民这个样子，好似会意一般，俯下身子，代英民解去上身的湿衣，发现了臂上一个铜钱大小的创口，里面只是淌出一些黑血来，可见那高云龙的镖毒得异常。那蛮女摸了一摸伤处，又从英民贴身衣袋里取出一包红色药粉和白色丸药来，和伊身后一个女伴说了几句话，那女伴过来用手撬开英民的牙关，那蛮女撮了一些红色的药粉敷在他的伤口，又拿两粒丸药塞在英民口里。又命一个蛮女去舀了一碗清水，前来灌将下去。这时英民好似已死了一般，尽给她们摆布。可是那药十分灵验，灌下肚去，不到一刻钟时，英民又已苏醒，臂上也不觉麻木了，知觉也已恢复，不过疲乏得不能行动而已。

众蛮女在傍候着，见英民醒转，一齐欢呼起来。尤其是那个长身蛮女，施展双臂，把英民抱起，和他很恳挚地接了一个吻。英民实在觉得丝毫气力都没有，尽被那蛮女抱着，把他高高擎起。众蛮女又大众搭成一个圈子，且跳且歌地向林子边回身走去。

欲知后事如何，请看下回。

第四回

羁异域巫山圆好梦
复前仇沧海鏖奇兵

　　英民被那蛮女抱着走进林子时，东方已现鱼肚色。众蛮女又绕着他歌舞一周，然后那蛮女坐在绿褥也似的芳草地上，向英民叽叽咕咕地说话。但是英民又怎能懂伊的言语呢？瞧伊将手指着他的左肩膀，似乎问他伤口怎么样了，英民觉得已不再麻木，精神渐渐恢复起来，只憾自己不能说什么，只得像哑巴一般向伊点点头，表示感谢。蛮女又向众妇女说了几句话，大家立起身来便走。

　　一轮红日已从海平线上升起，林中鸟声啁啾，欢迎着最可宝爱的晨光。此时众蛮女早已将火炬灯笼都熄灭了，那蛮女依旧将英民抱起，很快地前行，不多时，早穿出林子。英民细瞧岛上树木很多，风景清丽。一处处都是竹屋，绝少砖瓦盖就的。有许多蛮女已在那里工作，有的耕田，有的捕鱼，有的樵苏。但是一行人所经过的地方，不论老少，见了长身蛮女，无不肃立致敬，好似那蛮女是岛上最尊贵的一人，只是始终没有瞧见过男子的踪影，心里十分奇怪。

　　不多时，走至一处，屋宇连接都用竹林构筑而成，雕琢得甚是精细，与别的不同。门口站立着两个半裸的妇女，手中握着锐利的标枪，一见众人到来，连忙立正，向拥抱自己的蛮女跪一足行礼，蛮女也含笑点头。走至里面，有一间很大的厅堂，几案都是竹制的，形式短小，做得也很玲珑。地下铺着花席，原来岛上的风俗是席地而坐的。蛮女到了堂上，把英民放在地下，向众妇女又说了几句话，大众磬折而退，只有四个年轻女子立在堂外伺候。蛮女又抱着英民，代他抚摩伤痕，对着他尽是憨笑。英民觉得身体疲乏得很，不克支持，便向蛮女做个手势，表示要睡眠的样子。蛮女很能合意，点点头，遂唤堂下两个蛮女上来，托起英民，自己在前引导，向堂后走去。

英民见是一个很大的庭院，堆着玲珑的奇石，种了不少的翠竹，十分阴凉。又转了一个弯，便有一个小小院落，蕉叶蔽窗，桐荫匝地，便见幽静。蛮女引到一间精舍，有一竹床，亦铺龙须细席。室中玉瓶金鼎陈设得华丽非凡，床后悬着一在大玻璃镜，四盏红纱灯，分悬四隅。绿窗红灯，映照绝艳。

蛮女吩咐二蛮女把英民放在竹床上，又命一个蛮女出去取来一杯黄色的果子汁，给英民喝下。英民喝了，口舌间津津有味，大足解渴，遂向蛮女伸一指头，又做要喝的样子。蛮女笑笑，又命那个侍从的蛮女再去取一杯来，英民又一口气喝下，对蛮女一笑。蛮女取过一个漆枕来，意思问他要不要。英民点点头，蛮女便放在他的颈后，又将英民身上的湿衣代他一齐脱下。英民倒觉得有些不好意思，自己是一个男子，怎好赤裸裸地对着人家妇女，让她脱衣呢？然而他也明白这是蛮女爱护他的盛情，所以并不拒绝。反任伊去怎样摆布。床左本安放着一座金银镂花的木橱，蛮女过去开了，取出一匹红色的绢来，代英民裹在身上。英民不觉暗自好笑，自己是一个伟丈夫，竟穿起这种艳丽的东西来了，真是蛮乡怪俗，不足为外人道也。他正思念，陡觉嘴唇边热烘烘的，蛮女又凑着他接吻了。那蛮女接过吻后，又对他微微一笑，才和其他两个蛮女走出室去。

英民也不管什么，索性无忧无虑地闭目而睡，不一时鼾声大作，深入睡乡。这一睡直到下午才醒，觉得精神已恢复了不少，左臂伤口也已结好，并不觉得有何痛苦。老胡的药真灵。还有些药料和丸药，蛮女已放在他的床畔，暗想：此物将来大有用处，我当珍藏。又想到紫云洞恶战的一幕，崔源业已被擒，不知他生死如何。至于陶星耀，想他水性精通，一定能够脱身。但是他回到大盘岛一报告这个恶消息，他们不知要怎样惊慌。最可怜的是我的琼珠，必以为我葬身海波了。伊又将不胜悲伤，怎能知道我却安危脱险，到了这个岛上呢？可惜我没生双翼，不然立刻飞回去，安慰伊一番，岂不是好？他呆呆地瞧着橱上的金环，左思右想，心绪不安。又想不知这里是什么岛，那蛮女是不是岛上的主人，瞧伊对于我的情景，完全像是一片善意，那么我稍缓总能设法还去的，只要我不去忤逆伊的意思罢了。

他思念至此，忽听脚步响，那个蛮女又和两个侍女走进室里来了。一见英民醒在床上，那蛮女嬉开雪白的牙齿，走到竹床边，把英民拉起。英民也趁势坐了起来，蛮女又搂着和他要接吻。英民觉得此举很是麻烦，自思这倒类乎西洋人的行为。自己和琼珠虽然爱情浓厚，也不过兴之所至，花底月下，帐前枕畔，偶然一吻而已，没有见了面便要接吻的。这样横一个吻，竖一个吻，反觉没意思了。然而自己的性命都是那蛮女救活的，况且羁身异域，在人篱下，这里的风俗究竟如何，我还没有明白，只好将就过去，见事行事。

蛮女又用手指指英民的嘴和肚皮，意思问他饿不饿。英民真有些饥饿了，便装出要吃的手势。蛮女遂对两个侍女说了几句话，两侍女退出房扶持，不多时，取了一盘玉蜀黍和一串香蕉前来，又有一杯黄色的汁，放在短几上。英民也不客气，下床来坐地便吃，吃了一个饱。蛮女盘膝坐在他的对面，瞧他吃，等他吃完，便拉着英民的手，向他说几句话。但是英民终是听不懂。

侍女收拾吃剩的东西去了，瞧那蛮女似乎因为言语不通，十分难过的样子。英民也觉闽粤方言本来不易领略，现在他们又比闽粤方言来得钩𬯎格磔，两边都说不明白，如何是好？只好先用粤语来试试看。遂说了十数句粤语，内中只有一二句蛮女能够明白。一句是问伊可是这岛上的领袖，伊点点头，伸出一只大拇指来，承认伊是岛上的女王。一句是问伊岛上有没有男子，伊把头摇摇，指指英民，又伸出一个手指来，意思是说除了英民没有第二个男人了。英民见伊能够懂得一二粤语，那就可以借此沟通说话，渐渐地自会彼

240

此明白的。于是二人相对而坐，各把言语来试问，互相教答了一回，颇觉顺利。蛮女见英民能和伊谈话，很为快活。

这时忽然侍女引着一个矮小的蛮女走进室来，那蛮女双手捧着一样东西，向伊跪倒。英民一看那矮蛮女手中捧着的，正是自己的纯钩宝剑，以为失落海了，谁知故剑复还，不由大喜。矮蛮女说了几句话，那蛮女便取过宝剑，向英民询问，可是他失去之物。英民答道："是的。"蛮女点点头，还命那矮蛮女取出，将纯钩宝剑交与侍女去收藏。英民也明白伊的心思，恐防将宝剑还了他，或将对伊有不利，然而英民实在并不歹意，也就坦然置之。预备隔日设法向伊表明心迹，可以索还。蛮女正又要回转脸来，和英民讲话，又有一个侍女走来，向蛮女说了几句话，似有要事请伊处置。英民还不能完全听得明白，蛮女遂教英民仍去安睡，蛮女也慢慢出室去了。

原来这岛名万年岛，是琉球岛附近的一个小岛，因为这岛距离航海线很远，所以人家罕有到过。这岛上居民都是妇女，没有一个男子。因为蛮民风俗，生了男孩不是杀掉，便把他缚在一块木板上，抛在海中，顺流而去。倒和小亚细亚的亚马逊民族风气相同。妇女们都是健硕有力，性好厮杀。倘有外船漂流至此，必要杀个干净。她们岛上的物产很是丰富，足以自养，无须到外边去求食。每日三餐都吃的玉蜀黍，其他出产的水果也不少。英民所喝的水汁，便是波罗蜜，她们当茶喝的。英民所遇见的蛮女，便是岛上的女王。每五年一任，任满时由岛民公选别人继任。倘遇贤德的女王，也可继任的。女王势力最大，所发命令岛民均须恪遵，如有反抗者立处死刑。至于她们的性欲问题怎样解决的呢？大致也和亚马逊民族相仿佛，只是没有亚马逊民族那样的严厉罢了。每年春夏二季，她们性欲勃兴的时候，便要到邻近海上去掳掠男子回来，供她们性欲上的需要。譬如只掳得一个男子，先要献给女王。若有多数的，便由女王支配与伊的部下。挨次同宿，不得违例。其间也有私自在外干那风流勾当的，若被岛民知道，大家就要将伊杀死。但是男子们到了岛上，做了她们的俘虏，天天供她们情欲上的需要，既非金刚不坏

241

之身，自然早晚做了她们的牺牲品，死后立刻抛在海中了。蛮人风俗如此，自无足怪。远近岛人见了她们都十分畏惮，因为她们剽悍善战，不易对付，只好由她们去休。实行自卫，免做俘虏罢了。

此次英民被波浪送至万年岛，恰逢新任的女王爱尔丽还没有出去找俘虏。她们先开一个跳舞会，便是预备出发的意思。火树银花，轻歌妙舞，在林子里狂欢了一夜。却不料发现一个英俊的少年男子，被波浪送在海滩边。爱尔丽一见英民那种形景，知道已受了什么伤，幸亏英民福至心灵，将老胡的药救好了自己。爱尔丽遂认英民为情场的俘虏，所以负之而归。因为英民的一种亢爽的态度，俊秀面庞，实在那僻远的蛮乡中不可多得。爱尔丽以前做女王时，虽也曾和一个中国少年发生过一次肉体上的欢爱，但是哪里有英民这样俊美英爽呢？譬如一个古董家得了一件最宝贵的东西，自然爱不忍释，一心一意挂念着当作第二生命。爱尔丽也是这样，所以伊把犷悍之气一齐收敛，变作温柔性格，十分体贴地看护着他，博他的欢心。至于英民的纯钩宝剑，他堕在海中之时，本来紧握在手里，始终没有放去。当他从海滩爬上岛岸的当儿，一阵昏迷，才把那宝剑抛去。后来被一个瞧见，知道是那新来的男子的东西，遂拾了起来，献给女王。爱尔丽估料英民也谙武术的，恐防还了他，或要对伊施展出反抗的行为来，因此藏去了，暂时不肯还他。恰巧英民心里感谢爱尔丽救援之德，不忍反对，也就由伊去休。

他自岛主出室去后，仍至榻上安息，偃然睡去。等到醒时，室中红灯都已点得通明，爱尔丽正坐在他的榻旁，剥着一只香蕉吃。吃至下半截，见英民醒来，便把半截香蕉向他口里一塞，英民也就吃了。爱尔丽将她烘好的干衣服还给他，英民甚喜，便去掉身上所裹的红绡，把衣服穿了。爱尔丽又唤进两个蛮女来，将尺量着英民身上衣服的尺寸，然后从那棒球中取出数丈蓝白二色的妙布来，交给她们去代英民赶制新衣，以便更换。英民更觉感谢伊的美意，便向伊致谢。爱尔丽嬉开了嘴一笑，伸手把英民拖下竹榻，两人席地而坐。爱尔丽把一只手放在英民的膝上，又相对着交换言语。

英民是一个聪明人，所以学会了很多的说话。爱尔丽遂告诉他此间风俗，妇女一例赤裸上身，下身也仅穿一条很短的围裙，接吻拥抱都是极平常的事，不以为忤。唯有胸前双乳，却视为神圣不可侵犯之物，非至其时，不能触犯。有偶触的认为极端侮辱，必定不肯宽恕。英民点头，记在心中，便问伊乳上为什么要涂着颜色。爱尔丽答道："这也是一种装饰。各色均有，花样不同。不过金银两色须尊贵的人方可许涂。"又说岛上风俗，女王以下有十个岛长，是岛上尊贵而有势力的人。现在因为有一个岛长患病去世，所以明天要补选一名。补选之法，便是由岛上各分段的人民里头，推举身躯雄壮，武术高强的，各个比赛，谁得优胜谁做岛长。因英民初到岛上，不明了一切风俗，所以明天请他同去一观。

英民大喜，点头说道："一准相随同去。"

爱尔丽又和英民一起用晚餐，谈了许多话。英民乘机问些岛上的事情，以及爱尔丽的身世。方知爱尔丽的母亲早已逝世，爱尔丽少娴武术，善掷标枪，曾率众奋勇捕获海中的鲸鱼，又和几个岛长比较武艺，一一败在伊的手里，因此伊得做了女王。伊还有一个妹妹，名唤耶佛，和伊一样勇猛，也荣任了岛长。所以她们姐妹的势力在岛上最大。明天将要介绍伊妹妹和英民相见。

爱尔丽也叩问英民的来历，英民约略告诉伊说，他姓王名英民，是中国的志士，到海中来歼灭海盗，占掠大盘岛。此番被孤星岛上海盗所败，所以漂流至此。爱尔丽也闻孤星岛之名，因为那边能人众多，她们没有去侵犯过，允许英民以后当相助前往复仇。谈了长久，爱尔丽有些倦意，两个蛮女提着绿妙灯来相迎，爱尔丽遂又抱着英民接了一个甜蜜的吻，教他好好睡眠，明天再见。于是爱尔丽出房去。

英民被伊纠缠着，糊糊涂涂的一天光阴又已过去，进闭了房门去睡，暗想：爱尔丽为人很诚恳，又很质直，大约蛮女没有机巧之心，大都如此。那么此等人我倒可以利用，且待明天看了她们的比武再说，迟早我都要想法回到大盘岛去的。想了一歇，方才蒙眬入梦。

次日黎明起身，英民洗过脸，侍女端进早餐来，英民吃罢，只见爱尔丽走入室来，头上插着几朵鲜花，一双嫩滑的乳头，涂着灿烂的金色，下身裹着大红色的软绸围裙，踏着一双新草鞋，鞋头上缀着两颗明珠。容貌虽属平常，而别有一种妩媚，在蛮乡中可算翘楚了。走到英民身边，又和英民拥抱着，接了一个吻，遂请英民同去看比武之举。英民点头答应，爱尔丽又吩咐侍女送进一套新制的衣服来，请英民换了，前携着英民的手，一同走出室去。

行至大堂，早见有八名蛮女捧着大刀侍立着，一见二人莅临，一齐屈一足行礼。又有一侍女送上一支明晃晃的标枪和一个五六十斤重的铁锤。爱尔丽把锤系在腰边，标枪握在手中，笑嘻嘻地对英民说道："走吧。"英民瞧伊顿时显露出一种英武的态度，不愧为一岛之主。遂随着伊同行，八名侍女搁着大刀在前开道。

走出大门，两旁站立着二十名蛮女，手中各持标枪。见了女王一齐行礼，前后拥让着向前跑去。途中遇见许多蛮女，各向女王屈一足下拜，爱尔丽也含笑答礼，很见严肃。一路曲曲折折，不多时已跑到一个广大的草场。丰草绿褥而争茂，佳木葱茏而可悦，景色很可人意。草场的对面有一小小土阜，上面盖着竹棚，悬着不少纸彩。旗杆上挂着一面大红旗，旗上用白绸剪贴上去的一个标帜，便是一个弧形的月亮，大约这就是万年岛的旗帜了。土阜上立着不少蛮女，场中四围观者如堵，一见女王到来，一齐欢声大呼。有的举着标枪行礼，有的屈着一足下拜。二十名持标枪的蛮女便是爱尔丽的护卫，此时一齐分开，站立在土阜之下。八名搁大刀的蛮女，簇拥着二人走上土阜，来到棚中。见正中有短几安放着，几上一个金瓶，瓶中插着一支颤巍巍的金花。早有九个蛮女，各围着五颜六色的围裙，乳上涂着银色红色，燕瘦环肥，妍媸不一，走将过来。爱尔丽代英民和她们介绍，始知这些就是所谓的岛长了。

爱尔丽又指着其中一个很肥大的蛮女，鼻上悬着一个大金环的对英民说道："这就是我的妹妹耶佛。"英民又向耶佛举手致敬，耶

244

佛却跑过来搂着英民接了一个吻，又对爱尔丽叽叽咕咕地说了几句话。英民听得出语气的大意是赞美他相貌英俊，恭喜姐姐得了一位如意郎君。英民不由一怔，爱尔丽却挽他一同席地而坐，九位岛长也分坐两旁。八名蛮女站立在后。

忽听轰天价三声炮响，草场上立出数十名蛮女来，手中各持着一柄标枪，腰间各系了一个大铁锤，齐对女王爱尔丽举枪致敬。敬礼后，分两排立开，遂有一个岛长立起身来，走下土阜去，逐一点名。点名以后，又两个岛长各举标枪，分立在场中比武之处，就近监视。二十名护卫散立在四围，观众皆静严无哗。岛长喝着名，便有一对蛮女来至场中，大众把枪在自己额上一横，先表示一个礼节，两下遂比起身手来。一对儿在场中盘旋对付，大家各觑准了敌手有隙可乘的时候，便把标枪放出去刺敌人。标枪若是不中，又可飞锤，受伤的退下，便换第二人上来较量。有的不幸死于标枪或飞锤之下，也是白死。这样比了十数次，死去了数个，伤的都异着退去。

英民注意看着，觉得没甚精彩。暗想这些蛮女本领也不过如此，没有一个出色的。这时候西首忽地闪出一个蛮女来，乌黑的长发，挽着一个椎髻，腰里围着深黄色的软布，胸前双乳涂着淡绿色，膀阔腰粗，臂上筋肉坟起，如虬结一般。见得伊是一个强有力者。那蛮女先对那个战胜的蛮女把标枪在额上一搁，行过礼后，望后退走数步，那战胜者追进一步，便将手中标枪照准蛮女头上飞来，喝声"着"。蛮女倏地将身子望下一蹲，标枪从伊的头上飞过，直飞出丈外，戳在地上晃了几晃。那战胜者见一枪不中，刚将腰间铁锤取出，那蛮女已回手一枪刺来，疾如飞矢，战胜者将左手一抓，那标枪已到了伊的手中。此时蛮女失去了标枪，便望后奔走。战胜者追来，蛮女暗暗解下腰间所悬的铁锤，刚才回过身来，战胜者早已将标枪和铁锤放出，标枪向伊背上飞刺，铁锤却向锤头打来。一枪一锤，如奔雷一般已至蛮女近身。场中观众一齐呐喊一声，以为那蛮女万难避过了。哪知那蛮女不慌不忙，一招手将铁锤接住，又一侧身避过了标枪。手中两锤一齐放出，那战胜者见自己的枪锤不能伤伊，

245

心里十分惊慌，又收不住脚步，仍向前奔跑。不防两锤飞至，避过了头上一锤，第二锤已飞到胸前，猛击个着，打得伊口吐鲜血，仰后而倒。早有两个蛮女奔来，异着退去。那蛮女见已获胜，取了标枪和铁锤，立在场中，向四下傲睨一周，表示得意样子。

英民看那蛮女反败为胜，锤法精妙，顿时觉得有些精神。爱尔丽也很注意地瞧着。岛长双唱罢名后，西边蛮女队里又闪出一个长身的蛮女，围着绿色的布裙，握着标枪，过来与那蛮女比武。可是甫一交手，头上已中了一标枪，立刻殒命。死尸自有人来异去。岛长又唱名，又有一个蛮女上来较量，结果又中了铁锤，受伤而去。那蛮女接连战胜了七个，精神抖擞，横着标枪，立在场中，威风凛凛。

此时比武的蛮女十份中已有七八份伤的伤，死的死，大家以为那个蛮女如此勇猛，可以稳取岛长一席了。这时岛长又唱名了，一个短小精悍的蛮女走到场中，将手中标枪在额上一横，也行了一个大礼。大众瞧她身高只到那蛮女胸前双乳。矮蛮女右手挺起标枪，遂向蛮女腰里猛刺。蛮女眼快，也将左手夺住标枪，两人各用气力来曳，恍如走马灯般打了三个转身，只听咔嚓咔嚓的两声，两支标枪都已折断。大家将枪杆抛在地上，矮蛮女回身便走，蛮女掣出腰间铁锤，一路追赶。矮蛮女忽然脚下一滑，似乎向前倾跌的模样。蛮女大喜，将铁锤飞来，这时矮蛮女已倒在草地上，一锤正向伊的头上落下。大众见了，都代伊捏把汗。谁知伊身手敏捷，早已解下铁锤，看准那飞来的铁锤击上去，只听铛的一声，两个锤头一碰，两锤直跳起来，一齐向蛮女飞过去，落在蛮女身前离开六七寸的地上，把蛮女吓了一跳。矮蛮女早已爬起身来，各自拾起铁锤，打了一个转身，猛喝一声，两锤各自放出。蛮女的铁锤飞至矮蛮女的面前，早被矮蛮女接住，而矮蛮女的铁锤也飞向蛮女头上，蛮女一低头，铁锤从头顶上飞过去，落在背后。刚才抬起头来，不防矮蛮女已将接到手的铁锤又已放出，好似流星赶月一般，倏地已到蛮女脸上。蛮女恰巧抬起头，正击个着。其势甚猛，把那蛮女的头颅击得粉碎，倒在地下死了。真是强中更有强中手，不料有这么一下杀手的。英民和爱尔丽见了，也各赞美。

矮蛮女又去换了一支标枪，立在场中，准备再斗。岛长又高声唱名，自然又有其他蛮女上场比武，但已慑于雌威，施展不出本领来，一个个都被击退。还剩七八名蛮女，知难而退，情愿将岛长的荣衔让与伊了。爱尔丽大喜，即传那矮蛮女上土阜来相见。矮蛮女走至土阜上，先向爱尔丽屈一足行礼，又和诸岛长各行敬礼。爱尔丽将瓶中金花取出，代伊插在头上。这时场上观众一齐手舞足蹈，欢声大作，庆贺新岛长。

英民得闲向爱尔丽叩问矮蛮女的姓名，方知伊的名字是努赤儿。英民又记在心中，可是他却不知爱尔丽的本领如何。爱尔丽今天很是高兴，遂偕同英民和诸岛长一齐走下土阜，来到操场中，传令各岛长均须试射标枪，聊作余兴。但是这种玩意儿与比武不同，早有几个蛮女捅着五个草人走来，把草人一齐散立在场中。爱尔丽先教诸岛长试射。诸岛长有的在相近百步的，有的立在七八十步以外的，或用锤，或用标枪，向草人放出。没有一个不射中的。可见她们的眼力和腕力都很厉害了。末后爱尔丽握着三支标枪走到一百五十步立定了，把三支标枪呼呼呼地同时放出，射中三个草人，都戳在草人胸前一个红心里，枪尖连杆大半插进去。众蛮女大声欢呼起来，爱尔丽很觉得意。

英民带笑握着爱尔丽的手道："好好，你的标枪放得真不错，佩服得很。我虽没有学习过，今天也愿一试。"

爱尔丽听说英民要试标枪，欣然赞成，便吩咐手下护卫献上枪来。英民拣了两支坚韧的标枪，拿在手中顿了一顿，在相距草人一百三十步以外立定了，双手举起标枪，膀上用力向外一送，只见第一支标枪飞向草人胸口，哧的一声，刺将进去。第二支标枪跟手飞到，接着仍向胸口戳进，后支追前支，草人晃了一晃，第一支标枪被第二支标枪一顶，便从草人背心直透而出，插在地上。第二支标枪却刺在草人胸里，两边各露出半段。

爱尔丽见英民初次试枪，竟有这种惊人的功夫，足见他的手法和眼功都不在自己之下，观众又欢呼起来，声震山谷。爱尔丽走上前，将英民紧紧抱住，接一个吻，表示伊欢贺之意。诸岛长也围着英民，有的吻足，有的吻臂，大家称赞他是个英雄。爱尔丽遂挽着英民的手臂，一同回去。许多护卫仍旧拥护他们走。

　　爱尔丽到了宫中，不绝口地称赞英民神勇，英民也赞美伊的枪法，两人互相钦佩，便在这天晚上，爱尔丽到英民室里，和他同进晚餐。爱尔丽喝了不少酒，频频向英民劝饮，因此英民也喝得有些醉意。觉得在蛮荒之中，倒也自有一乐趣。虽无乐不思蜀之心，然他鉴于岛上蛮女的勇武，很思收为己有，将来可为大破孤星岛的臂助，所以对于爱尔丽也很与伊和谐。

　　酒至半酣，有几个蛮女走来，敲着鼓，吹着笛，持着异样的灯笼，立在一边。爱尔丽遂立起身，在英民面前翩跹而舞。爱尔丽的舞态甚佳，加着伊在酒后腰肢细软，如风摆荷花一般。英民想起在紫云洞观舞的一幕，不想又在孤岛上观蛮女跳舞。唉，大盘岛上的众弟兄和我可爱的琼珠，此时不知怎么样呢？

　　他正呆思出神，一声鼓响，爱尔丽的跳舞终止，走到英民身边，和英民接吻。英民也抱着伊在伊颊上吻了一下，赞着伊的跳舞佳妙。爱尔丽嫣然一笑，吩咐那些蛮女退后，自己仍回至原座，重和英民对酌。直喝到瓶罄杯空，方才侍女撤去残肴，和英民坐在窗下闲谈。讲起今天的新岛长努赤儿如何勇猛，又称赞英民的标枪如何神妙。此时皓洁之月拥出云端，伊的清辉的银光从窗外射入，室中所悬的红妙灯荡摇不定，红光映着爱尔丽的两颊，现出两点春色。爱尔丽把身子斜倚在英民的肩头，和他喁喁细谈。英民觉得一阵阵的甜香，从爱尔丽身上送到他的鼻管里，不知伊擦的什么香。一个犷悍的蛮女，至此境界，也觉得多么美丽、多么雅驯了。

　　谈了许多话，英民有些疲倦了，打了一个呵欠，要想去睡。只因爱尔丽很久地坐着，自己不得不奉陪。侍女又送上几杯果子汁来，放在短几上。二人喝着果汁，爱尔丽吩咐蛮女退去，不必再来伺候。

侍女诺诺而退出。爱尔丽和英民喝罢果汁后，英民见伊仍旧不去，时候可已不早，不免有些焦躁。爱尔丽却张着笑靥，将嘴凑到英民耳畔，说了一句话。英民听了不由一愕，没有回答。爱尔丽却将他搂抱住，亲了一个吻，托着他到榻上去。

英民暗想：此时真是间不容发之际，我若不愿意和她云雨荒唐，干这事情的，凭我的勇力，把伊打倒，然后想法出走，保全我男子的气节。继思此番我漂流海外，这条性命都是爱尔丽救护的，况且我在此岛，伊对待我的情意也是十分诚挚，十分敬爱。大丈夫当以德报人，断不可以怨报德，反向伊下毒手。又有一层须顾虑的，伊并不是个弱女子，我若反对伊，伊也必出全力相捕，即使我利用了逃出虎穴，可是茫茫大海，无处可归，她们悉起岛上之众来围困我，那时我也没有命活。岂非两败俱伤？我不如乘此时收服了她们，将来倒可以利用这些蛮女去上战阵。

英民正犹豫间，爱尔丽已把英民放倒在竹榻上，自己把围裙脱下来，伴英民同睡。英民也不峻拒，趁此一尝异乡风味。这一夜云雨巫山，颠倒鸳鸯，其中情况，断非著者所能描写。

次日天明，二人起身，爱尔丽把围裙依旧围上，二人对视着一笑。爱尔丽请英民坐着稍待，自己开门出去了。英民独坐地上，早有侍女进来，送上洗脸水。英民盥洗毕，对着朝曦悠然遐思。想起昨宵的事，未免对不住琼珠，想伊在大盘岛一定为了他自己的噩耗抑郁寡欢，哪里知道我在这里狂欢呢？扪心自问，未免惭汗。还有君国大事，未能光复河山，尽匹夫之责，却一向羁缠在海外，不知何日早歼大盗，进兵中原？思至此，好比芒刺在背，十分不安。

却见爱尔丽换了一件淡绿色的围裙，走将进来。胸前双乳涂着金边银花，乳头上点着两点大红颜色。英民瞧着，便问伊何意，爱尔丽含笑说道："我们岛上风俗，不论是谁，若和外边男子同睡过，次日乳头上便要点上大红颜色，以为光荣。"英民听了，暗暗好笑，真是各处风俗大不同，天下之大，无奇不有了。这时侍女又奉上早餐，爱尔丽位着英民同食。食罢爱尔丽又陪伴英民出去，至岛上四周游览。

英民细察岛上果树茂盛，田亩纵横，一排排的竹屋，都作方形，所以前后四边都走得通。众蛮女体魄健硕，个个人都能工作。这种妇女可说胜过男子了。但是她们为什么要对待男子如此苛酷呢？蛮乡风俗真是不可理喻。我在此间，虽然爱尔丽待我甚好，将来难免蹈前车之辙。况且我身上负有重大的使命，也不能多在岛上耽搁。如今我必须要极力和爱尔丽联络，要催促她们助我出兵，乘机可以回至大盘岛，这是侥天之幸了。

所以这天夜里，英民对爱尔丽绸缪尽欢，果然爱尔丽视英民如第二生命，英民的说话都肯听从，以为英民对伊自己也有十二分的真情呢。这样浓情蜜意，欢乐了数夜。

一天早晨，有许多岛长来见爱尔丽，要求女王出令，准许明天岛上众蛮女出去掳劫男子回来。原来那夜在林子里大跳舞，爱尔丽和英民说过的，本来预备要出外掳掠男子的。后来爱尔丽得了英民，一心一意和英民欢乐，又有补任岛长之事，这样一耽搁，出发之期竟没有定出。众蛮女盼望已久，又见女王和新来的男子同出同进，双宿双飞，引起了她们的歆羡。都恨爱尔丽自己得了新欢，忘记了他人性欲上的需求。于是大众公请岛长前来，向请示。爱尔丽难违众意，自然在诸岛长面前一口应诺。诸岛长欢呼而去。

爱尔丽便去把这事情告诉英民，英民听了，暗暗欢喜，便向爱尔丽道："你们出发何处？是谁指定的？"

爱尔丽道："由我下令的。不过临时或有变动，那就要徇众人之请了。"

英民道："那么这一回你们想到哪地方去呢？"

爱尔丽道："我想往澎湖群岛那边一行。"

英民道："你们何不到孤星岛，较为近些。"

爱尔丽道："孤星岛闻有海盗盘踞，劫取稍难，不如往容易的地方去。"

英民冷笑道："你们也怕海盗么？"说了这声，便不响了。

250

爱尔丽见英民神色不怡，伊知道英民是吃了海盗的亏，所以漂流到此，大约他想我们去代他报仇也未可知。那么我要得到他的欢心，使他快活，不如依从了他的意思吧。遂对英民说道："你的意思是不是要我们到孤星岛去，好代你复仇？很好，我们万年岛上的妇女没有一个是怯者。我就下令前往便了。"

英民大喜道："你真是英武的女王。我虽本领平常，当随你们同去剿灭那些海盗。"

爱尔丽道："你的本领也很好的，有你同去更好了。你可坐在我的舟中，照例我们出发时候，不容许有一个男子在内的。此次只得破例创举了。"

英民笑道："倚仗你女王的大力，破一次例吧。只是我还有一个请求，请你明天出发时候，将我的纯钩宝剑赐还，我很喜用我的宝剑。"

爱尔丽答道："你的剑我本宝藏在我室中，明天一定给你便了。"

爱尔丽和英民说了几句话，因为外边有二蛮女为了抢鱼问题，控到女王面前来，伊遂告辞出室，自去审理案件了。当晚一宿无话。

次日一清早，二人起身，用罢早餐，喝了两杯果汁，宫门前鼓角怒吹，大旗飘展。女王爱尔丽围了大红的围裙，头上箍了花冠，双乳涂着纯金色，把一套新制的衣服给英民穿了，又将纯钩宝剑还他。英民接到手里，摩挲故剑，十分欣喜。爱尔丽也从侍女手里取得标枪和铁锤，八名捐大刀的蛮女又已在堂下伺候二人。二人一齐走出，十位岛长又前来相见。耶佛声称众蛮女部署已定，俱在海滨听令。原来这次出发共有六百名蛮女，分坐三十艘大船，分为三队。左队由耶佛统率，右队归努赤儿管领，女王爱尔丽自率中军，诸岛长分配在三队镇压，都是昨天爱尔丽与十岛长商定的。此时英民随着女王岛长走出宫门，护卫等也已伺候在那里。三声炮响，一同向海滨赶来。

到得海滨，早见三十艘大船一字地排列着。众蛮女荷戈悬锤，欣欣有喜色，一齐伫立在船头。爱尔丽等一行人至时，扑通扑通又是三声炮响。众蛮女举戈行礼，爱尔丽便和部下人以及英民，又有两个岛长坐上一艘三道帆的大船，岛上尚有许多蛮女在那里欢送。爱尔丽在船舱中坐定，便下令向孤星岛进行。三十艘大船一齐扬起布帆，分作三队，在大海中疾驶。万年岛距离孤星岛不远，更兼今天是顺风，所以一道道的大帆如海鸟张着大翼，在万顷碧波中很快前行。

英民坐在舱中，心中觉得愉快非常。暗想今天借着众蛮女之力，可和孤星岛一战了。只是没个人去大盘岛报个信儿，让他们可以来此会师，好把那余腾蛟高云龙等一班狗盗歼灭。

他正在默默思想，爱尔丽却指着海上风景讲给他听。他更觉得爱尔丽虽是蛮女，别饶妖媚。将近午时，已近孤星岛。爱尔丽便命各船速速预备午餐，好准备精神，上岸掳人。一会儿后艄端上一大盘玉蜀黍和许多水果来，爱尔丽和众蛮女大嚼一顿，英民一边吃，一边却在大转其念头。因为孤星岛上海盗是有组织的善战健儿，自己这边蛮女虽然剽悍，但是蛮勇而不知战阵方法，须得我好好调度，方能获胜。心中正在这样盘算，口里不免嚼得迟缓些。爱尔丽等早已吃好。

忽有一个蛮女从船头上跑进来跪禀道："前边已是孤星岛，但见遥遥有许多船舶，方在厮杀，不知是否岛上人和外人交战。"

爱尔丽一闻这个消息，便和部下到船首去瞧看。英民面前还有小半盘玉蜀黍没吃，他就摆盘而起，提了纯钩宝剑，赶上船头，立在爱尔丽身后，将手遮着阳光，向前面碧浪深处瞧去。果见有许多大号战船，船上插着红蓝黄三种颜色，映着日光，招展得人家目眩，正包围着一队战船猛斗。那些被围的战船上，旗帜隐约，不可窥见。忽然有一艘浪里快从黄色旗下杀出，船头上似乎立着一个赤条条的汉子，船艄竖着一面青色的旗，上面有一颗白色的星。忽又有三只大战船，一例插着红色蓝边的旗掩杀过来，把这艘浪里快又包围入阵里去。

英民认得那青色白星的旗正是大盘岛海船的旗帜，还是自己和仇九皋商定的。还有那个赤身汉子，虽未瞧得清楚，大约是陶星耀了。不知他们何以在此鏖战？我等来得正好，可以救援他们了。试瞧孤星岛战船的阵势十分严密，十分奇幻，旗色又是五花八门，大概便是那个军师布下的了。我何不如此如此，以解大盘岛众弟兄之危？遂把情况告知爱尔丽，爱尔丽很愿协助，遂由英民教伊出令，吩咐努赤儿所领的右队径攻孤星岛，为围魏救赵之计，好使他们分心。便是紫云洞中机关奇险，不可闯入。可在岛上掳人，稍得胜利，乘机疾退。这边由爱尔丽姐妹分为左右两军，直攻进孤星岛的阵中，见红蓝黄三色旗帜，努力攻击，且抢劫他们的人来，以便此行不虚。

爱尔丽遂命停船，传令努赤儿耶佛来船上候令。于是三队船舶一齐停住，努赤儿耶佛同至爱尔丽船上来相见。爱尔丽向她们一一吩咐毕，二人得令退去。远望孤星岛黑影已在前面，努赤儿回到自己队中，传令众船速向孤星岛袭击而去。这里爱尔丽和耶佛两队战船向前疾驶，来到相近处，呐喊一声，分头杀入阵中。这一队娘子军果然十分厉害，驾驶既精，攻击又勇，一下子竟把孤星岛的迷阵冲为两截。

著者写至此间，不得不先把大盘岛与人如何交战的经过交代一下，好使读者明了其中情形。原来大盘岛上自从王英民噩耗来后，大家同仇敌忾，一心一德，要代岛主复仇。琼珠更是悲痛入骨，天天向仇九皋夫妇催促出兵。九皋自然唯唯答应，一边把部伍朝晚操练，一边派密探扮作渔人，到孤星岛去探听消息。恰值高云龙因为英民已死，放了一大半的心，沉酣酒色。而余腾蛟急欲恢复故岛，也是极力催迫他出动。高云龙先命俞金城把紫云洞布置妥善，然后出发。料大盘岛英民部下不过釜底游魂，将来自可一鼓而下。仇九皋探听得这个消息，正逢陶星耀和他妹妹文耀率领绿霞岛的渔户军来会，声明渔户军署部已定，人人有决死之心，愿和大盘岛上的健儿同去正式攻打孤星岛，以复英民之仇。九皋见陶氏兄妹到来，心中甚喜，便请渔户军在岛上耽搁一夜，翌日便可进攻。

陶文耀走至内室，来见左婴与琼珠。见琼珠正坐在窗边桌子旁流泪，梨花一枝春带雨，此情此景，十分可怜。文耀见了，止不住珠泪也就夺眶而出，只得用话向琼珠劝解，且言此次自己同星耀哥哥前来，便要合岛上之师，共攻孤星岛，一访英民下落。或者英民海中遇救，还没有死。他前次也曾陷身洪涛而遇救的，生死自有天命，劝琼珠不要过于悲戚，有损玉躯。我们同心一意，妹妹的事也就是我们的事，我们自当前去报仇。

文耀正说到这里，只听窗外有人大声嚷道："说得不错。我这几天气闷得饭也吃不下，我们快快赶到孤星岛去，一定要将这高云龙贼子的头颅割下，好教琼珠妹妹心上安慰哩。"

二人回头看时，左婴一掀门帘，跳进房来，对琼珠说道："好妹妹，你不要哭了。你天天哭泣，时时流泪，连人家看了，也不知赔却许多眼泪。且待破了孤星岛再说吧。我想似英民叔叔这种英雄豪杰，老天决不致教他死的。妹妹不要悲泣。"又对文耀说道："很好，你兄妹二人到了，我们好似添得一只臂膊。明天一同去攻孤星岛，任他高云龙等怎样厉害，须吃我老娘一百棍，把这紫云洞点上一把火，烧得干干净净。"

文耀听了左婴的话，不由破涕为笑，遂答道："仇姐说得好爽快。明天我们一定难免得胜的。"

琼珠也忍住眼泪说道："我是怯弱无能的人，全仗二位姐姐出力帮忙，方能复得先夫之仇。不但先夫在地下感谢，我父女也是终身感德的。"

二人又说上许多话，将琼珠安慰住，便在这天晚上，仇九皋陶星耀朱世雄三人，共商出兵之计，讨论到深夜始睡。次日又亲自至海滨校阅两处部伍。共有二千余众，操练了半天，才出令陶氏兄妹率领渔户军为左军，朱世雄萧天红盐七率领五百健儿为右军，仇九皋夫妇岛上诸健儿为中军，尚余二百健儿随同丁义兴把守大盘岛海面，以防敌人来袭。各军各须于今夜五更造饭，饱餐以后，平明听炮声即须出发，攻打孤星岛，为岛主复仇，不得误事。众人齐声听令。琼珠又穿着淡素的衣服，亲至海滨，将金钱慰劳各军，勖勉各军顾念岛主王英民的情谊，明日务须尽力赴战。说了许多的话，声泪俱下，湿透鲛绡。此时众健儿以及渔户军一齐被琼珠悱恻恳挚之言所动，人人怀决死之心，大有气吞孤星岛的勇气。连许多旁观的岛民都为激动，情愿输粮米来助。

仇陶等见军心很坚，心下暗暗欢喜，遂下令散了队伍休息，诸人回至寨中。琼珠又向仇九皋等致谢。九皋道："嫂嫂放心，这是我们的责任。毋须致谢。来朝定当和那些海盗决一雌雄，为五弟复仇。嫂嫂千万不再悲伤。"

琼珠又谢了，自回房去。老钱见众人如此义气，心中又喜又悲。他天天盼望英民会得不死，有重见的一日。常常自言自语，好似有了神经病一样。

到得次日清晨，仇九皋夫妇以及陶氏兄妹朱世雄萧天红，盐七等个个装束停当，各人携了军械，叮嘱丁义兴好好防守，一齐来到海滨。早见许多战船，云屯雨集般泊在那里等候。仇九皋等分头下船，放了三声号炮，三大队战船在那朝阳影里，波涛声中，离了大盘岛，向孤星岛疾驶而去。

行至半途，早有孤星岛的间谍渔舟遥遥见了这许多大队战船直驶而来，知是大盘岛人来开衅了，连忙回船来到岛上紫云洞中，报告高云龙知道。

这时高云龙余腾蛟俞金城三人正坐在水月厅上，共商进攻大盘岛的计划，听说大盘岛有大批战船来攻击，高云龙哈哈大笑道："难得他们自来送死。也省了我们一番跋涉。"

余腾蛟道："王英民已死，余子碌碌不足道，我们可以一起歼灭了。倒也省事。"

高云龙又轻轻拍着俞金城的肩膀道："俞军师，这番你操练的迷阵可以试用一回了。"

俞金城点点头说道："请岛主快快下令吧。"

高云龙遂吩咐撞起大钟来。一霎时钟声喤喤，荣烈率领护卫军先到。因为这钟非有大事，轻易不得乱撞。钟声响亮非常，全岛都

255

听得。所以高月娥和杨小玉也从后室走出，疑心外面出了大事。高云龙把这事告诉他妹妹和小玉知道，便出令荣烈和方新把守岛上及紫云洞，严为戒备。自和余腾蛟俞金城高月娥杨小玉等立刻出了紫云洞，来至海滨。船坞中大小战船齐出，陈光国秦九飞等都来听令。高云龙等坐上一艘大舟，请军师调遣。俞军师胸有成竹，一一传令讫，放起号炮，各队战船便向前而驶。

这时已遥见大盘岛的战船在海面上一点一点密如蚁聚而来。高云龙和余腾蛟知道他们倾师而出，今天一定有一场大战。个个整顿精神，预备厮杀。俞金城却坐在船楼上，十分镇静，以为自己操演的迷阵很是奇妙，大可一试，敌人没有不失败的。初出茅庐，立建奇功，此后当更能得岛主的器重呢。

那边仇九皋夫妇坐在中军船上，眼望着孤星岛的青翠的影儿，心里好似被什么激动着的，一股慷慨之气，自心田内发出。大家把兵刃整顿，仇九皋把那支竹节钢鞭抱在怀里说道："鞭啊，鞭啊！今天要倚仗你把那些狗盗一一击毙，为我五弟复仇，方快吾心。"

左婴也将三截棍取过，忽听远远似有号炮之声，二人走至船头一看，只见孤星岛前正有无数船舶，旗帜招展，望这边迎上前来。此时左右军也已瞧见，个个准备。

两边船只在那茫茫沧海之中，渐渐凑拢来，越凑越近，两边已近接触之际，陶星耀脱得上下身赤条条的，只腰间围着一条汗巾，舞动两柄雪亮的飞叉，率领三舟，先向敌船撞去。只听敌人中一声号炮，驶出一队战船，旗帜都是黄色，船头上立着一个身躯魁梧的健儿，黄布裹首，手中倒提一柄泼风大刀，正是陈光国。大喝一声："大盘岛的来船休要乱闯！快来纳命！"

星耀不答，挥动手中叉便和他交战起来。接着又是一声号炮，拥出两小队蓝色黄边旗的战船，分左右翼掩至，把陶星耀三艘战船围在垓心。陶文耀恐怕伊的哥哥有失，便将手中双刀一摆，率领渔户军各船上前攻击敌人。那边又是一声炮响，杀出一队战船，旗帜都是蓝色黄边，当先船上乃是赤面头陀。手横宝剑，杀气满面。二人一剑双刀，厮杀起来。陶文耀的双刀如两条银龙，赤面头陀宝剑如一道白光，个个奋勇酣战。仇九皋夫妇一边细瞧敌军形势，一边正想上前帮助，自己右军队里朱世雄一船当先，前来接应。又听敌人那边一声炮响，有一队战船疾驶而出，都是红色旗帜，为首一员头领乃是毕振海，手横鹅翎刺。朱世雄一摆熟铜棍，和毕振海战住。又见两小队战船插着红色蓝边的旗，分左右翼驶至，把朱世雄战船包围拢去。右军中萧天红舞动虎头双钩，率领四艘战船向前猛扑时，敌人又是两声炮响，驶出两队战船，一队船上都是红色黄边的旗帜，当先船上有一个手握雌雄剑的健儿，正是陶云，冲杀过来。这里盐七使开单刀，指挥战船迎住。接着敌人那里又杀出两队蓝色红边的战船，又把盐七等船裹去了。

仇九皋见左右两军都已没入阵云，敌人的旗帜又是五花八门，使人瞧了眼花缭乱。心中又急又怒，便命左右快快擂鼓，中军全队进攻。于是鼓声如雷，喊声大起，中军船舶一齐驶向前去。此时孤星岛上五大军队战船却已将敌人包围住，俞金城在后面大船上握着令旗，指挥自己队伍。敌人向东则东，向西则西。仇九皋早已瞥见，便吩咐自己战船疾驶向那大船而去。高云龙见大盘岛上中军战船驶至，急命杨小玉好好保护着军师，自己挥动手中金鞭，将敌船拦住，大喝一声。

仇九皋见他生得一脸黑胡子，料是黑胡子高云龙了，便道："贼胡，今天你的末日到了。"两人鞭对鞭地厮杀起来。高月娥一挥手中齐眉棍，跳将过来，左婴也将三截棍使开，迎住伊便战。两人仇人相见，分外眼明。左婴何等骁勇，伊的三截连环棍上盖下扫，有风雨之声。余腾蛟深恐他的妻子吃亏，便摆动手中烂银枪前来助战。好在左婴能征惯战，是一位巾帼英雄，绝无惧怯，和余腾蛟夫妇酣战不退。仇九皋和高云龙也是棋逢敌手，杀得十分厉害。

俞金城在船楼上倚仗着有杨小玉保护，把令旗指挥不停，竟把大盘岛的战船围在垓心，更兼旗色斑驳，愈觉眩乱。幸亏大盘岛诸健儿和绿霞岛渔户军都是怀着决死之心，拼命死斗。但是已有好几艘战船沉没，盐七也被陶云生擒去。陶星耀杀得性起，一边和敌人决斗，一边救护自己的渔户军。所以冲出冲进，满身浴血。杀毙了敌人无算，可是他们已陷入迷阵，终是杀不出重围。两边奋勇大战，真杀得翻江倒海，奔鲸骇蚪。

这时恰巧王英民和爱尔丽耶佛等分头杀入，仇九皋左婴等忽见许多战船突入重围，船上都立着奇形怪状的蛮女，不知她们前来帮助哪里的。及见众蛮女将标枪放出，一齐射向孤星岛的敌船上去，当者立扑，不由心中暗暗欢喜，哪里来的一支生力军肯帮自己的忙。陡见一艘大船直冲而来，船头上立着一个英俊的少年，手中横着纯钩宝剑，正是王英民。这一来不由使他们惊喜之极，一齐脱口而呼道："岛主来了！"

欲知后事如何，请看下回。

第五回

珠滚红玺塔飞燕投罗
火烧紫云洞神蟒伏法

　　王英民坐船冲入迷阵时，耳畔听得众人鸣呼岛主之声，精神更觉大振。只见仇九皋夫妇正和高云龙余腾蛟高月娥等苦斗，便大喊一声："高余二贼，休要逞能，王英民来也。"飞身一跃，已至高云龙坐船鹢首。挥动宝剑，即向高云龙进刺。

　　高云龙等陡见英民到来，大家都是一呆。又见那些蛮女个个猛勇无比，一齐动手，掳掠自己的部下，更使他们心惊意骇。尤其是高月娥，暗思：王英民那厮怎么总不会死的，究竟有何神勇？前一遭他来暗探紫云洞，受了我哥哥的追魂夺命镖，又堕入大海之中，我们一定以为他命丧海底，怎么又如飞将军一般从天而下呢？奇了奇了！伊心中一怙惚，手里棍法一乱，早被左婴三截棍击中左肩，险些儿望后栽倒。连忙倒拖棍子，向后便退。

　　高云龙此时被仇九皋王英民二人围住，饶他骁勇，怎敌得过这两位生龙活虎的健将？陶云挥剑上前助战，英民虎吼一声，一剑削去，把陶云的雌雄剑一剑削断。陶云陡吃一惊，不防爱尔丽一锤飞来，打个正着，扑哧一声跌倒在船头上，脑浆已是迸裂了。爱尔丽将标枪一摆，一船冲至。余腾蛟丢了左婴，还身敌住爱尔丽。左婴见敌人那方的军师还坐在舵楼上，将令旗指挥，想把众蛮女再行包围。伊便大叫："狗军师，休得将旗乱晃！你家老娘来也！"一耸身跳将过去，慌得俞金城急闪不迭。幸有杨小玉展开双刀迎住伊厮杀。

众蛮女一齐奋勇上前，把孤星岛的船只冲成数截。俞金城正想再行指挥，却被耶佛瞧见，一标枪向他直飞过去。也是俞金城命不该死，他正一低头，那支标枪从他头顶上掠过。吓得他连忙奔下桅楼，不敢再行指挥了。

大盘岛的部下和渔户军见英民生还，喜出望外，精神愈振。且又有万年岛蛮女一支生力军来相助，敌方又失了指挥，迷阵顿破。陶星耀往来驰突，更见勇猛。孤星岛众海盗纷纷欲乱，高余等正在死战，忽又接到岛上被人袭击的警耗，只得下令全军速退。俞金城忙又传令，将全军分为三大队，前后呼应，缓缓撤退。高云龙余腾蛟等也各拼命抵敌，指挥坐船退后。然而全军已损失不少，陶云所率的一队，差不多覆没了，有数十人都已做了万年岛蛮女的俘虏。英民见自己那边已操胜利，便和九皋出令，不再追杀，鸣金收军，要回大盘岛去。

这时努赤儿一军猛攻孤星岛，因有荣烈方新坚守，未曾得利，又见孤星岛大队战船退下，深恐反被包围，故即退回。王英民便介绍仇九皋和爱尔丽耶佛努赤儿等相见。陶星耀兄妹朱世雄萧天红等都驶来见面，齐问英民何来。可是英民一时难以诉说，遂言我们快回岛上去，再行奉告。又请爱尔丽姐妹到大盘岛一聚。爱尔丽性子是很直爽的，遂和耶佛率领八名侍女，驶一只大舟，随王英民等前往。至于万年岛众蛮女由努赤儿等率引回去。爱尔丽又叮嘱努赤儿将俘虏如何分配与部下，努赤儿等欣然而去。这里大队战船一齐回至大盘岛，检点部伍，伤亡者六七十人，受伤的各去休养，自有丁义兴去管理。丁义兴见王英民生归，不由大喜，及闻盐七被擒，不知他性命如何，很代忧虑。这时岛民都得了消息，大家跑来争看生归岛上的岛主，欢声雷动。

王英民和仇陶诸人伴着爱尔丽姐妹，向寨中行去。只见琼珠和伊的父亲老钱正立在门口盼望。因为琼珠也得到了这个喜信，将信将疑，在此等候。现在见了英民好端端地走来，果然没有死亡。伊喜得心花怒放，忘记了一切，便扑到英民怀里来，说道："英民哥哥，你不是受了敌人的暗算，堕在海中死了？怎么现在能归来呢？"说时，眼眶中已有泪珠滴出。

英民握住伊的手，哈哈笑道："老天不要我死，自能逢凶化吉，安然归来。但是苦了琼珠妹妹了。"说时，不觉呜咽失声。

爱尔丽耶佛在旁边看英民琼珠二人如此悲伤，不知究为何事，便向英民问琼珠何人，英民却介绍两人相见，对爱尔丽说："这是我的琼珠妹妹。"却不说个明白。又对琼珠说："这是万年岛的女王爱尔丽，救我性命的。"又引耶佛相见。琼珠听不出他们的说话，也就向他们含笑点头。老钱抚摩着英民的虎背说道："贤婿这一遭遇险，把我们父女俩真要急死了，最可怜的是吾女。天幸贤婿平安而归，都是上苍默佑之力啊。"英民也带笑答了数句话。在那夕阳影里，大家一窝蜂地拥入寨中。

来至堂上，左婴把三截棍交给侍女接去，拍手笑道："今天我杀得真是快活。那高月娥也吃了我一棍，教伊知道我的厉害。难得英民叔叔这一遭又没有死，不期而遇，把那些狗盗杀败。可惜不曾赶上孤星岛，将那紫云洞烧处干净。"

王英民接着笑道："仇嫂今天这一仗打得爽快了么？此时贼盗势力未可轻视，缓日当从长计议，再去一鼓歼灭。"

九皋道："他那里布设的迷阵，果然很严密的。若没有五弟等前来接应，说不定我们今天还要败在他们手里呢。"

英民道："不错，我也来得真巧。其中自有天意。即如我被高云龙击中毒镖，堕在海中仍没有死，岂非天意呢？"

陶星耀接着道："快请岛主把出死入生的事讲个明白，使我们听了也大大快活。"于是众人环着英民坐定，要听英民的报告。仇九皋同时已吩咐厨下大设筵席，预备庆贺。

英民坐定后，向大众说道："那次我同星耀兄等去探紫云洞，中了高云龙那厮的毒镖，堕入大海。自以为总不能活命了。哪知命不该绝，被大浪送到万年岛，得遇女王爱尔丽把我救起，始得获生。"遂把自己在万年岛的事略述一遍，却把自己和女王绸缪的事不提，

261

深恐琼珠听得，一时不能原谅他的苦衷，以致闹出不欢。大家听英民叙述，觉得津津有味，唯有爱尔丽和耶佛不懂他们的说话，枯坐无聊。

这时天色已黑，堂上燃起灯烛来。众人喜形于色，齐向王英民夫妇庆贺。不多时，排上筵席，大家入席痛饮。英民、琼珠、老钱伴着爱尔丽耶佛等，合坐一桌，开怀畅饮。爱尔丽姐妹觉得异方之食不适于口，只有几样海味和水果，可以配她们的胃口。英民又吩咐九皋去犒赏部下，爱尔丽带来的侍女也一例优待。席间大众谈论战事和孤星岛海盗情形，兴致淋漓。陶星耀、仇九皋喝得大醉，左右扶着先去睡了。英民喝得也已足够，吩咐散席。

当英民立起身来的时候，爱尔丽要表示谢意，突然抱住英民接了一个吻。琼珠在旁看了，倒使得伊十分惊骇。只见英民握着爱尔丽的手，和伊钩辀格磔地说了几句话。琼珠芳心何等灵敏，已猜到英民定和那女王发生过什么关系了。左婴、陶文耀也立在一边旁观。又见爱尔丽面色顿异，反向英民诘责一般，说上许多的话。英民又将一手扪着心，一边向伊说话，一边又用手指一指琼珠。琼珠却抱着镇静态度，不言不语，看他们谈得如何光景。

原来英民对于爱尔丽肉体恋爱的事情，想等至琼珠房中细细告诉，须得先得伊的谅许，一边再思对付爱尔丽的法儿。因他殊不欲忘却爱尔丽的一番情意。所以他今晚要请爱尔丽姐妹在客房暂宿一宵。不料爱尔丽必要英民依然和她同宿，英民碍着琼珠和众人的面，如何可以遵命？只好借词推托。爱尔丽是直性的蛮女，伊哪里顾到一切，况且伊本为一岛之主，言出如山，无论何人都得听伊的话。此时伊瞧见了琼珠，本来心中也有些怀疑，所以伊今夜定要英民和伊同睡。今见英民一味推诿，不由动怒，便问琼珠何人，究竟是不是英民的妹妹。英民被逼不过，好在琼珠等都听不出他们的谈话，遂直说了。爱尔丽回过头来，对琼珠上下身相了一个仔细，琼珠却不明白伊的意思，但见伊双目中似乎藏着怒火一般，像要发烧的模样，忽地如旋风一般回过身去，向英民道了两句话，长啸一声，拉出腰间铁锤，在手上打了一个转，慌得琼珠急忙躲向英民身后。英民却要想跳过去抢住伊的锤头，朱世雄、萧天红、左婴、陶文耀等一齐过来防备。说时迟那时快，爱尔丽手起一锤，正击向伊自己的头上，扑的一声，血雨四射，仰后而倒，一缕香魂已归地府了。

大众均不防伊有些一着，一齐大惊。耶佛却伏在伊的姐姐尸身上大哭起来。英民只是跌足叹惜，一边叫琼珠坐定，莫要惊异。大众都弄得丈二和尚摸不着头脑。于是英民只得将自己曾和爱尔丽有一度恋爱的经过直说一下，且将岛上风俗重行详细解释一遍。又言自己因为处境关系，且因爱尔丽确有救护之德，难以拒却。此次前来，爱尔丽性情质直，公然要和他实行同居，等到他说出琼珠是他的妻子，伊便愤怒起来。虽经自己向她诉说，以后或将思出一两全之道，但伊的性子不比寻常妇女，不论是谁，若触忤了伊的意思，一定不肯罢休，保持伊女王之尊。所以此次在末后说的两句话，就是说，你的夫人真美丽，我自愧弗如，让了伊吧。遂将铁锤自己击毙，可怜得很。

大众明白了这一幕的真相，都代爱尔丽可惜。这样一位勇武的女王，竟为了情爱问题，牺牲了一己。说伊愚笨呢，还是刚强呢？况且万年岛加入一战，实在大大有功，觉得如此结果，自己这边有些对不住她们了。琼珠也对英民说道："英民哥哥，都是你的不是，你若然早讲清楚，我决没有妒忌之心。爱尔丽女王确乎是你的救命人，有恩于你，不可忘却。伊是蛮女，不懂外边的风俗，一时说不明白的。倘然你同我说明了，我自有转圜之法，不致使伊牺牲一命了。"

琼珠说时，脸上有些娇嗔，似乎埋怨英民的样子。英民长叹一声说道："事已至此，也不必惋惜了。"于是大家一齐动手，将爱尔丽尸身盛殓在一个极讲究的棺材里，并在堂前安设灵堂，站起香烛，大家恭诚设奠，然后一齐扶送灵柩到红玺塔前安葬。

这塔还是在宋元之交时候所起下的。其时蒙古以兵力征服中华，宋主南遁，陆秀夫负帝蹈海而死，便有一群遗臣漂流到这岛上来，隐遁自闭，那塔便由他们筑成。都用红砖砌就，所以每当朝暾初上，夕阳西照的时候，便觉得那塔殷红得和血一般，大约就是表明那些遗臣为国喋血的象征了。又有人说，在那塔下埋藏着一颗玉玺，因此人家都唤作红玺塔，可算是大盘岛上最悠久最宝贵的古物。英民将那地方安埋爱尔丽，也见得他的郑重了。

一行人恭送灵柩到红玺塔下，早有土工伺候在那边，遂掘土而葬。葬罢，众人忧然而归，英民遂将筑墓之事托付了他的部下去办理。耶佛即要告辞回去，英民又款留一天。翌日，耶佛遂辞了大盘岛众人，带了八名侍女回去。英民送了许多土产，又向耶佛表示歉意。耶佛望着大盘岛，洒泪不已，扬帆而去。

陶文耀也要率领渔户军回归绿霞岛，经英民苦留，遂先将渔户军遣归，好好防守岛上。英民也吩咐丁义兴与萧天红率船小心完备海岸，他自和仇氏夫妇陶家兄妹等在寨中欢宴，并商破除高余二人等事。不过英民因为爱尔丽之死，心上受了大大的激刺，深感不快。虽然琼珠对他并不见怪，然而他每一念万年岛上情景，心中便觉快快不乐。所以他主张要把自己部伍极力操练，然后去攻打孤星岛。将这事托付朱世雄仇九皋去督率，自己有时到红玺塔下去看爱尔丽的新墓，有时和陶星耀兄妹琼珠左婴老钱等喝酒消遣，谈谈紫云洞的秘险。唯有左婴最为得劲，高声大语，扬言自己若到紫云洞，一定要用一把火烧掉了方才罢休。琼珠因为英民生还，一变旧日悲伤情景，对于英民更是温存体贴。老钱心中也格外快乐，大杯的酒尽管喝下去。常常讲碧云村的旧事逸闻，以及碧云石的神话。一连数天。

这一天英民在外边和陶星耀仇九皋朱世雄三人共商出兵袭击孤星岛的机略，将近三更时分，方才各自安寝。英民回到自己房里，见琼珠正坐在灯下观书，一见英民进房，便立起身来，含笑相迎。英民握着伊的柔荑，说道："你还没有睡么？不觉疲倦么？"

琼珠嫣然一笑道："你们为了大事，如此劳神，我不过坐着看书，岂敢言倦？"

英民笑道："琼妹所言，真能体贴人家。但愿我们早将海盗诛灭，整顿劲旅，从海外归去。扫除胡虏，恢复中原。此志得偿，我们方可长享安乐了。"

琼珠道："英民哥哥这样忠勇爱国，令人可敬。我自憾娇弱无能，不能助着哥哥为国出力，这是我生平缺陷的事。否则像左婴嫂嫂文耀姐姐一样，也是个女子，她们却能拿着刀啊棍啊出去和人家厮杀，绝无畏怯，真是巾帼英雄。我只有望洋兴叹，临渊羡鱼了。"

英民道："自古说得好，文以治国，武以戡乱。琼珠妹妹冰雪聪明，能助着我处置内事，使我心中得着安慰，这也是报国啊？况且……"

英民正说到这里，忽然停止，侧着耳朵一听，连忙放下琼珠的纤手，急忙跃至墙边，就墙上摘下那柄纯钩宝剑，将手向琼珠摇摇，轻轻开了窗户，一跃而出。向四下一望，只见有一条黑影向东边闪避开去。英民何等眼快，一耸身已上屋顶，向那黑影追去。同时觉得背后一阵凉风骤至，一翻身将纯钩宝剑一拦，只听咯嘣一声，把敌人的剑荡在一边。仔细一看，来者非别，乃是赤面头陀。原来孤星岛上有刺客来了。赤面头陀见一击不中，又将剑使个毒蛇出洞式，一剑望英民胸前刺去。英民即将纯钩剑拦住，还手一剑，向赤面头陀头顶劈下。赤面头陀将剑迎住，二人在屋上大战起来。

此时前面的黑影如飞地回转，一锤向英民背后打来。英民因剑挡住，一看乃是飞来燕荣烈。那夜在紫云洞大战，瞧见他很有本领的。英民大喝一声："狗盗！胆敢到此行刺，料你们来时有门，去时无路了。"

此时西面屋上又蹿来一条黑影，说道："王英民休得猖獗，今夜必要把你结果性命。"乃是毕振海，手中鹅翎铜刺直向英民下三路刺来。

英民一身独战三人，叮叮当当，但闻金铁相击之声。心中虽不畏惧，但也很觉焦躁。不知他们究竟来了多少人，自己岛上怎么无人察觉。三人又皆本领高强，自己被他们围住，一时不能脱身，如何是好？幸亏琼珠当英民飞身出去时候，伊也知道外边一定到了刺客，被英民觉察，所以他拔剑赶去。恐他一人孤掌难鸣，受了敌人暗算。遂急忙开了后边的门，轻轻蹑足，绕道跑至外面，好在仇氏夫妇的卧室距离很近的，琼珠走到仇九皋卧室门前，将手向门上轻轻地敲着说道："仇嫂，快快起来，外面有刺客。"

左婴在睡梦中被琼珠唤醒，一边摩挲双眼，一边答道："琼珠妹妹莫慌，我来也。"立即披衣起身。

九皋也已惊醒，被左婴用力一推，滚下床来，立起身时，左婴已跳到地上，说道："你快快醒了吧，外面有厮杀呢。"

九皋只披得一件短衣，大家取了兵器，开出房门。左婴道："刺客在哪里？"琼珠把手向自己那边屋上一指，二人早已蹿出庭心。这时陶星耀兄妹睡在隔室，也已惊醒，大家举起兵刃，一齐赶向那地方去。琼珠方才安心，回至自己的卧室。听得金铁声渐渐远了，遂熄了灯火，匿伏在暗处。因为伊前次曾遭余腾蛟的劫掠，芳心受不起惊吓了。

英民正和赤面头陀等三人酣战，忽听左婴呼他之声，仇氏夫妇已跃到屋上来助战。又听星耀吆喝的声音，陶家兄妹亦已赶至。此时星耀兄妹战住荣烈，左婴和仇九皋一个使鞭，一个举棍，双战毕振海。英民仍和赤面头陀交手，却不见敌人加增，知道到岛上来的只有这三个人，他们已足够对付了。赤面头陀等见陶星耀等齐至，未免有些惊恐，深虑寡不敌众，将被他们包围，难以逃生。这时忽听外面人声与火炬同起，朱世雄率领着许多健儿赶来助战。各人口中大喊："快捉刺客，休要放走了刺客！捉啊！捉啊！"如潮水一般拥进。赤面头陀知道不好，回顾毕振海和荣烈，说一声："弟兄们，风紧了，走吧！"

将剑架住英民宝剑，跳出圈子，第一个便望后边退走。荣烈也把鸳鸯锤向陶氏兄妹虚晃一晃，脱出围圈，跟着赤面头陀便逃。英民和陶氏兄妹怎肯放他们走？也就在后紧紧追赶。朱世雄知道他们是到后岛去的，便率领众人开了后边寨门，高张火炬，一齐跑去堵

266

截。只有毕振海被左婴仇九皋二人困住，不能脱身。咬此牙关，拼命决斗，想乘个间隙也好逃生。无奈仇九皋的钢鞭急如风雨，左婴三截棍迅如雷电，毕振海哪里招架得住？心中一慌，手中的铜刺一慢，被左婴三截棍扫中左足，立脚不住，一个翻身，从屋上跌将下来。屋下早有人赶上，将他缚住，夺去了鹅翎铜刺。仇九皋吩咐将他监禁在里面，不得疏忽。自和左婴也追向后岛，来接应英民。

那赤面头陀和荣烈二人飞行功夫甚好，一路逃去。不料朱世雄等已从小径中抄向前面，拦住去路。荣烈不知路径，只顾跟定赤面头陀，赤面头陀不得已望刺斜里奔走，不多时，跑至红玺塔下。赤面头陀无处躲避，遂和荣烈跳上红玺塔，伏在最上一层里面。朱世雄等不见刺客，正在犹豫，王英民目光敏锐，早已见他们跃上红玺塔里去的，便与朱世雄会合，告诉他们说刺客已避匿在塔中。不过此塔峻险非常，他们负隅在上面，我们若要上去捕拿，不是容易的事。好在他们自投罗网，也不能再行逃走。我们不如在下面严密看守，不使他逃走。到得白昼，便容易上去了。大众于是听了英民的话，将那红玺塔围住。这时爱尔丽的墓还没有完工，英民瞧着，又触动了他的悲感。

不多一会儿，仇九皋和左婴追来，报告英民说毕振海已被他们擒住，且问刺客何在。英民也说赤面头陀等逃匿塔上，深恐黑夜上去，遭他们暗算，故在此严密看守。左婴听了，不由大嚷道："他们只有两个人，我们有了这许多人，还要怕他们什么？他们一世老守在塔上，难道我们一辈子在此死守不成？他们上得塔，我们也可以上去的啊？快些把他们捉住了，好问个明白。"

说罢，遂把三截棍一横，飞身已跃上至红玺塔的第二层，又一跃而上第三层，又由第三层跃至第四层。赤面头陀和荣烈躲在红玺塔上，本想借此暂时藏身，以便逃遁。不料已给英民瞧见，围守塔下。二人心里十分焦急，深恐天明了如何逃走。恰巧窥见左婴跃上塔来，赤面头陀急急摘下一颗念珠，向左婴头上飞去。左婴没有防备，正中额上，一阵疼痛，立足不住，滚落下来。幸亏仇九皋和王英民留心着，飞步上前，将左婴接住，三截连环棍早抛落在地。

九皋才把左婴放下，说道："教你不要鲁莽从事，吃这头陀的亏。"

左婴额头已坟起一大块，痛得伊暴跳如雷说道："贼头陀，好歹须吃我一棍。"

仇九皋道："等我上去。"抢起竹节钢鞭刚才跳上第一层，只听唰的一声，一颗念珠已向他面门飞来。九皋急忙将头一偏，念珠从耳边擦过。接着第二颗念珠打来，九皋将鞭一挡，正打在鞭上，铛的一声，激落瓦楞里去了。九皋知道敌人厉害，暗箭难防，只得返身跃下。大众将火炬向塔上照时，依然看不清楚。

英民抱剑而立，正想出令。倏的一颗念珠如珠滚丸飞一般向他头上打来。英民一招手，把念珠接住，说道："贼头陀，敢把这样东西来胜人么？"遂对众人说道："那头陀身上共有一百零八颗念珠，我们不可不防。"

朱世雄道："凭他怎样厉害，只消我们大众一齐上去，看他如何抵御？"

英民点头，于是一声令下，大家爬的爬、跳的跳，向红玺塔上去捉拿刺客。赤面头陀发了急，把念珠四面乱打，一霎时珠滚如雨，有好多人受了伤，跌将下来。朱世雄颊上也中了一下，只得退下塔来。但是英民和陶氏兄妹仇九皋等都已登至第六层，没有受伤。文耀首先跃登第七层时，即有三颗念珠向伊接连飞来。文耀急将双刀使开，念珠都被刀风拨落。英民也一跃而上，赤面头陀见敌人已至近身，难以再用暗器，遂舞开宝剑，和英民接住便战。两道白光在屋面上往来刺击。荣烈将双锤一摆，跳过来向文耀便打。文耀还刀迎住，星耀舞动飞叉，来助他的妹妹。九皋也使开钢鞭，去助英民。四人在塔上奋勇酣战。赤面头陀和荣烈在此时绝无退路，如猛虎负隅一般死力迎敌，所以倒和他们战个平手。塔下众人高高持着火炬，呐喊助威。

英民暗想：敌人已陷死地，今番再不能把他捉住，威风何在？

一边想，一边将手中剑愈舞愈紧，把赤面头陀苦苦逼住。赤面头陀力战二人，觉得自己剑法渐渐散乱，力气已懈。九皋一鞭打向他的腰际来，赤面头陀望下一扫，拦开九皋的鞭，英民早使个犀牛分水式，一剑刺向赤面头陀的前胸。赤面头陀还剑迎住，九皋的鞭又到了，赤面头陀望旁边一闪，英民乘势飞起一足，喝声"着"，但见赤面头陀身子一歪，骨碌碌从塔上直翻下来，跌到地上。左婴和朱世雄早迎上前，两棍齐下，打得他脑浆迸裂，其实他已跌得半死了。

荣烈见势不佳，只恨无路可逃，虚晃一锤，向下便跳。星耀喝声"哪里走"，随后追下。四人同时追下塔来。荣烈身轻如燕，奔走如飞，一霎眼已下了红玺塔。左婴举棍拦住，荣烈双狂齐下，架过三截棍，望后山便奔。英民等如何肯放？一齐在后追赶，众人也紧紧相随，大喊不要放走了刺客。荣烈且战且走，不多时已至岛后海滨。只见前面有自己的来船停着，荣烈大喜，一跃上舟。英民等同时也已赶至海岸，见荣烈已上了船，十分懊恼，知有敌人去了。星耀方才要想跳入海中去追时，忽见舟上大呼："岛主，我们已将刺客捉住了。"

英民等不胜惊疑，大家将火炬照看，见萧天红丁义兴缚着荣烈，推至船头献功，一齐欢喜。原来丁萧二人得到消息，连忙开船出去侦察。一向自己派出的巡船，知道岛前并未见何船只驶过，连忙驶至岛后，不见自己的巡船，不免有些狐疑，遂向隐僻处开去察看，果然发现了一艘敌人的战船，泊在燕石矶旁，遂急过去，将敌船包围。船上也有五六名海员，各出兵刃抗拒。但哪里是丁萧二人对手，战不多时，都死于刀钩之下。依着丁义兴的意思，即想把敌船移开，教他们向岛上来的刺客没有归路。萧天红道："我们何不一声不响地伏在这里，等候刺客逃来时，可以出其不意，将他们捉住，不使漏网。"

丁义兴听了，便道："萧兄之言有理。"于是挑选六七名精通水性的健儿，随二人同匿舟上，余船一齐遣归前岛。二人潜伏多时，在暗中遥望后岛，火炬通明，人声鼎沸，果然有个刺客疾驰而来，二人便在舱中喊了一声。荣烈哪里防到这么一着，跳到船上，便向舱中一钻，喊道："快些开船。"说话未竟，二人从左右突起，将他拦腰抱往，夺下手中的鸳鸯双锤，将他缚住，喝道："狗盗中了我等计也。"荣烈方知被绐，束手就缚，默然无语。英民等向丁萧二人问明缘由，都赞二人办事得力。遂将荣烈押解上岸。丁萧二人知道刺客没有漏网，也就回到舟上，驶回岛前而去。

这里众人押着荣烈，一齐回至寨中。琼珠听到这个消息，玉颜大喜。其时天色已明，众人大半退去，朱世雄左婴等也各自入室去休息。幸亏受伤尚轻，没有妨碍。琼珠文耀到左婴处去慰问，英民九皋等坐定后，便命左右将二人推将前来。荣烈和毕振海见了英民，立而不跪，意态自若，绝无惊恐之色。九皋喝问道："你们是不是奉了狗盗高云龙的命令，到此行刺？现在被我们擒住，还敢倔强么？快些将你们岛上的情形真实吐露，不然教你们性命难保。"

荣烈侃然答道："大丈夫不幸被擒，或杀或剐，悉凭你们主宰，何必多言？至于你们口口声声骂狗盗，须知绿林中并非没有英雄好汉，你们这些人合了伙儿来此占据人家固有的岛地，且和我们决心作对，贪得无厌又要来夺人家的孤星岛，那么你们的行为也无异于盗。却反骂人家盗贼，岂非可笑？"说罢冷笑一声。

英民听了荣烈的话，便正色说道："你既然自称大丈夫，须知男儿昂藏七尺躯，何事不可为而为盗贼？岂不自己辱没了一生？何况打家劫舍，祸国殃民，去做这种丧心害理的行为呢？至于我们的来历，谅你尚未知道，故有此种狂悖之言。我不妨再对你们说明一下。我们都是大明的良民，因为胡虏南下，明室危亡，所以集合同志，想要为国勤力，报仇雪恨。余腾蛟啸聚亡命，为沿海盗寇，劫掠碧云村，夺我的爱妻，我遂和同志们到此，誓要把他剿灭，然后整顿爱国健儿，重返祖国，与那些鞑子周旋。唉，我总代你们可惜，一样是个男子汉大丈夫，有了一身好本领，何不到祖国去干些轰轰烈烈的事业，扬名于后世，便是死在沙场，灵魂正气长留于天地之间。远之如文天祥，近之如殉难扬州的史阁部，岂不是好呢？我因瞧你们二人勇武可喜，遂对你们说上这些话。现在你们应该明白了，如能真心悔过，投顺我们，预备将来为国家尽忠去，我们自然不胜欢迎，一例看待。否则你们甘心为盗，我们也不能留下你们为民物之害了。"

英民说的话，披肝沥胆，开诚布公，句句打入二人心坎，天良未绝，自当动心。于是二人态度顿形软化，面对面地看了一看，大家点点头，荣烈遂向英民说道："闻公之言，顿开茅塞。我等自知为盗也非久长之计，以后愿随公等同心爱国。如有所命，悉听驱遣。虽赴汤蹈火亦不辞的。"

英民见二人肯投降自己，心中大喜，遂下座亲自解去他们的束缚，说道："我等同是黄帝子孙，大明百姓。二位既愿同心合作，自当一视同仁。"便介绍九皋星耀等一齐相见。

大家坐定后，荣烈遂言高云龙余腾蛟等自从那次吃了败仗后，十分惊惶，对于王英民的死里逃生一回事，尤足使他们大大疑惑不解，深恐这里要去攻打孤星岛，加紧防备。赤面头陀在高余二人面前，自告奋勇，情愿冒险到大盘岛来行刺。因为岛上途径和寨中的门户，他都熟悉的。高云龙遂教自己和毕振海做他的助手，一同前来。从岛后偷上海岸，曾击沉一只巡船，自以为可以得手。谁知没有成功，而赤面头陀却丢了一条性命。现在他们愿从王英民攻打孤星岛，早将高余二人扑灭。

英民听了，深思良久，面有喜色，遂附耳向九皋星耀说道："我们何不如此如此，孤星岛不愁不破了。"二人也一齐点头。英民遂招待荣毕二人去休息。

琼珠等听说荣烈毕振海归降，自己这里又添了两位健将，也不胜喜欢。便在这天晚上，英民设宴请众人为陪，款待两位新来归顺的同志。萧天红丁义兴听说毕振海深谙水性，自己这边又添得良将，非常融洽。又闻荣烈报告崔源和盐七囚禁在孤星岛上，没有丧命，很觉安慰。一致要求王英民即日攻打孤星岛，为除恶务尽之计。英民含笑答允，尽欢而散。英民即请二人随朱世雄同守要隘，以示亲信。

次日上午，英民又请荣烈毕振海到密室里来商议军事，仇九皋陶星耀朱世雄一同在座。英民教二人坐了，对他们说道："我们已决定于今夜袭击孤星岛，剿灭巨憝。只是岛上紫云洞机关诡秘，外人不明真相的难以闯入。二位久居那里，一切情形想必熟悉。此番前往，很愿借助大力。"

荣烈和毕振海一齐说道："洞中何处有机关，何处有埋伏，我等都知道的。这里若去攻打，愿为前驱。"

英民道："现在我有一计在此，意欲先放二位回去，哄骗高余二人，只说王英民已被刺伤，唯赤面头陀为敌所害。二位为避免大盘岛战船追击，曾到别处小岛暂避，方得脱险归来，这样可安高余二人的心。又请在今夜二更左右，在紫云洞边守候着我们，接应入内，共将高余二贼歼灭。这都是倚赖二位的功劳。"

二人齐声答应，毕振海道："高云龙只有陈光国方新二人了，陈光国骁勇善战，应付稍难，方新本领较低，不足顾虑。余腾蛟的部下本来只有赤面头陀和秦九飞，现在也只有姓秦的一个人了，更不足道。"

英民听了点点头，毕振海又道："到时我自当劝导部下，一齐归降，里应外合，以便成功。"

英民听了大喜道："幸蒙二位指教，孤星岛必破了。那么海上将事托之毕君，陆上之事托之荣君，我无忧矣。"于是遂命人请萧天红丁义兴来，嘱将前夜掳获孤星岛之来船归还毕振海荣烈二人，让他们自己驾着回去。又请仇九皋代自己送二人至海滨，二人遂携着自己的器械，辞别英民，由九皋送至海岸。丁义兴交出坐船，二人即行挂帆归去。

二人行后，英民即又聚集众人，商议袭击孤星岛之计。九皋道："遵照五弟的计划，自是一鼓而下的无上上策，只恐我们以赤心待人，人家倘然不怀好意，归去变了心，将计就计，那么我等岂不要大上其当？这却不可不审慎。"

英民笑道："仇兄不要心惑，疑人不用，用人不疑。我看他们的情景，对于我们确是诚心归服，并没有机诈之心。所以我毅然决然，出此一条奇计，以冀必胜。现在我们可分两路前去，到时加意留神是了。"

仇九皋听英民如此说法，也不再响。英民便命丁萧二人将战船分配两队，人数不得缺少，准于今日申刻过后启碇，一齐袭击孤星岛。至于绿霞岛的渔户军，已不及征集了。丁萧二人奉命前去准备，这里英民等用过午饭，大众端整兵刃，预备出发。朱世雄和左婴前晚都受的微伤，所以没有妨事，皆愿同去杀贼。琼珠又向英民千叮万嘱，教他此去须要特别留心，别再中敌人的暗算。英民带笑答应，教伊安心莫愁，静候凯旋。

大家又饱餐一顿，时候已近。英民遂和九皋等一齐出发，来到海滨。丁义兴与萧天红已将战船部署妥定，泊在那里等候。大众见了英民，一齐行礼，高呼大盘岛万岁。英民又当众训话，教众健儿努力杀贼，施行袭击，故当偃旗息鼓，切莫声张。遂请九皋夫妇领左军，朱世雄丁萧三人率右军，扫灭孤星岛的战船然后登陆至紫云洞接应，自和陶氏兄妹驾着一舟先行。

舟至孤星岛时，天已黑暗，陶星耀仍就原来之处吩咐泊船。那里一有土霸掩蔽，二离孤星岛船坞较远，不易被敌人侦察出来。于是英民星耀文耀三人先坐在舟中闭目养神，约莫已至二更，三人遂携了武器，一跃上岸。英民回顾陶氏兄妹道："今夜我等用全力搏击，再不能破孤星岛，我也宁死不返了。"

星耀也说道："高云龙和余腾蛟的两颗头颅，就在顷刻间要奉送给我们了。"

文耀听着他们说话，嫣然一笑，三人施展陆地飞行术，悄悄地来到紫云洞畔，恰喜没有遇见巡逻的小卒。这时星斗满天，洞门前十分清楚，三个门户都开在那里，悄然无人，且有两盏红灯亮着。文耀道："他们为什么在洞口不留几个人看守呢？"

星耀道："他们自恃门中有了机关，故意要诱人入毂的。"

便是四下一望，却不见荣烈的影踪，三人不觉有些狐疑。文耀道："你们不要相信人家的说话，误中诡计。"

星耀点点头，先把两叉擎起，说道："我们且退后再看。"

英民正欲回答，忽见右边树后闪出一条黑影，箭一般地驰至。三人定睛一看，正是荣烈。荣烈对英民等悄悄说道："我们二人归后，高余二贼果然深信勿疑。虽是折去了那狗头陀，也是无可如何。现在禁卫的兵丁已被我说通了，他们很服从我的，所以我等进去，并无顾虑。只有水月厅边一些高云龙的亲信侍从罢了。毕振海也在船坞中，预备我们的战船来时，牵制陈光国的一军，以期必胜。我已在此等候多时，请随我们进洞吧。"

英民点头道："你办得很好，请你当选引路。"

荣烈果然前领着英民等三人，从左首门里安然走入。原来洞口的机关已被荣烈在暗中破坏了。英民大喜，更是深信不疑，随着他一路行去。只见前面灯照耀的有一小队巡卒走来，喝道："来者何人？"

荣烈答道："是我。"遂同英民等走了过去，不多时已至水月厅。

荣烈告诉英民道："厅上厅前都有俞金城军师设下秘密机关，以防外人。我们休要向前行去，可走小径，抄过这水月厅。"

英民点点头，遂又随着荣烈从小径抄到后面，已近高云龙内室。前面门首另有人把守，四人遂飞身上屋，兜到后边去，来到一个大院落。后边一排精美的平屋，正是高余等卧室。灯火一齐亮着，没有熄灭，可见里边人尚没睡眠。四人潜伏良久，只听外面大钟当当地已响将起来，足声杂沓，向内里奔来。荣烈忙对英民说道："大概海边已在开战，故鸣警钟。此时高余众人必然惊觉，要出来抵御的。你们可以在此拦截，我去禁止警卫队加入作战，且释放崔源盐七二人同来。"说罢，飞身向外而去。

此时高云龙正在他的爱姬雪梨房中，拥抱着雪梨，正要解衣上床，同游巫山之际，突然听得警钟，便把雪梨一推，说道："不好了。"忙向壁上取下金鞭，佩上镖囊，开了房门，跳将出来，正要向外奔跑。英民陡地一挥手中纯钩宝剑，从屋上一跃而下，喝道："贼胡子，你今走到哪里去！今晚你们的末日到了！"

高云龙一见英民，心中不由大为惊骇，暗想：荣烈说他已受了重伤，怎么他会突然前来呢？洞内外的人难道都死了么？哪里容他走到内室来的？他方在惊疑，白光一道，英民的宝剑已直奔他的咽喉刺来。高云龙不敢怠慢，急将双鞭使开，和英民敌住。这时余腾蛟夫妇也已闻得警钟声，一齐携了兵器奔出，却见高云龙正和王英民在庭中恶斗，一齐大惊。高月娥将齐眉棍使开，来助高云龙，双战英民。陶氏兄妹也从屋上飞身跳下，余腾蛟舞剑敌住星耀，两对儿一场厮杀。前面杀进十数人来，都是高云龙的亲随，闻警来助。文耀将双刀使动，抵住他们。众人虽通武艺，哪里是文耀姑娘的对手？刀光飞处，血雨四溅，一个个都送在文耀双刀之下。

高云龙一边猛斗，一边暗想：警钟既已敲动，荣烈所率的卫队为什么不出来作战？荣烈又在哪里呢？莫不是外面也有敌人在那里厮杀么？忽见他的爱妾杨小玉披着淡红睡衣，睡眼惺忪地握着一对双刀，从后面屋子里走出，一见文耀把自己的部下砍瓜切菜般尽杀，遂将双刀一摆，奔过来和文耀战住。文耀见来了一个女贼，估量是高云龙的姬妾，也就放出本领应付。四把刀上下飞舞，倏忽成四条银龙，盘旋一堆。

却见荣烈挟着鸳鸯锤向外奔入，高云龙遂大呼："荣烈，你怎么此时才来？侍卫何在？"

荣烈喝骂声："高贼，你兀自睡在梦中么？我已归顺了大盘岛，今夜要将你们剿灭，为海上除害。现在大盘岛上诸同志已杀至洞口了，快些延颈受戮吧。"说罢，跳过来举锤便打。高月娥丢了英民，还身迎住。只见背后崔源和盐七各挺手中兵刃，跳跃而至。高云龙又气又恨，方知为荣烈所卖，他倒释放俘虏和王英民等勾通一起了，可恶可恶！

荣烈回顾崔源说道："你们上来，我还有一件事要去干哪。"崔源遂舞开双戟，过去和高月娥迎住，荣烈回身奔出去了。高云龙等惊怒交加，王英民却得意得很，两边仍自酣战。

只听外面喊声大起，人如潮水一般拥进，火炬高照，兵刃大张，都是大盘岛上的健儿。由九皋夫妇率领着一齐杀入，大喊："不要放走了高云龙和余腾蛟！"

原来九皋等左右二队缓缓出发，来到孤星岛，已近三鼓时分，恰逢方新的巡船。于是方新所率的一队战船首先出迎，陈光国闻警，一边差人到紫云洞报警，一边即领战船出坞接应，这就是高余等听得警钟的时候。陈光国既出，指挥战船敌住大盘岛的左队，方新敌住右队，秦九飞也率战船赶来助战。九皋等在黑夜里混战，不明地理，所以未敢深入。陈光国挥动大刀，力战九皋却见火炬光里毕振海一船自后驶来，手横鹅翎铜刺，大喝："贼人不得逞能，我来也！"

陈光国大喜，便喊："毕兄弟快来杀贼！"

毕振海跃登陈光国的船头，手起一刺，倏地戳进陈光国的右腰，陈光国大吼一声，欲思挣扎，九皋一鞭又从他头上击下，倒在船上，一命呜呼了。

毕振海会合着大盘岛的战船，一齐向自己人乱杀，又高声大呼："孤星岛已为大盘岛主占领，汝等快快投降，可免于死。"于是孤星岛的战船纷纷散乱起来，失了战斗力。

方新慌了手脚，被朱世雄拦腰一棍打倒，萧天红加上一钩，把他肚子里的大肠都钩了出来，死在船中。秦九飞见势不佳，约束自己战船纷纷向岛后退去，其余许多战船有一小半沉没，大半听了毕振海的说话，一齐投降。九皋欲接应英民等一行人，便托毕振海和朱世雄在海边收拾降卒，又命萧天红、丁义兴率一小队船去追杀残众。他们夫妇俩急忙率领一部分健儿，赶紧登陆，杀到紫云洞中来接应。

高余二人一见大惊，料想自己岛上的水军一定败衄了。想不到自己人寨里反，他们全师猛攻，这孤星岛万难坚守。三十六着，走为上着，于是高云龙向余腾蛟等处打招呼，将金鞭拦开英民的宝剑，飞身一跃，已登屋面。余腾蛟跟手跳上，英民喝声追时，瞥见高云龙回身将手一扬，一支毒镖已向他面门飞来。英民急忙将头一低，那镖恰从头发上擦过，落在地上。余腾蛟刚上得屋，陶星耀早将飞叉发出，余腾蛟急闪不迭，正中左腿，从屋上一翻身直跌下来。盐七赶过去，要想把他捆住，不防余腾蛟忍痛跃起，一剑向盐七胸前刺来。盐七不及躲避，正中左胁，鲜血直冒，仰后而倒。仇九皋急忙上前救起，命左右舁去。左婴一摆三截棍跳过来，大喝："余贼休得逞能，老娘来也。"一棍向他下三路扫来，余腾蛟忙将宝剑迎住，星耀也便又围住他，不放他走。九皋和英民却已上屋追赶高云龙去了。

　　杨小玉见伊丈夫已走，自己无心恋战，怎奈被陶文耀的双刀遏住，没有间隙。此时荣烈又从外边跑进来，腰里夹着一人，绳捆索缚，把来向地下一掷，则是军师俞金城，早已吓得面无人色了。荣烈一摆鸳鸯锤，过来助文耀作战。杨小玉愈觉惊慌。文耀卖个破绽，让杨小玉的双刀劈过怀里来，向左一侧身，右手的刀并在左手，施展粉臂，将杨小玉一把擒住，望里一拖，杨小玉早已撒手扔刀，跌在地上。荣烈也把伊缚住。

　　高月娥尚和崔源斗在一隅，荣烈和文耀一齐过去，把伊围困住。余腾蛟腿上受了重创，作战不便，且见大势已去，只想逃生。左婴却将三截棍使开，逼得他走投无路。星耀觑个间隙，将叉逼住余腾蛟的宝剑，正要伸手去擒，左婴早已一棍扫去，击中余腾蛟的足踝，扑地倒地。星耀哈哈大笑，说声"哪里走"，便将他用索缚住，抛在一边。吩咐好好看守，又对左婴说道："岛主和九兄追赶高云龙去了，不要有失，我们赶去相助要紧。"左婴答应一声，两人也飞身跃上屋面，向洞后追去。

　　高月娥见伊的丈夫已被敌人生擒，自己又被三人逼住，杀得汗流浃背，只有招架的功夫，明知再也逃不掉了，免得受辱，遂将齐眉棍向自己头上猛击一下，打得头颅粉碎，死于地下。文耀看了暗暗太息。

　　这时洞中已无敌人踪迹，荣烈早将许多机关一齐破掉。文耀见四边充了大盘岛上的部下，正在四处搜寻，遂约束部伍，一齐到外边候令。荣烈所率的警卫队共有四百人，也驰至洞口。崔源将余腾蛟、杨小玉、俞金城三人看守住，文耀却率了数名健儿入内搜查，高云龙的大妇得到惊耗，早悬梁自尽，其余几个姬妾和宠姬雪梨等都惊得瘫软在房里，无处可逃。文耀把她们拘在一起，听候英民回来发落。

英民和九皋一路追赶高云龙，到得紫云洞后，高云龙又发出一镖，英民将剑拨落。高云龙此次心慌意乱，镖也发不准了，只顾望后岛逃去。二人紧紧追随，不多时已到海岸。星光中见海面上有十数战船，正在那里厮杀，乃是秦九飞败退至岛后时，和岛后泊着防备的数艘战船会合在一起，因为萧天红丁义兴紧追不舍，遂又接战起来。高云龙仗着精通水性，向海中一跃，泅至自己战船上，帮着秦九飞抵拒敌人，并且告诉他说，紫云洞已失陷了，快些逃避，方为上策。秦九飞遂下令船只一齐速退。萧天红首先引船追来，却被高云龙一镖飞至，正中右腿，立刻痛得不能动弹，蹲在船上，由部下扶到舱里，渐渐失了知觉。英民和九皋不谙水性，立在岸边只是高声呼喝。等到丁义兴指挥自己船舶来迎时，高云龙趁此间隙，和秦九飞挂上数道大帆，飞逃而去。

英民到得船上，闻萧天红中了毒镖，连忙来到萧天红舟中，代他洗净创口，敷上自己身边所带的药粉，又把一粒丸药给他吃下，教他安睡勿动，令人伴着他驶回海岸。自己又和九皋丁义兴督令战船向前追赶。但因在黑夜中，海道不熟，追了一大段路程，敌船已望不见踪影，只得让他们逃去。回至孤星岛，后登岸，蹑返紫云洞。只见荣烈督领他的部下和大盘岛的健儿都在洞口。英民走进洞中时，左婴和陶星耀也已赶回。此时天色已明，原来星耀等不识途径，在洞后绕了许多圈子，找不到英民、九皋，只得回转。闻得高云龙漏网，都说可惜可惜，便宜了这狗盗。

众人一齐来到水月厅上，一切机关早经拆除。英民等坐定后，崔源和部下将余腾蛟、杨小玉、俞金城三个俘虏推上。余腾蛟一见英民，破口大骂。英民怒道："狗强盗，罪恶滔天，今日业已被擒，还敢如此倔强么？"着令左右推出斩首。英民言讫，即有两个健儿扬着鬼头刀，将余腾蛟推到外边去。

英民问明杨小玉是高云龙的姬妾，因为伊是一个女流，所以吩咐左右牵去监押。此时俞金城悚然立着，好似待宰的猪羊一般。英民问道："你就是海盗手下的军师么？唉，我瞧你是个书生，很有些聪明，为什么甘心做贼？今日被擒，更有何言？"

俞金城听英民的说话，并不十分峻厉，遂将自己以前被劫的事详细告诉。英民听了，点点头道："那么你也不得已而出此。现在若能悔过投顺，我当免你一死。"

俞金城道："鄙人情愿弃暗投明，归顺新主，随时贡其一得之愚。"

英民便命崔源把他束缚解去，立在一旁。这时两个健儿回身入厅，献上一颗血淋淋的人头，那纵横海上的大盗闹海神蟒余腾蛟就此伏法刀下了。英民吩咐将人头号令在洞口，以警余党。遂又问起海边的事，九皋、荣烈等正要奉告，忽见后面一缕黑烟冲起，霎时间红光四照，火焰怒喷，直向水月厅而来，众人一齐大惊。

欲知后事如何，请看下回。

第六回

慷慨赴义海上起雄兵
倥偬离家山中射猛兽

此时火热大炽，映得水月厅上四壁尽红，镜内人影乱晃，浓烟缭绕。众人疑心洞中或有余党前来报仇，英民和荣烈等大家奔向里面察看。只见厅后许多房屋一齐着火，一团团的火焰宛如万道金蛇，喷舌狂噬，哪里能够施救呢？有几个妇女以及一个西洋女子，随着陶文耀从那边走廊里踉踉跄跄地奔将出来。英民正要询问文耀因何起火，只见左婴带着四五个娘子军打从浓烟阵中钻将出来，各人手里都握着火炬以及火种，英民方知这把火是左婴特地放的。

左婴高高执着火炬，跑到英民九皋身前说道："你们瞧见火势大不大？高云龙那厮盘踞了这个紫云洞，布设下种种机关，做遁逃之薮。我们好容易把他破掉，但又被那厮漏网逃去，好不可恨。所以我撮一把火，把他的巢穴烧个精光，省得他再来觊觎。"

九皋把足一蹬道："你没有得到五弟的命令，怎么擅自放火？"

荣烈道："我去调警卫队来施救，前半面尚可不致延烧。"

英民却说道："仇嫂放得甚好。此洞幽险非常，利于盗贼固守。我们既无意占为己有，不如爽爽快快把它烧去了，以绝高贼之心。让这火烧着吧，我们快快收集部伍，一齐退出洞去。"

左婴初时被九皋埋怨了两句，老大不快。掀起了嘴，睁圆着眼，正要发作。及听英民赞成自己办法，不由喜得直跳道："英民叔道我办得很好。可知我也没有做错什么大事，你倒便要说我不奉命令呢？

烧烧烧，我们看看这大火也好玩。"

九皋知道伊的脾气如此，不去和伊争辩。荣烈说："只是可惜洞中所藏的精华，付之一炬了。幸亏械库尚在水月厅前，此物将来很有用处，等我去抢出来吧。"遂出去唤了许多侍卫进来，赶到械库，搬运军器出洞。这时火势已将延烧到水月厅，英民吩咐大众退出，众人遂纷纷退到洞外。荣烈督率众人，早将一切军用器物陆续抢运至洞外。但见洞中黑烟咕嘟嘟地直冒，哔哔剥剥地烧得非常厉害。若在夜里，火光更要通红了。孤星岛上居民绝少，大都是高云龙部下的家眷居住，所有良善之家早已他徙了。

毕振海和朱世雄在海滨将自己部伍以及投降的战船分泊两边，抚辑妥定，忽然瞧见岛上紫云洞中起了火，很不放心，遂率着一部分健儿赶来，见了英民，方知余腾蛟已伏法，高云龙已漏网，火烧紫云洞以绝后患。英民便下令，索性将紫云洞杜塞，免得火势蔓延来了。于是众健儿挑土搬石，一齐来填塞这个火焰山一般的紫云洞。人多手众，所以不消一刻，已将那洞填没了。

荣烈和毕振海遂请英民等齐至高云龙演武处憩坐，那地方是在岛的中央，有一片好大的校场。场北向南有演武憩坐室以及小花园等房屋。英民等到了那边，大家休坐，谈起夜中海陆双方战争的经过。俞金城也坐在下首，默言无语。英民瞧着俞金城，忽然想起杨小玉，如何伊独不见，便传问监押小玉的人。谁知当火起之时，监押的人心慌意乱，要紧逃生，没有将杨小玉带走。杨小玉身上又有束缚，不得自由，大概已葬身火窟了。那人叩头拜罪，英民也只得罢休，着记大过一次。

左婴火烧了紫云洞，十分得意，大声说道："我们和那些狗男女对付了好多时候，今番方能夺得孤星岛，犁庭扫穴，大快人心。尤其是我这把火放得更是爽快了。"

陶星耀却带雪梨等众姬妾到英民处来，听候发落。英民便把她们一概释放。那雪梨既是外国妇女，可以资送至广州，候船归国。将这事托付荣烈去办，荣烈答应一声，把众妇女领去。英民又问起盐七和萧天红二人的情形，崔源报称盐七伤重无救，已是奄奄一息，现在已载回船上。丁义兴报说萧天红敷药之后，伤势减轻，决无性命之忧。不过盐七命在旦夕，无法可想。

英民点点头，又向荣烈、毕振海二人详询岛上形势。荣烈遂引导着英民，到重要地方去一走，见岛上物产丰富、气势雄厚，和大盘岛相较，在伯仲之间。不过荒地很多，没有像大盘岛岛民的伙颐。看了一遍，回到演武厅，日已过午。众人皆觉腹枵。幸亏荣烈早已吩咐部下将午膳预备齐全，大众遂坐下，用过了饭。荣烈、毕振海又请英民至海滨去检阅孤星岛的降众以及战船，这是重要之事，所以英民会合着九皋等，一齐来到海滨。

瞧见自己的战船由丁义兴率领着，一齐泊在左面。孤星岛的大小战船分着雁行式，齐齐泊在右面。大盘岛的众健儿见英民到来，一齐欢呼行礼。毕振海早回至船上，吩咐部下齐向英民行礼。英民检点孤星岛战船，共有五十九艘，人数六百八十四人。据俞金城报告，高余二人部下共有七十八艘战船，二千二百余人。除秦九飞一部分约有三四百人遁去，其余或伤或散，唯荣烈的警卫队五百二十人，全队投降。照此计算，半数均已归附，此后可称十分胜利。

英民检阅以后，暗暗欢喜，遂向孤星岛健儿训话，教他们弃邪归正，以后不得再干盗劫生涯。朝夕操练，预备将来为国效劳。又安慰了数语，即命荣烈、毕振海管理这个孤星岛，训练部伍，收纳人民，且防高云龙野心不死，再来劫夺。每日加派通信船只，和大盘岛一往一来，以通消息。又请朱世雄暂留此间，督助荣毕二人进行一切。于是英民率了原来部下，带着俞金城一齐下舟，扬帆而回。

英民回转大盘岛后，琼珠父女不胜快慰。英民因为将海盗肃清，高云龙虽被脱逃，然部伍离散，无能为力，此后可以整顿劲旅，返旆中原，为大明恢复河山，和胡虏决一胜负了。隔得二三天后，萧天红伤势痊愈，可是盐七已逝世。英民很觉哀悼。爱尔丽的新墓亦已筑成，英民又和琼珠走去祭奠一番。陶氏兄妹见大事粗定，便要告辞回绿霞岛。英民和他们声明，自己志复中原，不久便要督领部下，回国与胡虏决战，到时请你们兄妹加入。现在请他们将渔户军加紧训练，尤其是在陆地攻战之法。因为将来大战大都要在陆上了。陶氏兄妹一口答应，星耀且言自己也是同胞之一，愿随鞭镫，共逐满奴。于是二人别了英民夫妇和九皋等诸位同志，坐船回去。

英民自陶氏兄妹去后，便将部下又检阅一番，将水军分作左右二翼，命丁义兴率左翼，萧天红率右翼。又挑选出七八百健儿来，专飞陆地攻击之法。即在岛后朝晚操练，即命崔源督率，俞金城为辅导。俞金城想在英民面前讨好，乘机问英民可要在大盘岛上布设秘密机关，以防高云龙等潜来觇觑。英民冷笑一声答道："军师，这个却不用你顾虑。我王英民素喜堂堂皇皇地作战，布置机关这都是怯夫所为，徒费工程，于事无补。你看紫云洞十分险要，终被我们攻下，可以悟了。我希望你对于我的部下尽一些责任，就是教练他们作战的阵势，助着我用兵法部勒他们就是了。"俞金城诺诺连声而退。

英民又和九皋谈起九华山甘辉等一众人来，很是惦念，不知他们状况如何，自己现在连合三岛之众，士气旺盛，大可一战，可惜粮饷上还虞不足。九皋道："我们若能前去恢复得一二富庶之地，那时闻风响应大有其人，一定可以筹措了。不过我们本来想奉鲁王的，现闻鲁王大败，还是唐王的兵马可以和满奴对付。我们是奉鲁王年号呢，还是听唐王的命令？不可不正。这一层须切实考虑的。"

英民道："我们和海盗斗了多时，故消息未免隔膜。虽有时岛民出去销售鱼虾，带得一二消息归来，其间难免不信实。我想派出几个得力的部下，趁得渔船到沿海各地去刺探些确实消息，然后我们好做准备。"

九皋道："现在我们没有其他事情，不如就让我去走一遭吧。"

英民道："难得仇兄肯去，大佳大佳。"

次日，九皋别了英民和左婴，扮作渔人模样，乘着岛民卖鱼的船，便到闽浙一带去探听消息去了。九皋出行后，英民和崔源督令部下，加紧训练，渐渐有舟山群岛的人民，不堪清军肆虐，闻得大盘岛安谧，纷纷迁居到此。因此英民又选了四五百壮丁，教他们作战。过了八九天，只盼望九皋早些回来，可以得到消息。

一天，朱世雄却从孤星岛前来，报告英民说自己帮助着荣毕二人，将孤星岛重新整理。高云龙部下绝对服从命令。毕振海和荣烈分头训练，大有进步。孤星岛出产很不宁唯是，现在邻近各岛人民听说岛上海盗已去，换了新主，渐渐迁来居住，我们借此可以让他们垦殖。因为地有余利，弃之未免可惜。英民听了很是快慰。

二人正在谈话，左右入报仇爷回来了。英民笑对世雄说道："这一遭辛苦他了。"即见仇九皋匆匆自外跑入，二人一齐起迎，要请九皋同坐。

英民道："九皋兄途中辛苦，可曾探得一二消息？"

九皋道："消息多哩，且有一个大大的好消息。"

英民忙问道："什么好消息？九皋兄快快道来。"

九皋道："且慢，我引一个人和你们见见可好？"

世雄道："什么人？仇兄为何如此坐不定立不定的？"

九皋回头唤道："大哥快来。"只见外面大踏步走进一个人来，穿着蓝纱袍子，身躯健硕，满面麻点，不是甘辉却是谁呢？英民世雄又惊又喜，弟兄们一齐行礼，握手言欢。

英民道："小弟自别大哥以来，一向在海面厮缠，十分记念大哥和山上众弟兄。此次所以请仇兄到故国来一探消息，如何遇见大哥？这真巧极了。不知大哥那边情形如何，又怎会偕仇兄同来？"

甘辉哈哈笑道："说来话长，我们大家坐了再谈。"

于是众人一齐坐下，左右献上香茗。左婴早已闻得消息，从屏后跳出来说道："大伯怎会到这里来的啊？一向安好？"

甘辉也道："仇嫂好，这是很巧的事，听我慢慢道来。"

九皋拉过一把交椅，教伊坐了静听，然后说道："甘大哥那边的事情很长，且等我先报告一下，交代清楚，好脱去我的责任。"

甘辉道："也好，请九皋先讲吧。"

九皋便道："我离了大盘岛，一直径向福州那边海岸驶行，不多几天，到了一个乡村。那地方都是业渔的，我乘机向他们探听探听，但是有一大半的渔户只知有鱼，不知有国。即使风闻一二，也是缠夹二先生，弄不清楚的。我遂回船，重又向南行驶。又到了一处海岸，正近长乐，我遂上岸去探听。那地方的人民开通多了，他们告诉我说，鲁王失败，唐王也遇害，明室一蹶不振。现在那边戎马纷纭，兵戈满地，正闹着大乱呢。我得了这个消息，大为沉闷。遂踅到一家酒店里去，想以酒浇愁。不料遇见了甘大哥，他正在探问我们大盘岛呢。这事巧不巧？我遂引大哥到此。还有一个好消息，报告给你们知道……"

九皋话未说完，英民很不耐地说道："怎么鲁王唐王都失败了么？半壁江山不能自保，如何是好？还有什么好消息呢？甘大哥等本在九华山，怎么又会在那边邂逅？请你快快说了吧。"

甘辉笑道："五弟少安毋躁，我来告诉你。现在有一个惊天动地的大英雄出来，代明室复仇，驱除胡虏。我已投在他的麾下效力，所以我要请兄弟们出去一同协力杀贼。"

英民道："哪一个惊天动地的大英雄？大哥既然肯跟随他，小弟自当唯命是听。"

甘辉遂不慌不忙地说出这位大英雄来，名垂竹帛，忠感天地，确乎是历史上数一数二的人物。在下趁他们谈话之时，不得不郑重其事，先从那边叙述一下，尚有许多可惊可愕的事要挥写出来，供读者一览呢。

天下最坏的事便是内讧。自古迄今，有许多国家都覆亡在这个内讧里头。所以孔老夫子说："吾恐季孙之忧，不在颛臾，而在萧墙之内也。"孟老先生也说："国必自伐，而后人伐之。"外侮之来，都由于内乱所招，假使一国政治光明，国内平安，即使有了外侮，也可一致对外，不畏敌人猖獗了。明室自从吴三桂借清兵入关，引狼入室，大好河山尽染腥膻，清兵乘势南下，要把大明天下夺到他们手掌里去。有许多忠臣义士，不惜掷头颅洒热血，奉戴着明室遗胄，志复中原。如浙中的鲁王，闽省的唐王。若能同心合力，共御胡虏，也不致灭亡得这般快。可惜二王自相猜忌，不肯联络，徒牺牲了许多忠臣义士的性命，于国事仍无补助，岂非可惜！《诗经》上说："兄弟阋于墙，外御其侮。"弟兄们虽有些意见不合，自相诟谇，但是在外侮紧急，国难临头的当儿，也应该大彻大悟，捐弃一切成见，体风雨同舟之意，懔被发缨冠之义，有话大家慢慢商量，先要彼此用出全力，来共御外侮，以救国家才好。倘然一边风云日急，一边仍旧为了种种问题，权利得失，横亘在胸中而不能去，那么不但被外人所讪笑，一旦亡了国，大家都做了奴隶，还容得你们争夺什么？恐怕要同归于尽，悔之晚矣。

那唐王名聿键，经郑鸿逵等拥立后，定鼎福州，建号隆武。将天兴、建宁、延平、安化四府为上游，汀州、漳州、邵武、林泉四府为下游，重兵坚守仙霞关。但其时大权都在郑氏手中，郑芝龙把持一切。唐王很是好学，也知自己由郑氏拥立，故郑氏擅国，自己不能有为，未免心中不悦。郑芝龙、郑鸿逵屡次保荐他们的私人为官，唐王屡次不从，因此郑氏有些怨望。恰逢清廷派遣黄熙允招抚福建，郑芝龙本和黄熙允同乡，密使通款，胸怀二心。唐王数次促他出兵，芝龙推托饷绌，须稍缓些时。唐王知道他故意不肯，所以后来何腾蛟江西大起勤王之师，声势甚盛。唐王便到江西去，不幸兵败被执，不食而死。清廷贝勒博洛攻下福州，别遣李成栋、韩固山循行各州郡，漳泉诸郡相继被陷，闽省的土地大半已在胡虏手中，只有郑芝龙屯兵安车，首鼠两端，观望不前。博洛遂差人赍函招芝龙归降，信上说道：

> 我所以重将军者，以能立唐藩也。人臣事君，必竭其
> 力，力尽不胜，则投明而事，建不量之功，此豪杰事也。
> 今两粤未平，铸闽总督印以相待。

芝龙得信大喜，决意降清，遂进降表至福州，往见博洛。博洛等以上宾之礼，握手甚欢，痛饮三日，似乎很倚重他。不料第三天

夜半，清兵忽然拔营而起，拥了郑芝龙去。所有芝龙随从五百人，都隔离在别营，不能相见，也不许通家信。芝龙方才有些悔意，便对博洛说道："北上我也愿意。可是子弟中多不肖者流，现在拥兵海上，倘有不测，如之奈何？"

博洛道："此事与你无干，吾亦无虑。"

芝龙见木已成舟，也就无法可想。但是芝龙和博洛的说话，并非无因。原来郑芝龙虽然不忠不义，甘心降贼，然而他却有一个跨灶之儿，名唤成功，就是甘辉口中所夸说的惊天动地的英雄了。

成功幼时英爽过人，崭然露头角。初入南京大学，那时弘光帝还未失败哩，他闻钱谦益的才名，便向他执贽为弟子。读书颖敏过人，不沾沾于章句之学。户部侍郎王观光一见之后，非常赏识，曾对芝龙说道："此儿英物，非尔所及也。"芝龙也宠爱异常。

后来唐王在南闽中登基的时候，芝龙遣成功入朝，唐王见成功丰采掩映，奕奕耀人，不觉大为惊喜，抚摸着成功的背说道："惜朕无女配你。你可尽忠吾家，勿忘吾国。"赐姓为朱，人称为国姓爷。

唐王所以说这几句话，也有意思。因他看得出郑芝龙不忠于他，而成功是忠心耿耿，有作有为的一人好男儿。所以他可惜自己没有女儿，不能够招赘成功为驸马了。成功也觉察他的父亲有携贰之心，不肯勠力王室，很不乐从，父子之间遂有些意见不合。

有一天，成功入见唐王。适见唐王闷坐，成功遂泣奏道："陛下为什么如此郁郁不乐，难道为了臣父不肯用命么？我受陛下厚恩，义不反顾。倘清兵逼迫，愿一死以报陛下。"

唐王听了成功的话，略觉安慰，封他做忠孝伯。当那清兵入闽，唐王败没的时候，郑芝龙受博洛的诱降，弟子们都向他劝谏，成功尤为极力劝芝龙入海。但是芝龙自从执政以来，田园遍满闽广，庄仓增置五百余所，驽马恋栈，不肯听从。即日进降表，成功放声大哭，谓父亲虽降满清，自己终当与胡虏周旋，为大明恢复故土。等到郑芝龙被挟北去时，博洛知道芝龙有一子成功，非池中之物，逼令芝龙作书招成功来降。成功接信后，将父亲的书撕得粉碎，怒气冲冲地说道："成功此时只知有国，不知有父了。"

芝龙已降了满清，家中人以为清兵虽来，可免掠劫之祸，所以毫不防备。不料清后大队人马到时，大肆淫掠，成功的母亲亦被清兵奸淫，自缢而死。成功在仓皇中匹马突围而出，国亡家破，不胜愤慨。途过孔庙，他遂下马步入，将儒服一齐脱去，向孔圣座前下拜道："昔为孺子，今为孤臣，向背居留，各行其是。谨谢儒衣，祈先师昭鉴。"遂长叹而出，投奔他的知友陈辉处去。

又邀集同志张进、陈羁、洪旭、施琅等数十人，议抗满清，为大明复仇。洪旭擅技击，娴策略，勇敢善战，施琅深悉海岸和海岛形势。成功倚赖二人为左右手，于是乘了二舰入海，收兵南澳，得数千人。又到鼓浪屿，设高皇帝神位，定盟恢复。四方闻风来归的同志渐多，成功的名声也传播出去了。成功遂出兵攻取泉州同安等处，和清兵屡战，时有胜负，不甚得志。

这时忽有一路义勇军来归队成功，原来就是甘辉、阮武、上官杰等九华山上众兄弟。甘辉自王英民到碧云村迎接琼珠去后，盼望多时，不见他回来，惦念异常，所以后来仇九皋夫妇和朱世雄自愿到碧云村去一探消息，早些从英民回山，共图大计。谁知九皋等到得碧云村，闻悉英民被困大盘岛警耗，遂随着丁义兴等谋营救，从此和英民在海上与海盗高云龙、余腾蛟等鏖战多时，和九华山隔离长久。这些事已在前数回叙述一过。

但是甘辉等在山上见九皋等去后，又如石沉大海，杳无音信，更兼闽浙两省明军纷纷败绩，胡奴铁骑南下，形势日非。不知英民九皋等流落何处，大概凶多吉少。自己山头已处于清军包围之下，孤掌难鸣。更兼以前曾和清将张天禄血战几阵，张天禄受创而去。和清军结下仇怨，难免他们不来乘机扫灭。所以他私心惴惴，时时派密探出去刺探明兵消息。得知郑成功在闽省海上起义，英明果敢，有作有为，决计欲领部下儿郎前去归队，共图大事。恰巧探子报到，清军有大队人马来剿灭九华山。甘辉之意愈决，遂点齐山上儿郎一千余名，以及阮武、上官杰等，大家扮作商贾模样，分三队从间道潜行至闽。所以山上辎重大半只得遗弃下了。

甘辉等到得闽中，投见郑成功。成功询知来历，甚为喜欢，即把甘辉带来的儿郎编入自己的部伍。其时潮州人黄海如等导引成功取潮，成功即遣甘辉、阮武、上官杰三人为先头部队，进攻潮阳。清兵驻守在那里的并不多，怎敌得过这三位虎将。总兵吴清勉强抵御，被上官杰的藤牌兵冲散队伍，砍断马足，跌下马来。上官杰手起一刀，早已结果了他的性命。清兵全军败没，潮州一鼓而下。成功更信甘辉等的勇敢了。

后来成功还兵至厦门，夺得郑联一军，雄踞厦门金门两岛，纵横海上，势力益厚。不料其时成功麾下大将施琅因和成功有隙，径降清兵。成功失去了一只膀臂，有些不快，遂率兵攻南溪，和清提督杨名高战于小营镇，清兵又败退，遂攻长泰。那时守长泰的是清军副将王进，性如霹雳，勇冠三军，在军营中别号王老虎，每逢着出兵的时候，必要饮酒，非饮至酣畅时不肯交战。若是喝够了酒，骑着滑背马，挥着大砍刀，往往匹马陷阵，和敌人死斗不休，人莫能当，如三国时曹操手下的虎将许褚。

成功久闻其名，遂议遣甘辉搦战，阮武接应。王老虎闻得成功兵至，勃然大怒，说道："乳臭小儿，安敢犯我?"忙喊左右取过一大瓮酒来，用巨觥斟着便饮，左右又端上一盘熟鸡，约有三只。王老虎箕踞而坐，一边喝酒，一边用手撕着鸡大嚼。那时郑成功的兵已临城下，擂鼓呐喊。甘辉手挟双刀，一马当先，却不见城中兵马出来应敌。正自纳罕，停了些时，城门大开，一彪人马拥出，为首一将，魁梧雄壮，跨着一匹滑背的黑马，半袒着上身，露出半身黑色的肥肉。面上生着不少瘰疬，一双横暴的眼睛，红了大半。倒提一柄大砍刀，神情骁勇。正是王老虎。他在署中吃足了酒，遂出来接战了。一见甘辉勒马以待，便大喝道："不怕死的小子，也识得王老虎的厉害么?"

甘辉冷笑一声道："狗贼，死在头上，还要逞能么?"将手中双刀展开，径取王老虎。王老虎舞开大砍刀迎住，两个人你来我往，

289

闪闪霍霍，各奋神勇，拼命酣斗起来。战到一百五六十合，不分胜负。王老虎圆睁怪眼，卖个破绽，让甘辉双刀砍入怀来，身子一闪，一刀向甘辉头上劈去，喝声"着"。阮武在阵上看得亲切，急代甘辉捏一把汗，纵马而出，要来接应。哪知甘辉身手便捷，将身向马鞍上一横，躲过那一刀，左手一刀照准王老虎马头砍下，王老虎将马一拉，让过那刀，二人重又狠战。

又战到一百合，甘辉人虽来得，马力已乏，遂把双刀拦住王老虎的刀大声说道："且慢，俺这坐骑够不上了。等我换了马，再来和你决一雌雄。"

王老虎喝一声："好汉子，快去换马，你家爷爷等你厮杀。"

甘辉勒转马头，回到自己阵里，要换坐骑。阮武道："大哥觉得力倦么？此贼很是勇猛，待小弟上去决战一阵。"

甘辉摇摇手道："不要你去，我不杀王老虎誓不回营。"

郑成功便将自己坐的一匹大宛名马特地赐予甘辉骑乘，以鼓励他杀贼之心。甘辉换了马，又喝了几口水，再跑到阵上来。却见王老虎持一个酒瓮狂饮，一见甘辉驰至，便将酒瓮抛去，摆动大砍刀，向甘辉劈来。甘辉左手刀架开，右手刀顺势刺进。王老虎挥转大刀，铛的一声，将甘辉的刀拦开一边，二人酣战起来，又战了一百余合，看看天色已晚，不能再战。两阵上各个鸣金收军。王老虎将手一指道："今天便宜你这小子。一颗头暂且寄在你的颈上，是好汉的，明晨再决胜负。"

甘辉答道："狗贼，我明天准来取你的性命便了。"

两边各自回马，王老虎收兵入城。甘辉回到自己营中，汗已湿透衣甲。成功道："甘将军辛苦了。"

甘辉道："为国效劳，虽死不恨。王老虎虽勇，然今天战到最后时，刀法已有些散乱。他约我明天再战，明天我一定要把那厮活斩。"

成功的参赞陈辉说道："两雄相争，必有一伤。以我看来，不如智取。北溪两峰陡起，山径逼窄，仅容一人一骑过去。明天甘将军和那厮杀了几合，不妨佯为败退，诱到那边，我们预先埋伏下人，待他归来，用木石堵塞后路，一顿乱箭，把他射死，岂不是好？"

郑成功道："此木门道射张邰之故智也。我们准如此做。"

甘辉道："主公军令难违，只是末将有一个请求，务祈答允。因为末将颇欲力斩此贼，明日阵上请交锋至三百合后，末将若再不能取胜时，可再诈败，引他追来，以计取胜。"

成功点头道："也好。"

当晚甘辉自去睡息，明晨早听远远鼓声大震，左右报王老虎讨战。成功便命上官杰和洪旭各率一军，端整强弓硬弩，速到北溪山头埋伏。那边仍命甘辉出战，阮武压阵。甘辉结束停当，挟双刀跨名马，率领部下出营，阮武也骑马持铛，压住阵脚。甘辉见了王老虎，更不答话，两个人挥动手中刀，狠斗起来。刀光闪烁，马路历乱，夹着人影，杀作一团。看看战至二百合，甘辉虚晃一刀说道："杀你不过，饶了你吧。"带转马头便跑。

王老虎大叫："小子往哪里走？今天知道王老虎的本领了？"拍马追来，不上十数步，甘辉倏地把马收住，回转身来，王老虎一马已冲至甘辉身旁，甘辉顺势一刀向他扫去。王老虎不防有这么一着，急把大砍刀刀柄格住，正要兜转马头，甘辉右手刀已向他腰间刺入。不及躲避，说得一声不好，早从马上跌下，甘辉也很迅速地跳下马鞍，手起一刀，早把王老虎头颅割下，提在手中，回身上马。

此时阮武瞧见，不由大喜，吩咐部下快去抢城。将手中镏金铛一摆，和甘辉并马杀上前去。王老虎手下的兵丁见主将被杀，惊慌失措。甘辉阮武趁势掩杀，清兵死的死，逃的逃，长泰唾手而得，迎接郑成功入城安民。

成功闻得甘辉力斩王老虎，亲自酌酒慰劳，道："甘将军真虎将也。"

甘辉道："末将侥幸斩这逆贼，实在武技亦属平常。末将在九华山时，有个义弟，姓王名英民，上马杀贼，下马草露布，武艺卓绝，勇冠三军。较之末将无胜十百。可惜他有事出去，至今音信不能。

若得他来，可为主公臂助。"

成功喜道："世果有此英雄么？还请甘将军留心探访，能够招请他来，同破胡虏，我郑某不胜欢迎之至了。"遂命人去传令北溪埋伏的兵，一齐入城，休要空待。

上官杰回来听得甘辉力斩王老虎，也觉得眉飞色舞，只恨自己没有和那逆贼交一回手，心中好不畅快。甘辉知道他的意思，笑抚着他的肩背道："以后如遇劲敌，准让兄出去舒舒筋骨如何？"上官杰笑笑。

成功得了长泰，因恐清军还攻，即命甘辉阮武驻守，命上官杰为先锋，自率大兵围漳州。那边清军众多，围攻了数月，方才攻下。不料清军都统金砺率众十数万，分四路来袭击。成功迭遣手下大将柯朋、陈凤等迎敌，都遭失败。漳州已被清军包围，急率兵退守海澄。金砺率军追至，把海澄转得水泄不通。连营百余里，声势浩大。成功督令部下坚守城垣，金砺见攻打不下，遂乘夜暗掘地道至城下，埋伏地雷。三日后工竣，金砺令大小三军一齐攻城，成功正在南门守御，忽听轰天一声响，地雷炸发。北门城墙崩坏十余丈，清军乘势拥进。成功急率上官杰往援，上官杰此时怒目圆睁，率领手下五百名藤牌兵，向清军猛冲，清军纷纷倒退。大将殷其雷一马冲至，被上官杰砍断马足，殷其雷堕下马鞍，上官杰顺手一刀，结果了他的性命。清军见上官杰骁勇，更加溃散。恰巧甘辉亦从长泰率一军来救援，前后夹击，清军大败，前解围而去。成功遂命部将黄梧率重兵固守海澄，自率大军还厦门，暂候休息。

便在这年冬里，成功因饷粮缺乏，又进攻福州兴化等处。清廷见成功势大，奈何他不得，又遣满员入海劝降。成功大怒，将满员割去鼻子，驱逐回去，因此郑芝龙也得罪被迁。成功遂遣甘辉攻漳州，守将刘国辉不战而降，遂进取泉州，所战辄胜，士气益振。成功因舟山岛在清军掌握中，不取舟山，攻浙不便，遂命洪旭陈六御率水军进攻。清军坚守不退，正在相持中，恰巧青龙岛上的义勇军乘机崛起，为明兵内应。遣人来下书，约明晚合攻舟山。洪旭展读那来书道：

青龙岛义勇军团长赵继云谨上书于洪将军麾下：

胡奴盘踞舟山，屠戮人民，此间岛人苦之久矣。继云为乡民推举，精练乡勇，借以自卫。幸得复见明兵，将军与郑将军勠力王室，忠义久著。继云效犬马之芝，歼彼鞑子。明日夜间将军可直攻舟山，继云当率义勇军侧击，破之必矣。盖清军虽多，舟山无险可守也。

洪旭读罢书函，便命左右将金帛犒赏来使，厚遣之而去。陈六御道："将军不可尽信人言。不要清军故作此函，诱将军入彀。"

洪旭笑道："陈将军不必多疑，我在进攻舟山之前，早已遣出细作来此探听，知道青龙岛的义勇军很有威名。清将屡次招降，尚未投顺。一月以前，曾开过一次仗的。此时来书约我们去攻打舟山，我看倒是很可靠的。横竖我要和清军决战，何惧他们计赚？明夜我准用火攻之计，将轻舟载着燃烧之物，在前冲突。然后我同陈将军各率一队战船，分作左右翼，向前进攻。便没有那个赵继云来帮助，我们也不至于吃败仗了。"陈六御点头答应。

次日晚上，众军饱餐已毕，洪旭先放轻舟出去，自领左翼，请陈六御率右翼，径向舟山清军攻击。守舟山的清军已探知，也驶出大小战船，前来迎敌。洪旭所预备的轻舟上面都是松香硫黄茅草等引火之物，有精通水性的水军驾着，箭一般地前驶。将近清军船舶，放起火来，一齐向清军冲去。每只船上哔哔剥剥地烧起，映着水面通红。许多水军早已跳下海中，泅到自己那边船上去。清军被这些火焰大炽的轻舟一搅，不觉纷乱起来。有许多战船也已着了火，急忙扑灭不迭。洪旭和陈六御趁此机会，两边掩杀过去。汪军抵挡不住，望后而退。

洪旭正指挥众兵追杀，忽见清兵后面金鼓大振，有数十艘艨艟驶至。舟上无数清军，一齐握着火炬兵刃，军容甚盛。中间一艘大战船的船头上，立着一员大将。顶盔贯甲，手提大刀，正是守舟山的清将萨珲。萨珲是满洲的骁将，曾随博洛南下，屡立战功，是一位智勇俱全的宿将，所以命他镇守舟山。清军见主帅杀至，大家振着精神，向明兵力战。萨珲一面吩咐扑灭余火，一面也分两队应战。自己将大刀一摆，坐下战船直向洪旭迎来。洪旭也将自己手中三尖两刃刀架住，觉得萨珲刀势沉重，知道劲敌，遂也不敢轻视，把手中刀使开了，和萨珲战在一起。两军在这夜色朦胧浩漫的海面上，彼此肉搏。

洪旭且战且思，怎么赵继云的义勇军不见前来呢？莫非他竟爽约么？然而总不是清军的计划啊？他正在思想，只见东面远远地有许多船舶驶来，船桅上悬着许多五色灯笼，分着青红黄白四种颜色。洪旭料着青龙岛上的义勇军来了。果然当先一队黄色灯笼的战船疾驶而至，弓弦响处，一支狼牙箭飞也似的向萨珲射到。萨珲不及躲避，直贯咽喉，大叫一声，仰后而倒。洪旭大喜，回头细细瞧时，见当先一艘船上立着一个白袍少年，一手执着一张宝雕弓，一手横着丈八蛇矛，指挥全船向清军那边进攻。

洪旭在火光中见那少年相貌英俊，箭射萨珲，技艺神妙，必然是那个义勇军团长赵继云了，便大呼道："来者可是赵团长么？"

少年的船已相近，见了洪旭也答道："正是。将军可是洪将军？"

洪旭道："是的。"

少年道："那么我们快去抢舟山吧。"

这时红灯船队接着驶至，船头立着一位缟衣素服的女将，手握双刀。青灯船队和白灯船队也如雁行一般驶至，青灯船上的首领也是一位少年，擎着雌雄宝剑。白灯船上立着的是一个黑胖少年，手挟两柄板斧。这个队兵船整整齐齐地向清军包围上去。洪旭也令部下努力向前冲杀，清军死了主将，已自惊乱，又见青龙岛上的义勇军来援助，更加慌忙，立刻溃退。

陈六御在右翼，急令部下快快进攻。青龙岛上的义勇军十分勇猛善战，清军竟被包围，有许多船舶纷纷投降，其余的都被杀死。

迨到天明，已将舟山攻下，布满了明兵。

洪旭和陈六御一边抚恤岛民，一边招接青龙岛的义勇军，请赵继云和那三位首领一齐到岛上衙署里相见。赵继云便指着自己身边立着的缟素女将说道："这是内子陈琳英。"又指着佩雌雄剑的少年道，"这是东方俊民。"又指着挟双斧的少年说道，"这是胡达。他们二人都是不佞的好友，助着我整练义勇军的。"

洪旭也代陈六御介绍，大家相见行礼，分宾主坐定。洪旭又向赵继云致谢协助夹攻清军的盛意。赵继云道："守舟山的胡虏萨珲，以前屡次来招降。但是我们愿效鲁仲连义不帝秦，齐男横殉身国难。所以严拒绝。萨珲也曾一度遣他的手下骁将哈兀棱来攻青龙岛。我们誓死抵抗，竟能大败清军，活擒哈兀棱，号令示众。从此他们也不敢再来攻打，我等也因人数寡少，势力薄弱，也未还攻，静候明兵有再来的机会。今闻郑成功将军海上起义，大兴甲兵，而将军等适来攻打舟山，这是我等报效国家的好机会，因此不揣冒昧，遣人下书，约将军共攻清军。难得洪将军等指挥有方，克复舟山。此后我等愿听郑成功将军命令，共破胡虏。请洪将军为我等代达为幸。"

洪旭道："破舟山还是倚仗诸位辅助之力，我当即日往禀主公。主公好贤若渴，诸位都是豪杰之士，忠心为国，主公必能重用无疑。"

赵继云又谦谢数语，便要率众回去。洪旭即出一万金犒赏青龙山义勇军，赵继云再三推辞不脱，方才受了，向洪陈二人告辞下船，率领青龙岛的义勇军回去了。

洪旭顾视陈六御道："赵继云真是一位英雄，我当极力保荐于主公，将来大有用处。"

陈六御答道："很好。白袍小将赵子龙再世，我等自愧弗及。"

于是洪旭忙着办理善后事务，与陈六御筹商守备舟山之计，以防清军再来攻夺。一边遣神将赍送公文至郑成功处报捷，并报告青龙岛义勇军助战经过，和赵继云的英武果敢，愿听调遣。郑成功得报大喜，便复书与洪旭，即命陈六御留守舟山，洪旭邀请赵继云等即日到厦门相见，共商出兵计划，不得延误。

洪旭接着郑成功命令，便亲自坐舟到青龙岛去拜访赵继云，把郑成功送来的笔劄给他看，欲请赵继云即日南行，以便复命。赵继云欣然答应，和他的好友东方俊民、胡达等设宴款待洪旭，又伴洪旭在岛上游览。洪旭见岛前后都筑有三座碉楼，气势雄壮，壁垒森严，都有义勇军把守，心中暗暗佩服，赵继云确是不凡。游览毕，洪旭先告辞回去。

次日，洪旭将一切事务交付陈六御主持，叮咛数语，赵继云已同东方俊民胡达带了四名侍从，坐舟而至。洪旭也留三人在舟山耽搁一夜，谈些军国大事，彼此意见很是融洽。次日，洪旭因急于报命，遂带着一小营卫队，陪着赵继云等三人，一同别了陈六御，驾舟南下。

著者要乘他们南行的时候，把赵继云的来历叙述一遍。因为他是一个海上英雄，在我这部续集中是一个重要的人物，将来和王英民夹辅着郑成功，和清兵鏖战，还有许多汗马功绩呢。并且在续集的第一回中，读者尚记得余腾蛟出掠舟山群岛时，曾夜劫青龙岛，被一个壮士三箭射退的一幕。著者描写了这一段，搁置已久。现在可知那壮士便是这位赵继云了。

赵继云是金华人氏，他的父亲赵全忠曾做过镇海总兵，和倭寇交战，屡立奇功，杀去倭寇不少。倭寇称为赵爷爷。复因年老，告退回乡，颐养林泉。生有子女各一，赵继云是弟弟，他的姐姐名智珠，生得才貌双全，有谢道韫遗风。自幼喜读书，吟咏不辍。全忠常对人说，我家有一帼进士。及到豆蔻年华时，益发出落得惊才绝艳。量珠来聘的不可胜数。赵全忠均不中意。恰逢当年他有一个同寅姓邴的，是个钟鸣鼎食之家，在湖北地方是有名的显宦。姓邴的生有一子，名超宗，异常钟爱，生得丰神俊秀，胸中才学也很渊博。姓邴的以此自负。有一天，带了超宗来拜望赵全忠，夸赞他儿子如何才高，并出窗课和稿奉阅。赵全忠果然加以青眼，并将诗稿给他的爱女评阅。智珠也很为佩服，但言香艳之作太多罢了。姓邴的遂代超宗乞婚。赵全忠性颇亢爽，一口允承。姓邴的挽了两个知交出来为媒，文定成礼而去。

那赵继云却和他相反，好尚武不好文，少时膂力逾常，又喜驰马射箭。因此赵全忠便把他自己一身所有的武术一样一样地都传授给他。继云悉心领会，能得真传。他尤喜射箭，本来天生神技，加以勤练，故能穿杨贯虱，百发百中。真是身与弓如胶漆，手与箭如飞虹，足和古时飞卫、养由基等媲美。有一次，赵全忠试试赵继云的本领，在黑夜中遣人持着三支燃着的线香，插在一百五十步外的木桩上，叫继云试射。继云连发三箭，恰好都把点着的香烛射去。又有一天，赵全忠带着继云下乡去，天空有一鹰飞翔甚高，继云带着弓矢，一时高兴，轻轻放了一箭，那鹰便应弦而落。因此赵全忠更是宠爱，大家也都非常惊异，称赞他是将门之子、亢宗之儿。

继云在练武时，略读兵书，但又不有细览。性好任侠，常喜锄强扶弱。这时金华城中有五个土豪，朋比为恶。乃是路虎、邢良、萧无非、王霸、卢金标五个，结拜为异姓弟兄，都有些武艺。其中要推王霸膂力最大，他曾只手举过关王庙内的铁鼎，大家称他为大力将军。这五人勾结当地官吏，擅作威福，鱼肉良民，官吏忌惮他们的势焰，愿意和他们结纳。因为他们徒党甚众，都是靠赌为生，各处抽头聚赌，不避当道。当道若要去捕捉，若不得五人许可，一定要出岔子。但是有这五人镇伏着，盗案倒很稀少，官吏自然只求敷衍得去过罢了，不再深究，所以远近有金华五虎之名。

赵继云一向也曾闻得他们的恶名，想要降服他们，但是他父亲年老，不欲多管闲事，不大许他儿子出外，深恐他要出去惹什么是非。一天也是凑巧有事，赵全忠为着佃户的事，到乡下去了。继云在饭后没有做，独会在书房里，读些《孙子兵法》。觉得心猿意马，有些自制不住，遂抛卷而起，带了弓箭，在厩中牵出一匹小龙驹跨坐，想到城外去射猎。刚才出得城关，放马而驰，将近岔道口，忽见前面地上坐着一个老汉，还有一个八九岁的小孩子，滚在一边相向哭泣。继云马向前奔，正要收住鞍辔，旁边又有一个汉子，慌忙将手向老汉挥着说道："喂，老头儿，还不闪在一边么？你的老命可不要了？"

这时老汉一边避让，继云早将马鞍绳收住，跳下马来，问是何事。老汉从地上挣扎立起，说道："官人有所不知，老朽姓韩，在城内开设一家烟钱小店。今天带了我的孙儿出城来闲逛，不料方才背后来了一群怒马，老朽忙携带孙儿奔让不及，孙儿被马蹄踏伤。老朽只正要向马上人理论，谁知马上人首先下来，不容分说，又将老朽痛打一顿而去。老朽敌他们不得，所以只好怨泣了。"

继云听了，便道："人家驰马踏伤了你的孙儿，还不认错，反又将你痛殴，世间岂有此理？他们是何许人物？现在到哪里去了？"

旁边的汉子立刻回答道："官人要问这些人么？嗯，他们都是这里著名的金华五虎，王霸、卢金标等五位显道神。一向是横冲直撞，天不怕地不怕的爷爷。所以我说这老头儿吃了亏也没法想，还是早些回去，自认晦气。到医生家去诊治伤处吧。"

赵继云听罢，双眉顿竖，将足一蹬道："原来是这些鼠辈，他们胆敢如此欺侮良民，目无王法，人家都见他们害怕，你家小爷偏不怕。待我来惩戒他们一下，教他们认了错，方才罢休。"脚蹬处，地上早深深陷了一个足印。

那汉子瞧了继云一下，便道："很好，小官人若要找他们，很便当的。只要守在此间，他们是到南山去打猎的，天晚时必要仍从这条原路上回来。"

继云一想不错，我就以逸待劳，在此等候他们也好。遂将坐骑牵到道旁树下，拴好马缰，又对老汉说道："你们祖孙二人且不要走，少停待我来代你们出口气，并且教他们出一笔治伤的医药费。"

老汉见继云相貌英俊，吐语亢爽，料是一个有来历的人物，遂答应不去，仍旧坐在岔道口，抱着他的孙儿，代他抚摩伤处。继云上前一看，原来踏伤了大腿，尚无生命之虞。自己便到路旁草地上坐了等候，那汉子本来是个过路的人，现在他料想未来的一场恶斗，必定大有可观，所以他也在旁边坐了不走。走路的人瞧了这种光景，有的略问数语，知道是金华五虎踹伤的人，也就不敢过问，远远地走开去了。有的却头也不敢低，好似熟视无睹，走了过去。继云支颊静坐，至为无聊。

好容易守候到日落西山的时候，那汉子指着南边一条大道上说道："来了。"

继云抬头一瞧，只见那边尘土大起，有五匹高头大马奔驰而来。马上坐着长长短短的五个迎来形状的大汉，背后还跟着六七个侍从，带着猎获的獐兔、飞鸟之类。这一行人好不威风，再看马上坐的大汉，穿着一件青色缎袍，足蹬快靴，生得怪眉光眼，一望而知不是良善之辈。手抖马缰，跳近岔道口，大喝一声："呔，不怕死的老头儿，还不滚开一边么？我大爷索性把你踹死了吧！"一马直冲过来，将近老汉身边。

说时迟那时快，赵继云早已立起，一个箭步蹿至马前，喝道："恶霸休要逞能！与我停了吧！"一手扑着马头，望下只一按，那马早被按着马头直望下伏去。

马上的大汉滑下马鞍，险些儿跌了一跤，瞧了继云一眼，说道："小畜生不生眼珠的，胆敢来冲犯我路大爷！若不给你个厉害，你也不知我路虎是何人！"说罢，向继云当胸一拳打来。继云身手便捷，一侧身让过那拳，飞起一足，把路虎踢出丈外，跌了个狗吃屎。路虎起先轻视继云，不防他倒有这么本领，吃了苦头，急忙爬起。这时马上又跳下三人，正是邢良、卢金标、萧无非，连同路虎，四个人将继云围住，一齐动手。继云不慌不忙，施展出他父亲所传的猴拳来。但见他东腾西挪，前打后架，又轻松又迅速，真如猿猴一般，打得四个人没有回手工夫。

王霸在后，瞧他的弟兄合打一个小子都打不过，气得他短须倒竖，怒目直睁，跳下马鞍，大喊一声，使个黑虎偷心式，跳过来便向继云当胸一拳。这一拳下去本是很难躲避的，更兼王霸天生大力，全身气力都用在这记拳上，来势十分凶猛。恰巧继云眼明手快，退后一步，觑个间隙，竟将萧无非一把抓在手里，当他作藤牌一般，向自己心口一护。只听得扑通一声，王霸的拳头收不住了，只一拳正打在萧无非的背上，哎哟一声，打得他口吐鲜血，连喊："休打休打，痛死我也！"继云顺手将他照准王霸头上滴溜溜地掷去，幸亏王霸双手把他接住，但是这么一下，萧无非已晕过去了。

王霸把他放在地上，怒气勃勃，还要想来决斗。继云早抽出弓箭，喝一声道："恶霸，你们共有几颗头颅，不够小爷一射，试试吾箭如何？"说毕，弓弦响处，一箭先望天空射去。等到落下来时，第二支箭又已离弦，和落下的箭碰个正着。那第一支箭也被第二支箭激射一下，箭一齐望上飞，恰巧一支乌鸦掠过，箭贯其腹，坠下地来。两箭一先一后地穿透了鸦背。众人瞧他，一齐吃惊，深佩继云的箭法神妙，如李广重生，逢蒙再世。

王霸的强硬态度顿时软化，走上前向继云问道："你是何人？我们弟兄五人和你并非仇雠，为何半途拦截，硬做冤家？"

继云听了冷笑一声，指着地下的老汉和小孩说道："你倒要来问我么？试问这老头儿和你们也有什么仇隙？为何你们驰马不慎，踹伤了他的孙儿，还要将他殴伤？是何道理？我便是为了这事，在此等候你们，讲一讲理。你们不服错的，来来来，你家小爷箭下无情，权借尊头做我箭靶了。我姓赵名继云，大丈夫行不更名，坐不改姓，也教你们认识认识。"

王霸听了继云一番说话，理直气壮，大有虽千万人我往矣的勇气，不觉向继云拱拱手道："原来为此。你既是赵总兵的公郎，我们都是自家人，有话好说，不必动武。至于那老头儿的事，我们准出医药费，教他们去求治好了。"说毕，遂从身边掏出一把碎银，吩咐侍从交与老汉，好好离去。那老汉见继云已代他们打倒强暴，得了医药费，转悲为喜，便向继云叩头道谢，带了他的孙儿回家去了。

继云见王霸识时务，已认了自己的错，且很爽快地出了医药之费，究竟这是小事，自己也好趁此落篷，不必再结什么仇隙。好在这么一来，已给他们惩戒，他们也知道自己的厉害，断不敢再来惹事了，遂说道："也罢，你干得还算爽快，以后须敛凶威，免得为地方之蠹。你家小爷去也。"回身牵过坐骑，跃上马鞍，鞭影一挥，泼刺刺地跑回家去了。

王霸撞着了这个硬对头，强中自有强中手，只得吩咐侍从抬了受伤的萧无非，和路虎、邢良、卢金标等，垂头丧气，回转家门。真是乘兴而来，败兴而归。金华五虎第一趟给人家栽了筋斗，只因一来知道赵继云是总兵之子，未可厚侮，二则继云的武艺已领教过，自己难以取胜，所以见机而退了。但是这件事却因此哄传了金华全城，大家无不称快。从此人家代继云起了一个别号，唤作箭侠。

赵全忠回来后，闻得这个消息，切戒继云凡事以后留心，少惹是非，恐防五虎要来报复。继云口虽唯唯，心中却暗笑老父敢是年纪老了，为何如此怕事？这些狗贼何足惧哉？就是他们要来报仇，我一人也对付得过的。况且老父本领高强，鳃鳃过虑做什么呢？

这时正值福王兵败，胡骑南下，鲁王在绍兴监国之时。赵全忠忧心国事，见自己儿子年纪渐渐大了，国难临头，正宜教他出去为国干城，干一番伟大事业。遂写好一封书信给张国维，要继云出去从戎，以身许国。因他和张国维曾有同袍之谊，很是相知的。不料书信写好，赵全忠忽然生起伤寒症来，病倒床笫。继云急忙延医诊治，智珠在旁服侍汤药。二人衣不解带，目不交睫，十分辛苦。可是全忠吃了药下去，如水沃石，毫无见效。换了几个医生，都感棘手难治。可怜这位老英雄一病数旬，渐渐如日薄西山，气息奄奄，竟是沉疴莫挽，骑箕上天了。易箦之时，又叮嘱继云将丧事办妥以后，赶紧赴绍，为国杀贼。又教继云通信去湖州邝家，希望他家赶紧将智珠迎娶前去，以了此事，好使他女儿早谋归宿。姐弟二人抱头痛哭，因为双亲先后弃养，变成一对孤雏。哀哀父母，生我劬劳，诵《蓼莪》之时，此恨终莫赎了。赵家有几个亲戚前来帮着继云料理全忠丧葬的事，继云在苦次中，常常见他姐姐哀泣，更使他十分悲痛。

光阴过得很快，终七以后，便释奠举行扶棺下乡送灵，忙忙碌碌了好多时候，邝超宗父子却从湖州前来，拜祭全忠灵座。邝超宗

301

的父亲遂和继云商量，要择吉日便在金华代他儿子成婚，迎娶智珠去湖。继云一因亡父也有遗嘱，二因自己意欲早日出外从戎，把此事赶紧办去也好，一口答应。于是他又忙着代办他姐姐出阁之事，将十六亩肥田售去，所有的田款充着奁资，其他仪式因为邬家父子身在外乡，赵家又在丧期之中，所以一切均求简便。吉期至时，一对璧人，郎才女貌，举行婚礼，自有一番热闹，也不赘述。邬超宗新婚一旬以后，父子俩便要告别回乡，继云设宴饯行。但是姐弟分别之时，智珠却握着继云的手，泣不成声，不忍分离。继云用话安慰，送了一大段路程，恋恋不舍而别。

继云自他的姐姐于归以后，家中只有他一人，形单影只，非常凄凉。想起亡父的遗嘱，急欲出外为国效力，故将家事摒挡就绪，托付一个亲戚，即欲上道，不料自己又生起病来了。英雄只怕病来磨，睡在床上不能起身。幸他家中有一个婢子，名叫莲香的，十分伶俐，病中都亏伊在旁当心侍护。病了一个多月，方才告痊。又将养了旬余，才离却故乡，径赴会稽。行装轻简，并无多携，只带了一个包裹以及他的弓箭佩刀，步行登程。

从金华到会稽，一路都有山岭阻隔，崎岖难行。朝行夜宿，走了八九天路。看看前面有一大山拦住去路，那山势自远而近，好似从严州蜿蜒而来，山脉绵亘，宛如一条游龙，那座山便是好大的一个龙头。远远望去，在日光之下，山上宛如罩了一重紫雾，云气蓊郁，只望见峰腰。

这时正在上午，继云一心想翻过这座山岭，所以并不打尖，以免耽搁时光。只在行囊中取出一些干粮来充饥，大踏步尽向前走。可是走到下午时候，那座大山虽然近了一些，还是可望而不可即，距离很远。一轮红日已渐渐匿向山后去，山上却起了一重晚霞，将山顶笼住。这时官道上行人稀少，暮色渐临，行行重行行。

前面有一个小小村集，只有十数人家，一缕缕的炊烟，从各家屋顶上冒出来。继云跑得十分口渴，只见前有一家矮篱矮屋，插出一个酒帘子，知是酒店，便想进去喝他几碗再说。继云走到店门口，见一个秃顶老翁立在那里，骂一个小孩子，恨恨地说道："今天合该倒灶，一个主顾都没有。是出了那害人的东西，你却只是要闹着吃喝，不要动了你祖爹的怒，将你责打一顿。快些到你母亲那边去吧，休得缠扰不清。"

继云听了，不免好笑，又见左边粉墙上写着"邬家老店"四个大字，才知道这家是客店带卖酒的。那老翁一见继云走近，面上便含着笑容迎上来说道："客官前面不要去了，请在敝店歇脚吧。"

继云道："你这店不是有酒卖的？"

老翁道："是是是，小店有的上等绍酒，带卖酒菜。客官喝了，包你满意。此处别无他店，请进请进。"说毕，恭恭敬敬引导继云入内。

继云跟着走进去，见里面有一个很大的院落，排列着数十盆菊花，倒也收拾得干净。靠东一间屋中，有不少空座，继云就在沿窗桌子边坐下，放去包裹，解下佩刀。老翁先去倒上一杯香茶来，便问继云要什么菜，打几斤酒。继云问道："你们这里有没有鸡？"

老翁答道："有有有。"

继云道："先代我宰一盆白鸡，要嫩一些的。停会儿吃饭的时候，你再与我置一碗鸡丝，其余的你代我配上几样可口的菜。先打两斤酒来便了。"

老翁又答应一个是字，走到院落中，望里面喊道："客人来了，你们还不快些出来伺候么？阿虎的娘娘，快把那只母鸡杀了，好煮菜。白鸡在缸盆里，现成有的，快些切一盆来，要加上好的酱油。"

那老公口里喊着正忙，里面匆匆走出一男一女，都在中年，衣服也很朴实，像是个小本经纪的商人。那孩子见了男子，便叫一声："爹爹，客人来了，我也要吃一块鸡。"

男子喝道："阿虎，不要闹，走开一边！"说着话，便去宰鸡。老翁也去炉上烫酒，三个人登时忙起来了。

继云坐着，心里暗想：这家店开着门面，为何没有主顾，只有我一个人踽踽凉凉，独坐一隅呢？生意也难做啊。等不多时，那男子已将白鸡及四样冷盆一齐端来，放在桌上说道："客官请坐。"便又踅向厨下去了。厨下跟着起了刀勺响声。

那老翁先掌上灯来，然后将烫热的酒倾在壶里，送到继云桌上，说道："我家的酒是很好的，客官请尝尝，味儿真不错。"

继云笑了一笑，便一个人灯下独酌。那老翁站立在门边吸旱烟，等候继云添酒。继云喝了两杯，觉得这酒味道真好，白鸡也很可口，止不住向老翁问道："老翁你就姓邬么？开设这店几年了？为什么一个伙计也不用？你家的酒果然很好的。"

老翁见客人发问，便把旱烟筒嘴里的烟灰向地下敲去，很恭敬地答道："承客官称赞，荣幸得很。老朽姓邬，这店开设已有数十年了，所卖的酒都是老朽自己酿制的，味道醇厚。客官你不要过分多喝，这二斤酒喝完时，包管要醉了。方才的男子便是我的小儿，其他只有媳妇帮忙。大家亲手做，所以不用伙计。往常日子，天天晚上有客人往来，在小店住宿。来此喝酒的也很多，生涯尚称不恶。"

那继云见他滔滔地讲，好似引开了他的话机，遂也喝着酒，尽他讲下去。老翁仍继续着说道："但是现在运气不好，生涯竟一落千丈。"

继云正喝干一杯酒，一壁用壶斟，一壁问道："为了什么缘故呢？"

老翁叹了一口气，又道："前面有座大山，名唤五龙山。"

继云心想，原来方才我瞧见的那座高山便是五龙山。以前我只听得山东有二龙山，广东有九龙山，却不知道这里有个五龙山。

老翁道："这五龙山是临江驿打通这里邬村的要道，凡是金华到绍兴陆路往来，必经此山。客人们走过这山，或是赶不到这山时，必在小店打尖。因此小店生涯很好。岂料现在山不知怎样的出现了两头金钱豹，一雄一雌，凶猛无比。常要出来噬害人畜，出没无定。官中虽曾悬赏招募猎户们去捕捉，以除地方之害，可是没有绝大本领的人能够前去和那豹子较量。前数天也有一队猎户，有一个著名的苏猎户率领着，到山上去捕豹。结果苏猎户被金钱豹啮毙，其余的猎人大半受创而归，所以益发无人敢去知告奋勇了。自从山上有了这对害人的猛兽，行旅往来视为畏途，小店遂没有主顾了。岂不是活该倒灶么？不知道一对畜生何时罢休，老朽忧虑得很。往常看《水浒传》中的武松，在景阳冈打虎，真是天生的英雄。最好现在也有这么一位好汉，去把那一对畜生结果去了才好哩。"

继云听了，微微一笑，老翁见继云酒壶中的酒已告罄，遂又至炉上去换一壶送上。继云道："两斤酒大概快喝完了，老翁与我再添两斤来。"

老翁瞧了继云一眼，说道："客人你不要贪杯，要喝醉的啊。"

继云摇头道："哪里会喝醉？我喝完了酒，还要上五龙山去呢？"

老翁又呆了一呆道："怎么？天气已晚，客人也该宿店了。方才老朽不是说过，五龙山上有那一对凶猛无比的畜生？客人为何说要喝了酒，夜中上山？不是去送死么？"

继云将双目一瞪道："胡说！你不要管我的事，快去添酒。"

老翁道："酒便添与客官吃，只是五龙山那里客官千万去不得。明天在这里同着大伙行人以及官中派来的保卫兵丁，趁日中时方可过山。"

继云道："怎么要等保卫兵丁呢？"

老翁道："这是官中保护商贾起见，特派兵丁二十名，荷枪持械，每逢三六九日，在这里通过一次。客人要过山，便跟他们同行。可是客人也大都不敢走。因为一要凑日期，二则那些兵丁都要向客人需索银钱的。"

继云听了哈哈笑道："既有兵丁，何不把那金钱豹捕去了，岂不省事？"

老翁道："那些兵丁都是摆炮，他们吃粮不管事，还有胆子去捕豹么？明天恰逢十九，那些兵丁上午要路过此地的。客官同他们一起走，包管知道了。"

继云又笑起来道："老翁，你既然说那些兵丁尽是些不中用的脓包，那么为何又要劝我到明天跟他们走呢？我姓赵的是好男子，要过这五龙山，何用那些脓包来保护？反生麻烦了。快些添酒过来。"

老翁被继云这么一说，以子之矛攻子这盾，倒也一时回答不出，只好再去烫酒。继云又听老翁的儿子对老翁悄悄说道："人家要走，你也不必苦留，让他走好了。偏是喜欢说废话。今晚那豹子活该有一顿大嚼呢。"说罢冷笑一声。

继云成竹在胸，置之不理。他一心要想瞧瞧那一对凶恶的畜生，顺便为地方除害，所以决然要走，毫无畏怯。不多时，老翁又送上酒来，继云一杯杯地狂饮，直到把四斤酒喝完，那男子便过来问道："客官，要用饭么？"

继云本想再喝些酒，但是恐怕真的喝醉了，停会儿不能干事，遂点点头说道："好的。"

于是老翁和那男子一个托上一大盘菜肴，一个盛上一小锅热饭，放在桌上。继云一见这鸡片汤又嫩又清，遂先喝了一口汤，吃起饭来。等到一顿饭吃毕，老翁送上面巾，继云揩过后，遂从身边摸出六七两银子来，递与老翁道："你们伺候周到，我就多给你们一些吧。不用算账了。"说罢话，立起身来，取了佩刀和包裹，把背上弓紧一紧，回头向老翁说道："再会吧。"

刚要迈步走出店门去，老翁接过银子，道了一声谢，却伸出胳膊拦住他道："客官，我劝你今夜不要走吧，何必苦苦去冒险呢？山上的豹实是非常厉害的啊。"

继云把手一挥道："你不要管，我去了。"

老翁退后几步，瞪着眼看继云走出门去。他的儿子和媳妇却跑出来要取银子，且说道："我们管不了许多，由他去吧。瞧他神情也像有些本领的，或者不至于送命。"老翁却叹了一口气。

继云出得邬家店门，已近二鼓时分，道上沉寂得很，只闻远近村狗的吠声此起彼伏。一丸凉月照在地上，十分凄清。望着前面高而黑的山影，一步步地走上去。风吹着道旁的树林，摆得如海中波涛一样。得了好多时候，方到五龙山下。前面正是一道峻险的山岭，继云偶抬头，见岭下石壁上张贴着一张官府的告示，月光下瞧得亲

306

切，上面写着"此去山上有豹噬人，旅客均须止步莫进，专候三六九日兵丁保护过山"云云。换了别人至此见了这张告示，又在这深夜时候，再也没有胆量上岭了。但是继云心已决定，付之一笑。施展飞行术，一口气跑上岭来。

已过三更了，明月当空，树影摇曳。继云稍觉有些力乏，见左边有个破败的山神庙，庙门前一块大青石，倒很光滑，他便把佩刀和包裹放下，坐在石上，憩息一会儿。四瞩群峰起伏，月色笼罩着如戟如屏，十分森严。仰观山顶巍巍无及，足见五龙山的高峻了，暗想：老翁说山上有一对金钱豹，却不知那畜生伏在哪里，大约总要出来的，我且在此等候。

继云坐在石上，将手支着颐静坐，觉得酒涌上来，头脑微有一些昏沉，暗想：老翁之言并非欺人，邬家店中的酒果然很有力量，我若再喝一二斤时，必要醉倒了。坐够多时，只不见豹子出来，自己却有些蒙胧欲睡。听得一二鹳鸟的鸣声，好似老人在空谷怪笑。山风拂襟，有些夜凉。

猛抬头见对面岗上正有一物，庞然如驴，慢慢地走到岗上。仔细一看，见那物全身花花斑斑的，正是一头金钱豹。两只眼睛好似一对绿油油的灯笼，左顾右盼，似乎防备敌人的样子。到得一株大榆树下，将前面一双又大又锐利的爪子向前一踞，后身便坐了下来。一条豹尾却只是左右摇不停，果然十分威武，非寻常野兽可比。此时自己距离那豹尚远，恐怕箭发出去射不到。但自己夜行的目的便是要除掉那一对畜生，现在好容易遇见了，岂肯放它过去？遂想引诱它过来，引吭长啸一声。这一啸，声振山林，寒风忽起。

那豹一抬头，早已瞧见这边峰上有人。但见那畜生一条尾巴直竖起来，蓦地怒吼一声，从岗上披草拂枝，飞也似的跑下来，认准这里的峰头，跳跃而上。继云早已预备好，见那豹跑得真快，刹那间已将上岭。好继云，将弓拉得饱满，一箭射出，正中那豹右眼。那豹中了一箭，又痛又怒，狂叫一声，仍旧跑上岭来。弓弦响处，继云第二支箭又已发出，直射入那豹的左目中去。那豹双目中箭，

307

一声大吼，奋身向上一跃，足有两丈多高，还想扑上山岭。继云喝一声"着"，第三支箭如掣电般呼地射进了豹腹，这一箭最有力量，便见那豹一翻身骨碌碌地滚下岭去。继云大喜，明知那豹一连被自己射中三箭，饶它十分厉害，也断乎不能活命了。

正在这时，背后一阵狂风，从林子里又跳出一头巨大的金钱豹，向自己扑来。继云不及开弓，一时躲避不迭，说声不好。

欲知后事如何，请看下回。

第七回

一身摧强敌虽败犹荣
三义赋同仇狂歌当哭

继云在急切没躲避的当儿，一伏身使个旋风扫地式，居然被他这么一滚，滚出了危险。那豹扑了一个空，直跃出一丈多远，掉转身子，两只凶恶的眼睛向继云面门直射过来。继云早已抢至石畔，取了佩刀在手，预备和那豹短兵相接，恶斗一番，所以弓箭也已抛在地上，踞在石后，瞧那豹做何动静。原来继云方才射死的是雌的一头，这头便是雄的，正在岭上觅食，被继云啸声惊动，因此从后而至，出其无备，若非继云身手敏捷，早已膏身豹吻了。

这时那豹一扑不着，益加发怒，将前爪在地下践了一践，向继云直扑过来。继云觑得真切，急向旁边一闪，那豹已扑过大石。继云跳在豹的身后，疾斜佩刀向豹的屁股上猛戳过去。那豹也十分灵警，知道敌人已躲在背后，有家伙来了。就地一滚，继云一刺个空，气力用得太猛一些，竟向前一冲，收不住脚，又在豹身上一绊，一个筋斗扑到前面地上去。那豹早翻身立起，见继云跌翻，便张开血盆大嘴，巉巉的巨牙，跟着跳过来，向继云身上便咬。继云一个鲤鱼打挺，全身跃起，一刀向豹头劈来。那豹将头一偏，项上早着了一下，鲜血淋漓，只是受伤尚轻，所以那畜生退后三步，又是大吼一声，向继云头上猛扑过来。继云知道这一下是非常猛烈的，赶紧望左边石旁一跳，只见那豹又扑个空，全身望前面一株松树上扑过去，豁剌剌一声响，一株老松已被那豹撞折了半截，直倒下来。

忽然树后跳出个短小神悍的汉子，喝一声"畜生哪里走"，张开两条铁臂膊，将豹的前腿抢住，想要翻跌那畜生倒地。可是那豹运出全身神力，向那汉子尽压下去，并且张开嘴，望那汉子颈项间便咬。那汉子将头一钻，头顶心顶住了金钱豹的脐子，那豹一时咬不到他，一人一豹，团团地打了一个转，一齐跌倒在草地里，滚来滚去。

继云做梦也想不到此时此地突然有一个出来帮助他打豹，所以初时只有看那汉子和豹力搏，忘记了一切。及见人畜一起在地上乱滚，不觉想起自己为何袖手旁观呢，这本是我的事，难得有这人来相助，现在正是危险的时候，还不速速帮着动手么？他遂把佩刀高高举起，跳至金钱豹的一边。月光下见那豹已被那汉子掀在底下了，可是那豹将尾巴一竖，前身刨动几下，只一滚动，那汉子却又被豹压在身下了。恰巧豹的屁股向上，一条豹尾力摆不已，后爪在地上尽用着力，践得泥土飞起。一张嘴只向那汉子凑上去。那汉子两臂紧紧握住豹的前爪，一颗蓬乱的头依旧顶住了豹项，两腿却夹住了豹身，和豹挣扎。

继云觑个准，一刀从豹的尻骨间刺入，用力过猛，一柄二尺余长的佩刀已完全刺了进去只剩一个刀柄在外边。那豹经这一刀，大吼一声，望上直跳起来。那汉子因为两腿夹住豹身，所以跟它一齐跳起。等到落下地时，那豹受了这一下重创，遂被那汉子压在下面，虽然仍旧挣扎着，可是威风和力气已去下大增了。那汉子腾出右手，从腰间拔出一柄板斧，疾向豹项上一斧砍下。那豹又狂吼了一声，直僵僵地躺在地上，已是出气多进气少了。

汉子方才立起身来，喘着气，回头看看继云说道："请问兄台如何来此深山打豹？"

继云瞧他身上衣服已有数处破碎，满面涂着泪痕和血迹，表露着全身勇气和胆量，不觉油然生敬，把手拱拱道："敢问壮士如何来此深山打豹？神勇可钦，乞未姓名。"

那汉子本来要问继云，却被继云反问起来，忍不住哈哈大笑道：

"我们两人真是相逢很巧，把那一对畜生收拾了，彼此都是好汉，何必客气？我姓黄，名克满。是靖南伯黄得功的少子。至于如何来此深山打豹，其中经过很长，如此良夜，豹已打死，我们左右无事，何不便在此间谈谈，谅兄台必非寻常人物，我们异苔同岑，何妨结个相识？"

继云见他出语亢爽无比，正合自己的怀抱，遂说道："原来壮士是靖南伯黄得功的公子。靖南伯为国捐躯，可泣可歌，在下愿闻其详。"

二人于是一同坐在那块大青石上，谈起各人的身世来。明月多情，泻出伊的清光，照在二人衣襟上。旁边横着那头死豹。如有画家代他们绘出一幅深山打豹图来，这一对无独有偶的英雄好汉，不是栩栩欲活，值得人们景仰么？此时且等著书的先把黄得功的小史叙述一遍，读者便知那黄克满的来历了。

当崇祯殉国，福王由崧在南都监国之时，史可法督师江北，力抗清兵。议分淮扬徐泗凤寿滁和为四镇，即令总兵刘泽清辖淮海，驻淮北，经理山东一带。高杰辖徐泗，驻泗水，经理开归一带。刘良佐辖凤寿，驻临淮，经理陈杞一带。靖南伯黄得功辖滁和，驻庐州，经理光固一带。每镇有兵三万人，俱受史公节制，都是骁勇之将。其中要推黄得功和高杰最是勇悍善战。那四镇好似江南屏蔽，进可以恢复幽燕，退可以捍卫长江。可惜四镇自相猜忌，争权夺利，不能团结一致，同御外侮，以致或降或败，都为清兵消灭，真是可惜之至。

那黄得功在微时，徒步为商人执鞭。有一次随数商人入都，道经山东，恰逢响马从林中突出，约有四五十人。面目狰狞，各执利刃，蜂拥而前。众商人吓得心惊胆战，四散逃去。只剩得功一人，手持两驴蹄御贼。奋勇绝伦，所向披靡，数响马反被击伤。贼大骇，一齐退走，行李没有遭劫。得功遂去唤回商人，向他们狂笑道："诸公何必见盗便走，胆小如鼠？须知有黄某在此，区区狗盗哪里能够损伤我们毫末呢？"众商人大惭，有伏在草中窥见得功独力御贼的情景，告诉大家知道，莫不钦敬。于是众商人醵集重资，酬送得功。得功途遇灾民，将所得的黄白物尽行散给，自己反一无所有。后来投入军中，每逢战事，必奋勇杀敌，立功河北，威名大著，遂得封靖南伯。

他的性情既憨直，又忠义。部下不过两万人，却能以少胜多，曾在潜山方岭和流寇张献忠大战一日夜。张献忠是流寇中间最骁勇的，寇多且能，但被得功击败。张献忠几为所获，杀其万人。后来流寇又倾众而来，欲报前仇。张献忠有爱将姓曹名宇，能持开山大斧，在千百人中杀出杀进，所向无敌，因号无敌将军。这次曹宇自愿担任前锋，对众寇说道："你们都说黄得功如何骁勇，他是一个人，我也是一个人，你们何必如此胆怯？试看我去捉他过来。"

当列阵而战之时，贼众都按辔在后面看，曹宇跨乌骓马，挟开山斧，冲至阵前，大喝："无敌将军在此，黄得功快来纳命！"

黄得功大怒，即挟着他生平善使的一对黄金锏，驰马来迎。不料锏斧相交战未数合，得功将左手锏逼开大斧，右手锏向曹宇腰际打来，曹宇不及躲闪，打得他口吐鲜血，晃了几晃，得功趁势将双锏并在一手，腾出一手，疾把曹宇一把拎将过来，置于马鞍，纵辔而归。群贼丧气，不敢恋战，一齐退去。以后大家互相诫语道："须避黄闯。"因为黄得功在军中有个别号，唤作闯子。是说他匹马闯阵，所向无敌的意思。闻鼓鼙而思将帅，似这般勇猛之将，真是不可多得的了。

只可惜四镇成立后，他和高杰意气相争，积不能容，不脱武人本色。当高杰领兵争夺扬城时，休宁汪耐庵曾拜得功门下，方从得功饮酒。得功箕踞而坐，将巨觥做牛饮。左右献上一盘，盘中放着一口生彘肩。得功取腰下龙泉，把彘肩一块块地割下肉来，送入口中大啖。耐庵笑道："昔日的樊哙，今日的将军，可谓英雄。"

得功狂笑，帐下骁将能够喝酒的以次列坐，每人各浮巨觞。有邱总兵的兄弟任守备之职，饮过数巡，坚辞不能再饮。得功勃然大怒，吩咐左右拖下去，用大杖痛打三百。众将一齐失色，彼此面面

312

相觑，作声不得。邱总兵尤其心中发急，一双眼睛只向汪耐庵紧瞧着，意欲他向得功说情，因得功对于耐庵的说话很肯听众的。耐庵便举起酒杯，哈哈大笑。这一笑倒使得功呆了一呆，遂问耐庵何笑之有。耐庵道："门生笑邱守备的腿还不及杖粗，这三百大杖如何受得了呢？"得功闻言，也就一笑而罢。但是邱守备此时早已吓得面无人色了。

不多时，左右入报高杰举兵来犯，离城十里。得功点头道："再探。"众人都有戒心，得功独笑饮自若。停会儿又报距城五里了，耐庵等都无心再饮，得功却喊添酒，举觥畅饮，若无其事。停会儿左右入报离城三里，众人恨不得推席而起，但看得功照常喝酒，十分镇静。众人因无军令，又不敢擅自行动。停会儿又报高杰前锋已临城下，得功遂将手中杯掷于地下道："高杰竖子，安敢犯我！我必杀得他片甲不留。你们一齐随我杀敌，退后者立斩。"众将诺诺连声，一齐出衙。

得功首先上马，身旁一个小兵奉上一张强弓，得功执在手中。又一兵抬上一支点铁长枪来，得功挂在肘下。又一兵献上豹尾鞭，得功跨在左腿之下。又一兵送上一柄黄金铜，得功跨在右腿之下，背后紧随五骑，各负一箭筒，筒中藏箭百支。率领众将校，开城迎战。得功一马先出，五马追随在后。敌兵见得功上阵，鼓噪而进，要想把他围困住。得功抽箭便射，箭如流星点点，向敌人方面射去。箭尽后，把弓一掷，挺长枪当先陷阵，枪头到处，连刺敌将下马，枪杆折断，遂取鞭铜双挥，大呼而前。但见一鞭一铜飞舞云雾中，血肉横飞。部下见主将这样勇往，一齐努力冲杀。高杰部下的兵大败而退。得功遂凯旋归城，又聚众将豪饮，甲裳尽赤，容色不变。从此高杰见他更是忌惮，不敢和他角逐了。

后来南都被陷时，福王由崧出走芜湖，黄得功正驻守在那里，誓为明室效死。清兵分三路来攻，得功督诸将迎战，当先陷阵，力斩数将，忽被流矢射中咽喉。得功遂拔出箭头，刺吭而死。总兵田雄乃拥福王投降清军，黄得功一门遇难。只有他的幼子克满从乱军中逃出，留了黄氏一脉。

那时克满年方弱冠，却已学习得一身好武艺。因为得功在世时最宠爱他，自幼膂力冠群，喜欢练习武功。得功不但把自己所有的马上功夫教了他，而且又延了一位名拳师在家，教授他一切武术。所以克满年纪虽轻，他的本领却不小了。生平爱使两柄纯钢板斧，舞开时两道斧光，化作一团杀气。曾教家人在旁，各用一升黄豆如雨点般尽向他身上撒去，可是一粒也没有飞得进他的斧光中去。等到他一路板斧使完后，立定身躯，在他身子四周十余步之内，没有一粒黄豆落在地上的。许许多多的黄豆都落在那圈子外边，且有许多都被斧锋切为碎屑，可见他斧法的精妙。

克满又喜欢游泳，得功麾下有一牙将姓苗的，精通水性。克满时时跟着姓苗的行止，长江中去学习游泳。久而久之，克满水里的功夫已能和姓苗的相同，能在水底潜伏一昼夜，在水中睁瞬，百步内可见人。黄得功见他的儿子有如此能耐，更是喜欢。在得功捐躯沙场的时候，克满正在后军协助着明兵力御背后夹击的清军，正自肉搏而前，警耗传到，军心大乱，纷纷涣散。清兵挟着雷震万均的势头，排山倒海价杀了。克满约束不住部伍，只得抡开双斧，从乱军中杀出，独自逃生。因知他父亲战死阵上，全家殉难，痛哭一场，自誓留得此身，将来必要为国为家报仇雪恨。

那时南都失陷后，清军渡江南来，遍地干戈。克满游荡民间，辗转奔避。以后闻得鲁王在绍兴自称监国，他遂想去投军立功。从间道入浙，投奔在王之仁麾下。那时王之仁正随张国维统水师，转战钱塘江上，知道克满是靖南伯之后，且又深谙水性，所以便命他协助自己，管住一部分的水军。初时张国维连战钱塘江上，屡次得胜，清兵遂用精锐猛攻同安，国维率兵抵御。在草桥门一战，忽然大起风雨，火炮弓矢都不能发，急急收兵退守钱塘，不敢再战。

王之仁上疏道："事起日，人人有直取黄龙之志。乃一败后，遂欲以钱塘为鸿沟。天下事尚何忍言？臣愿率所部沉船一战。今日欲死，犹可战而死。他日即死，恐不能战也。"

王之仁的话十分激烈，可见当时将帅各自为谋，怯于赴义的一斑。也可为我国今日对于日军暴力侵占东三省不抵抗的殷鉴。有兵不战，岂非畏死？谁知敌人一步一步地进逼，等到国破家亡，虽死而不能战了。

黄克满那里也极力主战，不要让敌人兵临城下。然而王之仁的言不用，果然在明年三月中，清廷命贝勒博洛为征南大将军，专征浙闽。兵临钱塘，开堰入江。张国维王之仁各领水师应战，适逢东南风起，王之仁扬帆奋击，克满尤身先士卒，勇不顾生，一双板斧不知砍死了几多清兵。清兵大败而退，国维遂会同各军渡江，进围杭州。但因清军坚守，后方接济匮乏，不克而还。

到四月中，博洛见江涸可试马，遂用红衣大炮击坏南岸方国安部营房厨灶，炮火甚烈。方国安忽然拥兵数万，退入绍兴，挟了鲁王南走。因此钛铁矿兵营闻风皆溃。唯王之仁一军齐齐整整守地不去。

王之仁遂对张国维说道："我的部下都有船舶，可以入海。张兄急宜速自为计了。"

国维遂领部众追扈鲁王而去，王之仁一军独自乘江自守。适逢水涸沙涨，有汐无潮，清兵士马数万从上岸浮济，一齐杀来。之仁不能敌，不得已率部下由江入海，退往舟山，即令黄克满断后。

清军既夺南岸，见明兵退走，博洛便遣大将瓦尔罕督领水军追击。那瓦尔罕是满人将校中著名的勇将，马上步下十八般武艺件件精通，而且又识水性。跟随博洛麾下一同南征，屡立奇功，所以博洛令他追杀王之仁的水师。

黄克满独自率领十二艘战船压后，渐渐通近海口。忽闻水上金鼓大震，遥见许多清军的帆船追杀前来。众士兵慑于清兵方胜之威，有欲溃乱之象。克满大怒，下令部下休得惊慌，一齐迎战，退后者斩。那时天方溽暑，克满将上身衣服脱去，只穿一条单裤，赤着双脚，手持两柄板斧。清兵见敌船很少，遂取包围形式，向明兵进攻。两边一场大战，双方众寡悬殊，强弱不同，克满部下已沉去六艘战船，二船被虏，只有克满近身三船未破。克满杀得满面浴血，臂上已着了一刀，鲜血淋漓，分辨不出敌人的血和自己的血来。但瞧他圆睁怪眼，两柄板斧上下翻飞，将清军砍瓜切菜般不知杀死了多少。可是清军人众，一排死伤了，一排继续杀上，喊杀连天。都因克满勇猛，死战不退，所以不能前进。

瓦尔罕在后闻得情形，勃然大怒，吩咐左右抬过他的九环泼风大刀来，那刀足有八十斤重，刀背上有九个小铁环，使动时一齐作响。只要听到铁环的声浪一发，他的刀也舞成一团白光了。他把九环泼风大刀倒提在手，立在舟首，向前驶去。清军前敌便将战船向两旁让开，瓦尔罕的座船早已来到前面。

瓦尔罕抬头见对面敌军只有三船还在抵抗，当中一船的船头上立着一个赤身汉子，身上都沾染着鲜血，挥着一对纯钢板斧，杀得如疯虎一般，果然是一员勇将，便把大刀向前一指道："败军之将，还敢负隅自固么？若不投降，立刻将你一刀两段！"

黄克满闻言，气得哇呀呀叫道："胡奴竟敢向你家黄爷爷耀武扬威，今天我和你决一雌雄，送你上鬼门关去。"说罢，抢起板斧，将船冲到瓦尔罕的船边，举斧便砍。

瓦尔罕冷笑一声，挥动大刀，将板斧架在一边，还手一刀，向克满头上劈下。克满将左手斧望上一迎，镗的一声，大刀直荡开去。克满的右手斧却已卷向瓦尔罕的胁下，瓦尔罕忙收转大刀，将刀背格住。识得克满是一个劲敌，也就不敢懈怠，将刀法使开，左一刀右一刀地尽向克满扫去，好如疾风骤雨。克满也将双斧摆动，俨如飞鼋闪电，两个人杀在一起，好一场虎斗龙争。清军在后擂鼓助战，大小战船又纷纷围困过来，黄克满的左右两舟又被清兵击败，此时只剩克满一身独当强敌了。

克满一人困在垓心，已把生死置之度外，咬牙切齿和瓦尔罕拼命决斗。瓦尔罕见他如此勇敢，很想把他生擒，然后劝他归降。所以一边厮杀，一边传令部众务要将克满活捉，休得杀伤。于是有二十多名清军一齐端整着挠钩套索，驾着小舟，向克满左右逼近过来。

克满知道自己的危险，遂大吼一声，回转身子，双斧向左边船上猛扫，早有五六个清兵跌翻水里。克满跟着将身一跃，蹿入海中去了。

那地方正近海口，所以很深。瓦尔罕见克满入海，哈哈笑道："你欲借此遁逃么？俺不妨跟你走一趟便了。"便将手中九环泼风大刀交与左右，又把盔甲卸下，拔出腰间龙泉，喝一声："好小子往哪里走，俺来也！"一翻身也跳到海波中去。船上的清军只见洪涛里掀波翻浪，往来不停，知道他们俩正在水中大战。有许多清兵也谙水性的，纷纷跃入海底助战，海波益发翻腾得厉害了。不多一会儿，但见海波中一缕缕鲜红的血直冒上来，瓦尔罕浮出水面，下身都是血，经两个清兵掖挟着上船。

原来黄克满到了水中，满拟去凿沉清船。不料瓦尔罕识得水性，相随入海。他遂回身和瓦尔罕重行鏖斗。瓦尔罕在水中只能看到五六十步远，因此功夫比较克满浅短，克满遂占了上风。后来清军纷纷入海，克满遂把双斧一紧，向瓦尔罕前后左右扫来，瓦尔罕一剑劈了个空，不防克满已转至背后，一斧向他右腿上劈去。饶他躲得快，已着了一斧。只因当前臂上早已受伤，所以没有把瓦尔罕的右腿砍断，留了他的性命，被清军救去。

克满在水中杀得性起，见许多清兵如蛤蟆般向他身边游来，克满心想，你们不是来送死么？遂将双斧徐徐挥动，来一个杀一个，水面上只是冒出红血来。其余几个清兵都受了伤，逃上岸去。瓦尔罕卧在舱中，不能再行追赶，遂令收兵退回。

王之仁幸有克满断后，在海口大战一阵，独摧强敌，所以能够从容向舟山退去，但其后终被黄斌卿所害。

克满歼了清兵以后，泅出水面，见清军都已远避，遂上岸来，择一荒僻处，坐地憩息。力战良久，觉得很是疲乏。那时正是下午，夕阳衔山，凉风徐来，他不觉在石上睡着了。这一觉不知睡了许多时候，醒来时，只觉全身发热，四肢抽痛，疲乏得不能动身，口里十分干燥。仰视星斗满天，凉露滴滴，身上血也有，水也有，露水也有。约莫已在夜半。雪亮的两柄板斧沾着鲜红的血迹，横在自己身旁。想起了一身独当强敌的情景，如在目前。都因为流血过多，睡着在露天，又受了风寒，所以寒热发作，猝然地病倒了。没奈何只得听天由命，暂且勿动。

到了清晨，却见有一个五十多岁的老农，带着一个汉子，荷锄走来。克满口里哼着，早被他们听见。老农首先走近克满身边，一见克满这种形景，不由大奇。走上前问道："官人，你莫不是一位明将么？我们都是大明子民，听得王师败绩，深为愤惜。官人为何独自睡在这里？身上又受着剑伤，想见你力杀胡奴的勇武了。"

克满知道瞒不过人家的，况且又是明朝的百姓，不怕他们要来加害。但是他还不愿说出真姓名，勉强答道："正是，我姓胡名达，是王之仁将军麾下的一员偏将。昨天和清兵力战，受伤而退，卧在此间，忽又生起病来，以致动身不得。"

老农道："忠勇的胡将军，大概杀得力乏了，此间还没有清兵踪迹，不如到我家中养息数天，再作道理。"

克满道："多谢老人的美意，敢不遵命？"

于是老农唤那个汉子背起克满，自己代克满提起两柄板斧，说道："家里去吧。"又说道："这斧头怎么如此沉重？足有六十多斤重量。幸亏我年纪虽老，还有些蛮气力呢。"

那汉子背着克满，沿着田径，向前很快地奔跑。老农随在后面，转了两个弯，不多时已到得一家矮屋门前，柴扉虚掩。老农上前将门推开，让汉子背了克满走入。门里有一小小园地，种着许多树木，向南三间小屋，芦帘纸窗，收拾干净。有一个老妇正在一株梧桐树下撒着谷喂鸡，见他们进来，不由一呆，便问道："你们父子俩不去种田，反从哪里驮来这样一个人？好不可怕。"

老农把手摇摇道："老婆子，不要声张。这是我们这边受伤的将军。你快去舀些热水来，待我代他洗拭一番。"

说罢，把双斧放在屋的一隅，教汉子背克满到右边屋子里去。室中有一张小床，张着青花布的帐子，摊着一条席子。那汉子把克满放倒床上，喘着说道："这位将爷至少有一百多斤重，几乎将我压死了。"说时，额上汗珠如黄豆般大，滴将下来。

老农道："阿兔，你歇息一会儿再到田里去吧。这里的事有我照顾呢。"那汉子便退出去了。

克满倒在床上，只觉得天旋地转，不能自主。跟着便见老妇端了一木盆的热水来，放在凳子上。老农取了一块青花面巾，挥手教老妇退去，遂把克满的一条血裤子脱下，代他全身揩拭一遍，将血迹尽行洗去。代他将伤处扎好，然后取出一条布裤代克满穿上，又取一条薄布单来，盖在克满身上，低声说道："胡将军，你且静心安睡一下，少停我再来看你。"说罢回身走出室去，把房门掩上。

克满疲乏得很，不管什么，且自睡息，昏昏然地梦入华胥。等到一觉醒来，已是下午。火热的阳光照在西边的粉墙上，枝头蝉声兀自絮唔不住。克满出了一身大汗，微觉轻松一些。听得脚步声，见那老农已走进房来，见克满醒着，遂说道："将军睡醒了，可觉得好些？"

克满点点头道："寒热似乎退了一些，精神也稍佳了。"

老农走到床前，伸手摸摸克满的头额，果然觉得没早上那么烫手了，便又问道："胡将军可要进些薄粥？"

克满点点头，老农回身出去，隔得不多时候，端了一碗粥和一碟酱小菜来。克满挣扎着坐起半截身子，接过徐徐喝下去，心中十分感激。那老农虽然是个乡老头儿，却这样热诚待人，不可多得。于是一边吃，一边向老农叩问姓名。

老农答道："老朽姓宗，名唤长福。一向在此仙桃村务农为业。方才背将军来此的，便是我的小儿阿兔，那老妇便是拙荆。我们一家三人，媳妇定了，还没有娶过门呢。这几天闻得满洲的兵马大举渡江，我们这边势力敌不过他，都纷纷败走。老朽虽是一个乡农，却也忧虑得很。看来大明的气数已完，难以支持了。此处幸亏地僻，一时谅没兵马来此蹂躏，但是以后却难说了。听说满洲人所到的地方，都要人民剪发，和他们一样梳成猪尾巴的辫子，那是老朽虽死也不愿的。"

克满已将粥吃完，把碗碟投与宗长福，说道："老人家，你不要忧烦，我们总须尽力把河山恢复过来，还我自由的。"

宗长福道："但愿如此便好了。"遂托着碗碟退去。

克满喝过粥，又睡了一会儿，天色已暗，宗长福又进来伺候他。这夜克满安睡了一夜。到得次日，比较昨天更好，已能下床走走了。宗家父子很尽力地服侍他，教他只自歇息，不要碰风。无如天气很热，他怎能长日坐在室中呢？户外绿荫满地，夜间凉风徐来，他终忍不住要出来透些空气。宗家父子伴着他闲话桑麻，倒也很不寂寞。

这样过了二十多天，克满早已养息得精神健康，创口尽复了。他是好活动的人，怎能够不问治乱，长为村氓呢？一腔雄心，跃跃欲试，常向人探听，知道唐王在闽中势力很厚，遂想到闽中去走一遭。遂把自己的意思和宗长福父子说了，要想日内动身告别。宗长福也不能留住他，于是煮了几样精美的肴馔，代他饯行。克满自到宗家就吃他家的饭，将近一个月，自己分文无有，心里很觉得对不起。因为宗家父子不比富有的人，也是一个乡农。但是自己无可报答，只好铭之心版，待诸异日。所以他向宗家父子感谢，然而宗长福却很谦和地说道："我们只恨不能为国家出些力，去杀胡虏。我们伺候胡将军，便算是为国出力。只望他日胡将军奋勇御敌，多杀一个胡虏便是了。"

克满听宗长福能说这些话，格外敬重。此日遂和宗家父子告别，挟了两柄板斧，离了仙桃村，向闽省取道而行。

不料走错了途径，来到五龙山。听说山中有了一对金钱豹，凶恶无比，常常出外伤害人畜，因此行馆都受了影响。官中悬赏招募猎户前去擒捉，可是猎户们自觉力量薄弱，不能胜任，还在踌躇。因为五龙山下本来住有一家姓邹的猎户，名唤振龙，很有些武艺。行猎的经验也很丰富。但惜年纪已老，有六旬开外，精神上比较少年时退步得多了。他的儿子小龙继承父业，不过武艺低薄，不及乃父。近来恰巧邹振龙害了一场大病，所以官中虽有悬赏，他被病势所困，也不能自告奋勇，前去捕豹。小龙一人自知对付不下，正在聚集着几个同伙，商议捕豹之计。

　　凑巧克满问讯到他门上，知道他们要去捕豹，自愿帮忙。众人见他一种勇武的神气，识得他是一个有本领的壮士，也愿他加入合作。却问来历，克满仍用胡达的伪名，诡言是个溃败的明兵。小龙引他去见父亲振龙，振龙对他很是礼敬，吩咐小龙好好款待。小龙遂杀鸡做黍，请他大嚼一顿，留他在家住宿一宵，次日遂和克满等商定，即于是夜入山去捕金钱豹。

　　小龙的同伙共有六人，分为三对，一对儿在山左掘坑，伺候豹子前来，诱它堕入陷阱。一对儿在山右设立草人木架，下设大网，以便网住豹子。小龙和克满以及两个猎户都到五龙亭去埋伏，因为五龙亭是全山冲要之处，也是那豹子时常出没之区。这亭子建筑在苍松岭的前面，以便行人驻足所在。大家带着钢叉大刀弩箭等器具，在晚上喝过齐心酒后，分作三起入山，并带铜锣，以便紧急时敲着呼应。

　　克满把两柄板斧悬在腰间，随小龙等入山，来到五龙亭，四人即伏在其后静待。凉月如水，照得亭前很是清楚。克满等候多时，不见动静，心中有些不耐，便一个人奓着胆子，从侧面树林里走上岭去，正走到继云和金钱豹猛斗之处。他和继云一样，万万料不到在这深山峻岭中，不约而同地会有一位同志出来捕豹的。所以他起先还自旁观，后来金钱豹扑倒一株树后，他遂虎也似的跳出来，和那豹子猛斗了。

　　这时继云明悉克满的一番经过，惺惺相惜，当然引为知交。也把自己的出身约略告诉他听，克满也是十分钦敬。二人休坐了一会儿，气力徐徐回复，克满起身说道："这一对畜生既仗大力除去，岭下五龙亭邹小龙正在等候，不如请兄台一同去见见吧，也让他们识得兄台真是一位英雄。"

　　继云道："不敢不敢，这豹子端的厉害，若非我兄出来相助，我也对付不下的。"

　　克满哈哈笑道："不要客气。"遂走过去把死豹踢了一下，说道：

"你这畜生，往日的威风到哪里去了？"

继云也立起来，从豹的尻骨间拔出自己的佩刀，血迹淋漓，便在草上拭了几下。克满早已背起那头死豹说道："下去交与他们，好使他们相信。"

继云笑笑，又拾起地下所遗的弓矢以及包裹，随着克满一同走下苍松岭。相去五龙亭不远，草中忽然蹿出一只大虎来，二人没处躲避，倒也吓了一跳。克满定睛一看，不由笑道："原来是小龙兄，怎么披了虎皮？来此做什么？"

小龙道："我们自胡兄去后，守了好多时候，只不见胡兄回来，未免心里惊疑。我遂蒙了虎皮，想冒险上岭来看看。闻得脚步声，走出一看，乃是胡兄。"

小龙一边说，一边早瞧见克满背上驮着的死豹以及旁边立着的继云。不由大奇道："哎哟，这不是那畜生么？胡兄怎样把它打死的？这位壮士又是何人？"

克满笑道："你不要奇怪，且到亭中去谈话。"

三个人遂很快地走到五龙亭，两个猎户见了，一齐惊呆。克满遂把他所见继云射豹以及自己相助共毙金钱豹的一幕形景，告诉他们知晓。小龙和猎户听了，又见继云凛若天神，遂拱手说道："这位真是天生英雄，虽为乌获、逢蒙再世，也不过如此。佩服得很。"

此时克满已把死豹掷于地上，亦说道："前面岭下还有一头金钱豹，被赵兄射死在那里。我们何不过去取了，一同回家？"

时候已近五鼓了，小龙道："好的。"于是那头死豹由二猎户把绳子系在钢叉上面，扛着一同走。由小径抄到岭前，只见那一头死豹正仰跌在一株大松树下，双目贯着两箭，腹部的一支箭已大半射入腹内，只有箭羽露在外面了。

克满道："赵兄的箭法可谓得自天授，和养由基先后媲美。那豹受了三箭，都中要害，自然倒毙了。"小龙等也一齐赞美，便又把绳子将豹捆起，系在大刀杆上，小龙与克满扛着，继云随在后面，一齐走出五龙山。

回到邹家，天已大明。小龙将两头金钱豹挂在门前大树上，四周乡人听到这个消息，都来观看。争先恐后，挤得邹家门前水泄不通。此时小龙已邀克满、继云入内憩坐，大家拂拭血迹，喝些酽茶解渴。两处把守的猎户也已回转，见了死豹，无不惊骇，询问来由，又惊服克满、继云二人的神勇绝伦，众乡人也争先抢进屋子里去，瞻仰这两位勇士。振龙得闻喜信，扶杖出来，和继云相见，极道敬佩之至。小龙十分快活，便命人宰羊杀猪，大治酒筵，款待二人。先由小龙的妻子煮了一锅粥，请大家疗饥，因为一夜都很辛苦了。

　　到得午时，酒席早已备好，小龙父子陪同继云克满以及六个猎户一齐入座。振龙因为自己病未痊愈，不能喝酒，教小龙奉敬。大家开怀吃喝，继云常着众人的面前，仍称克满为胡兄，不说真名。克满因见继云是一位英雄，所以很想联络，彼此谈些逸事，直喝到各人都有醉意，方才散席。这小龙父子便请二人在他家住下，竭诚款待。

　　翌日小龙依旧治了丰盛的酒菜，宴请二人，并请求处置死豹的办法。继云道："既是官中有了悬赏，小龙兄不妨抬着豹子到那里去报功。"

　　小龙道："这是二位英雄的大力，小可岂敢掠人之功？"

　　克满哈哈笑道："我们只要代往来行旅以及本地土人除去了害物，心中已十分畅快。谁耐烦去邀功领赏？并蒙你们父子这两天款待优渥的盛情，便让给你们去领一笔赏金，未尝不可。本来我是说明帮忙的啊？"

　　小龙见二人诚意相让，便向二人致谢，自同猎户们抬了死豹，前去当地官府那里领赏。继云和克满得间商量他们的行止，因为继云闻得鲁王早已兵败入海，山阴那里不必徒劳跋涉了。克满却言自己要投唐王，继云也很赞成。但闻满洲的统兵大帅贝勒博洛坐镇在杭，恣意杀戮明室的宗臣遗胄，清兵乘得胜之威，跋扈飞扬，不可一世，所以他想先到杭州去走一遭，一窥清兵虚实。便把自己的意思告知克满，克满无可无不可地答允了，约定明日同行。

这天小龙领得一百六十两赏金回来，欢天喜地，要送一半与赵黄二人。但是二人哪里肯受？克满身边虽然没有钱，然而继云腰缠甚丰，足够旅费。这戋戋之数，岂在他们眼中？让小龙父子得了，也好欢喜。当晚二人仍留宿邹家，一觉天明，二人起身向小龙父子告辞欲行。小龙苦留不得，请二人用了早餐，振龙送至门外，小龙又送上一大段路，方才分别。五龙山去了那一对金钱豹，从此草木不惊，行旅称便。不知道的人都归功于小龙父子，却不知道还是被这两位无名英雄大力除去的呢。

二人离了五龙山，取道杭州而来。一路上谈谈说说，很不寂寞。彼此都是心谋复国的志士，自然意气相投。朝行夜宿，登山涉水，这一天早到了杭州城。只见近郊驻扎了许多军营，旌旗招展，剑戟如林，果然好不威风。

二人心中未免大大感触，继云道："久闻西湖风景甲天下，我们何不先到湖上一游？"

克满点头道："好的。"于是二人步至湖岸，雇了一只划子船，坐着向湖中驶去。

这时正在新秋天气，湖水清漪，如一片明镜。丁家山畔水色染黛，更饶画意。四围岚影苍翠，好似丽人临镜晓妆，使人心旷神怡。二人游了三潭印月等处，回至孤山，访林和靖墓和那鹅家，在放鹤亭小坐，遥望保俶塔如簪花美人，临风玉立，万岭山色如在几席间。

克满不觉道好，继云觉得腹中有些饥饿，想觅酒家买醉，遂由舟子引导到楼外楼，登楼觅一个沿窗的座头，相对坐下。那楼外楼在白堤上，正对西湖，湖中景色豁然呈露。二人沽了几斤酒，点了几样菜，对酌起来。喝到有些醉意时，举目河山，大有新亭之感，胸中都有搔首问天，拔剑斫地之概。

这时忽然有一个衣服褴褛的少年，大踏步走上楼来，携着一个破布囊，露出一对剑鞘，踏着一双破靴，来到东边一个座位上坐定。酒保却只顾奉待别的客人，不去睬他。那少年忍不住大声喊道："酒家快来！"

酒保白瞪了他一眼，很不情愿似的走到他身边说道："你要什么？却不在楼下吃，跑到楼上来呢？"

少年道："楼上楼下有什么分别？我此来老实说要向你家赊些酒喝。"

酒保道："我也早知你是一个无赖的汉子。这里没有赊酒的规矩，你到别处去吧。"

少年道："不行，我偏要在此喝一下。"

酒保也高声嚷着道："你敢是什么败落的兵士，到此寻事。须知现在的杭州已非昔日可比，只要我们一报告军营时，立刻把你拘到旗兵营里正法。我请你还是晓事些吧，我们没有工夫和你多谈。"说罢回身走了。

那少年却叹了一口气说道："好不可怜，自己做了亡国奴，还要来欺侮自己的同胞么？兀的不恼煞人也么哥。"说罢把两手搓搓，还坐着不走。

继云和克满被他这一句话打入了心坎，和他也有同样的感愤。又见那少年衣服虽然破旧，与乞丐无异，可是生得虎头燕颔，双目炯炯有神。更兼风尘满面，不像平常无赖之辈。江湖落魄，暂时蠖屈而已。

继云遂起身招呼道："朋友，既然你要喝酒，不妨请到我们这里来同坐。区区酒资，我们尚能付得出，何必同这种无知的人理论呢？"

那少年回头向二人瞧了一下，便走过来拱拱手道："多蒙美意，岂敢辜负？"遂将破布囊放在桌子下，掇过一只板凳来，在二人侧面坐下。

继云便喊酒家添酒，那酒保闻得呼唤，连忙走过来，继云道："你快与我再打三斤酒，添一大酒杯来。"

酒保答应一声是，却瞅了那少年一眼，走回去时，叽咕着说道："该是这厮吃星高照，有人还钞。我们只要做生意，不去管了。"这时楼上的人也都注意到这三个人了。不多时，那酒保送上三壶酒，还有一个青花大酒杯，放在少年面前。又有一个酒保把上一只清炖鸡、一条醋熘大鱼，是继云预先吩咐他们制的，放在桌子中间，热腾腾地透出香味来。

那少年望着，咽了一口馋涎。继云却把壶斟满了一大杯，说声请。少年说得一声谢字，端起酒杯，咕嘟嘟地一口喝完。克满见他如此豪爽，很为赞许，遂又代他斟满，自己也喝了一杯。继云把箸扬了一扬，说道："请用鸡吧。"

那少年也不客气，把箸夹着半只鸡，送到口里大嚼，还有半只鸡却被克满夹过去，二人很快地吃下肚去。继云反而没有吃了，便喊酒家："再与我们煮就三只鸡来，区区一鸡，安当他们一嚼呢？"

继云遂向少年请教姓名，少年道："亡国之人，安有姓名？"

继云知道他满腹牢骚，不肯直言，便叹口气道："萍水相逢，彼此同病，但此身尚在，一息不懈，那么一旅兴夏，三户亡秦，安见河山不能重新呢？"

继云说到这里，声浪稍低，恐防被奸细听得，反致多事。少年却哈哈笑道："快哉此言，我们不愧同志。我又何必在二位面前隐瞒。在下复姓东方，草字俊民，淮泗间人氏。至于其他的事，此地非谈话之所，如蒙二位不弃，得间亦当奉告。敢问二位尊姓在名？"

继云道："贱姓赵，名继云。"又立指着克满道："这位姓黄……"说到"黄"字，忙改口道："姓胡名达，是我知交。我们从金华到此，至于其他的事，彼此心照不宣，停会儿再谈，我们喝酒吧。"

这时酒保又端上三只鸡来，继云独吃一只，克满和东方俊民又把那两只分而食之。各人喝了数杯酒，忽听远远有军号呜呜的声音，旁边座上有人说道："我们快看新任的本地统领哈达巡城到此了。他是满洲的大将，好不威风。昨天在里西湖捉到一个男子，说是唐王那里派来的奸细，立刻就地正法的。所以今天加紧出巡了。"

说罢，早有几个人走到楼头去瞧看。三人忍不住也立起身，走至楼边，凭栏俯视。只见从东边堤岸上有十数匹马缓缓地过来，马上坐的都是清兵，手里握着红缨的枪，雪亮的枪尖，耀眼生花。马队过去了，接着许多兵捎着红色大旗，蜈蚣边，黑色的字，约有十余对。以后便是一队步兵，服装整齐，刀枪鲜明，真是得胜之兵，都有一种耀武扬威的神气。步兵过后，又有一小队大刀队，每人肩上都有一柄明晃晃的大刀，系着红色的流苏。这时候堤上楼头静悄悄的绝无人声，一匹高头大马上坐着一员满洲的大将，红顶子上的纬帽，背后拖着花翎，身穿蓝袍黑褂，足蹬乌靴，腰悬宝剑，躯干伟硕，相貌凶恶。马后两个清兵，抬着一支镔铁方天画戟。

继云瞧着哈达的威风，不由怒气填膺，回到座上，忽而歌道：

> 时不利兮敌焰张，
> 山河黯淡兮日月无光。
> 爱国之士兮当慷慨而激昂，
> 挥我宝剑兮吐锋芒。
> 安得同志兮驱彼豺狼。

继云歌至末二句，语声悲凄。克满俯仰身世，尤其悲愤，不由把脚在楼板上蹬了一下。这一蹬不打紧，不料那块楼板凑巧有些裂缝，一半已被蛀虫蚀坏，克满这一蹬很有些力量，竟把楼板蹬了一个大洞，一条腿已经漏了下去，扑地跌了一跤。连忙拔出脚来，楼下的人却已大声嚷道："什么人把楼板都踹破了，给老子菜碗里加上了一重胡椒，还好吃么？真是糟糕！"

同时又听右边有娇笑之声，讥嘲着他们道："哪里来这三个疯子，如狂如癫，岂不可笑？"

三人回头望去，见是一个女子，不由一愣。

欲知后事如何，请看下回。

第八回

杯酒言欢骁将中狡计
禁城行刺壮士困铁笼

继云细细一瞧那女子，年可二九，生得姿容妩媚，身材纤细，两道柳叶眉，很有些英武之气。身上穿着一身绿色衣裙，窄窄弓鞋，瘦不盈握。对面还坐着一个老者，白发盈颠，精神却还健旺。颔下一部银髯，长垂过腹。身穿蓝色缎袍，一半儿已是敝旧，肘下有了一个小小破洞。听了女子的冷笑，也将着长髯说道："不错，近来湖边疯狗甚多，时常出来吃人，但是被人家捉了去，杀的杀，埋的埋，岂非自投罗网吗？"说毕也是冷笑一声。这一声真如空山鹤唳，声震梁木。

继云心中理会得那老者话里的意思，不由暗暗点头。这时酒保早已走来，见了这种情形，便道："客官的脚劲真不小啊？这楼板要补上一块了。客官可曾跌痛么？"

克满瞪着眼说道："哪里会跌痛呢？我这个人又不是菜花做的。但是你们的地板太不济事了，若是恼得我性起，把你家这座小楼拆为平地，也没有什么稀罕。"

酒保见了克满这种雄赳赳气昂昂的样子，连忙带笑赔罪一声而去。继云道："我们吃了饭还有事干哩，酒保快快送上饭来。"

酒保答应一声而去，不多时端上菜和饭来，三人狼吞虎咽地吃个饱，洗过脸后，继云从怀中掏出五两碎银，付与酒保道："拿去不用找了。"又对东方俊民说道："东方兄，若有兴不妨同我们到湖上

328

一游，有话再行细谈。"

东方俊民点点头道："准从赵兄之命。"于是继云和克满先走，东方俊民从桌子下取了破布囊，挟在胁下，随后跟着，三个人走下楼外楼，来到堤边。舟子也已把饭吃好，上前伺候。三人下船坐定，继云便吩咐舟子先到平湖秋月一游，然后再到岳坟。舟子答应一声，打着桨，小舟徐徐向前驶。

继云便轻轻地对二人说道："方才我们在酒楼上狂歌当哭，克满兄又把楼板踹了一个窟窿，我瞧旁座诸人对我们都有些惊疑了。满驻初踞此地，防备自然严密，所以我为慎重计，急于离开。"

东方俊民叹了一口气道："皮之不存，毛将焉附？我今此来，准备将贱躯牺牲了。"

此时湖上风景幽清，波光闪烁。忽见桥洞里有一小舟直驶出来，舟中坐着一个银髯老翁和一个妙龄女郎，正是楼外楼所见的父女，想不到又在此地邂逅。那女郎坐在船首，正远远望着苏堤景色，蓦地瞥见三人，剪水双瞳不由向继云横波一瞥。继云也对他们看了一看，克满却饱看山水，并不留神。两舟交错着过去，不多时小舟已驶至岳王墓前停住。

三人遂上岸游览，到墓前凭吊一回，景仰之心油然而生。想到那时金人大举南犯，宋朝几乎遭亡国之祸，幸有岳武穆精忠报国，率领两湖豪杰，与金兵血战。朱仙镇一役，杀得金兵亡魂丧胆，狼狈逃遁。因此金人有"撼山易，撼岳家军难"的话。方将地捣黄龙，收回失地，不料被主和派的奸贼秦桧蒙蔽宋主，十二道金牌硬将武穆召回，"莫须有"三字，顿成千古冤狱。不死于敌而死于佞臣之手，这是古今的大憾事。十年之功，废于一旦。宋朝自坏万里长城，所以终不能振兴，渐致亡国。

继云等因此联想到史阁部耿耿忠怀，练兵淮泗，不屈于清，一心想收复大地。谁知福王昏庸，阮马秉政，自相猜忌，大家不能站在一条战线上，竭力御侮，以致胡奴南侵，造成今日亡国的局势。有志之士，能不浩叹？后之视今，亦犹今之视昔，既为大明百姓，哪里肯束手坐视，伈伈俔俔去做亡国奴呢？三人立了多时，又到殿上去瞻仰偶像，一齐顶礼下拜，祝告于武穆之前：吾等三人情愿同心协力，为国复仇。

游过岳墓，遂又走回栖霞岭去，先入妙智寺，寺僧殷勤招待。继云摸出一两银子，赏给寺僧。寺僧欢天喜地地道谢。寺旁便是栖霞洞，三人走进洞中去，见洞作空形，好似夏屋，两不相倚。风从南面吹出，使人凄神寒骨。且喜这地方十分僻静，三人遂席地而坐，借此谈些机密的话。

继云先把自己如何到此的情形，以及克满的身世略告一二，东方俊民才悟胡达是黄克满的伪名了。东方俊民也就实话道："我和二位同是痛君国之仇，怀杀贼之志，难得遇合在一起，也是天意。这里四下无人，二位若不嫌絮烦，待为罗缕奉白。"

赵黄二人一齐点点头，东方俊民便叹了一口气，说道："家叔东方旭，身怀绝技，曾在总兵高杰麾下做卫队长。讲起那高杰虽是飞扬跋扈，然而对于明室却很是忠直的。因此家叔也赤心跟随着他，始终不忍舍弃。当高杰驻守徐州的时候，曾与总兵刘泽清一函，函中大意说'清朝发一王子，领兵号二十万，实七八千，齐驻济宁。近日河南抚镇接踵告警，一夕数至。开封上下，北岸俱是兵众，问渡甚急。唯恐彼一越渡，则天堑失恃，长江以北尽为战场。时事到此令人应接不暇，唯有殚心竭力，直前无二，千万难之中求其可济，以报国恩而已……'

"以上几句话，可见高杰未尝不为国深虑，并非一勇之夫，如民间传说之盛。并且他有一封书信写给清肃王的，大略道：

> （上略）……逆闯犯阙，危及君父，痛愤于心。大仇未复，山川且蒙羞色，岂独臣子义不共天？关东大兵能复我神州，葬我先帝，雪我深怨，救我黎民。前有朝使，谨赍金帛，稍抒微忱。独念区区一介，未足答高厚万一，兹逆闯挑衅西晋，凡系臣子，及一时豪杰忠义之士，无不西望

泣血，欲食其肉而寝其皮。昼夜卧薪尝胆，以杀逆闯，报
国仇为汲汲。贵国原有莫大之恩，铭佩不暇，岂敢苟萌异
念，自干负义之愆？杰猥猥菲劣，奉旨堵河，不揣绵力，
急欲会合劲旅，分道入秦，奸闯贼之首，哭奠先帝。则杰
之忠血已尽，能事已毕，便当披发入山，不与世间事。一
意额祝复我大仇者，兹咫尺光耀，可胜忻仰，一腔积怀，
无由面质。若杰本念，千言万语，总欲会师剿闯，始终成
贵国恤怜之名。且逆闯凶悖，贵国所甚恶也。本朝抵死欲
报大仇，亦贵国念其忠义所必许也。本朝列圣相承，原无
失德，正朔承统，天意有在。三百年豢养士民，沦肌浃髓，
忠在报国，未尽泯灭，亦祈贵国之垂鉴也……（下略）"

东方俊民将那信的大意念给二人听了，继续说道："如此看来，
高杰伪戾则有之，外边人说他争权夺利，也有些言过其实吧。可惜
他不死于疆场之上，反死于许定国的手里，我很代他惋惜。这也是
他好勇过度所致吧。许定国以总兵官驻守睢州，拥兵自固，和高杰
很不融洽，曾上书诋讦高杰为贼。高杰得知，心中十分怀恨。当高
楼冒雪防河的时候，疏请重兵扎归德，东西兼顾。意欲联络睢州许
定国，奠定中原。史可法阁部知道二人有宿嫌，便遣书代为疏通，
将爱国大义去勖勉二人。高杰遂送许定国白银千两，彩缎百疋，令
许定国自己节制。定国也惮高杰骁勇，上书史阁部，求自全之计。
史可法复函婉言劝他让出睢州，许定国犹豫不决。

"忽报高杰先头部队将抵睢州，高杰在后亲自到临。许定国便先
率侍从数人，出睢州城数十里外，跪迎马前。高杰纵马驰至，见许
定国跪候，不觉跳下马来，哈哈笑道：'许总兵怎么行起如此大礼？
我高杰万不敢当的。'亲自将定国扶起，又问道：'贵军何在？'

"许定国早具成竹在胸，陪同高杰，故意将自己羸弱的部伍出
见。高杰又嗤笑道：'许总兵既有此军，何不以此开藩？'定国只是
默然不答。

"高杰又厉声诘责道：'许总兵你难道不知我要杀你么？为何逗留不退？'

"许定国忍气答道：'定国也知明公之怒，然而不知自己所犯何罪？'

"高杰道：'你以前屡次上疏，讥我是贼。这不是你的罪么？'

"许定国佯作镇定道：'原来为此，无怪定国不去了。明公当知定国是个目不识丁的武夫，仓皇之中，假手记室代呈的。误入公名，所以连我也不知道说些什么话。明公若因此小故而欲杀定国，岂不冤枉？'

"高杰遂索记室姓名，许定国道：'此人恐怕明公怒责，先期逃走了。此人已去而定国不去，所以表明以前疏中行罪的话，并非定国之意。'

"高杰为人憨直，初来时盛气虎虎，满意要向定国问罪。现在见定国屈服，心里软化了许多，又被他一番花言巧语，说得自己深信不疑，率领部下前进。将以八里桥，忽有自己部下佟千户递马投牒，报告许定国设有诡谋，劝高杰止兵莫进，以免中计。高杰不信，反将佟千户拖倒马前，重笞六十大板，送给许定国发落。遂和定国宰牛歃血，约为兄弟。先在城外二十里扎营寨。一到晚上，许定国送来一双美姝，冶容动人，命侍高杰床笫。高杰很得意地笑道：'军行无所事女子，畜在后营，留为他日娱乐吧。'其实这话是高杰故意说的，自古道英雄难逃美人关，这一夜高杰左拥右抱，甚喜可知。更兼那一双美姝竭意承欢，床笫绸缪，竟忘军营威严了。

"得到明天，许定国邀请高杰入城，高杰允诺，只带左右骁健三百人同往。那时家叔也在其中，他的意思也不愿意高杰冒险入城，无如高杰已入许定国的彀中，鉴于佟千户被笞的事，也不敢劝谏，只好身入虎穴，一试究竟了。

"高杰进得城来，许定国款待殊殷，夜间开宴张灯，并具女乐，弦管嘈嘈，请高杰畅饮。随从的健卒另开一处，盛宴款待。三百人都喝得酩酊大醉，唯有家叔跟着高杰同坐。妇女宾客，杂坐其间，脂香粉腻，酒绿灯红，宾主之间似乎十分尽欢。家叔细瞧许定国的兄弟定邦动静有失常态，遂得间向高杰附耳悄言道：'今晚的酒筵，末将审察定国的兄弟定邦，志得气扬，目光转瞬不定，恐怕他们藏有奸计，暗中谋我。我们须得谨防。'

"高杰不信家叔之言，把手一推道：'去去，他们哪里敢包藏祸心呢？你不要多疑。'

"家叔退至原座，也就没有可说。但自己不肯多饮，仔细观察。等到席散时，许定国请高杰到一巨大的甲第下榻，墙垣甚高，并且重廊复室，十分曲折。高杰居住内进，家叔和三百健儿宿在外边，隔离很远。家叔放心不下，端坐假寐。听那三百人分居在数室内，鼻息如雷，早已深入睡乡。待到三更时分，忽听各室门上有下楗的声音，家叔大惊，急忙跃起摸索身边，佩剑尚在，又向旁边诸人推摇，只苦他们烂醉如泥，一时醒不过来。家叔见左边有一铁窗，忙将铁窗上的铁条用力拆散数根，此时门外金铁四起，祸已迫近眉睫。急侧身从窗中爬出，且喜窗外是一条夹巷，定一下神，便跃上屋去，赶至后面，想去高杰那里报信。不料刚才越过一重屋脊，已有四条黑影向自己包围拢来。家叔只得使开宝剑，和他们斗在一起，一边听得里面有喊杀之声，屋下也有许多人跑向里边去。家叔满意想救高杰，只苦被他们绊住，不能脱身，心中十分愤怒。把剑尽向四人上下左右劈去，喝声着，一个黑影早从屋上滚落下去。家叔正要跳出大圈子，不知从哪方面蓦地飞来一支袖箭，正中家叔的右肩，手臂酸麻，举不起来，知道不好。那时外边又有许多武士奔来，家叔没奈何，只得从旁边越屋逃去。幸喜家叔行走敏捷，背后无人追赶，被他逃也虎穴，未遭毒手。

"过后探听，始知高杰在那天晚上，方才一觉梦醒，忽闻屋瓦历然有声，惊起出视，但见有数十壮士逾垣而入。高杰本有卫身铁杖，此时要想觅取，却已失去。遂硬着头皮，奋身而斗，夺取一刀，和众人力战。满身浴血，连诛十数人，但是许定国埋伏周密，愈杀愈多，高杰力尽被缚。

"天明时，众人推高杰去见许定国。定国喋血南向而坐，喝道：'三日来受你屈辱已尽，今番如何？'

　　"高杰冷笑道：'我为竖子所算，快将酒来，当痛饮而死。'

　　"定国命左右取酒与高杰畅饮，高杰遂在这天遇害。定国遂率众渡河北去，向清军投降。高杰的部下都被杀死，家叔遂归乡养伤，幸亏中的不是毒箭，尚无性命之虞。但因高杰被害，常想做豫让第二，为主复仇，只苦没有机会。居家无聊，便把生平武艺教授给我们弟兄。后来胡马渡江，南都沦陷，家叔痛哭失声，呕血而死。"

　　东方俊民说到这里，长长地叹了一口气。继云道："四镇是长江的屏藩，屏藩一失，南都自然不守。只可惜当初四镇总兵不能一致抵抗，自相猜忌，这是大大的失着。即如高杰雄悍，却和克满史的尊人黄公得功积不相容，跋扈不受节制。睢州的事也是自取之咎，却误了军国大事哩。"

　　东方俊民道："赵兄之言有理，即如许定国也何尝不是一员勇将？却和高杰结下仇隙，暗杀了自家人去投降胡奴，令人可恨。我闻得定国守河南的时候，贼兵奄至，矢集如雨。定国立在敌楼上，握大刀左右挥扫，矢都中断，纷纷落在地上，积得和他的身子一样。对贼冷笑道：'你们大概有些疲乏了，快快回去，每人将一板来障身，受咱家的箭。'贼兵不服，果然挟板而至。定国用铁箭向贼兵射去，每支箭都贯人于板而死。贼兵大惊，狼狈遁去。又有一次，定国和众少年饮酒，众少年要看他的神勇，对他请命。许定国很高兴地许诺，突然一跃而起，悬身空中，手攀檐前椽子，左右换手，走遍长檐，颜色自若，轻轻跃下，回至原座。众少年都向他拜服。"

　　克满听东方俊民缕述许定国的逸事，不觉跌足道："可惜可惜，如此勇将，却屈志辱身于满奴手里，真为大明子孙痛哭流涕了。"

　　东方俊民又继续说道："后来我年纪长大，想到家叔生时的教言，目击胡奴凶焰日长，大江以南几无干净土，遂背了家人私自出外，意欲投军立功。在镇江金山寺遇见一位老僧，谈吐之下，他很赏识我，便将一对雌雄宝剑送与我，希望我努力前程，为明室恢复江山。且言这一对雌雄剑是左良玉麾下大将程某的遗物，嘱我好好使用。我别了老僧，渡江南下，遇见一个同乡，始知家乡忽遭水淹，我家一门同归于尽。使我深悲痛，遂辗转至此。探知博洛是满洲大员，江南兵马都归他节制。很想觅得机会，慕荆轲遗风，刺杀彼獠，挫其锐气。所以独行踽踽，孑身无伴。且喜已被我访得他的行辕途径，遂到楼外楼来，欲觅一醉，无奈阮囊羞涩，遭人白眼。难得邂逅二位同志，一见如故，因此敢披肝沥胆，不惮烦琐，把我的心事告诉二位知道。"

克满听得东方俊民要去贝勒博洛那里行刺，正合他的怀抱，不觉嚷起来道："好，我们一时没有别的办法，先去刺死那博洛，也教胡奴丧胆。东方兄既然有此计划，我们二人无不赞成。当即一同前去，最好今夜便去下手，早早结果那厮的性命……"

克满说到这里，继云似乎瞧见洞口有个黑影一闪，连忙对克满摇摇手，一边疾跃而出，四下察看，却是静悄悄的没有一个人影。此时克满和东方俊民也已跑出洞外，忙问："赵兄可曾瞧见什么？"

继云答道："方才我似乎看见洞口有一黑影，疑心不要有人在外边暗探，所以出来一看，但是没有踪迹，岂不奇怪？"

克满笑道："这都是继云兄偶然眼花，这里很是僻静，有什么敢来窥伺我们？天下岂有如此巧事？况且继云兄跟手便出，即使有人在洞外，饶他躲避得快，也逃不过我们的眼睛。除非真有能耐的人呢。"

继云沉吟不语，东方俊民也道："赵兄不要多疑，我等以身殉国，虽死不恨。"

继云道："这并不是我畏怯，凡事不可不防，庶几所谋可成。适才我们狂歌楼头之时，保不了无人注意。所以我们必须格外谨慎。倘然鲁莽灭裂，反致于事无补。岂是我们本来的志愿呢？"

二人点头道是，于是重又返至洞中，约定今晚各自混入城中，先至大云庵那里潜伏，然后出发动手。因为那大云庵曾经兵燹，仅存破屋数椽，东方俊民昨夜便在那边住宿的，很是僻静，清兵没有

335

注意，可以无意外之虞。三人约定后，便走出洞外，又回到舟中，在湖上遨游到将近天晚时候，继云付去舟资，一齐登岸。走到一家小饭店内，饱餐一顿，然后各自混入城中。

来到大云庵天色已黑，三人聚合在一间空屋子里，静坐等候时辰。果然人不知鬼不觉的，无人能够知道在那里伏下三位志士。约莫已近三更时分，大家结束停当，各挟兵刃，逾垣而出。且喜是个月黑夜，天上只有数点疏星，不愁被巡逻的人发觉。东方俊民对于博洛的行辕所在早已走了两遍，看清道路，他遂当先引导，继云和克满在后，三人很迅速地跑至行辕后面。恰巧有一队清兵高举火炬迎面走来，幸亏左边有一株大柳树，三人连忙躲在树后，让他们走过去。

只听他们中间有人对答道："这几天捉到几个奸细之后，我们的事务更加繁忙了。哈达统领夜间也须亲自出马，如防大敌。其实明兵早已败退，无能为力，即使有一二奸细前来，也是自投罗网，送死而已。行辕中防备森严，完如铜墙铁壁，再也没有这样坚固的了。王爷尽可安枕而睡，还怕谁来呢？苦来苦去，只苦了我们几人的一双腿，跑个不歇。不瞧见一路行来，街坊上沉寂若死，还敢有人出来么？"

三人等待清兵过去后，耳边虽听了清兵说行辕中防备严密，无隙可乘，但是自恃艺高，抱着不入虎穴焉得虎子的决心，一定要进去下手。遂从树后转出，仰望行辕，墙垣甚高，继云悄悄地说一声走，三人一耸身，扑扑扑的像三只飞燕，跃上墙端。俯视下面有一排矮屋，正好接脚，一齐跳将下来，再从矮屋上飘身下落，杳无声息。只听远远的锣声响。继云当先，克满居中，东方俊民押后，三个人鹭行鹤伏地向前行去。克满腰间两柄板斧却光闪闪地发出亮光。前面正有两扇厚重的木门，牢牢关着，三人遂又飞身跳上屋去，越过两重屋脊，见下面是一个很大的院落，西厢房中有喧笑的声音。三人伏在屋上静听，只听见里面都是满洲人的说话。东方俊民是听得懂满语的，听知下面乃是博洛部下的几个侍卫，他们正掳来两个良家妇女，瞒着博洛，藏在那间室中。此时正忙着拈骰子，谁先得拥妇人而睡。东方俊民悄悄告诉二人知道，气得克满急向腰间拔出一对板斧，要想下去动手。继云忙把他的臂膊拖住，说道："不要性急，免得打草惊蛇，误了大事。"这句话把克满提醒了，果然不敢造次胡行。

少停，有一个侍卫从厢房里走出来，口里嘀嘀咕咕地说了几句话。东方俊民便对二人一招手，三人便在屋上随着侍卫望里面走去。原来这侍卫正到博洛办公室那里巡视的，但一转过了两层屋面，却瞧不见那侍卫了。因为他在屋下走，三人在屋上行，给房屋掩蔽，自然跟踪不上。三人只望中间行去，遥见前面有花木丛密，且有火光映出。走到那里，见有楼房三间，绣闼雕甍，颇形富丽。在旁边一间楼房内，映出很亮的灯光。楼窗都是和合式的，半边方格子里嵌的明瓦，中间一小方乃是玻璃，没有窗帘遮蔽着。三人遂走到檐边，大家使个蜘蛛倒坠式，将身子倒悬着，望窗里偷眼张去。见室中陈设精美，正中一张牙床上，锦衾绣枕，耀眼生辉。床沿上坐着旗装少妇，方当花信年华，容貌秀丽。身旁立着一个身穿蓝袍的中年男子，一手按住香肩，一手握着柔荑，说说笑笑地十分狎昵。

克满以为这就是博洛无疑了，他既要寻于飞之乐，我就送他上断头台。想定主意，也不待继云俊民的同意，他就一斧劈开窗牖，翻身一跃而入，将那男子一脚踢了个筋斗，当胸踏住，扬起双斧喝道："胡奴，不许声张，你耀武扬威，不可一世，把我们同胞任意杀戮，夺我土地。今天便是你的末日到了。"

那男子吓得面如土色，战战兢兢地操着汉语说道："我、我……我不是贝勒博洛，好汉你切莫认错了人，请你饶我一命。"

此时继云俊民也已飞身入内，继云恐怕克满坏事，便过去问道："你既不是博洛，那么究是谁人？博洛现在哪里？快快实说，方饶你的狗命。"

那男子答道："我是博洛的小舅子。博洛正在前一进书室里，请你们饶恕我吧。"

337

继云道:"怕死的狗奴,我先将你开刀。"说罢一刀剁去,一颗人头已倏地滚落。

那少妇喊声啊哟,克满跳过去,手起一斧,说道:"你们是一对相好,送你一起去吧。"斧光到处,红雨四溅。可怜那个千娇百媚的少妇也就伏尸地上了。

继云把两个死尸踢到床底下去,拖着克满说道:"我们休要耽搁,快去前边行事。"三人遂从室中跃登屋上,向前行去。

果见前面灯光大明,有一个大庭院,知是博洛办公之处了。靠西有一座风火墙,那里略为黑暗,比较可以隐藏。三人遂悄悄地跃足走到那里,回身向下边探望时,只见正中一间宽大的办公室里,向外都是玻璃明窗,有一个年在四旬左右的满人,坐在向外的一张桌子边,身上穿着很齐整的袍服。双目炯炯有神,嘴边有一撮黑须,正在灯下批阅军书。瞧他神情十分庄严,大概就是贝勒博洛。此时已近更深,尚在办公,不向温柔乡中寻乐趣,足见他以军国大事为重,不负清廷倚界之殷。可知满洲之兴,也非偶然侥幸的了。在他背后,立着一个黄衫少年,腰悬宝剑,凛然若不可犯。室外还立着两个彪形大汉,手里各抱着朴刀。

三人瞧着这种形势,料想一时还不能下手。当前克满尤其焦躁,悄悄对继云低语道:"他们下边三个人,我们也是三个人,我们自信一个人总可抵得过他们两个,那么我和东方兄对付这三个狗贼,继云兄可以向博洛动手。此时再不下手,不要错过机会。"

继云虽然明知自己一下去,他们必要报警,自会有许多人来,但是此处也不能久躲,既已如此,还不如迅速行刺,给他一个冷不防,或者可以成功。遂点点头,表示同意。三人于是一跃而下,直奔博洛的办公室去。忽然室中灯光熄灭,一道白光如车辆般滚出窗来。克满挥开两柄板斧,抵住白光,原来就是那个黄衫少年,出来抵敌。两个侍卫也过来助战,东方俊民舞动雌雄剑,迎着厮杀。继云趁此当儿,一跃入室,运用夜眼,想寻找博洛,却已不见踪影。

继云心中十分奇怪,博洛哪里会逃得这般快,躲向何处去了呢?

正在怙惚，同时外面一片声喧，喊道："捉刺客，快捉刺客！"火把大明，有许多卫士奔入，分为左右两队，为首两个健硕的汉子，一个手握双刀，一个挺着长枪，顿时围成一个圈子。继云找不到博洛，又见克满、俊民二人被围，遂虎吼一声，从室中跃出，迎住那个使长枪的汉子，一刀刺去。那人冷笑一声喝道："哪里来的小辈，胆敢来此行刺？岂非飞蛾投火，自来送死么？"一摆长枪，便有碗口大的一团枪花，拨开继云的短刀，照准继云当胸戳来。

继云虽只有一柄短刀，可是他艺高胆大，便使出一路滚堂刀法，但见刀光和人影满地乱滚，尽望敌人下三路扫去。这是单刀破长枪的唯一法门。因为人家使的长家伙，要凭一柄短小的刀取胜，非此不可。那人是博洛手下的侍卫长，在满人中间是个著名勇武的壮士，名唤札布图。他瞧见继云使出滚堂刀，知道来者不善，善者不来，所以也把他生平所学得的杨家枪法使开来，两下里杀个平手。

那一个舞双刀的见克满挥动双斧，勇如猛虎，便将刀一摆，过去助战。许多卫队转着一个圈子，不放刺客逃走。屋上也立着十数名能登高的卫士，准备着拦堵，形势十分凶险。克满俊民见继云不曾得手，自己反被他们围住，心里非常愤怒，拼着一死，悉力抗御。双斧如两道银轮，双剑如一对玉龙，在众卫士间往来冲突。本来他们二人有了这般武艺，不难取胜，可是那个黄衫少年有了剑术，剑光霍霍，在二人身前盘旋，顶上绕转。二人因要招架着剑光，所以不能脱身了。

札布图和继云狠斗，一路枪法使完时，却见继云丝毫未伤，又换了一路八卦刀杀来，估料不可力胜，遂虚晃一枪，跳出圈子，望后边逃去。继云喝道："贼子往哪里走？快快献出博洛，饶汝性命。"在后紧紧追来。

札布图逃到院落后面，转了一个弯，只见前面是一个空旷园地，左首槐树下，有个六角式的小亭，亭中点着明灯，那博洛换着全副盔甲，立在亭中，手里举着宝剑，像是督战的样子。继云见了目的物，心中十分急切，丢了札布图，一个箭步蹿进六角亭，照准博洛当头一刀劈下。只听豁剌剌一声响，博洛顿时倒地。继云大喜，却不防从上落下一个铁笼，把继云罩在里面，四周都是臂膊粗的铁条。此时继云好似鸟入樊笼，无法脱身。又见那横在地下的博洛，并不是博洛真身，乃是一个木偶。

原来这是博洛防备刺客，特地在花园里设就这个机关，以哄敌人。待到木偶一倒，铁笼落下，立刻把人家困住，不能脱身，以便生擒活捉。在他的行辕内，很有几处类似的机关。继云不察，以致中计。自悔一时孟浪，身入铁笼，大叫了一声，把手中刀向铁条猛斫。谁知铁箱一经继云力斫，又中了机关，四周的铁条顿时向里收拢来，把继云紧紧束住，变成橄榄形式。又好似一把铁伞，把继云困住了，休想挣扎。

欲知后事如何，请看下回。

第九回

走荒郊苦斗神猿
入绣阌喜逢娇女

　　虎兕入柙，束手待缚。继云只得长叹一声，已拟一死。却见那札布图挺着长枪，走至亭外，对着他哈哈笑道："奸细，你不是来送死的么？现在我先赏你一枪。"说罢提起长枪，向铁条缝中戳进去。一枪正刺入继云的左臂，枪尖抽出来时，鲜血望下直流。继云苦于不能招架，咬紧牙齿，受敌人的荼毒。

　　札布图刺了他一枪，把枪杆竖在地上，再说道："瞧你们的武艺也不是寻常之辈，究竟奉了何人之命，来此暗刺王爷？罪在不赦。且等我去禀知了王爷，将你问明口供，再行发落。"

　　札布图说了这话，刚要回身走去，忽然北首屋顶上一道白光如电掣般飞下，札布图当个正着，大叫一声，仰后而倒。跟手便跳下两个人来，在前面的是一个银髯老翁，在后的是一个妙龄女子。再一细瞧，原来就是在楼外楼邂逅西泠桥重逢的父女二人。不知他们怎样会前来的，却使继云恍惚迷离，莫明究竟了。

　　这时札布图早已身首异处，僵卧血泊中。老翁收转剑光，向继云看了一看。见继云被困在铁笼中间，收束得很紧，自己若用剑去削断那些铁条，那么又恐伤及笼中的人。正在想念时，外面奔进两个侍卫来，女子忙将双刀举起，飞步向前，一刀砍去，早把前一个砍倒在地，后边一个交手不及两合，却被女子卖个破绽，让他冲扑进来，飞起一足，将他踢倒，又把双刀在他的脸上磨了一下，说道：

"狗贼，要活命的快快说出那个铁笼怎样把它开放的?"

那侍卫被逼着，只得说道："六角亭的左边第一个柱子，藏有机关，只要把柱子向右一转，那铁笼自会松开，再左转时仍复原位了。"

老翁在旁听得清楚，便走上前将左边柱子向右一转，那柱子本来活动，经老翁一摇转时，轧轧地响动。那铁笼的铁条顿时向四边倒下，继云脱离束缚，一跃而出，向老翁拱拱手道："承蒙垂救，感激不忘。"

老翁道："不必客气，我们快快脱离虎穴为妙。"

继云道："那边还有两个同志被围，在下想要去协助他们。"

老翁微微笑道："他们早已走了，别多说话，我们快走。"

同时那女子已将那个侍卫一刀刺死，先向屋上一耸身，跳至屋顶，老翁和继云也随后跃上。女子前导，一路向后边飞奔，继云只得跟着他们同走。听得下面人声沸腾，火光照耀，知是敌人在那里追寻。三人飞行功夫十分敏捷，不多时已到行辕后面，飘身而下，向南奔逃。

转过二三条街巷，忽听胡笳声起，前边灯笼高照，刀枪鲜明，有一队清兵拦住去路，为首一匹青鬃马上，坐着一员满洲大将，手横方天画戟，正任的巡城统领哈达。继云在楼外楼瞧见过他的威风，心中不觉怒火上烧，一摆短刀，直奔马前，举刀便刺。哈达提起画戟，将短刀格开，跟手一戟向继云咽喉刺来。继云将短刀拨画戟时，觉得沉重非凡，险些被哈达刺中。继云向左一闪，哈达的画戟又由左面刺来，直由继云左肩擦过，将皮肤刺破一块。继云痛极，钢刀失手落地。哈达一步跳过，直向继云扑来。正在危急之间，只见哈达大叫一声，哎呀不好，向后栽倒在地，胸间冒起通红鲜血来。一班清兵见哈达受伤，大家一拥上前，将哈达救起，拥护着向前飞奔而去。

此时老翁父女急跳至继云面前，看看继云肩头之伤尚轻，甚为欣幸。老翁遂由下襟撕下一条粗布，将继云伤处缚好。继云心中十分感激，便向老翁致谢，且欲叩问姓名。老翁微笑道："我等天涯相逢，同是有心的人，哀国难之当头，痛祸至之无日。何必有姓？更何必留名？老朽父女二人此番来杭，为亡妻做水陆道场，了却以前的心愿，不想在楼外楼邂逅你们三位狂饮楼头，颤动了我已死的心弦，触起了我已灰的雄志。知道三位必然是个异人，来此有所企图。只是胡奴势焰方张，爪牙密布，一时未可轻侮。深恐三位秉着爱国热忱，有所作为，结果却反于三位不利，所以愚父女很愿相助，注意你们的行径。后来在栖霞敞露得聆三位的谈吐，果然不出我之所料，决定在夜间跟随三位同去行辕，见机行事。"

老翁说至此，继云方悟昨日在洞中瞧见的黑影，果非眼花，就是老翁来侦探他们的了。又想起克满、俊民不知怎样脱出危险的，遂问老翁道："小子得蒙大力援助出险，终身感德。但不知我那两个朋友究竟作何光景，还请长者见告，以慰下怀。"

老翁道："我父女两人到那边时，你们正在动手。我看见你独自去追敌人的，我们早已探知博洛手下能人很多，防备严密，断非数人之力可以侥幸图谋，因此急欲援救你等出围。小女遂用梅花吹针打倒了七八个侍卫，他们二位趁此间隙跃上屋顶，老朽在暗处眼见他们走去。虽有几个在后追赶，小女又赏了两针，打倒了两个，弄得他们畏缩不前，大概贵友也出险了，请你放心吧。"

继云当老翁说话时，眼光略转，瞧那女子立在树边，又婀娜又刚健，桃腮上现出两个小酒窝，对着他微笑不语。想不到伊虽是个裙钗，却有这种本领，令人可喜可敬。

老翁又道："胡奴哈达也中了小女的梅花吹针，受创而退，这一来虽刺杀博洛未能成功，然而至少也使他们惊心丧胆，莫谓秦无人了。足下还请远避，前途珍重。他日如逢机会，当能为国出力，不必急急行冒险之举。这是老朽临别赠言，我们后会有期，就此告辞了。"说罢，遂和女子向继云点了点头，说声再会，举步望东而去，倏忽不见。

继云心中更是景慕，很愿以后再有机会得和他们相见。自己也不敢逗留，弃下短刀，即时上道。但是穿了短衣，很觉不伦不类，走到前面一个乡镇上，在一家衣服肆里购了一件半新旧的袍子穿上了，又至饭店用午餐。却听得有驿马过去，镇人传言昨夜杭州城内博洛行辕中，有刺客三人潜入行刺，幸防备周密，博洛安全无恙。刺客被侍卫包围，已有一刺客在铁笼被困。后来又到两刺客，把三人悉行救出，侍卫受伤的有十数人之多，且有三人被杀。巡城统领哈达亦中刺客暗器而受伤。现在博洛非常震怒，着令缇骑四出，逮捕那些刺客。又令部下传达公文到各处去，加紧查缉。所以驿马已过，消息传播遐迩了。

继云知道克满和俊民二人都已脱险，虽然失散，却很安心。希望将来再可重逢，为国尽力。吃罢午餐，付去了钱，重又登程。自思胞姐智珠远适湖州邺家，好久没有见面，我此刻无事可为，何不到那里暂住一二个月，再作道理。乘此可以一觇胞姐近况。想定主意，遂取道向湖州行去。从杭州到湖州，本来可以雇舟代步，较为安适，但是继云喜欢走得爽快，所以他舍舟而陆。

走了一天，在下午时候，途遇一处旷野，前边都是枫林。在这深秋时，枫红如霞，又如美人涂着胭脂一般，望去很是好看。更兼山光明净，秋气凉爽，继云瞧着这风景，不觉又想起平湖秋月的景色，又想到那援救自己出险的父女二人。不知他们姓甚名谁，萍水相逢，有心援助，来时突兀，去时倏忽，好似神龙见首不见尾，更使人家惦念。还有那女子的梅花针，十分神妙，自己和哈达决斗时，伊在暗中相助，连我也不见哈达如何受伤，可知技臻上乘了。可惜以后不知道能不能与他们重逢呢？又有博洛怎样逃避得如此迅速？莫非室中也排着藏身机关？懊悔自己没有仔细搜索一下，却便宜了这厮。

继云一路想一路走，早已行至枫林，忽听前面林子里窸窣一声响，他抬头瞧看，也不见什么，以为或有什么鸟兽，不以为意，大踏步走入林中。行了不多几步路，忽然迎面飞来一物，继云眼快，伸手接住，见是一个果核，暗想：哪里来的这东西，明明是有人在那里掷击我，但不用暗器而用果核，却又含着游戏的性质哩。遂把果核丢在地下，持着镇静态度，向前走去。忽听唰的一声，又有一件东西从他背后飞至，急忙一闪身，那东西在他耳朵边擦过，骨碌碌滚在草地，乃是一块小石。继云不觉有些着恼，立定身躯，向后叱骂道："哪里来的小辈，胆敢戏弄乃公？不要这样藏头露尾的，鬼鬼祟祟，快些出来，受乃公的老拳！"

继云说罢，仍是不见有人回答，倒弄得他无可奈何，走又不好，不走也不好。自思在这地方很容易躲藏歹人，不要受了人家的暗算。这厮的意思是要暗中伤人，不敢出来与我见面，然而我却不可不防。瞥见身旁一株老槐，左右伸出两极巨枝，好似攫人而食的样子。他遂上前将两根树枝一一折断，握在手中，好似一对哨棒，足够防身之用，壮着胆子喝道："鼠贼不敢出来，是何道理？你家爷爷却要走。"便迈步向前而行。

又转过一个弯，那里树多草深，继云一心注视着前面，即觉身后有一阵微风，刚才回过脸来看时，已有一只毛茸茸的手臂，搭到他的肩上。急忙使一个鹞子翻身，躲过了那手臂。待到脚跟立定时，面前已扑到一头硕大的黄猿。继云心想原来是这畜生作怪，人到穷途，揶揄有鬼，我竟被这畜生戏弄，岂不可恼？遂向旁边一跳，左手举起树枝，向那黄猿头上击下。那黄猿十分敏捷，轻轻一跃，已至继云身后，施展巨爪来拿继云。继云急回身将树枝使个御带围腰式，照准黄猿腰部打去。黄猿就地一滚，滚到继云足下，一只巨爪抓住继云的左脚，猛力一拽，继云向前一踬，踉踉跄跄踏了几步，险些跌倒。急将树枝向下扫击，黄猿早又放松了。跳至继云左边，再要来抓时，继云两根树枝早已舞得紧急，望黄猿上下左右打来，不使它近身。只听吱的一声叫，举目四瞧，早不见了黄猿的影踪。

继云冷笑道："好畜生，你该知道我的厉害，躲到哪里去了？"等候片刻，不见动静。继思我是人类，何必与那畜生苦苦计较，不如赶路为妙，又穿林走去。

将要走完这林子时，忽听树上怪叫一声，蓦地跳下一头白猿，拦住去路。继云心想，打退了黄猿，又来了白猿，今天我却被猴子缠绕不清，真是奇怪。那白猿硕大异常，圆睁着一对火眼金睛，对着继云只是滴溜溜地打转不停。继云将树枝横扫过去，白猿早已闪避到一株槐树后。继云追去，扑簌簌一把泥沙迎面撒来，继云急避时，面上已沾着许多泥沙，幸亏没有眯住眼睛。不由大怒，跳过去便猛击一下，咔嚓一声，把那一株槐树打折了半截，却不见白猿的影子。继云正在犹豫，却听背后一声叫，回头看时，那白猿腾跃而进，伸爪来抓他的胸脯。继云忙把树枝望下一压，白猿的手早又缩回去，轻轻一跳，又到了他的身后。继云回转身，使开一对树枝，托地跳过去，白猿却望后一溜烟逃去了。

　　继云在后紧追，追出了槐树林，乃是一片平原。白猿在前相距不过十数步。继云一想，在林子里难以施展身手，现在到平地，不怕你们这些畜生狡猾了。正想紧一紧脚步，追及这白猿，不料后面一个果核飞来，不及躲闪，正中后脑。幸亏这是轻微之物，没有受伤，稍觉微痛。回身看时，早见那方才避去的黄猿又来了。同时白猿也回身向继云猛扑。继云大喝一声，说道："待我来结果你们一对畜生的性命！"将树枝使开了，呼呼的有风雨之声，上下翻飞，敌住了黄白二猿。

　　谁料二猿都非寻常猿类，左右夹攻，把继云围住，乘隙而攻，斗够多时，继云不能伤及二猿毫末。因为二猿跳跃迅速，忽而在前，忽而在后，使继云眼花缭乱，不能展其所长。又不能疏忽一点儿，累得他渐渐筋疲力乏。自思我一世英雄，枉自有了这本领，难道今天要失败于二猿手里么？又想这二猿虽是畜生，却智力双全，扑取和闪避的功夫都似有能人指点过的一般，真有些奇怪。不知它们哪里来的，人畜言语不通，我也不能明白真相，只有尽我之力，打过了它们再说。

　　遂用出平生能力来，和这二猿苦斗。又斗了一刻多钟，二猿只是紧紧围住不退，自己又不能把它们驱走，浑身是汗。正在尴尬时候，忽听那边有清亮的声音唤道："阿弥陀佛，二猿还不住手么？休要伤了行客人。"

说也奇怪，二猿一闻呼声，立即跳开去了。继云立定身子，向前一瞧，只见前面有一个须发皆白的老僧，穿着鹅黄布衲，长袖飘拂，向自己身边走来。二猿已躲到那老僧背后，凶威尽敛，亦步亦趋，宛似仆人一般，十分恭谨。但是四目耿耿，兀自注视着继云呢。

继云估料这老僧必是个非常之人，所以立即把树枝抛在地下，向老僧长揖道："请问大师从哪里来？不弃愚蒙，还祈指教。"

老僧也合掌回礼道："善哉善哉，壮士欲问老衲何处来，老衲也要不揣冒昧，一问壮士。壮士尘风满面，眉目之间尚带着愤郁之色，一定所谋未定。奔走江湖，老衲与你在此邂逅，可谓有缘。"

继云不觉点头，遂将自己的来历直言无隐说与老僧。老僧道："壮士真英雄也，是可和老衲以前相逢的王英民一时瑜亮，无分轩轾。现在老衲也以直相告，老衲便是天台山上的无碍和尚。二猿便是我收下的徒弟，与木石居，与鹿豕游。壮士不要笑我么？此番老衲适从黄山采药归去，途过此间，在前边松林之下稍憩，睡魔忽来，瞌睡片时。及至醒来，不见了我的乖，方才赶来，见它们正在和壮士玩耍，深恐有累壮士费力，所以呵止。"

继云道："大师道行高深，所以能指挥神猿。小子得识大师法颜，荣幸得很。小子天涯奔走，爱国伤时，只恨没有机会可以报国。不知大明何时能够光复旧物，还我河山？千乞大师指示迷津。"

无碍和尚微微叹道："流寇作乱，强邻窥伺，虽是明祚已衰，却也是人民浩劫，莫可挽回。前途茫茫，难说得很。然而天定固能胜人，人亦定能胜天。壮士既有忧国忠心，义无反顾，不计成败利钝，唯力是视，假若人心一致，努力前进，那么天视自我民视，天听自我民听，众志成城，精诚感格，末运未必不可挽回。以老衲看，壮士前程自有一番光荣伟烈的事业，愿壮士好自为之。"

继云答道："小子敢不自勉？唯适才大师提起王英民，小子耳边似乎曾闻此名，不知何人，能否见告？"

无碍和尚道："王英民与你可称同志，也是一位爱国英雄。他正在海上创造他的霸业，将来你们二人当可相逢，共事英主，为国增光。日后自能知道，不过各人的终场也许不同罢了。”

继云见无碍和尚说话若隐若现，总像带着玄机，不肯泄露的形景，所以也不再细问。无碍和尚又道：“壮士请即上道，老衲也要告辞了。但请诸事谨慎，自可免缧绁之厄。”说毕长袖一挥，回身便走，二猿忙即跟着同行，举步若飞，倏忽不见。继云暗暗惊叹，听他言语，知道自己将来尚有一番事业可做，不胜欣喜，至于生死成败却不顾了。遂整整衣襟，扑去身上尘沙，依旧向前赶路。

有话即长，无话即短，这一天继云已到了湖州。那湖州是太湖流域中一个富饶之区，本来是很繁华的，但因受了军事影响，那地方已被清军占领，旗兵到处骚扰，精华损失不少。后来博洛委了一位知府前来治理，又将军纪整饬一番。那知府姓苏，是个汉人。即用怀柔方法来笼络人心，地方上遂渐渐复了旧观。

继云没有到过邴家的，入得城来，一路问讯，方才走至邴家门墙。猛抬头见门上钉着麻幡，不由一惊。继见白布上面写着老太爷，知道他姐夫邴超宗的父亲故世了。一脚踏上阶沿，见墙门里立着一个中年的家人，正在和一个卖糖的小贩抽签赌钱，见继云走来，便拿着签子问道：“你是谁？到此来找谁的？”

继云道：“你家老太爷几时故世的？”

家人很不耐烦地答道：“已近一年。你到底找谁？”

继云道：“我来看你家小主人邴超宗。”

家人一边听他说话，一边看签，喜得直跳起来，把四支签子还给卖糖的道：“你看吧，一对梅花，一对至尊，这次我一定赢了。快拿糖来吧。”

继云见他这种神气，也很焦躁地道：“你家小主人在哪里？我要去找他。”

家人瞪着眼冷冷地答道：“不在家。”

继云道：“那么我便找你家夫人。快快领我进去。”

家人又对着继云相视了一下，口里叽咕着说道：“又要找起夫人

348

来了？你和我家夫人有什么关系？"

继云那里已有些着恼，又听他要盘问，不由大声喝道："你这人好生无礼，我自然能够找你家夫人而来找的，少停自会明白，你究竟高兴通报不通报，我也自会进去的。"说罢往里就闯。

家人见他说话强硬，神情又凛然不可假以侵犯，忙道："我通报便了。"遂又回头对卖糖的说道："你不要跑掉啊！"向里匆匆走去。等了一歇，回身出来说道："贵客尊姓？"

继云道："我姓赵。"

家人道："夫人请赵爷到内厅相见。"

继云点点头，遂由家人引导，一路走进宅中去。邴家房屋十分宽大，且极闳丽。来到内厅相近，已有一个侍婢在那里含笑相迎。家人到此止步，由那侍婢领导进去。渴欲见他胞姐之面，埋头便走。到了内厅，只见一位年可二十一二的少妇，虽是穿着素服，而腰肢婀娜，丰姿腴丽，容光焕发，颊上和樱唇上还薄薄施着胭脂呢，立在大明石屏风边，似在等候客人的模样。

继云一见，不由狐疑起来，暗想：我的姐姐在哪里？这又是谁呢？不便询问，所以呆呆地立定身躯。那侍婢说一声赵爷到了，少妇含笑盈盈，走上前来，敛衽为礼。继云慌忙还礼。少妇发出乳燕般的娇声问道："尊驾从哪里来？外子有事出去，有失招待。刚才邴贵入内报告说尊驾必欲相见，故请尊驾到此。不知道有何事情，请坐了再谈。"

继云听了少妇的话，更深猜疑，又听伊称呼邴超宗为外子，明明是我姐丈的夫人了？那么我姐姐到哪里去呢？又不能造次盘问。这时侍婢已送上茶来，那少妇见继云这种尴尬形景，不由将手帕掩着口咯咯笑道："你究竟是来找谁的？我与你素昧平生，怎么又必要找我呢？"

继云被伊这么一问，不觉面上微红，不得已说道："邴超宗便是我的姐丈，所以我来找我姐姐。何以我姐姐没有出来见我？"

少妇听了这话，点点头，脸上稍微有些异容，遂答道："原来如

349

此，这件事我也有些不明白，未便奉告。那么请你稍坐，待他回家后再讲吧。"便命侍婢引继云到外面书房里去小坐。

继云只得跟着侍婢出去，来到书房中坐下。侍婢返身即走，剩他一人独坐室中，至为无聊，暗思：这事真是蹊跷，邴超宗的夫人便是我的胞姐智珠，怎么现在有了这个少妇，我姐姐不见，不知何故？我方才问伊时，伊又不明白回答，令人好不难过。总而言之，我姐姐不出来亲自见我，此中必有缘故，莫不是伊已……继思少停问过超宗，便知端倪，我此时何必妄自猜测呢？只得独坐等候。书房中邺架庋藏，琳琅满目。但是继云却不喜欢看书的，所以宁可闷坐，不欲展卷。

直等到天色将晚的时候，听得外面步履声，走进一个人来，丰姿潇洒，正是邴超宗。一见继云，呆了一呆，继云也已立起身招呼。第一句便问道："超宗别来无恙，我姐姐在哪里呢？怎么不容我见面？"

超宗一边拉继云坐下，一边叹口气说道："继云，不要提起吧，提起这事，令人伤心。家父在前年病故，方于苫次之中，令姐又弃我而逝。寒门不幸，怎不使人意冷心灰？唉，风木之悲未已，鼓盆之戚又来，这一年多的时日，可谓创巨而痛深了。"说到这里，超宗面上罩着一种悲痛的形状，眼眶里隐隐含有泪水。

继云却不禁直跳起来道："什么？我的姐姐死了么？哎哟……"继云姐弟情深，不料跑到此间，突闻凶信，所以大哭起来。超宗也陪着淌泪。

继云哭了一会儿，忽然止住，又向超宗诘问道："我姐姐患的何病？怎么没有通报？"

超宗答道："自家父死后，令姐帮着一同主持丧务，未免辛劳过度，所以离开家父逝世的时候不到一个月，令姐突然寒热来临，一日夜便尔香消玉殒。虽在当时请医诊治，然而药石无灵，天人永隔。我的心真是痛上加痛，片片地碎了。那时曾遣急足到金华通报的，怎么内弟没有知道呢？"

继云道："实在没有知道。你差谁人来的？"

超宗顿了一顿道："遣的下人何长福，只是现在他已返乡去了，不在这里。内弟此行打从哪里来？"

继云本性很是爽直，遂告诉超宗，自己出门满拟到鲁王那里投军立功，不意鲁王早已失败，遂到杭州去走一遭，行刺贝勒博洛未成，失散了两个同志，遂想到这里来探望胞姐，哪里知道胞姐业已逝世，心中非常悲伤。

超宗道："流泪眼观流泪眼，断肠人看断肠人。此之谓矣。"

继云也长叹一声，又问道："我姐姐的灵柩现在何处？我要拜奠一番。"

超宗道："已和先父一同在祖茔上安葬了，缓日当伴内弟同去。现在内弟左右无事，何不在此间稍住数日？"继云点头答允。

这时下人送上面汤水来，二人洗过脸，天已黑暗。下人又掌上灯，送茶送水，招待十分殷勤。超宗因为继云第一遭上门，便治酒馔款待继云。席间酒过数巡，继云急欲打开方才的闷葫芦，便问超宗是否已娶续弦，适才所见的丽姝是不是新夫人？超宗被继云一问，不由面上微红，嗫嚅着答道："是的。本来我在丧服之中，没有这样的心绪。况且令姐病故不久，哀思未已，何忍再续鸾弦？只因家务很繁，缺乏内助，我又只会吟风弄月，不善治理家政。凑巧有人来代我做媒，我不得已而有此举。在丧服未满期中，草草成礼。内弟幸勿笑我。"

继云听了便道："这也怪不得你。"但是心里暗想：你这个人未免太轻薄了，父死未满三年，便与人家论婚，这是不孝。妻亡不久，便娶继室，这是不情。可笑他枉自称饱学之士，却有这种悖谬的举动，其人格卑鄙可知。我姐姐现在已死，我和他并无很深的关系。我在这里稍住数日，再作道理便了。遂又谈些地方的情形，席散后，超宗特辟一间精美的客室，为继云下榻。

次日继云便要超宗同至他姐姐墓上一视，超宗却言要赶某绅士的宴会，不能同去。直到第三天的早晨，超宗雇了一只小船，动身

351

同至邴氏祖茔去祭扫。继云先至超宗亡父的墓前拜奠后，又至他姐姐智珠墓旁凭吊香冢，洒了不少眼泪，方才回去。

继云在邴家一连住了数天，觉得超宗待他很是冷淡。又见超宗虽居父丧，却一些没有悲哀之情，态度僄薄，不像端人。明明是斯文败类，假托风流，时常伴着新夫人在内室饮酒吟诗，闲情逸致，把继云看得肚胀了。自思我姐姐枉自有了才华，嫁了这种人。当时都是我父亲不好，不能识人，却还以为邴超宗是才子呢？唉，才子才子，误尽天下许多人。其实才不以治国，休说治国，治家也不能。处此乱世，还是我辈武夫，心中却要想为国复仇呢。像邴超宗一流人，真是心死已久，行尸走肉，一无价值。我姐姐幸亏已死，若还生在世上，一定也要怨恨大错铸成，白白气死的了。但是我姐姐的病故，总觉得有些突兀。邴超宗告诉我的话，吞吞吐吐，未能详细，令人猜疑。又有这新夫人不知伊的来历如何，也觉得有些不明白。所以他很想探听一点，可是他身为客乡游子，举目无亲，向谁去访问呢？

有一天，继云吃过午饭，超宗有事出外去了，他一个人踽踽然地回到室中，独坐在椅子里，想起东方俊民和克满二人，颇思即日离开回湖州，出去寻找他们。因为自己胞姐已死，住在邴家也是无味，何必寄人篱下，过这种无聊生活呢？他想了一歇，很无聊地在椅上打起瞌睡来。实在像继云这种人不惯闲居无事，他在此住了几天，筋骨都觉松弛了。少停醒来，日影已西，伸个懒腰，立起身来，走出自己所住的客室，要想到书房里去，瞧瞧邴超宗可曾归家。

步经回廊，见右边有个月亮洞门正开着，洞门上镌着四个绿色的小字"曲径通幽"。继云知道这里面有个花园，前天超宗曾伴着自己入内一游的。此刻无事，何不进去走走，换些新鲜空气？他心里这样想，脚下早已踏进去了。此时已在三秋，篱中菊花盛放，黄的白的紫的，五光十色，很见冷艳。园中假山甚多，堆叠得玲珑曲折，引人入胜。也有几处亭台，还有一对白鹤养在笼中，引吭长鸣，好似抱着不能高飞的缺憾。继云看了，大有感慨。

没着荔枝小径，信步走去，忽闻有很低的哭声，掩掩抑抑，十分悲戚，从对面假山洞里传出，是女子的声音，不觉逗起继云好奇之心，遂将头一低，走进假山洞，骤觉黑暗。转了两三个弯，豁然开朗，前面四周都是假山石，高高围着，上面露出台面大的天来，此身已在假山中了。见旁边石上坐着一个年可十八九的婢女，低着头在那里哭泣。听得足音，回头瞧见继云，不觉喊了一声啊哟，立起身来想走。继云早已展开双臂，拦住去路，说道："你是这里的使女么？为何在此独自哀泣？可有什么冤屈的事，照情实说，休要害怕。我赵爷决不为难你，且肯助你一臂之力。"

那婢女揩着眼泪答道："赵爷，我有话不敢说。"

继云道："你尽管直说不妨。"

那婢女又道："此事与赵爷有关，并且事情重大，婢子实在不敢说。"

继云听说和他自己有关，不由更起猜疑，又见她不肯直说，心中好不焦躁，便将脚一跺道："唉，凡事你总须直言，今天不说也不成了。不过我总不肯牵连及你，现在你可直说了？"

那婢子遂说道："小婢名唤金桂，一向在夫人身边的。"

继云道："你本在我姐姐身畔伺候的么？那么你快将夫人如何病故的情形直说出来。我对于此事很是疑心。现在听了你的说话，更使我加重了怀疑。"

金桂道："赵爷，小婢现在实说了吧。夫人生前一向爱我，所以待我很好，从来没有对过我疾言厉色的。小婢对于夫人也是心悦诚服，自幸得逢贤主妇，使我不致受奴隶的苦楚。不料我家少主人风流成性，时时要到外边去沾染野草闲花。因此夫人心滋不悦，常常向少主人规谏。起初少主人还假意听从，后来却漫无顾忌。夫人奈何他不得，时常背着人偷弹碧波，自怨遇人不淑。又说少主人枉读圣贤之书，却做了狡童狂且，是名教中的罪人。小婢见夫人郁郁不乐，只得用话来解劝。但是哪里可以使夫人忘忧弃愁呢？在老主人逝世以前，已闻得少主人在外眷恋着一个小家碧玉姓杨的，老主人知道了这个消息，曾把少主人教训一顿，父子之间发生龃龉。老主人本来有病的，受不住气恼，遂致一病不起。少主人自老主人死后，愈加无忌，扬言要纳姓杨的为簉室。夫人不允，和他争执过两次，终不能挽回他的决心。一天夜里，夫人忽然得着暴病故世，少主人便把伊草草成殓。亲戚也没有通知，人家都有些疑心，不知道个中内幕。婢子虽然知道，却自问没有这能力代夫人出场申冤，因此心里悲伤，永远不会去掉。现在闻得赵爷到来，欲思把这事奉禀与赵爷知道，但是一则胆小不敢，二则势难与赵爷接近，无机见面，因此在这里哭泣，一泄小婢心中的悲痛。不知怎样的会和赵爷相遇，莫不是夫人阴灵指使么？"

继云本来疑惑，现在一听金桂如此说法，明明可知他姐姐死得冤屈了。可恶的超宗，还要哄骗我自己说什么曾请医诊治，又说差人来报信的呢，便道："金桂，你快快说来。"

金桂道："小婢本睡在夫人后房的，便于差唤。那天晚上少主人吩咐我睡到楼下去，夫人一定要我住在楼上，争辩了数次，少主人遂命我睡在外房了。那夜我睡到下半夜，忽然自己惊醒，辗转反侧，难以睡眠。突闻夫人房里有惨呼的声音，似乎是夫人发出来的。只有两三声，以后便寂寂无闻了。那时小婢心里跳动得很厉害，蹑足下床，向板壁缝中偷窥进去，只见少主人穿着睡衣，一手拿了一块手巾，方在揩拭他衣上的血迹呢。面色也变得异常凶狠，不似平日一样了。我吓得不知所云，又不敢声张，只得仍到床上去睡。哪里再会睡着？挨到天明，正要披衣起来，少主人也开了房门走出来了，向我厉声说道：'你昨夜可听得什么声音？'小婢只得回答道：'没有。'少主人又道：'此后不论何事，不许你多开口，否则要你的命。'小婢遂唯唯无言。少主人便说夫人得了急病逝世了。后来我潜至房中一看，见夫人躺在床上，面色可怖，明明是被少主人害死的，却不知道用什么方法。当天夫人的遗骸便收殓的，此事只有小婢一个人知道，可怜我又有什么能力去代夫人申冤呢？"

金桂告诉到这里，继云愤怒得面色都发青了，两只眼睛喷得出火焰来，两臂筋肉都坟起，握紧了拳头，大声说道："原来如此，超宗狗贼，你把我姐姐害死，伤尽良心，比较那薄幸的李益、负义的王魁还要凶狠。世间焉能容此贼子？有我赵继云在，必要代我姐姐复仇，好使我姐姐阴魂得以安慰。"

金桂见了继云发怒的情景，又吓得瑟瑟地抖。继云对伊说道："你不要害怕，我自有对付方法，不致连累及你。你也不用在此间哭哭啼啼，免得被他们听见了，要怪怨你的。我去了。"

说毕回身钻出假山洞，仰天叹了一口气，睹着篱畔的黄菊，呆了一歇。他心中的悲哀，在他隐隐含着泪滴的眼眶子里可以瞧得明白。他将牙齿咬得咯咯地响，一步一步地走出了园门，回到书室中去。想出一个主意，当夜依旧忍着不响，预备明日发作。著者恰好趁此间隙，先把邝超宗如何害死他夫的前因后果交代一下，好使看书的明白。

原来邝超宗风流放荡，喜欢偷香窃玉，在妇女面上用功夫。他有三个志同道合的好朋友，一个姓裴名叔度，一个姓唐名慕宋，一个姓毛名漱碧。都喜欢吟咏，曾和超宗组织一个诗社，唱酬为乐，自比于唐祝文周，称为湖州四灵。其实当此国家危亡之际，士大夫当该提倡节义，挽救国难。如顾亭林所谓国家兴亡，匹夫有责。岂容他们这些浮华放诞之士呢？然而湖州地方却很有许多少年子弟景慕他们，而附和在一起的，他们便主了文章坛坫。真是国家将亡，必有妖孽了。

超宗初娶智珠，自以为得了一个道韫第二的妻子，享尽人间艳福，常在同伴中夸张，且把智珠作的诗词给众人观读，人人称赞，个个歆羡。不料智珠是贤妻而非美妻，伊是深守女诫的女子，处处彬彬有礼，很不以超宗风流奢靡为是，所以夫妇之间隔了许久，意见不能融洽，有了裂缝了。超宗既对于智珠不满，故态复萌，时时要到外边去走走，以遂他猎艳之愿。

有一天，正是暮春三月江南草长的时候，那超宗忽动游兴，约了毛漱碧、裴叔度二人到郊外踏青。三人在路上自命为诗人，所以口中时常哼哼唧唧地咿唔不绝，什么联名啊，偶感啊，好像眼前所见的事事物物是他们作诗的资料。可惜他们没有携带一个奚童，好学李长吉偶得佳句，贮之锦囊呢。

在归途中，三人摇摇摆摆，走到一处僻巷，乃莺啼巷。裴叔度道："莺啼燕语，安得一聆此声。巷乎巷乎，空负此名矣。"

超宗却抬头见左边一家人家，矮墙内桃花正开得似锦霞一般，落红片片，时堕墙外。不觉也掉着斯文说道："落英缤纷，桃花源其在此乎？我最爱人面桃花之诗，偶一吟咏，令人神往。"

毛漱碧接着便念道："去年今日此门中，人面桃花相映红。人面不知何处去，桃花依旧笑春风。"

漱碧刚才念至末句，忽听呀的一声，双扉轻启，走出一个妙龄女子来。身上虽是穿着布衣，而云鬓花颊，明眸皓齿，一种流丽的神情，使人见了情不自禁要赞一声天生尤物，我见犹怜了。裴叔度张开着嘴笑："好个'人面桃花相映红'，方便说'人面不知何处去'？现在人面来了，这般可喜娘罕曾见，小生这里骨软神迷了。"

那女子虽然不懂他们掉的句子，但是蓦地瞧见了三个文绉绉的少年，六只眼睛只在伊身上滴溜溜地看个不止，嘴里又是叽叽咕咕说什么人面不人面，明明是讲伊，不觉有些羞涩，不便走出来，也不缩回去，却立在门边，低着头，一手拈弄衣角，默默无语。因此三人看了个饱。却为对面又有行人走来，不好意思我所伫立，遂渐渐走过去，兀自一步一回头地望着背后，恋恋不舍。恰巧那女子也抬起头来，一双秋波正和超宗的双目打了一个对照，不由嫣然一笑，立即把门关上，回身进去了。

古人云，一顾倾城，又云一笑千金。在这美人的一顾一笑之中，自古以来不知倾倒了多少痴男子？超宗被这一顾一笑，不由魂灵飞越，几乎要跟随彼美一齐进去了，便对二人说道："这一个虽是小家碧玉，却是姿容无双，阴丽华不是过了。"

裴叔度道："情之所钟，正在吾辈。超宗兄天生风流，睹此神女，能不动爱慕之念？金屋藏娇，超宗兄其有意乎？"

超宗带笑答道："不敢不敢。"其实他心里早已被这一笑所吸引而不能摆脱了。

　　所以这天归后，胡思乱想，不能自已。背着智珠作了两首无题的诗，写给裴叔度等求和。唐慕宋那天因为伴着妻子吃喜酒，没有与闻，但他听得之后，也啧啧称美。大家和了一首诗，以为风流艳事。邛超宗益发不能忘情，隔了一天，独自一人走到莺啼巷去，希望重见彼美。早见那墙内的桃花已被风雨打落大半，双扉紧闭，静悄悄的没有人声，何从得窥倩影呢？邛超宗在门前徘徊良久，不得其门而入。

　　心中正在痒痒地没个想法，忽见隔壁一家扬州矮闼式的墙门里，走出一个五十多岁的老妪来，一见超宗便满脸堆着笑容说道："邛大官人一向安好么？今天怎么有这闲暇来此？"

　　超宗见老妪叫他，但他却不认识这个老妪是什么人，不由怔了一怔。又瞧这老妪是个小户人家，且称他为大官人，遂问道："你是谁啊？我一时却不认得你了。"

　　老妪带笑答道："大官人，老身姓吕，一向做稳婆的。大官人不认识我，老身却认识大官人哩。"

　　超宗笑了一笑，心机一动，便道："很好，吕稳婆，我要打听你一个消息。你可老实同我讲。"

　　吕稳婆鼻子一掀，凑近身来说道："大官人有什么事垂询，老身知无不言，言无不尽。"

　　邛超宗指着西边的双扉道："你总该知道这家人家姓什么？他们家有个小娘子，前天站立在门边，恰巧我途过此间，得瞧美容，端的生得秀丽。你可知那小娘子是这家什么人？"

　　吕稳婆是个积世的老虔婆，何等老奸巨猾，伊见超宗问起这个信来，心中早已通盘打算，要笼络他入彀，以便自己可以从中取利了。遂旋转头向两边一望，对超宗说道："有屈大官人到屋里小坐片刻，待老身详细奉告如何？"

　　超宗急于得知彼美底细，且因立在街头谈话，究属不便，遂点头道："好的。"于是遂跟着吕稳婆走进矮围，里面乃是一个小小客堂，十分肮脏。吕稳婆将一张椅子拂拭干净，请超宗坐下，又去倒上一杯茶来。茶杯粗劣得很，而且中间满积着深黄的垢痕。超宗哪里要喝，便道："吕稳婆，请你快快告诉我吧。"

吕稳婆笑了一笑，然后在旁边立定，开口说道："我们隔壁这家人家是姓杨，他们只有父女两人，和老身是十多年的老乡邻了。那女子小名阿凤，老身看伊自幼长大起来的。小妮子生得果然美丽，谁见了不会生爱呢？伊的父亲年纪已有六十岁了，我们都唤他杨老爹。一天到晚只是喜欢喝酒，喝醉了一觉睡到天明，什么事都不管了。阿凤的母亲早已故世，亏这小妮子十分伶俐，能够竭力对付家事。而且绣得一手好针线，现在杨老爹一个大钱也不赚，所有他老妻积蓄下来的一些钱也快用光了，都是靠阿凤刺绣得来的钱，贴补而用的。所以阿凤也很可怜的，遇着了这位父亲，若是嫁得一位如意郎君，阿凤便交好运了。然而杨老爹偏偏糊糊涂涂的，对于女儿闲事却不放在心上。有代他做媒，他只是答应了不干。若是尽管这样下去，岂不要把阿凤如花似玉的年华蹉跎过去么？"

吕稳婆说到此间，略一停顿，又向超宗脸上瞧了一眼，再说道："大官人，你瞧阿凤美丽不美丽？"

超宗笑道："不美丽我也不来向你探问了。"

吕稳婆道："难得邴大官人赏识，这是那小妮子的荣幸。老身还有一句话要向大官人说个明白。阿凤今年一十有七，只伊是埋首刺绣，她家一个雄苍蝇也飞不进去的。"

超宗笑了一笑道："雄苍蝇都飞不进去么？只要有人介绍便成了。"

吕稳婆却不接口，超宗忍不住说道："你不是和她家十分相熟么？那么介绍之力全赖你了。"

吕稳婆早已瞧科了七八分，笑道："老身时常到阿凤家中去看伊刺绣的，老身与阿凤亲热得很。大官人如有所委托，老身无不尽力。只是大官人凡事须要听老身的话，一切都可成功。"

邴超宗点头笑道："这个自然。你若帮我成功了这事，将来自有酬谢，决不食言。"

吕稳婆道："大官人挥金如土，谁不羡慕？老身要靠大官人的福气哩。"

超宗道："这事愈速妙，你几时可以玉成？"

吕稳婆道："老身明日便去想法。现在想得一个计较在此，阿凤常依刺绣为生的，前天老身过去看伊，知道伊绣的一件凤凰于飞，快要竣事了。不如待老身打个谎，只说邴大官人要觅一个好针线的，代绣一件东西，故意把绣花价钱说得高一些，伊自然愿意允诺的。那时老身便可借此为名，引导大官人前往，看伊绣花的成绩。然后相机行事，凭老身三寸不烂之舌，包管使这小妮子入彀。不知大官人心中如何？"

超宗跳起来道："好极好极。莫小觑你这婆子，却有这种巧计。"

吕稳婆道："巧计巧计，老身都是为了大官人，搜索枯肠想出来的，只要大官人他日不忘老身美意。"

超宗道："吕稳婆你尽管放下一百二十个心，我有的是钱财，并不吝啬。只要我心里快活，如愿以偿，当使你这婆子一生吃着不尽。"

吕稳婆道："那么我先向大官人道谢了。"

超宗又道："只是绣花这件东西，我没有心思去办，一齐托你便宜行事吧。"遂从身边摸索出二十两纹银，交与吕稳婆，又问道："这数目够么？不够时我再找给你。"

吕稳婆接过银子说道："够了够了，再隔三天，老身当可使大官人和那小妮子见面。"

超宗道："全仗你去干吧，我走了，三天后再来听你佳音。"遂起身走出门外。吕稳婆送至门口，说一声"大官人大后天再见"，邴超宗规行矩步地回去了。

三天光阴匆匆即逝，超宗却好似挨过三个月，好容易盼到日期，午饭过后，他换了一件新衣，向他夫人智珠说去访唐慕宋，饮酒赋诗，自己却悄悄地踅到莺啼巷来。早见那吕稳婆立在门边，等候着他大驾光临哩。超宗走近时，吕稳婆轻轻地唤一声郡大官人，便让超宗进去坐地，又要去倒茶，超宗拦住伊道："我不喝茶，你不必多忙，我急于听你的回音。"

吕稳婆道："前天我已到过杨家去了，告诉阿凤说，本地的富家公子郡大官人有一件绣货，预备送给亲戚的，托我要觅一个针线精妙的人代绣，因此我想到了伊，要把这事托伊，且说郡大官人十分俊爽，只要东西绣得好，虽出重价不吝。伊听说大官人肯出重价，表示允意。我遂约定伊今天将绣件送去……"

吕稳婆说到这里，超宗急问道："绣件送去是另一件事，但是我这个人怎样前去？你难道不曾和伊说明么？"

吕稳婆道："没有说起。"

超宗把脚一跺道："婆子太不会做事了，我的目的是要到伊家中去一睹容颜，怎么你把这件重大的事忘记了呢？不然我又要什么劳什子的绣货？"

吕稳婆见超宗发急，不由歪着瘪嘴笑了一笑，凑近超宗耳畔，低低说了几句，顿时超宗满面喜容，把头连连点了几点，说道："好好，我准依你的话是了。"

吕稳婆遂从房中取出一件白缎子的绣货，展将来开，给郡超宗看道："老身托闵画师画就一幅《丹凤朝阳》，好在阿凤绣禽鸟一类是伊的特长，包管绣得出色。"

超宗笑道："醉翁之意不在酒，任伊怎样绣便了。我前天付给你的钱够了么？"

吕稳婆道："足够足够，不够时老身自会向大官人索取的。"

超宗道："那么快请引导，撮合之功他日决不相忘。"

吕稳婆望望墙上的太阳，笑了一笑，便将绣缎子折叠好，揣在怀中，引着超宗走出门户，把门反扣上，走到西边杨家门前，在双扉上轻轻扣了数下，只听里面有很清丽的声音问道："谁呀？"

吕稳婆答道："凤小姐，我是隔壁吕家，快请开门。"

不多一刻，双扉开处，倩影陡现，阿凤正立在门内。淡扫蛾眉，薄施脂粉，一种娇小玲珑之状，令人魂销骨醉。但是伊的秋波早已瞧见了邴超宗，认得他便是前天门前路过三人中的一个，不由一呆。吕稳婆何等乖巧，一边便让超宗走进，一边便代阿凤关门，带笑对阿凤说道："凤小姐，我来代你们介绍，这位就是本城著名的邴家大官人，是一个风流公子，前天所说起的绣货，便是邴大官人要托老身办的。邴大官人是个又风雅又正派的人，凤小姐你莫羞涩，老身今天引导邴大官人到此，无非要看看凤小姐的刺绣，谅你不至于拒绝的。"

阿凤听了这话，依然羞涩，也不响着，回身望里便走。吕稳婆向超宗挤了一挤眼睛，跟着走进客堂。阿凤遂轻轻地说了一声"请坐"，吕稳婆便同超宗在沿窗边椅子上坐下，左首便是阿凤的绣阁，绿色的门帘掩蔽着，阿凤便走进房去，要想倒茶敬客。可是吕稳婆趁此机会，向超宗努努嘴，超宗立起身来，跟着吕稳婆一掀门帘，走进绣阁。此时阿凤回转头来，瞧见超宗已同吕稳婆踏进了自己的房门，不由红晕上颊，没做理会处。

欲知后事如何，请看下回。

第十回

蝶醉蜂酣花前订密约
剑光斧影桥下救知交

　　超宗很得意地游目四顾，见绣闼内虽不堂皇富丽如富贵人家一样，可是一榻一几，都收拾得清洁非常，朝外一张有踏板的木床，青布的帐子，大红花绸的棉被叠得很是齐整。沿窗一张桌子上，放着一个青花白瓷的小瓶，瓶中插着几朵蔷薇花，旁边还放着几本小书，大概阿凤识字的。西边靠着一张小妆台，放着绣花的绷架。由窗内望到窗外，是一个很幽静的天井，庭中有一花坛，花坛上种着许多花，姹紫嫣红地正在盛放。还有一株桂树、一株碧桃，超宗不由赞一声好。

　　吕稳婆先请超宗坐了，然后再向阿凤说道："凤小姐不必忙，这位邴大官人虽是豪贵公子，却也很随便的。杨老爹呢？"

　　阿凤答道："我父亲么？他出去闲逛了。"

　　吕稳婆道："杨老爹真好逍遥自在。他每天老是不在家，东走走，西逛逛，灌足了黄汤归来，倒头便睡，天塌的事情都不管。亏得凤小姐十分贤惠，十分能干。年纪轻轻独自能够管理家务，收拾得如此清洁，还要很认真地刺绣赚钱。老身活了这些年纪，实在没有瞧见过第二个小娘子像凤小姐这样好了。"

　　阿凤正倒了两杯茶，送至超宗和吕稳婆面前，听得吕稳婆满口称赞自己，不觉两颊绯红，伊的蛾首越发低得抬不起来了。

　　吕稳婆喝了一口茶，便指着那绣花绷架，对超宗说道："大官人，你试瞧瞧凤小姐绣的花不是十分精美么？"

超宗咳嗽一声，立起身走至绷架旁边，一看那架上绣着的花朵，果然又饱绽又精细，配得绒线十分平伏，还有一对凤凰，也绣得栩栩欲活。遂回转头紧视着阿凤，一笑道："妙啊！这位姑娘真是天生妙手，绣得这样佳妙，往昔的薛灵芸亦不过如是。妙哉妙哉！"

阿凤在超宗俯首看绣花的当儿，本来已把伊的螓首暗暗抬了起来，妙目微盼，把邴超宗的后影瞧了一下，觉得姓邴的正是风流潇洒，比较前天门前所见更觉亲切。现在不知怎样的吕稳婆领了他走到自己绣阁来了，芳心不由怦怦跳动。恰巧超宗回转头来，彼此打了一个照面，又听超宗口里妙妙妙地赞个不休，心里又惊又喜，又羞又怯，回首瞧着瓶口的蔷薇花，默默地出神。

吕稳婆便过去一拉阿凤的衣襟，说道："凤小姐，我们大家坐下谈谈吧。"

超宗仍回到原座，阿凤却远远地在东边靠墙一张凳子上侧身坐下，吕稳婆坐在二人中间，先对超宗说道："大官人已瞧过凤小姐的东西，且蒙你极口称赞，可知心中非常满意，也不负老身今日导引大官人来此一行了。现在大官人要绣的物件待老身交与小姐吧。"

超宗点点头，吕稳婆遂将那绣货双手奉与阿凤，说道："有烦凤小姐玉手一绣。将来邴大官人自当重重致谢。"

阿凤接过，略一展视，折好了放在一边，然后带笑说道："我的刺绣不十分好的，承蒙吕婆婆介绍我绣这珍贵之物，绣得不好时，要请邴公子鉴原。"

超宗道："凤姑娘何用客气，你的妙手我已亲眼见过，这事要麻烦你了。他日自当重酬。"

阿凤掠着鬓发，却不答话。吕稳婆却当着超宗的面，又把超宗家中如何富有，超宗人品怎样潇洒要，夸扬不绝。超宗听了，暗暗叫一声惭愧。这婆子端的牙口伶俐，把我抬到三十三天之上了。又瞧阿凤静坐着，仰望吕稳婆讲话，并无厌倦之色。自觉这事初步顺利，缓日水到渠成，当不难达到我的愿望。今日不如适可而止，就

363

此走吧。想定主意，便对吕稳婆道："这事已拜托了凤姑娘，很觉放心，现在我在他处尚有一些事情，隔一天再来拜访凤姑娘吧。"

吕稳婆也立起身来说道："大官人有事要去，老身也不便多留。好在凤小姐家里很幽静的，缓日务请大官人再来。"

超宗道："好的。"一边说，一边偷瞧阿凤一双水汪汪的秋波正斜瞧到自己身上，遂又向阿凤一揖道："凤姑娘告辞了。"

阿凤立即起身答道："公子慢请。"于是吕稳婆伴着超宗，走出阿凤的绣闼。阿凤也随在后面相送。

将至门口，吕稳婆开了双扉，将阿凤推住说道："凤小姐，这倒不必客气的，免得被人家瞧了不方便。现在的人良心坏极，专会造事生非，兴风作浪的。你可留步吧。"

阿凤点点头，看二人走出门外，便道："吕婆婆你常常来啊。"

吕稳婆道："要的，我要来得你讨厌哩。"阿凤随即把门关上，回身进去了。

超宗重又跟着吕稳婆折到吕稳婆的家里，吕稳婆带笑向超宗说道："大官人，恭喜你的第一步计划已告成功，你瞧阿凤虽很幽静而羞怯，可是对于大官人却并无峻拒之色，以后这事就好办了。"

超宗笑道："全赖你撮合的功劳啊。"

吕稳婆道："再隔四五天，大官人托词要看绣货，再到这里，老身当使好事早谐。"

超宗道："我十分心急，希望这事愈早愈妙。你说第二步计划怎么办呢？"

吕稳婆道："大凡女子们多贪小利的，到那里大官人可以先奉十两银子，作为绣花的报酬。阿凤小妮子年年压金线，为他人作嫁，没有得到这样重酬的。银子到手，自然心喜。此外大官人又费些钱去买一匹湖绉，送给伊做衣料。伊若接受了，这事就十分有八九可成。大官人可以放胆做了。这就叫作安排香饵钓金鱼，若不下饵，鱼儿不会上钩的。至于其他的事，神而明之，存乎其人。好在大官人是风月场中的能手，自会伺隙而进，得心应手的。不过杨老爹处

364

也须孝敬他一些东西。他生平最爱的是酒，送他两坛子绍酒，比较什么东西都好。"

超宗大喜道："吕稳婆，你真是女诸葛。这些事我就一切托你吧。"遂从身边取出十两银子，交与吕稳婆，教伊另外再购些阿凤心喜之物，一齐送给伊。

吕稳婆接了过去说道："老身理会得。"

超宗又摸出十两纹银，送与吕稳婆道："这一些是我给你的。"

吕稳婆将手摇摇道："啊呀，老身无功不敢受禄，且待他日好事成就以后，再领大官人的赏赐。此刻哪里好受呢？"

超宗道："他日事成后，我自当格外重谢。现在这一些是送给你添件衣服的，你若不受，莫不是嫌少么？"

吕稳婆道："大官人即是如此说法，老身不受时，要算不懂抬举了。"遂伸手接过，谢了又谢。

超宗又道："我准再隔三天前来，请你好好去办吧。"说毕摇摇摆摆地走回去了。

三天过后，邝超宗喜滋滋地又走到吕稳婆家里来。吕稳婆满面春风，迎着说道："大官人教我知道欢喜，你吩咐老身所办的事都办妥了。阿凤小妮子起初不肯受你的衣料，后来经我再三说项，伊始收下。此外老身又购些伊心爱的食物送给伊，且言大官人挥金如土，将来常有绣货托伊代绣，不吝出重价的。幸喜我们所撒的香饵伊已上钩了，至于那杨老爹处，已送他两坛子酒，他听说阿凤能够多赚钱，格外高兴。昨天过去瞧阿凤，知道他已喝去半坛子酒了。将来大官人只要常送酒与他吃，别无问题。"

超宗拍着手道："吕稳婆，你果然能干，不辱使命。你的大功将来永不会忘记的。"

吕稳婆露着黄牙笑道："老身哪里敢当这功劳呢？只希望你们俩早成一对儿，老身就欢天喜地了。"

超宗道："很好，闲话少说，请你就引导我去走走吧。"

吕稳婆遂又引着超宗来叩杨家的门，依然是阿凤出来开门迎客，可是阿凤羞涩之态，较前已好多了。伊见了超宗，便含笑点头，唤声邰公子。超宗也叫应一声凤姑娘。阿凤倒着头让二人入内坐地，超宗问道："我的绣货凤姑娘动手了么？"

阿凤答道："昨天已绣得一些在那里。"

吕稳婆道："我引大官人去看看如何？"

吕稳婆遂同超宗踏进阿凤的绣阁，阿凤也跟着进房，拿了两个杯子去倒茶过来。吕稳婆遂指着绷架上绣的《丹凤朝阳》向超宗说道："凤小姐绣工果真是不错啊。"

超宗俯身细瞧，已绣好了一朵花儿，实在很工细，足见阿凤格外用心绣来的。便又称赞几句，和吕稳婆一同坐下。阿凤向超宗道谢，超宗谦逊了几句，三人坐着，谈起天来。超宗先问问阿凤以前的家世，阿凤随口应答，美目流盼，超宗此时虽未曾真个魂销，然而他的一颗心被阿凤吸引过去了。吕稳婆在旁瞧着他二人的情景，又想起前天自己代邰超宗送给阿凤东西的时候，阿凤曾向伊细细盘问邰家的详情，不觉把头颠了几下，带着笑对二人说道："邰大官人是个风流老子，凤小姐是个绝世佳人，你们在此相逢，可说有缘。无缘的决不会如此，便是老身也算有缘呢。"说毕，呵呵地笑个不止。

阿凤被吕稳婆这么一说，这么一笑，两朵红云不由飞上梨窝，超宗心里却得意之极。想起了吕稳婆的叮嘱，便从身边取出十两银子，放在桌上说道："我此刻先付十两，以后绣守时，还当加倍重酬。"

阿凤推辞道："要不了这许多，何必一定要先付呢？"

吕稳婆道："大官人素性直爽的，只要凤小姐绣花好，断不计较。凤小姐不必客气，收了吧。"于是阿凤不再推辞了。

吕稳婆又道："今天大官人无事，不妨在此宽坐。待老身去预备些肴馔，奉伴大官人和凤小姐畅饮三杯。"

超宗听了，知道吕稳婆的意思，暗暗佩服伊想得出方法，只要阿凤不推却，第二步的计划已告成功。我把这个好机会断不可失之

366

交臂。

　　吕稳婆说毕掀帘而出，室中的二人默然对坐，默默无语。超宗遂假意指着绷架上绣成的花朵，问了几句，阿凤一一回答后，超宗遂和阿凤对坐在沿窗桌子边闲谈。阿凤觉得超宗言辞蕴藉，确乎是个风流斯文的王孙公子，想不到他会到我这里来多所缠绵，莫非真如吕稳婆所说的有缘么？古诗说得好："有女怀春，吉士诱之。"阿凤方在豆蔻年华，情窦初开，小姑居处犹无郎。以前虽有些少年羡慕伊的姿色，有心向伊追逐，但是伊的眼界很高，都不能动。现在遇到了邴超宗，真如伊日常所看小书上的才子一流人物，其间又有吕稳婆花言巧语地撮合，伊的芳心不知不觉地软了许多。所以邴超宗很容易地身为入幕之宾，得亲美人香泽了。

　　超宗一边谈话，一边瞧着伊的眼波眉黛，端的全身没有一处不令人可爱，他既然是个假借风流的狂且，美色当前，焉能以礼自守，不做妄想呢？隔了一歇，超宗立起身来，走到窗边，指着庭中的蔷薇花道："这花开得真是烂漫，我想采一朵插在襟上可好？"说罢走到庭中去。

　　阿凤跟着走将出来，说道："邴公子，这花有刺，摘采时切须留神。待我代你采一朵吧。"遂抢先走过去，采了朵淡红色的，便走来代超宗插上衣襟。超宗见了玉手尖尖，心中又一动，不料那朵花插着没牢，落在地上。超宗连忙俯身去拾时，正在阿凤三寸弓鞋的旁边。香莲如钩，瘦不盈握，滞人欲醉。不由对着阿凤微微一笑，阿凤却把头低了下去。

　　超宗把花插上了，见许多蜜蜂在花丛中醋飞，嗡嗡然的声音十分热闹。又见一对蝴蝶从夹墙飞过来，翩翩跹跹，忽上忽下地飞舞着。忽然飞到阿凤耳边，阿凤把手一掠，蝶向旁边飞去。超宗忍不住对阿凤说道："凤姑娘，你看这一对蝴蝶双双厮并着，飞来飞去，何等的亲爱？物犹如此，人何以堪？"

　　阿凤低着头不答，超宗却仍旧说道："我与凤姑娘相见，也是天假之缘，良缘难得，不知凤姑娘以为如何？"

这时阿凤的芳心已被超宗游词所挑动，伊究竟不是大家闺秀，焉能庄重自矜？宛如浓桃艳李，任彼游蜂浪蝶厮缠了。因此樱唇微启，欲言不言，笑了一笑。超宗见有机可乘，便施展出他的手段来，甜言蜜语，说了许多，竟向阿凤表示爱心。在一般人看来，总以为恋爱神圣，断无有如此急速。不过超宗和阿凤非贾宝玉林妹妹一流人物，比较桑间濮上，采兰赠芍差不多。读者断不可把高尚的眼光去看待。所以阿凤听了超宗甜甜蜜蜜的说话，又瞧着超宗风流模样，心中再也不能自持，微微叹了一口气。

超宗问道："凤姑娘为什么嗟叹？"

阿凤抬起头来，对超宗看了一看，依然又低倒下去。超宗走近一步，偎傍着伊的娇躯，又说道："凤姑娘，我说的话可对？你为什么只是叹气呢？"

阿凤道："承蒙公子垂爱，感激得很。不过我自叹蒲柳之姿，没有这个福气。"

超宗道："此话怎讲？"

阿凤抬起头来，双眉微蹙，低低说道："公子，你不是已有了夫人么？闺房中自有好逑，何必恋恋于我这个不祥之身呢？"

超宗道："原来为此。我的夫人赵氏，伊虽有学问，而性情愚拙，容貌还不及凤姑娘。因此我把爱伊之心，换了爱你。只要我能爱你，还顾虑什么呢？"

阿凤听了超宗的话，仍是不响。超宗心里有些焦虑，便又道："你要千万放心，我并非薄情之辈。我说爱你，便一辈子爱着你，永远不会变心的。在最近期间，有屈你暂时在此间，你也不必再埋首刺绣，你家的一切家用，我情愿如数供给。将来我当设法迎你到我家里，决不使你有半点儿不快活的事情。"

阿凤带着娇羞问道："这话可信么？"

超宗即指着青天说道："皇天后土，实鉴我心，我若负了凤姑娘，他日不会好……"

说到"好"字，阿凤恐怕他要说出不祥的话，连忙伸出柔荑，掩住超宗的口，说道："我相信你了，不要赌什么咒。"超宗笑笑，遂握着阿凤的皓腕，做出一种温存之态。

忽听外边门响，二人回身进房，见吕稳婆已走来，对二人笑道："我已预备一些，恐公子等得不耐烦，先来通知一声，请你们稍坐一刻，我可就端来了。"

阿凤道："吕婆婆别忙，我真对不起，这应该我来做的。"

吕稳婆涎着脸，笑向阿凤说道："凤小姐，你只要好好奉陪着公子，老身忙些不妨，也使你们一对儿快活。"说罢，笑嘻嘻地退出去了。

超宗遂又坐着和阿凤闲谈，将近天晚，见吕稳婆托着一个大盘前来，盘中放着都是精美的肴馔，一样一样放在桌上。阿凤端好三个人的座位，却放下两个酒杯。吕稳婆便至阿凤厨下烫酒，阿凤去掌灯来。酒热时，吕稳婆拿着酒壶进房，请超宗阿凤对面坐下，自己在旁边相陪。一见桌上只有两个酒杯，阿凤先把杯子放在超宗和自己面前，遂带笑问道："凤小姐，你为什么只放两个酒杯？"

阿凤道："我不会喝，你们喝吧。"

吕稳婆道："你父亲镇日价喝酒，凤小姐怎的一杯也不喝？今天你和邝公子一起，也是千载一时的良缘，怎可以不喝呢？"

超宗也道："凤姑娘不妨喝一杯。"

阿凤闻言一笑，便又去取了一个杯子来，吕稳婆遂先代他们斟满了，然后自己也倒上一杯，三人一同坐着吃喝。超宗很称赞吕稳婆制的菜肴，十分精美。吕稳婆一边劝酒，一边说些吉祥的话，宛如媒婆一般，说得甚是连贯。乘间又说些风情话，逗引阿凤。阿凤喝了一些酒，两颊红得如玫瑰一般，双眼水汪汪地更具一种媚态。超宗得意忘形，举杯连喝。吕稳婆忙着添酒，又问阿凤道："不知今晚杨老爹何时归来？"

阿凤道："父亲总要半夜才归，平日时候我也不去等待他的。好在门上有暗门，他自会开门。他回家后烂醉如泥，倒头便睡，什么事都不管了。"

吕稳婆笑道："他老人家这样真是活神仙了。"

又喝了数杯，吕稳婆眼瞧二人已经入彀，好事垂成，于是她便假装着醉，说道："今晚喝的喜酒够了，我头脑昏昏的，只是要睡。你们俩不要错过良宵，老身告辞了。"说罢立起身来，又对超宗说道："好公子，你在此多喝两杯。凤小姐此后望你多多疼爱，也不枉我……"

阿凤忙抢着说道："吕婆婆你不要走。"

吕稳婆道："凤小姐你有公子相伴，老身明天再来了。"遂一步一歪地走出房去。

阿凤跟出去关上大门，回进房中，对超宗说道："我不能再喝了。"

超宗道："不喝也好。"于是阿凤去把吕稳婆端正好的饭盛来，与超宗同食。

晚饭吃毕，便把残肴撤去，端上洗脸水，两人洗过脸后，又坐着闲谈。超宗本是个急色鬼，到了此际，要紧早游巫山。于是这个情窦方开的阿凤，便做了他色欲的宣泄物。一夜风光不必细说。

到得昨天早晨，阿凤梨梦初醒，觉得四肢酥软，正枕着超宗右臂而睡。想起昨宵的事，心中不知是喜是爱地羞，便把超宗一推。超宗醒来，瞧着阿凤云鬓松乱，星眸微伤，一种媚态，我见犹怜，不禁又偎着伊温存一番。阿凤从被里取过一块罗巾，落红滴滴，折好了放在一边，对超宗说道："公子，我的清白身体已被你玷污，以后你将怎么样对我呢？"

超宗道："凤，你千万放心，我不是早已和你说过么？我决不舍弃你，将来必要把你娶到我的家里。那里你就明白了。"

阿凤听了超宗的话，微微一笑。超宗道："你的名字不甚雅相，不如待我代你改了凤仙二字，好不好？"

阿凤道："很好，以后我就叫凤仙。"

超宗又道："昨天我没有听得你父亲回来啊？"

阿凤道："他大约吃得大醉了，不能回家。"

超宗道："这才便宜了我。"

阿凤道："我父亲很易对付。此后你须常来，不必避面。你见了他，包管没事，只要多请他喝酒便了。"

超宗笑道："这个我理会得。"

二人在床上讲了好久的话，看看时候已是不早，遂穿衣下床。阿凤便去厨下烧水，伺候超宗洗过脸，自己也就对镜梳洗。超宗在旁看着，很是得意。忽听敲门声，阿凤挽着头发，出去开门，见是吕稳婆，便说声"早啊"。吕稳婆手里托着一盘，盘里放着两碗东西，带笑向阿凤说道："凤小姐，怎么不多睡些时候，昨夜快活不快活？"

阿凤被伊一说，面上又红起来，低倒头和伊一齐回到房中。吕稳婆向超宗叫应了，把两碗东西放在桌上，又把盘放在一边，笑嘻嘻地说道："这两盏燕窝，是老身特地代你们预备的，请就用吧。"

超宗道："多谢你费神。你真想得到。"于是先把那一碗取在手中吃过。阿凤把髻梳好，也把那一碗吃了。吕稳婆又说了几句好话，两只眼睛不住地向床上张望。阿凤虽已把被褥折叠过，心中未免有些虚心，只是不响。

超宗即从怀中掏出二十两银子，授给吕稳婆道："昨夜叨扰你的佳肴，今天又蒙你美意，这一些是我送给你的，千万不要推辞。日后再当重重酬谢。"

吕稳婆接过银子，谢了几句，超宗立起来，对阿凤说道："家中有事，恕我不能多在此间耽留，明天再要前来看你。望你好好珍重。此身虽去，心常在你身上。"

阿凤面上似乎有些难舍形容，却不多语。超宗又叮嘱吕稳婆尽心照顾凤姑娘。吕稳婆笑道："有我在此，公子请放心是了。"超宗这才告别而去。

从此超宗闲日必到阿凤家中来，或止宿一宵，或坐谈半日。大有流连忘返的模样。至于杨老爹面前，他送了许多食物和美酒。杨老爹有喝有吃，便装聋作哑，一任他的女儿去和超宗厮缠。他也知道超宗是本地富家公子，不愁阿凤将来没有归宿，所以胡天胡地的很快活。至于吕稳婆玉成了这件事，时时在二人面前献丑表功，当然得到不少阿堵物，填足伊的欲壑……阿凤对于刺绣也不再做了，厮守着超宗，度那欢乐的时日。不过在伊的心中还有一件事，使伊不畅快，便是名义上还得不到做那家的人。因此枕畔席上，时时向超宗絮聒。超宗总用话向伊劝慰，教伊耐心等候机会。以后超宗对待赵氏益发淡薄了，可怜智珠还如瞒在鼓里，一些也没有知晓呢。

恰巧在那年超宗父亲故世，超宗遭此大故，心中反以为喜。因为他见了老父，尚有三分忌惮。此后他失去了一监视者，更可自由行事了。所以他在终七之时，将自己爱上杨凤仙的一回事告知智珠，要得智珠同意，允许他娶伊入门同居。但是智珠期期以为不可，且责其不该拈花惹草，况在居丧期内，岂可行此悖谬的事？因此夫妇之间，发生了数次龃龉。超宗怀恨在心，遂和吕稳婆商量对付智珠的办法。奸猾的吕稳婆授给他锦囊妙计，超宗遂横了良心，乘智珠熟睡时，把一只铁钉从伊头顶里钉将下去，智珠顿时毙命。就是那小婢夜间所闻的惨呼之声了。过后便将智珠从速棺敛，伪称急病，掩人耳目。好得智珠母家无人在此，自己家中也没有旁人，不怕他人发觉。过后他遂正式续弦，把阿凤娶进家中，做了主妇，一切家政都由伊做主。杨老爹更是终日逍遥，大块肉大碗酒，尽吃尽喝。吕稳婆从超宗、阿凤身上，得了大大的一笔钱，却不料不多几时，背上生了一个大疽，出脓出水，卧倒了一个多月，竟呜呼哀哉了。

这番继云前来探访他的姐姐，超宗知道他武艺高强，性情刚烈，心中时常存着鬼胎，恐防前事泄露，不是玩的。后来被他打听出继云在杭州行刺博洛逃避来湖的事，他想原来继云犯了这样重大的事件，所以避走来此，那么我何不秘密报官，把他捕去？包管他一条性命不能保留，在我也借此断绝了祸根，不怕东窗事发了。况且本城邢知府和我相熟的，我把这功劳让与他，他不要一辈感谢我么？想定了主意，于是立即跑到府衙去见邢知府，告诉一遍。邢知府不由大喜，立命三班捕役赶快在今夜到邝家去捉拿行刺贝勒的要犯，

372

且因继云武艺很好，恐被兔脱，又商同本地的秦游击添派二百名官兵同去。

那超宗回到家里，一想继云有非常好的本领，倘若那班捕役官兵捉他不住时，我却要倒霉了。遂命十几个匠人暗暗地在他宅四周墙外挖下地坑，以防他逃脱。但是继云哪里知道呢？

他得知了他姐姐惨死的真情，心中愤恨之极，满拟明日前去府衙报官申冤，开棺相验，把超宗杀妻之罪明白昭示，以正刑法。那天晚上吃了晚饭便到床上去睡。心中有事，睡不成眠。约莫到二更过时，忽听外边足声杂沓，似有许多人跑向自己室边来。连忙从床上一跃而起，果然豁剌几响，房门大开，黑暗中拥进许多捕役来，手里举着铁尺短刀铁链挠物，后面火把亮起，一齐向继云扑来，大呼捉拿要犯。

继云不明白是哪回事，怒吼一声，冲出室去。为首的几个捕役早被他在拳两脚打倒在地，夺过一柄短刀，疾奔向院子里去。捕役们又大呼"不要逃走了要犯"，随后追赶。前面呼喝之声又起，秦游击挺着长枪，率领二十多名官兵，拦住去路。

继云横着短刀喝道："我又不曾犯罪，你们这些狗养的跑来作甚？"

秦游击哈哈笑道："姓赵的，你说没有罪么？在杭州行刺贝勒博洛的又是哪一个？现在有人告下你了，还想图赖不成？快快就缚吧。"

继云听了，方才明白，便冷笑道："鼠辈要来捕我，也太不知自量了。"遂将手中刀向秦游击刺去。秦游击侧身闪过，还手一枪，照准继云腰眼里点来。继云一拗身，伸手夺过枪柄，只一拽，秦游击的枪已到了他的手中，折为两段，向地下一抛。众兵丁恐防游击有失，呐喊一声，齐向继云拥上。继云大喝一声"我去了"，飞身一跃，已上墙垣。越过几重房屋，已到后墙，飘身而下。不料正踏在超宗掘就的陷坑地方，全身跌到坑里去。墙过埋伏好的官兵狂喊一声，一齐把挠钩伸入坑中，把继云钩将上来，赶紧将铁索上下缚住。

有一个官兵更把继云两臂用极粗的牛筋捆上几道，于是这个神勇无敌的英雄，竟中了诡计，被他们生擒活捉住，押送到里面。秦游击见了大喜，便命兵丁们好好监押住，别了超宗，回转府衙复命。

邢知府连夜坐堂讯案，继云始知自己还是被他姐夫邴超宗所告的，长叹无言。邢知府见他不招，但已验明正身，即将继云送入监狱，用大枷重镣钉住。更命狱卒严重看管，休被逃走，一面即具公文到杭州贝勒博洛那里去禀白。五天之后，博洛行文已到，着令邢知府将要犯赵继云速即槛送杭城，俾可就地明正典刑，以儆余孽。

邢知府得了这个公事，不敢怠慢，即商请秦游击带兵护送。秦游击知道此去必能多少得些好处，当然愿供驰驱。次日早晨，秦游击点齐了三百名精锐兵丁，顶盔贯甲，荷枪掮刀，十分威风地跑到知府衙门。邢知府接见以后，即从狱中提出继云，囚在一个大笼子里，有八名捕役推送。邢知府又将继云交托秦游击，亲自送出衙门。

秦游击别了邢知府，跨上坐马，手提长枪，兵丁们吹起号筒，排队前行。捕役押送着囚车，接着便走。一路上看的人拥挤不堪，都要来看看这个行刺贝勒的刺客。邴超宗却躲在家里，不敢出去瞧热闹。他和阿凤在良心上虽觉对不起继云，但借此除去了他们的祸根，很觉快适。继云愤恨非常，咬着牙齿，专待一死，不过心有所不甘而已。

秦游击一行人离了湖州城，向前赶路。在下午时候，已到横桥，那地方十分荒凉，河面辽阔，常有盗匪出没。过了横桥，一路过去都是繁盛之区了。这一行人赶到横桥，秦游击吩咐部下好好留神，赶快行路。八名捕役把囚车抬上桥去，刚才下桥时，忽然桥下跳出两个汉子来，虎吼一声，俨如两条大虫。为首一个挥动双斧，奔上前手起斧落，早砍翻了两名捕役。那些捕役们本来没有什么本领的，喊得一声："不好了，有强盗来了！"丢下囚笼，回身便逃。前面走的官兵闻声回转，一齐举起兵刃，大呼捉盗。以为区区两个强盗何足畏哉，哪里知道后面的一个早舞起手中雌雄宝剑，杀向官兵中去。剑光到处，人头乱落。使斧的趁这时候跑到囚车边，一连两斧，把囚车劈开了。

继云定神一瞧，认得来者正是他的知交黄克满，那个使双剑的便是东方俊民，不觉大喜，便喊道："黄兄，你们怎的来此救我？"

克满不暇答谢，赶紧地将继云身上铁链砍断。继云才得身子轻松，跳出笼来。这时秦游击在后还未过桥，一听前面有盗劫车的消息，大吃一惊，连忙一摆长枪，催动坐骑，跑上横桥。克满早已瞧见，一个箭步跳至桥顶，举斧便砍。秦游击见他来势凶猛，急向旁边让时，一斧已中马首，那马直跳起来，把秦游击掀落马鞍。克满踏上一步，又是一斧，秦游击早已呜呼哀哉了。克满吼了一声，杀下桥去。那些官兵虽然人多，怎敌得过这两位英雄，死伤了数十人，其余的早已四散逃去，只恨爹娘少生两只脚。走得快的便宜，走得慢的遭殃。

克满、俊民见官军都已逃散，方才收了兵刃，来和继云相见。继云道："那天我们在博洛行辕里行刺，我自己不慎，陷身铁笼，幸被一老翁和一少女救出，但不知你们走向哪里，惦念得很。"

克满道："可不是么？我们也赖那两个人在旁相助，才得逃出。却不知吾兄吉凶如何。次日探听，方知吾兄亦已出险，心中稍安。因为官中缉捕甚紧，遂走至王店暂时藏身。欲想与吾兄重见，只是失散了，不知到何处去找寻。后来忆及吾兄以前曾说过令姐嫁在湖州，因此料想吾兄或者到湖州去的，遂在湖州探访。昨日方才来此，闻得吾兄被捕消息，颇为惊恐。且知即日便将送杭，我们遂潜伏此间荒僻之处，好动手相救。今幸吾兄业已无恙，快慰之至。便不知吾兄何以受人暗算？"

继云将牙齿一咬道："提起此事，令人怒发冲冠，此仇不报非丈夫也！"遂把自己如何到湖，如何探知胞姐又被害的事，正想报官申冤，如何又被邴超宗设计暗害，到官厅告发，以致堕坑被擒的经过，略说一遍。二人方才明白。

继云攘臂说道："邴超宗这贼子，他害死了我的姐姐，又把我陷害，此番我若没有二位救助，恐怕这昂藏七尺之躯，便要上断头台，

375

送在他的手里了。所以我想请二位在此稍待，我要回去报此大仇。"说罢，回身就要上桥。

东方俊民忙把他拉住道："且慢。此刻我们拦路劫了要犯，他们回去必然报告，说不定要派兵来追寻。至于城厢内外，自然加紧缉防。你若回去，不是去送死么？不如我们暂到别处一走，以后再想方法来报仇不迟。"

继云想了一想，说道："那么便宜这贼子多活几时。"

克满指着衔山的落日道："天色将晚，我们不要再在这里逗留，不如赶快跑路吧。"于是三人掉转身躯，便向东方走去。

欲知此后箭侠赵继云独霸青龙岛，如何投奔郑成功，与王英民等遇合，共起义师，血战清兵等许多奇异情节，且待三集中再行续写。

正是：

    风虎云龙，济时良弼。
    与子同仇，勠力王室。

图书在版编目（CIP）数据

海上英雄·海上英雄续／顾明道著. — 北京：中国
文史出版社，2018.3
（民国武侠小说典藏文库·顾明道卷）
ISBN 978 - 7 - 5034 - 9920 - 3

Ⅰ. ①海… Ⅱ. ①顾… Ⅲ. ①侠义小说 – 小说集 – 中
国 – 现代 Ⅳ. ①I246.5

中国版本图书馆 CIP 数据核字（2017）第 330948 号

点　　校：袁　元
责任编辑：薛媛媛

出版发行：**中国文史出版社**
网　　址：http：//www. chinawenshi. net
社　　址：北京市西城区太平桥大街 23 号　邮编：100811
电　　话：010 - 66173572　66168268　66192736（发行部）
传　　真：010 - 66192703
印　　装：廊坊市海涛印刷有限公司
经　　销：全国新华书店
开　　本：720×1020　1/16
印　　张：24.5　　　字数：321 千字
版　　次：2018 年 3 月第 1 版
印　　次：2018 年 3 月第 1 次印刷
定　　价：73.00 元